W0395437

La fabrique du roi

GEORGES-EMMANUEL CLANCIER | *ŒUVRES*

LE PAIN NOIR :

1. LE PAIN NOIR	*J'ai lu* 651***
2. LA FABRIQUE DU ROI	*J'ai lu* 652***
3. LES DRAPEAUX DE LA VILLE	*J'ai lu* 653****
4. LA DERNIÈRE SAISON	*J'ai lu* 654***
SECOURS AU SPECTATEUR	
LES ARÈNES DE VÉRONE	
QUADRILLE SUR LA TOUR	
LA COURONNE DE VIE	
DERNIÈRE HEURE	
LES INCERTAINS	
L'ÉTERNITÉ PLUS UN JOUR, T. 1	*J'ai lu* 810****
L'ÉTERNITÉ PLUS UN JOUR, T. 2	*J'ai lu* 811****
LA HALTE DANS L'ÉTÉ	*J'ai lu* 1149**
L'ENFANT DOUBLE	

Poèmes :

LE PAYSAN CÉLESTE
VRAI VISAGE
UNE VOIX
ÉVIDENCES
TERRES DE MÉMOIRE
OSCILLANTE PAROLE
LA POÉSIE ET SES ENVIRONS
PEUT-ÊTRE UNE DEMEURE
LE POÈME HANTÉ

Essais :

ANDRÉ FRÉNAUD
PANORAMA CRITIQUE DE CHÉNIER
À BAUDELAIRE
PANORAMA CRITIQUE DE RIMBAUD
AU SURRÉALISME
PANORAMA DE LA POÉSIE FRANÇAISE
LA VIE QUOTIDIENNE EN LIMOUSIN
AU XIXe SIÈCLE
ALLO! A L'EAU OU LE SECRET
DU TÉLÉPHONE

Georges-Emmanuel Clancier

Le pain noir

**

La fabrique du roi

Éditions J'ai lu

LA LOI DES ENFANTS

1

Le combat avait commencé après les funérailles de la mère. Février en cette année 1885 n'était que neige et glace. Catherine jetait de loin en loin des branches mortes dans l'âtre pour réveiller le feu ; avant de se baisser vers les flammes, la fillette retenait d'une main ses longues nattes. Les femmes faisaient cercle autour du foyer sur des chaises basses. Mariette paraissait toute menue sous sa cape de deuil, Catherine lui lançait parfois un regard à la dérobée, surprise et presque effrayée que sa demi-sœur se mît à ressembler à la mère.

Face au foyer, la marraine Félicie tendait à la flamme ses rondes mains grassouillettes, elle soupirait, et ses soupirs faisaient tressauter sa poitrine et sa panse rebondies. A l'autre bout de l'âtre, un peu en retrait, dans la pénombre, Berthe, la petite femme du parrain, Frédéric Leroy, se tenait assise droite sur le bord de la chaise, raide comme si elle n'osait ni bouger, ni même respirer. Catherine se reprochait la pensée qui lui venait à propos de cette épouse timide, mais elle ne parvenait pas à chasser cette idée : qu'il eût fallu que la petite femme se levât, se reculât encore dans l'ombre et qu'elle se mît à chanter de cette voix de rossignol ou d'ange qu'un premier de l'an Catherine avait pu entendre, oui qu'elle chantât la mère disparue, sa vaillance et sa grâce, son amour et sa peine.

Mais pas de chant, rien que les sanglots de Mariette et les

soupirs de Félicie. Catherine, elle, ne pleurait pas, ne pouvait pas pleurer ; elle avait honte de songer que là où elle demeurait, la mère enfin était apaisée.

Était-ce parce qu'ils pensaient comme elle que les hommes, eux non plus, ne pleuraient pas? Ils se tenaient en arrière autour de la longue table sombre de merisier. Le père avait demandé à Catherine de sortir un litre de cidre, mais nul ne buvait sinon Robert, le mari de Mariette, plus trapu, plus massif que jamais.

A la gauche du père, Martial, l'aîné, avait l'air d'un pierrot avec son long corps dégingandé et sa face pâlie par les nuits de veille auprès de la morte. Frédéric Leroy, le parrain, avait passé un bras autour des épaules du père. Celui-ci gardait les yeux fixés sur le brasier ; ses mains noueuses allongées sur la table tremblaient. Près de la fenêtre, son coin habituel, Francet taillait quelque branche de houx. Il ne pouvait rester un instant sans occuper ses doigts, comme si, au cours de ses années de maladie et d'immobilité, toute sa vie eût reflué dans les mains. Ses amis, Aurélien et Julie Lartigues, se tenaient debout derrière lui, le regardant sculpter son bâton. Près d'eux, appuyé d'une main contre le mur, le vieux porcelainier, le père Baptiste, qui avait aidé à construire le tour sur lequel Francet fabriquait ses fuseaux, couvait d'un œil attendri les doigts agiles de l'adolescent.

Quant aux deux gamines, elles seules ne cessaient de se déplacer d'un coin à l'autre de la pièce, l'air réjoui par une aussi nombreuse assemblée. Clotilde aurait bientôt sept ans, son visage rond et mat, ses sombres yeux rêveurs, ses cheveux noirs noués dans le cou par un ruban, lui donnaient toujours cette allure de grande poupée calme qui poussait soudain Catherine à la prendre dans ses bras, à la cajoler, et à lui parler comme si elle eût été encore un bébé. Antoinette, la maigriotte, la noiraude, la malicieuse Toinon, s'accrochait dès qu'elle le pouvait aux jupes de Clotilde, quitte à l'entraîner parfois avec elle dans sa chute. Elle savait fort bien marcher et courir, mais — était-ce pour imiter Francet, que depuis sa naissance elle avait toujours vu la jambe allongée sur deux chaises? — elle passait son temps à se traîner sur le sol. On avait beau lui dire que pour une fille de quatre ans c'était honteux, rien n'y faisait; ses jupes de drap bleu et blanc — aux couleurs de la Vierge depuis qu'elle avait été consacrée à celle-ci après avoir guéri des convulsions, — ses jupes à ce régime étaient lacérées, usées, rapiécées. Ce fut précisément à cause d'elle que la discussion commença.

Avisant Toinon qui, une fois de plus, se vautrait devant la cheminée, Félicie, après un long soupir, demanda :

— Mon pauvre Charron, qu'allez-vous en faire de ces deux petites?

Mariette, toute en pleurs, leva la tête. Félicie se tourna en arrière pour regarder le père, questionna de nouveau :

— Oui, qu'allez-vous en faire?

Catherine espérait que la grosse femme avait parlé pour rien, pour dire quelque chose, n'importe quoi. Elle frémit lorsqu'elle l'entendit insister. Tous les regards se posèrent alternativement sur Félicie et sur les deux petites. Intimidée, Clotilde mit les mains devant ses yeux. Seul le père paraissait ne pas avoir entendu.

De l'ombre, là-bas, près de la fenêtre enténébrée, une voix rauque remarqua :

— Le fait est, vous ne pouvez pas rester comme ça avec ces deux loupiotes sur les bras. Votre Francet est tiré d'affaire; dans quelques mois, il n'aura même plus besoin de ses béquilles, et j'ai mon idée pour lui, vous verrez. Cathie, eh bien, elle pourra se placer de nouveau, elle en a l'habitude, mais les deux loupiotes?

« Maudit père Baptiste! » maugréa Catherine intérieurement, « la marraine, c'est une grosse bavarde, elle ne sait ce qu'elle dit; il avait bien besoin de revenir sur cette sottise! Que veulent-ils donc qu'on fasse? On ne va pas les vendre, ces petites, ou les perdre comme dans le conte du Poucet, ou les donner aux loups, ou les placer. On m'a bien placée, moi, mais ce n'est pas une raison. D'ailleurs j'étais plus vieille que Clotilde, j'avais huit ans, et puis je n'étais pas une poupée comme elle. J'avais déjà été bergère, je m'étais aguerrie en jouant avec mes frères. Quant à redevenir servante, il va vite le père Baptiste, et alors, qui tiendra la maison, qui remplacera la mère, qui s'occupera du père, de Francet et des petites justement? Je ferai des ménages comme faisait la mère pour gagner quelques sous, et comme cela je pourrai quand même rentrer à la maison-des-prés, je pourrai préparer les repas, tenir les meubles et les gens propres. »

Plus personne ne bougeait ni ne parlait. On entendit un billot de châtaignier éclater dans le feu, puis un verre, celui de Robert, cogner la bouteille. Catherine respira profondément. L'alerte, songeait-elle, était passée, le père enseveli sous son chagrin n'avait pas entendu Félicie ni le père Baptiste, ou bien il jugeait que les petites devaient rester ici, avec lui, avec Catherine et Francet, et, timide, il n'osait engager une discussion à ce sujet.

Jean Charron se mit à tapoter la table d'un doigt; tous se tournèrent vers lui, sauf la femme du parrain qui ne bougea pas dans son ombre et Catherine qui se mit à tisonner le feu nerveusement. « Mon Dieu, qu'allait-il dire? » Ce tapotement du doigt, elle le devinait, marquait son hésitation; « s'il allait se laisser persuader par les *étrangers*. » Elle confondait sous ce vocable le vieux porcelainier et Félicie que pourtant des liens de cousinage réunissaient déjà aux Charron avant que Catherine ne devînt sa filleule. Et les *étrangers* eurent l'audace, comme s'ils s'étaient donné le mot, de relancer le père avant que le chagrin n'effaçât de nouveau en lui le souci que leurs paroles éveillaient.

— Vous dans les bois, à vos feuillards, Catherine dans quelque ferme, Francet un jour ou l'autre avec moi à la fabrique, que feraient ces brimborions toutes seules?

Et Félicie, gonflant son corsage :

— Quand vous avez perdu votre première femme, vous n'aviez que Mariette, un nourrisson alors, je vous l'accorde, mais votre belle-sœur a pu venir tenir votre maison, et puis vous étiez jeunes, elle et vous, et vous vous êtes mariés. Tandis que maintenant, ah, pas plus vous que moi, nous ne sommes plus de la première jeunesse, veuf vous êtes, veuf vous risquez de rester.

« L'impudente, la grosse folle! » — Catherine, avec le tisonnier, donnait des coups rageurs dans les braises. — « Oser parler mariage aujourd'hui, deuil et mariage comme si l'un finissait par l'autre. L'impudente, et elle se comparait au père, tout juste si elle ne suggérait pas : « Je pourais être votre troisième femme! » Non, il n'aurait plus de femme, le père, elle serait là, elle Catherine, pour veiller sur lui.

Jean Charron inclina un peu son long buste, cligna des yeux comme s'il cherchait à apercevoir on ne savait quoi dans l'ombre.

— Oui, que vais-je faire? interrogea-t-il.

Il ne semblait s'adresser ni à Félicie ni à Mariette à côté d'elle, ni au parrain, ni à aucune des personnes présentes : « Parle-t-il à la mère? » se demanda Catherine avec effroi. Il resta un moment figé, le regard perdu, puis de nouveau se pencha au-dessus de la table.

— Je vais vous dire, fit Félicie, je vais vous dire, ces petites, il faut les mettre chez les Sœurs, à l'orphelinat.

Le tisonnier échappa des mains de Catherine, il résonna sur les dalles et ce bruit attira sur elle l'attention de l'assemblée.

Il fallait qu'elle parlât, ou plutôt qu'elle criât, qu'elle appelât au secours : « Père, entendez-vous, on vous dit d'abandonner vos enfants comme si vous-même étiez mort. Père, comme si moi j'étais morte! » Au lieu de cela, elle restait muette comme au fond d'un cauchemar. Ce fut d'une voix presque imperceptible qu'elle finit par murmurer :

— Père, je me charge des petites, je les élèverai.

— Comment, comment! protesta Félicie, — et ses mains

sur son ventre tremblaient, — l'innocente, elle ne sait pas ce que c'est, une maison sans mère.

Mariette ajouta doucement :

— Tu es vaillante, ma Cathie, pour tes treize ans, mais deux gamines de cet âge, tu ne te rends pas compte.

Si, elle se rendait compte, elle se rendait compte que tous se liguaient pour disperser une famille. Oh! sans doute, ils pensaient bien faire, mais c'étaient eux les innocents, eux qui ne comprenaient pas qu'ils tuaient la mère une seconde fois en séparant ses enfants, en les lui prenant, car mettre les deux petites à l'orphelinat, c'était les enlever à la mère, à sa mémoire. Ils ne voyaient donc pas qu'elle, Catherine, avait la force et la sagesse nécessaires pour succéder ici à la défunte! Et Mariette qui la trahissait : Mariette, une orpheline pourtant elle aussi, et le père l'avait bien gardée jadis avec lui. Et qu'attendait donc le parrain pour dire : « Père, vous m'avez recueilli quand mes parents sont morts, parce que vous étiez leur ami, et ce que vous avez fait pour un étranger vous ne le feriez plus pour vos propres filles? » Et qu'attendait sa femme la timide, cette autre orpheline, pour s'associer à ses paroles? Et là-bas, dans le coin de la fenêtre, Julie et Aurélien Lartigues ne pouvaient-ils dire leur mot? Leur père ne les avait pas mis chez les Sœurs quand leur mère avait rendu l'âme. En pensant à cela, Catherine remarquait que la maison était pleine d'orphelins. Elle savait que c'était chose commune dans le faubourg de la Ganne, à part quelque phénomène bâti à sable et à chaux, les pauvres ne faisaient guère de vieux os. « Mais alors, songeait-elle avec horreur, du jour où nous avons été, nous aussi, des pauvres comme tous ceux de la Ganne, c'était sûr que nous deviendrions des orphelins! » En même temps, cette découverte d'une règle tragique à laquelle, sans le savoir, elle et les siens avaient été soumis, ne lui rendait que plus intolérable l'idée que Clotilde et Toinon se mêleraient au noir troupeau conduit par les Sœurs. Qui sait à quelles autres lois cruelles le sort soumettrait ces colonnes de fillettes tristes qu'on voyait défiler le dimanche et le jeudi à la Noaille, de l'église Saint-Loup au couvent bâti derrière la sous-préfecture?

Ce qu'elle avait tant souhaité et espéré se produisit, le parrain parla enfin, trop craintivement certes au gré de Catherine, du moins fut-ce assez pour qu'elle ne luttât plus seule.

— Après tout, disait le jeune charpentier, après tout Cathie a peut-être raison. Si elle se sent de taille à élever ses cadettes, c'est une chance.

— Une chance? rétorquait Félicie, — et son double menton tremblotait tant elle était, semblait-il, offusquée. — Dites plutôt un enfantillage... Non, non, répétait-elle en hochant la tête, que voulez-vous qu'il arrive ici sans femme pour gouverner!

Le père se leva et se dirigea vers la chambre. Il sembla à Catherine qu'il se parlait tout en marchant, elle crut l'entendre prononcer : « Marie... Marie. » Le parrain le suivit. Ils ne tardèrent pas à revenir, le père était blême.

— Je vous prie, dit-il, je vous prie...

Il fit un grand geste de la main et ne put achever sa phrase.

— Allez, Père, ne vous tourmentez pas, pria Mariette.

— La femme a raison, dit Robert.

C'était la première phrase qu'il prononçait de la journée. Sans doute avait-il jugé convenable tout de même de faire comprendre que lui aussi, à sa façon, prenait part au deuil. Il ajouta aussitôt :

— C'est pas tout ça, mais Ambroisse n'est pas à côté, et dans la nuit le cheval ne va guère vite...

Ce fut le signal du départ, tous se levèrent. Dehors il gelait à pierre fendre. On s'entassa dans la carriole de Robert. On laisserait au passage Julie, Aurélien et le père Baptiste à la Ganne, Félicie, le parrain et sa femme à la Noaille, Martial un peu plus loin au carrefour de la route du Treuil et d'Ambroisse. Le cheval eut du mal à démarrer avec un tel chargement. Dans la nuit, cependant que la carriole cahotait contre les ornières, le père et Catherine restés devant la maison-des-prés pour saluer la compagnie, entendaient Robert jurer après son cheval et claquer du fouet. Quand la lanterne de la voiture eut disparu, le père prit la main de Catherine. Ils restèrent un moment, debout, immobiles dans le froid. L'enfant n'osait ni bouger, ni parler, il lui semblait que de sa petite main partaient une chaleur, une force, une confiance qui gagnaient la main et tout le corps et le cœur du père. Celui-ci enfin se secoua.

— Où ai-je la tête, ma Cathie, pour te garder ainsi dans la bise!

Ils rentrèrent se chauffer aux derniers tisons. Clotilde et Toinon somnolaient dans les bras l'une de l'autre. Le père effleura d'un doigt timide les boucles de Clotilde et la frange droite et brune de Toinon.

— Que faire? demanda-t-il à voix basse.

De son coin où l'ombre le dissimulait tout à fait et où pourtant il devait continuer à tailler du bois car on percevait le crissement du couteau sur l'écorce, Francet affirma :

— Il faut faire ce que dit Cathie.

Le père haussa les épaules avec lassitude. Catherine s'était écartée de la cheminée, de crainte qu'on ne vît son visage soudain empourpré : Francet avait compris lui aussi, Francet la défendrait, l'aiderait à triompher! Avait-il senti que la mère disparue, elle devait prendre tout naturellement soin de la maisonnée? Catherine était toute étonnée de découvrir au sein même du malheur un bonheur : celui que lui apportait l'amitié de son frère. Elle voyait bien que la partie n'était pas gagnée, que le père demeurait incertain, que demain peut-être il penserait souhaitable d'envoyer les petites à l'orphelinat, du moins elle savait à présent qu'elle ne lutterait pas seule ni dans cette épreuve, ni, sans doute, dans celles qu'il lui faudrait affronter au long des jours.

Ce soir-là, une fois achevée la toilette de ses sœurs et la cuisine remise en ordre, Catherine éprouva le besoin de prier.

non pas le Ciel, Dieu, la Vierge ou les Saints — elle ne croyait plus à ce divin cortège qui l'avait laissée, elle et les siens, s'enfoncer dans la détresse — non, elle invoqua la mémoire de la mère et d'Aubin, le frère qui devenait si beau lorsque la mort l'avait surpris. L'enfant les adjurait, si quelque part d'eux-mêmes continuait d'exister, elle ne savait où, de venir en elle pour la fortifier, pour faire que malgré ses treize ans, elle eût désormais la sagesse, la volonté d'une mère et le courage physique d'un garçon. Ensuite elle prit peur de son audace : les morts ainsi évoqués n'allaient-ils pas répondre à cet appel et revenir sous quelque forme effrayante? Mais peu à peu l'approche du sommeil calma son angoisse, et il lui sembla qu'elle grandissait dans le noir, qu'elle devenait plus âgée et plus forte comme elle l'avait demandé.

2

Le lendemain, Catherine tint conseil. Le père était parti au travail. Francet somnolait. Assis devant son tour, de temps à autre il donnait un coup de pédale pour actionner l'engin puis s'arrêtait, semblait tomber dans des rêveries. Les petites dormaient à poings fermés. Catherine rangeait quelque assiette, essuyait les meubles, s'interrompait pour contempler Clotilde et Toinon. Elle enviait la paix de leur sommeil, elle songeait que depuis l'âge de huit ans, cette innocence et cette paix lui avaient été interdites.

— Sont-elles assez jolies, dit-elle à mi-voix.

Elle aurait voulu que le père fût encore là, elle l'aurait pris par la main, l'aurait mené devant le lit où reposaient les fillettes. Alors il eût bien été forcé de convenir que, dans le malheur, la vue de ces deux visages lisses et calmes était comme une éclaircie dans un ciel d'hiver.

Catherine voulut faire partager à son frère son admiration. Il était là, installé à sa machine, les yeux dans le vague; cela lui ferait du bien de lire cette promesse claire sur les joues, sur le front, sur les bouches délicates des enfants.

— Eh! Francet, viens voir un peu.

Il se leva, sautilla sur ses béquilles, comme un gros geai dont on eût rogné les ailes.

— Quoi, grogna-t-il, que veux-tu que je voie?

— Les petites.

— Les petites? Qu'est-ce qu'elles ont, les petites?

— Regarde-les comme elles dorment. Elles sont belles.

— En voilà une affaire!

Il avait ce matin les traits tirés, les yeux bouffis; les boucles noires et touffues de ses cheveux retombaient sur son front. Sa bouche se tordait en une grimace que Catherine connaissait bien.

« Sa jambe, se dit-elle, il a mal. La fatigue de ces derniers jours, sans doute. » Elle regretta de lui avoir parlé, elle savait qu'en ces moments de lassitude ou de crainte une seule chose convenait : ne point paraître remarquer sa présence. Elle se repentit d'autant plus de l'avoir tiré de sa torpeur, qu'à présent il parlait, et ce qu'il disait, à aucun prix elle n'eût voulu l'entendre.

— Elles font bien de dormir, les petites, disait-il. Dans quelques jours elles ne dormiront pas si bien ni si tard. Hier soir, j'ai eu tort d'aller dans ton sens. J'aurais dû réfléchir. C'est vrai, que veux-tu qu'on fasse d'elles ici? Tu vois bien, le père; qu'est-ce qu'il gagne à travailler le bois? pas grand-chose. Moi, mes fuseaux, quand on m'en commande, ça va bien, mais il y a des saisons où ceinture. Et puis si cette garce le permet — et d'un geste du coude il désignait sa jambe — dès que je peux, j'entre à l'usine. Alors que feront-elles, les mioches, ici? Toi, tu auras intérêt, c'est vrai, à te placer dès que tu pourras. Tu les imagines seules dans cette masure, loin de tout chrétien? Elles deviendraient des sauvageonnes des bois.

Catherine était atterrée. Francet la trahissait. Il eût mieux fait de se taire hier soir, de ne pas lui donner cette fausse espérance, du moins elle eût su ne pouvoir rien attendre que d'elle-même. Maintenant, découvrir ce changement de Francet à son égard lui donnait un sentiment de panique. Elle ferma les yeux. Elle avait l'impression que tout était fini, que cette fois c'en était fait des derniers vestiges de cette famille, de cette communion qu'elle avait crue éternelle lors de sa prime enfance aux Jaladas. Ils allaient devenir l'un à l'autre des étrangers : ces deux petites qui disparaîtraient à l'orphelinat, le père qui ne serait plus que ce grand corps amaigri et douloureux qui peinerait tout le long du jour pour obtenir quelques sous, Martial qui ne reviendrait plus à la maison-des-prés puisque aussi bien il n'y aurait plus de maison, plus de présence, de continuité humaine dans cette masure, Francet qui délibérément choisirait pour lui la solitude et l'inconnu, elle enfin qui s'en irait servante n'importe où, elle qui ne serait plus rien. Elle se mit à parler d'une voix lente, neutre, comme si elle se disait adieu à elle-même.

Elle disait ses plaisirs des premières années, son admiration pour le père, combien la mère était belle avec ses cheveux sur les épaules, elle parlait de la maladie de Francet, de la fierté qu'elle avait eue, elle, Catherine, à devenir alors sa messagère auprès de la campagne et des bêtes sauvages. Elle parla encore de l'agonie de la mère : elle avait cru que cette agonie devait lier les quatre enfants qui y avaient assisté. Elle s'approcha de Francet et, du même ton monocorde, comme si elle n'entendait pas ce qu'elle proférait, elle dit : « Ça va être comme si nous aussi on était mort puisque chacun de nous sera mort pour les autres. »

Son frère lui empoigna le bras et le secoua si fort qu'elle cria. Il la lâcha aussitôt.

— Pardonne-moi, Cathie, je te fais mal, moi qui voulais te dire, qui voulais te dire...

Il était devenu tout rouge, et ne trouvait plus ses mots, ou peut-être n'osait-il pas les prononcer. Enfin il baissa la tête et conclut très vite :

— Tu as raison, j'étais fatigué ce matin, mais tu as raison, ça n'aurait pas de sens de se séparer l'un de l'autre, de se séparer des petites. Tous les deux on va parler au père.

Il releva les yeux comme s'il guettait une approbation, mais

Catherine se taisait, elle semblait regarder, au-delà de lui, par la fenêtre, les prés où, sous le soleil, les plaques de gel commençaient à étinceler. Ce silence accentua le trouble de Francet, il balbutia :

— Cathie, je t'en prie, dis quelque chose.

Elle haussa les épaules :

— Que veux-tu que je dise? Hier soir tu pensais comme ça, ce matin autrement et maintenant autrement encore. Je ne sais plus, je ne peux plus compter sur ton appui si tu changes de cette manière, j'aime mieux penser que je ne peux pas y compter plutôt que de prendre mon élan avec toi et, un moment après, tomber parce que toi tu te seras retiré.

Il eut beau lui jurer que cette fois il tiendrait parole, et il cracha par terre et se signa pour sceller le serment, elle demeura taciturne toute la matinée. Elle fit la toilette des petites, leur donna à manger sans répondre à leur bavardage. Francet s'était remis à travailler; avec le tisonnier rougi au feu, il inscrivait des initiales sur des fuseaux de buis. Clotilde et Toinon assises sur le sol le regardaient faire. D'habitude, il ne pouvait supporter que les gamines restassent ainsi à contempler ses moindres gestes, il les chassait en les menaçant d'une branche toujours à ses côtés. Mais ce matin, il devait être si absorbé par ses pensées qu'il ne remarquait pas la présence des deux enfants.

Le déjeuner fut vite avalé. Devant le mutisme de leurs aînés, les petites, troublées, ne parlaient plus. C'est dans ce silence que soudain la voix acide et flûtée de Toinon demanda :

— La mère quand va-t-elle revenir?

Catherine et Francet se regardèrent et chacun lut dans le regard de l'autre une secrète épouvante. Francet sortit de sa poche deux pantins en bois — il se délassait après son travail à sculpter de tels fantoches dans les tombées de buis ou de chêne qu'il n'avait pu utiliser pour tailler les fuseaux — et les offrit d'un geste brusque à Clotilde et à Toinon. Les nains difformes firent rire les petites. Toinon ne pensa plus à sa question. Bientôt les cadettes se mirent à se disputer, chacune d'elles voulant prendre les deux jouets.

Pendant que Catherine desservait la table, Francet remarqua :

— A l'orphelinat, on n'aurait pas de pantin à leur donner quand elles demanderaient ce qu'est devenue la mère.

Catherine lui jeta un coup d'œil inquiet et posa un doigt sur sa bouche pour qu'il se tût.

Un peu plus tard on frappa à la porte. Les petites s'enfuirent dans un coin avec leurs bonshommes. Catherine alla ouvrir. Aurélien Lartigues se tenait sur le seuil, le nez et les mains rouges de froid.

— Entre vite, lui dit la fillette, sinon tu vas geler sur place.

Le jeune garçon clignait des yeux pour s'habituer à la pénombre de la cuisine après la clarté du gel et du soleil sur les prés.

— J'avais un moment avant d'aller à la fabrique, alors je me suis dit...

— Tu as bien fait, reprit Catherine.

Elle s'efforçait de garder une mine grave, jugeant peu convenable ce plaisir que lui donnait la visite imprévue de leur camarade.

Elle se demandait, en posant un regard de biais sur le visage d'Aurélien tout illuminé par le froid, comment une fois elle avait pu être assez sotte pour croire que ce garçon était le diable.

Le visiteur qui s'était assis devant le feu paraissait gêné. Catherine devinait qu'il voulait dire quelque chose mais n'y parvenait pas.

— Il ne faudra pas te mettre en retard pour la fabrique, dit-elle.

Il hocha la tête gravement, puis, soudain, il sortit des poches de sa veste, l'un après l'autre, six œufs enveloppés dans des chiffons.

— J'ai pensé, j'ai pensé, dit-il d'une voix presque imperceptible, que ces œufs, enfin...

Francet soupesa les œufs dans sa main, les mira en les élevant à contre-jour devant la fenêtre.

— De beaux œufs, fit-il en connaisseur. Une fameuse idée que tu as eue là !

Aurélien se taisait, l'air toujours aussi gauche. Catherine paraissait réfléchir.

— Mais, fit-elle au bout d'un moment, vous n'avez plus de poules chez vous. Tu les as donc achetés, ces œufs ?

— Porte pas peine, on me les a donnés.

— Qui donc ?

Il marmonna des syllabes incompréhensibles, puis se leva et affirma qu'il lui fallait partir s'il voulait arriver à temps avant que la cloche de la fabrique ne sonnât.

Francet et Catherine se liguèrent pour essayer de le retenir. Rien n'y fit. Du moins, promit-il de revenir à la fin de la journée. Il ajouta que sa sœur Julie sans doute l'accompagnerait.

Quand il fut sorti, Catherine prit les œufs sur la table, elle alla les placer dans la maie.

— Je me demande bien où il les a trouvés.

— Eh ! vous êtes bien curieuses, les filles, assura Francet ; tu nous feras une bonne omelette, voilà tout.

Francet s'installa de nouveau devant son tour.

— Il t'aime bien, Lartigues, dit-il, et il lança sa machine.

Catherine détourna la tête pour que son frère ne la vît pas rougir.

★

L'après-midi, elle promena les petites aux alentours de la maison. Les bois dépouillés par l'hiver l'impressionnaient. Elle préférait rester à la lisière de la futaie d'où l'on continuait à apercevoir la maison-des-prés, et parfois, en gravissant quelque monticule, là-bas, le clocher de Saint-Loup. Les cadettes, elles, ne se laissaient pas abattre, elles recherchaient les flaques de glace dans les creux et glissaient sur leurs sabots en criant à cœur joie. Il tardait à Catherine que le soir revînt et qu'il ramenât Aurélien et Julie. Elle voyait bien à présent qu'avec Francet la partie était gagnée. Il lui fallait cependant d'autres alliés : le geste d'offrande qu'avait eu Aurélien en portant ses œufs l'avait touchée ; il fallait, oui, que ce soir elle tînt conseil avec Aurélien et sa sœur Julie et Francet, et qu'ensemble ils arrêtassent un plan. Les Lartigues avaient perdu leur mère depuis longtemps, ils avaient donc le droit de parler, eux aussi, et plus que la marraine Félicie. Tel fut bien l'avis de Francet.

Il faisait nuit noire quand Catherine et lui crurent entendre des voix approcher. Catherine ne parvenait plus à dissimuler sa nervosité, elle courut ouvrir la porte alors que les arrivants devaient encore être loin.

— Pourvu que ce soient eux !

C'étaient bien eux. Julie marchait devant, enveloppée dans une vieille cape noire, un fichu sur la tête. Aurélien suivait, le visage caché jusqu'aux yeux par un foulard élimé, les mains aux poches.

Lorsque Julie enleva son fichu, ses cheveux apparurent saupoudrés d'une fine poussière blanche. Francet s'en étonna.

— Eh ! dit-elle, il me tardait tant de venir que ce soir je n'ai pas pris le soin de défaire mon chignon et de me brosser les cheveux. Il me faut près d'une heure si je veux enlever ce kaolin. Là-bas, aux carrières de Marlac, à nous voir avec nos cheveux blancs, on nous prendrait toutes pour des vieilles.

— C'est pas un métier, protesta Francet.

— Que veux-tu, c'est dur, mais je préfère encore ça à être servante. D'abord je ne sais pas faire le ménage et guère la cuisine. Là-bas, il y a tout de même de bons moments, mais l'hiver et l'été on n'a pas envie de rire.

— On se tirera de là quelque jour, tous, affirma Francet d'une voix sombre.

— Il faudrait, il faudrait, répéta Julie.

Elle avait un visage aigu, des yeux vifs qui toujours bougeaient. Elle se tenait très droite et portait des sabots à gros talons pour se rehausser encore, elle bombait le torse, désespérée d'avoir la poitrine encore garçonnière.

— Je pourrais peut-être m'embaucher à la carrière? demanda Catherine.

— T'embaucher à la carrière! (Aurélien faillit s'étrangler.) Mais tu n'es pas assez forte, Cathie, et puis, tu ne veux pas que tes sœurs aillent à l'orphelinat? Comment feraient-elles sans toi à midi?

Julie redressa encore son mince torse pour remarquer :

— Ça, ma petite, aux carrières, il faut du nerf.

« Qu'ont-ils donc tous les deux, pensait Catherine, à croire que j'ai du sang de rave, comme si je ne valais pas cette rapiette de Julie. » Mais l'argument d'Aurélien au sujet des petites la touchait, d'ailleurs ce travail de la carrière devait être monotone.

— A propos de l'orphelinat, demanda-t-elle, vous avez entendu hier soir Félicie? Elle a tort, n'est-ce pas?

— Bien sûr, déclara Julie. Nous, quand nous avons perdu notre mère, ça n'a pas manqué, les voisins ont conseillé au père de nous mettre chez les Sœurs. Nous lui avons dit que nous n'y resterions pas, que nous nous enfuirions et que nous demanderions à des romani de nous emmener dans leur roulotte, ou bien que nous nous ferions mendiants et même voleurs. Et tu vois, finalement, il nous a gardés avec lui à la Ganne; pourtant nous n'avions pas une grande sœur comme toi pour s'occuper de nous.

— Ce qui sera plus difficile, remarqua timidement Aurélien, ce sera pour gagner l'argent. Toi, Cathie, pour pouvoir prendre soin des petites, tu ne pourras pas te placer, mais faire seulement des ménages.

— C'est ce que j'ai pensé, et ça m'ennuie, avoua la fillette en baissant la voix.

— Tout de même, dit Francet, dans quelques mois je devrais être capable d'entrer à la fabrique.

Les yeux de Julie brillèrent et elle dit très vite :

— Tu as bien le temps d'y entrer, tu es mieux ici à tourner les fuseaux, et pour ce que tu gagneras en apprentissage...

— Dès que je pourrai me passer de mes béquilles, le père Baptiste m'a promis de me prendre avec lui à l'atelier de tournage. Le père Baptiste, il paraît que c'est le meilleur ouvrier de la fabrique, il paraît même qu'il n'y a pas de meilleur tourneur en glaise dans toute la France. Il m'a dit qu'il m'apprendra son métier.

— C'est vrai, confirma Aurélien, il est le roi, et son métier gagne bien.

Se tournant vers sa sœur, il demanda :

— Pourquoi tu es contre la fabrique pour Francet?

— Parce que, parce que, répétait Julie, et l'on voyait à ses yeux, à ses sourcils froncés, sa colère.

Elle se mordit les lèvres qu'elle avait délicatement dessinées, l'inférieure esquissant une moue gourmande.

— A cause de sa santé, ajouta-t-elle.

— Je me demande si c'est pour ça, fit Francet en se grattant la tête.

— Et pourquoi d'autre ça serait? riposta vivement la jeune fille.

Elle avait le visage en feu, on la sentait au bord des larmes. Catherine avait déjà observé ces brusques affolements chez Julie, par exemple quand une demoiselle de la Noaille venait commander un fuseau et que Francet, pour plaisanter, demandait à sa jeune cliente de lui donner le bras afin de faire avec elle le tour de la maison.

Voulant détourner l'orage, et aussi parce qu'elle trouvait qu'on s'égarait, Catherine éleva la voix.

— Tout cela ne nous avance guère pour Clotilde et pour Toinon.

Les cadettes qui jouaient sous le tour de Francet avec les copeaux s'avancèrent.

Catherine essaya de les repousser, en décrétant qu'elles ne devaient pas se mêler à la conversation des grands; les petites s'entêtèrent.

Aurélien leur fit une grimace pour les faire rire. Lui qui avait le visage le plus net, le plus régulièrement tracé qu'on puisse voir, était sans égal pour se transformer en un clin d'œil en un monstre, une gargouille, un clown. Cependant que les deux petites pouffaient et se mettaient à leur tour à tirer la langue, à s'écraser le nez et à loucher, le garçon redevenu grave remarqua :

— D'ailleurs c'est normal qu'elles soient là, il faut bien leur parler de leur affaire.

— Leur parler de...? fit Catherine stupéfaite.

Aurélien se pencha vers les petites :

— Écoutez-moi bien toutes deux.

Les fillettes s'attendaient à ce qu'il leur fît de nouvelles grimaces, elles semblèrent déçues et décontenancées devant son sérieux.

— Écoutez-moi bien, vous êtes toujours gentilles avec votre père, n'est-ce pas?

— Oh! oui, répondit Clotilde.

— Oh! oui. Oh! oui, répéta Toinon.

— Eh bien! soyez encore plus gentilles avec lui. Il a du chagrin. Vous lui ferez plaisir si vous allez l'embrasser, si vous l'appelez « petit père », si vous lui dites que vous ne voulez pas le quitter.

Tous regardaient les fillettes. Toinon semblait trouver cela amusant, mais Clotilde jetait dans tous les sens des coups d'œil inquiets.

— Vous avez compris ce qu'a dit Aurélien? demanda

Catherine. Vous devez être très mignonnes avec le père, donnez-lui des baisers, et souvent pensez à lui dire : « Nous ne voulons pas vous quitter, Père. »

Clotilde poussa un profond soupir et remarqua :

— Pourquoi il a du chagrin?

Et Toinon qui s'était comme à l'accoutumée assise par terre :

— Nous l'appellerons pas petit père puisqu'il est grand.

Aurélien avait l'air navré. Julie hochait la tête, Francet ouvrait et refermait son couteau. Catherine se pencha, prit Toinon dans ses bras et s'approcha de Clotilde :

— Le père a du chagrin, parce que vous avez vu : la mère a été malade. Tellement malade! Il a fallu l'emporter loin, si loin qu'on ne la verra plus.

— On ne la verra plus? reprit Clotilde dans un cri.

Catherine reçut ce cri comme un coup. Francet vint à son secours :

— Enfin, tu comprends, Clotilde, on la verra peut-être, mais ce sera dans si longtemps... Alors voilà, en embrassant le père, en lui disant que vous voulez rester près de lui, vous le consolerez.

— Mais n'allez pas dire qu'on vous a fait la leçon, ajouta Julie, sinon il vous trouverait beaucoup moins gentilles.

— Bien sûr qu'on ne veut pas quitter le père, dit gravement Clotilde, ni Catherine, ni Francet. D'ailleurs où irions-nous?

— Les pauvres! fit Julie.

— Alors, vous croyez qu'il ne s'obstinera pas? s'inquiéta Catherine.

— Ayez confiance, affirma Aurélien.

— Et si jamais l'argent vient à nous manquer pour les nourrir, ce sera ma faute.

— Mais non, Catherine, n'aie pas peur, continua Aurélien. Et puis l'argent, l'argent, j'en trouverai bien un peu pour vous s'il le faut.

— Par exemple, fit Julie, ça va bien de faire des promesses, encore faut-il les tenir! De l'argent! Et où en aurais-tu? Ta paye, le patron la donne directement à notre père, et c'est la même chose pour moi aux carrières. Alors...

— Eh bien! je bricolerai en plus, je vendrai des pissenlits, des champignons, j'irai glaner, je donnerai un coup de main pour fendre le bois, vous verrez : ça fera toujours quelques sous.

Julie fronça le sourcil, elle semblait mortifiée d'avoir mis en doute la parole de son frère. Ne voulant pas, aux yeux de Francet, paraître moins généreuse, elle déclara :

— C'est vrai, dans le fond, Aurélien a raison. Moi aussi je ferai de l'ouvrage en plus, je pourrai coudre, aller aussi aux champignons, à la glane. On vous aidera tous les deux.

— C'est comme si vous étiez frère et sœur avec nous, dit Francet.

— Ma foi, acquiesça Julie.

— Et merci encore pour les œufs, ajouta Catherine.

— Les œufs? questionna Julie.

Elle jeta un coup d'œil sur son frère qui parut gêné.

— Aurélien vous a porté des œufs?

— Et bien beaux, observa Francet.

— Si nous partions? proposa Aurélien qui s'était déjà levé et gagnait la porte comme s'il voulait à tout prix interrompre cette conversation. Il est temps d'aller dîner.

Julie se leva elle aussi, embrassa Catherine, puis Francet; Aurélien se détourna à ce moment et souleva le loquet.

Quand les enfants Lartigues furent partis, le père ne tarda pas à rentrer de son travail.

A peine était-on à table que Clotilde quitta sa place, s'approcha du père, monta sur le banc à côté de lui, passa ses bras autour du cou maigre et ridé, et fit claquer un baiser sur la joue où piquait la barbe. Jean Charron, tout étonné, se retourna vers la fillette et la regarda en souriant. Voilà bien des mois que Catherine n'avait vu ce sourire, ni cet air de jeunesse qui passa sur le long visage creusé.

— Nous ne voulons pas vous quitter, Père, récita la petite.

A ce moment, Toinon arrivait à son tour, elle essayait de monter sur le banc, mais n'y parvenait pas; alors elle prit la main droite du père, la tira vers elle et l'embrassa.

Le père ne souriait plus; il pâlit lorsque Toinon déclara :

— On veut pas vous quitter.

Jean Charron serra ses deux filles contre lui :

— Pourquoi dis-tu cela? demanda-t-il à Clotilde.

Elle baissa le nez, regarda par en dessous Catherine, puis Francet et ne répondit pas.

— Le chat a mangé ta langue! fit le père. Et toi, ma Toinon, te l'a-t-il mangée aussi?

La petite montra sa langue, puis avoua :

— C'est Aurélien qui nous a appris à dire ça.

— C'est donc ainsi, on vient faire la leçon chez moi, en mon absence! Je les ai rencontrés dans le chemin les deux Lartigues, quand je rentrais, eh bien? j'irai me plaindre à leur père!

— Non.

La voix de Francet s'était élevée calme mais forte et son « non » sembla figer un instant le père, les fillettes aussi bien que Catherine.

— Non, reprit Francet, d'une voix plus douce. Les petites ont mal compris. C'est nous (et du menton il désigna Catherine), c'est nous qui avons parlé à Aurénien et à Julie, nous leur avons dit qu'à notre avis, vous ne pourriez pas vous séparer des cadettes, que ce serait un malheur pour nous tous, pour les petites, pour nous et pour vous.

Sans lâcher les fillettes, le père s'était courbé.

— Un malheur, répéta-t-il, et nul courroux ne faisait plus vibrer sa voix. Un malheur, je sais.

Pendant qu'il parlait, Clotilde continuait à le cajoler; Toinon, qu'il avait assise contre lui, sans qu'il y prît garde tirait de son écuelle des cuillerées de soupe qu'elle avalait goulûment.

— Je me demande... Je me demande... dit-il.

La question du père ne s'adressait ni à Catherine ni à Francet, ils le savaient bien, cependant ils firent comme s'il attendait d'eux conseil et se mirent à parler très vite.

— Nous avons beaucoup réfléchi, Cathie et moi.

— Nous ne pensons qu'à ça depuis hier.

— Si les petites s'en vont à l'orphelinat, c'est la fin de notre famille. Moi, dès que je peux, je file à la fabrique et je me débrouille, Catherine se place, les petites chez les Sœurs nous oublient, vous Père, vous restez seul.

— C'est la vérité, conclut Catherine.

Elle n'aurait jamais osé dire au père ce que Francet venait d'avouer et que, ce matin même, elle lui avait lancé lorsqu'il faisait mine de se désintéresser du sort des petites. Elle se sentait pleine de reconnaissance à l'égard de son frère; elle espérait qu'il allait convaincre le père, car elle savait que celui-ci n'aimait pas contredire Francet depuis que la jambe du jeune garçon était malade. Elle craignit de nouveau que tout fût perdu lorsque Jean Charron dit lentement :

— Il aurait mieux valu pour nous tous et pour la pauvre Marie que je n'aie pas eu d'enfants.

Mais il reprit :

— Croyez-vous vraiment qu'il y aura assez d'argent pour élever les petites?

— Certainement, affirma Francet.

— Et toi, Cathie, tu es bien jeune pour faire la maman, tu es bien jeune, et puis dans cinq ou six ans tu te maries, qui dit que vous voudrez vous occuper encore des petites, elles ne seront pas tirées d'affaire, et ton mari voudra-t-il les garder?

Catherine baissa le front.

— Je ne me marierai pas.

— Ne dis pas de bêtises, conseilla doucement le père.

— En tout cas, je ne me séparerai pas des petites, qui voudra de moi devra choisir.

Clotilde et Toinon écoutaient, la mine grave. Cette façon que les grands avaient de parler d'elles sans arrêt les inquiétait. Elles sentaient qu'une menace planait sur elles, et ce sentiment les poussait à ne pas s'éloigner l'une de l'autre.

Clotilde qui était restée debout sur le banc se pencha par-dessus l'épaule de Jean Charron pour atteindre du bout du doigt le bras de Toinon, assise de l'autre côté.

— Dis, Toinon, quand je me marierai, je ferai comme Cathie, je ne te laisserai pas.

Jean Charron, à ce mot, ne put s'empêcher de sourire. C'était la deuxième fois, ce soir-là, et Catherine songea que ces sourires peut-être seraient plus forts que les propos de Félicie. Car, elle le savait, le père reverrait la marraine ces jours-ci : elle avait avancé quelque argent pour les frais d'enterrement, il restait donc des comptes à régler avec elle, et de nouveau elle parlerait de l'orphelinat. Non pas qu'elle fût mauvaise femme, mais elle pensait bien faire, ne pouvant concevoir qu'un veuf, doublé d'un miséreux, fût capable de veiller sur l'avenir de deux brimborions tels que Clotilde et Antoinette.

★

En effet, le père revit Félicie, et le voilà de nouveau prêt à aller trouver la Supérieure de l'orphelinat.

— Après dix ans ou quinze ans chez les Sœurs, disait Francet, vous verrez Père, Clotilde et Toinon se feront Carmélites. Elles finiront leurs jours derrière les murs du couvent, en bas du mail. Les Lartigues disent qu'on ne sait point ce qui se passe derrière ces murs sans fenêtres, mais que ce doit être terrible.

— Les Lartigues jacassent à tort et à travers. Et puis, où

avez-vous pris que les petites de l'orphelinat entraient au Carmel?

— Il y en a, si, si, il y en a, affirmait Catherine.

— Il y en a peut-être, mais pas toutes.

Le père avait demandé à Catherine et à Francet de ne plus parler de cette affaire devant les petites. Ils attendaient donc qu'elles fussent endormies pour reprendre chaque soir, devant les derniers tisons de l'âtre, leur discussion.

Tout le jour Catherine appréhendait le retour de cette heure. Elle était déchirée de devoir tenir tête au père, de devoir lui faire mal, le blesser, l'effrayer, en lui peignant sous les plus sombres couleurs ce qu'il adviendrait des cadettes s'il s'obstinait à les « abandonner ».

Cette douleur qu'elle provoquait était son tourment, elle était aussi, pensait-elle, sa chance.

— Qui parle de les abandonner? reprenait le père, les mains jointes, les coudes aux genoux, le dos courbé.

Il ajoutait :

— Bien sûr, si plus tard elles entraient au couvent, je serais triste.

— Vous voyez, remarquait Francet.

— C'est vite dit, mais si quelque jour ici on n'a plus de quoi les nourrir, les habiller. Et plus tard, livrées à elles-mêmes, si... je ne sais pas, elles deviennent... si elles tournent mal...

— Comment, si elles tournent mal, qu'est-ce que ça veut dire? questionnait Catherine.

Le père écartait les bras.

— Rien, ça ne veut rien dire. Enfin, tu comprends, tu as bien vu à la Ganne. Il y a des jeunes, garçons et filles, qui mendient ou qui volent, ou qui boivent. Tu te souviens à l'auberge des Laurent, les filles Jalinaud, elles venaient boire le soir avec les ouvriers, ensuite, elles criaient, elles chantaient dans la rue.

— Mais nous aussi, alors, Francet et moi, et encore Martial, on aurait pu, comme vous dites.

Quand le père ne savait plus que répondre, il se levait en déclarant qu'il était grand temps de dormir.

Le lendemain soir, la discussion reprenait.

— Quand je n'aurai plus à m'occuper des petites, observait Catherine, quand je serai placée comme servante, à droite ou à gauche, peut-être un jour je travaillerai dans une auberge; comme je me moquerai de tout, que je serai toute seule pour vivre, peut-être que je ferai comme ces filles à l'auberge des Laurent.

— Tais-toi, veux-tu te taire, petite bête, grondait le père.

Elle avait honte d'imaginer et de dire des choses pareilles, mais c'étaient là les armes du désespoir, car le père venait d'annoncer qu'il avait eu une entrevue avec la Supérieure et qu'il devait la revoir dans deux jours pour arrêter définitivement sa décision; la religieuse, à qui il avait fait part de la résistance de ses aînés, lui ayant elle-même conseillé de réfléchir encore.

Catherine réunit une dernière fois son conseil. Il fut entendu qu'Aurélien, à la fabrique, parlerait au père Baptiste au nom de Francet et le supplierait d'intervenir. Francet, pour authentifier le message de son ami, traça quelques mots sur un papier destiné au vieil ouvrier. Celui-ci ne savait lire que les caractères d'imprimerie, aussi la missive donna-t-elle de la peine à Francet qui s'appliqua lentement à tracer les lettres, cependant que, groupés derrière lui, Catherine, Aurélien et Julie admiraient.

Cette manœuvre porta ses fruits. Jean Charron déclara qu'il avait rencontré par hasard le père Baptiste. En réalité celui-ci s'était arrangé pour se trouver sur le chemin de retour du feuillardier. « Il m'a parlé un bon bout de temps : il est sûr, à ce qu'il dit, que Francet se fera une bonne place à la fabrique, et peut-être que Catherine aussi. Dans ces conditions, il pense qu'il n'y a pas à hésiter, qu'on peut garder les petites avec nous. »

Il s'interrompit, regarda pensivement Catherine et Francet.

— Vous voyez, ce sont les enfants maintenant, c'est vous deux qui faites la loi ici.

— Oh! Père, protesta Catherine d'une voix faible.

Ce soir-là, quand tout le monde fut couché, elle se releva sans bruit, vint se pencher au-dessus des petites, les embrassa sur le front; puis marchant sur la pointe des pieds, elle regagna son lit. En passant devant le père, elle écouta son souffle un peu rauque, s'arrêta un instant et, dans la nuit, envoya un baiser.

3

C'était dit, les petites restaient à la maison-des-prés. Il fallait à présent aviser au plus vite afin d'amasser quelque argent. Catherine alla trouver sa marraine Félicie pour voir si elle lui connaîtrait des ménages à tenir.

Non, Félicie n'était pas mauvaise. Elle avait pensé bien faire en conseillant l'orphelinat pour les petites, mais, puisqu'il n'en était plus question, elle nc demandait qu'à secourir les Charron. Elle obtint d'abord de ses maîtres qu'ils fissent appel à Catherine pendant quelques heures chaque jour. C'étaient pourtant de fameux avares, disait-elle, ses patrons. Avares mais avantageux, les Malavergne tenaient à avoir cuisinière, en l'occurrence Félicie, et femme de chambre. Celle-ci ayant dû revenir dans sa famille pour quelques semaines, Félicie sut convaincre Mme Malavergne qu'elle-même ne pourrait être aux fourneaux et au ménage ; en conséquence, elle se permettait de recommander sa petite filleule pour remplacer momentanément l'absente. « Avantageux et, peut-être, ajoutait parfois Félicie, un peu dédorés, alors, ils sont obligés de rogner sur tout, sur mes gages notamment, qu'ils me payent tous les trente-six du mois, de rogner, et de ruser. Pensez, lorsqu'ils veulent recevoir, je les ai vus, de mes yeux vus, emprunter à leurs cousins Royère, tout juste pareils à eux, un pain de sucre, je dis bien un pain de sucre. Les

Malavergne l'installent en bonne place pour que les invités le voient, mais café et tisanes sont à peine sucrés avec des raclure d'un ancien pain qui doit dater lui, d'au moins un an... Quand la réception est terminée, on rapporte le pain de sucre chez les Royère jusqu'à la prochaine fois... Je me demande dans le fond s'ils ne se sont pas associés, les Malavergne et les Royère, pour acheter en commun ce fameux pain de sucre qu'on n'entame jamais... L'hiver ils font un feu de menettes, histoire de dire qu'on ne vit pas sans feu comme les bêtes. »

— Pourtant, madame Félicie, disait le père Baptiste lorsque tous deux se rencontraient à la maison-des-prés, pourtant à vous voir, on n'a pas l'impression que vous vous nourrissez de paille et d'eau, ni que vous passez décembre et janvier dans la neige.

— Que voulez-vous, avouait Félicie avec un soupir qui faisait trembler ses bajoues, son menton, son corsage et son ventre, près des fourneaux, près du bon Dieu, du moins quant à la nourriture et à la chaleur.

Aux côtés de Félicie, Catherine pouvait vérifier cette vérité. Si elle n'était guère payée, du moins mangeait-elle plus qu'à sa faim, et à la nuit elle emportait toujours quelque bon morceau que la marraine lui remettait pour ceux de la maison-des-prés.

— Croyez-vous, Marraine, s'inquiétait Catherine, c'est mal, et si on venait fouiller à la maison.

— Petite sotte, rien qu'avec l'argent qu'ils économisent sur toi, pendant l'absence de la femme de chambre, tu pourrais te payer dix fois ce que tu emportes. Sans compter les intérêts des gages qu'ils me doivent et qu'ils me font venir par le petit bout de la lorgnette.

— Quelle lorgnette, Marraine?

— Est-ce que je sais moi, la lorgnette, on dit ça comme ça dans le monde.

Le salaire du père, celui de Catherine chez les Malavergne, les gains de Francet grâce à la vente des fuseaux, à quoi il fallait ajouter les « dons en nature » — c'était encore une expression du beau monde employée par Félicie pour désigner les suppléments alimentaires qu'elle glissait dans les poches de sa filleule — suffisaient à assurer la subsistance, d'autant plus qu'Aurélien continuait à apporter un jour des œufs, un autre jour un pigeon, quelquefois même un peu d'argent. Il prenait une mine confuse pour poser ses cadeaux sur le coin de la table et priait Catherine et Francet de n'en rien dire à leur père ni à sa sœur.

— Je me demande comment il fait, disait Catherine.

— Hé, il bricole, qu'est-ce que ça peut te faire? En tout cas, pour un ami, c'est un ami.

Catherine savait que bientôt la femme de chambre des Malavergne reviendrait et qu'il faudrait alors trouver un autre travail. Elle se souvenait des maisons dans lesquelles sa mère faisait des ménages. Il en était une à laquelle elle n'eût pas voulu songer. C'était à celle-ci précisément que malgré elle sa pensée revenait toujours. Une demeure du Haut-la-Noaille, une grande et grise demeure à deux étages, au long toit d'ardoise bleue, semblable à toutes les demeures qui avaient pignon sur le mail. Le « palais » des Desjarrige. C'était Catherine qui, intérieurement, baptisait « palais » ce bâtiment sans grâce depuis qu'elle y avait rencontré, le soir de bal où avec sa mère elle était venue donner un coup de main aux domestiques, la jeune demoiselle de la maison : Émilienne Desjarrige.

Émilienne demeurait à ses yeux la gracieuse preuve d'un monde où la faim, la maladie, la misère, l'abandon ni la mort n'existaient. « Pourtant, songeait-elle parfois avec une soudaine terreur, cette Émilienne n'est-elle pas liée à notre misère et à notre mort? Elle a donné un baiser à mon frère Aubin, dans la forêt d'Ambroisse, sans même le connaître. Mais lui, il a cru que c'était une promesse. C'est peut-être en rêvant d'elle qu'il n'a pas pris garde, qu'il est tombé dans la grange de Mariette, et qu'il s'est tué. Et de sa mort, la mère est morte. »

Avaient-ils donc raison les enfants de la Ganne? Avaient-ils donc raison de haïr Émilienne et son pataud de frère? Et n'était-ce pas elle, Catherine, qui était dans l'erreur comme le fut Aubin? La demoiselle du Haut ne devait avoir que mépris pour toute cette racaille du faubourg de la Ganne.

Catherine finit cependant par demander à Félicie comment elle pourrait trouver quelque autre travail, et prit un air indifférent pour ajouter :

— La mère allait quelquefois chez les Desjarrige, elle m'y a amenée un jour; la cuisinière, Mme Pourpaille je crois, s'était montrée gentille avec moi.

— Mme Pourpaille, s'écria Félicie, en levant les bras au ciel, en voilà une qui a de la chance. Pas seulement cuisinière, mais une véritable directrice, écoutée de toute la maison, patrons compris.

Ces Desjarrige, des glorieux toujours en chasse, en voyage, mais il fallait le reconnaître pas avares, autre chose que les Malavergne. Peut-être pas plus riches, quoique Léonard Desjarrige fût le plus gros marchand de chevaux du canton, il avait même un haras dans les environs, et bien entendu il faisait porter ses couleurs aux courses du Dorat, de Pompadour, de Limoges. Non, peut-être pas plus riches mais fort dépensiers, c'est pas eux qui mettraient un sempiternel pain de sucre en vitrine, ils gaspilleraient plutôt, et ma foi, tant va la cruche à l'eau... qui sait, un jour, ils verraient le bout de leur fortune, alors tant pis pour eux, mais une qui ne s'appauvrissait pas chez eux, c'était bien Mme Pourpaille.

Et Félicie n'arrêtait plus de commenter la chance de cette *collègue*. Catherine eût voulu ramener la conversation sur les Desjarrige, sur Émilienne en particulier mais en vain.

— Que dis-tu, Cathie, tu parles d'Émilienne? Ah! cette mijaurée, ça se croit sorti de la cuisse de Jubiter.

— Oh, faisait Catherine offusquée.

— Eh bien quoi, oh! Il n'y a pas de oh! c'est encore une

expression que j'ai entendue au cours d'un repas, même que c'était un avocat qui disait cela, un causeur, tu sais.

Catherine se demandait ce que l'avocat pouvait bien entendre par là, et quel était ce *Jubiter* dont il parlait. « Émilienne se croyait sortie de la cuisse de Jubiter. » Quelle étrange croyance et en quoi pouvait-on se sentir fier d'être sorti de la jambe de ce personnage?

Déjà Félicie revenait à Mme Pourpaille.

— Écoutez, Marraine, Mlle Émilienne, elle est bien née de son père et de sa mère, et non pas de cet, enfin de ce... Jub...

Félicie riait, les mains croisées sur son ventre qui tressautait.

— Voyez-moi l'innocente. Bien sûr, bien sûr, qu'elle est née de sa mère; de son père, je n'en sais rien, mais je suppose, car je n'ai jamais rien entendu dire de Mme Desjarrige... Ce Jubiter, c'est façon de parler.

— Ne va-t-elle pas bientôt se marier?

— Qui ça, Mme Pourpaille? Elle est veuve et à l'en croire, s'en trouve fort bien. Remarque, est-elle sincère?

— Ce n'était pas de Mme Pourpaille que je voulais parler.

— De qui donc alors?... On a bien le droit de parler de Mme Pourpaille, ce n'est pas de mal ce que j'en dis...

— Émilienne...

— Toujours ta sucrée. Ma parole, tu es comme les jeunes du Haut, filles et garçons ne jurent que par cette Émilienne. Je me demande ce qu'elle leur a fait. Bien attifée, je te l'accorde, et de la blancheur, l'œil en velours, mais enfin, il y en a d'autres, et cet air de marcher sur des œufs... Se marier! Eh bien, malgré cette cour autour d'elle, et les biens au soleil du père Desjarrige, je ne sais pas si ce sera si facile. Mme Pourpaille, mais ce que je te dis là, pas un mot, petite, hein, pas un mot. Nous autres, entre cuisinières ou gouvernantes de ces Messieurs-Dames du Haut, nous savons, nous nous rapportons des choses, mais cela ne sort pas d'entre nous. Madame

Pourpaille, je peux même m'en vanter, me confie des choses qu'elle se garderait de raconter à d'autres.

La voilà relancée, Catherine n'osait pas l'interrompre de nouveau. A la fin la marraine s'interrogeait elle-même.

— Au fait, pourquoi diable, te parlais-je de ça?...

— Vous me disiez que Mme Pourpaille avait des craintes pour le mariage d'Émilienne Desjarrige.

— Ah oui... des craintes, c'est un bien grand mot; mais tu comprends...

Hélas, ne fallait-il pas qu'à ce moment une sauce brûlât dans un fond de casserole ou que le lait mis à bouillir passât par-dessus bord ou encore que la sonnette vigoureusement agitée par une corde qui reliait la cuisine au salon rappelât à Félicie que Madame attendait son chocolat (un chocolat à l'eau, faisait remarquer la marraine, ou plus exactement, ajoutait-elle, de l'eau chaude un peu chocolatée) et Catherine demeurait ignorante comme devant quant aux difficultés que pouvait représenter le mariage pour une jeune fille aussi parée de charmes et de chances que l'était Émilienne Desjarrige.

4

Un matin, Félicie accueillit sa filleule avec des grognements indistincts et des froncements de sourcils. Catherine avait appris à mieux connaître la grosse femme au cours de ces heures qu'elle passait à l'aider dans sa cuisine, cependant, elle n'arrivait pas à ne plus s'émouvoir devant les mouvements d'humeur de Félicie, mouvements qui n'étaient au demeurant qu'une sorte de jeu auquel la brave femme se livrait, peut-être par souci ou espoir d'en imposer.

Après avoir secoué ses plats, critiqué ses grigous de maîtres, juré qu'il fallait être la dernière des dernières pour rester une heure de plus dans cette maison et dans cette cité, la marraine finit par vider son sac.

Elle avait parlé de Catherine à la puissante Mme Pourpaille. Voilà, c'était chose faite : à partir du lendemain, Catherine pourrait se présenter de sa part à la maison Desjarrige. Là, la cuisinière-directrice, comme Félicie appelait parfois sa collègue, l'accueillerait et l'emploierait à des tâches diverses. Le matin, avant de partir pour la Noaille, à midi et le soir, Catherine aurait le temps de s'occuper de Clotilde et de Toinon que Francet garderait près de lui.

Mme Pourpaille reçut la fillette avec gentillesse. C'était une bien petite personne que cette maîtresse-femme. « Toute ronde et pas plus haute que trois pommes sans queue », pensa Catherine qui la trouva plus courte encore qu'elle n'en avait gardé souvenir. Cette masse rebondie déplaçait beaucoup d'air. Les gestes vifs, la voix tranchante confirmaient bien ce qu'avait dit d'elle Félicie, à savoir qu'elle était le gouvernement de la maison. Devant elle, Mathilde, la jeune rougeaude qui portait mal le tablier de femme de chambre, Mathilde filait doux, mais Catherine eut vite remarqué que cette fille se vengeait de sa servilité en essayant d'attiser — ce qui était fort aisé — la zizanie entre Mme Pourpaille et la dame de compagnie Mlle Rachel...

Dans les communs au sous-sol, là où se tenait le royaume carrelé de grenat et de noir de Mme Pourpaille, Catherine n'avait guère l'occasion de voir la dame de compagnie. Mais la plupart des paroles, et les silences mêmes de la cuisinière rendaient présente cette rivale. Mlle Rachel, à en croire la cuisinière, gagnait à ne rien faire le gîte, le couvert et les louis que lui assurait ici sa fonction.

— Dame de compagnie, cette grande asperge blanche, comme moi je suis évêque. Il faudrait me payer cher pour que je l'accepte moi, sa compagnie. D'ailleurs, c'est simple, ici personne ne demeure auprès d'elle, sinon cette ahurie de Mathilde qui, elle, tient compagnie à la dame de compagnie, et j'imagine les propos vinaigrés que cette Rachel doit se permettre sur mon compte. Premièrement, Madame, ou bien elle est dans ses jours de mélancolie, alors elle s'enferme dans sa chambre, fait fermer les volets, tirer les rideaux, grignote quelques biscuits, ou bien c'est tout le contraire : alors les dîners, les voyages, la chasse, on n'arrête pas, on se démène, on s'essouffle et, dans ce tohu-bohu, si on a certes besoin, bien besoin de moi pour veiller aux commandes, aux fourneaux, au ménage, on n'a que faire de Mlle Rachel... Mais voilà, elle fait partie des meubles. Il y a de cela dix ans, Monsieur l'a engagée sur la recommandation des prêtres, vu que Madame, en ce temps-là, donnait bien des inquiétudes avec ses humeurs, et lorsqu'elle était jeune fille dans son château du Repaire, ses parents lui payaient déjà une demoiselle de compagnie pour essayer de la distraire, Monsieur a cru bien faire, « un marchand vaut un noble », voilà ce qu'il a dû se dire, et depuis ils gardent leur Rachel pour le décorum.

— Pour le quoi? questionnait Catherine.

— Le décor si tu préfères, mais je bavarde, je bavarde, je te raconte des choses que tu n'as pas à savoir, il est vrai que tu n'y comprends goutte, et pendant ce temps le travail attend. Allons, va voir si Mathilde se décide à rentrer le linge. Demande-lui si c'est pour aujourd'hui ou pour demain. Je sens bien qu'il va pleuvoir, mon cor me lancine, si on tarde, les draps vont recevoir l'averse.

Catherine courait pour traverser le parc, elle n'aimait pas s'attarder devant les écuries qu'il lui fallait longer; cloués sur les hautes portes, les trophées de chasse des Desjarrige : pattes de loups, de sangliers ou de cerfs, l'effrayaient toujours, et les chevaux qu'on entendait piaffer dans les boxes ne la rassuraient guère non plus. Elle s'arrêtait un instant sous le cèdre bleu pour reprendre haleine. Elle aurait voulu passer des heures sous ses branches basses et odorantes qui lui paraissaient former une merveilleuse retraite. De là, sans qu'on pût la voir, elle apercevait à travers le feuillage la façade dont le coin, à gauche, s'ornait d'une longue flamme de vigne vierge. Catherine guettait les fenêtres du second étage car là, pensait-elle, devaient être les chambres de la jeune fille et de son frère, mais rien ne bougeait : ni persiennes, ni fenêtres, ni rideaux, la vaste demeure paraissait endormie, et la petite servante, à la fois déçue et inquiète, se résignait à reprendre sa course jusqu'au fond du parc. Au-delà d'une haie, le potager s'ouvrait, la fillette y trouvait Mathilde en train de plier nonchalamment les draps.

— Vite, dépêchons-nous, Mathilde, Mme Pourpaille nous attend.

— Quoi, elle n'a pas le feu où je pense, je lui dirai que la dame de compagnie m'a gardée près d'une demi-heure pour l'aider à ranger son linge.

— Comment est-elle faite Mlle Rachel?

— Comme une femme, tiens. Tu ne l'as pas encore vue? C'est vrai qu'elle ne se montre guère. « Une dame de compagnie, dit-elle, doit tenir ses distances. » Tu ne la ferais pas descendre pour un empire dans les communs. C'est bien ce qui met en rage Mme Pourpaille. Mlle Rachel, tu sais, ses sorties : la messe tous les matins, et les après-midi à confesse.

Mathilde relevait une mèche de ses cheveux ébouriffés et se mettait à glousser.

— Quels péchés peut-elle bien confesser à son âge, et avec sa dégaine!

Puis de nouveau, importante :

— Tout ce que je puis dire, c'est qu'avec moi elle est toujours bien convenable, je n'en dirais pas autant de Mme Pourpaille... Qu'est-ce qu'elle va me passer, celle-là, allez, donne-moi vite un coup de main qu'on en finisse.

★

Ces volets toujours clos, ce silence dans la maison intriguaient Catherine. Elle s'enhardit assez un jour pour faire part de son étonnement à Mathilde. La rougeaude pouffa de rire.

— L'innocente, tu ne sais donc pas que Madame, Mademoiselle et le jeune monsieur séjournent au Repaire.

Catherine avait déjà entendu prononcer ce nom à propos d'Émilienne. Elle imaginait un repaire de brigands, comme il y en avait dans les contes de la mère jadis et, parfois, dans les histoires d'almanachs que lui lisait Francet. Elle liait de nouveau cette image du Repaire à l'idée qu'elle s'était faite du chasseur monstrueux clouant aux portes des écuries les pattes de ses victimes. Décidément, les Desjarrige lui paraissaient pleins d'étrangeté.

Comme elle partageait ses journées de travail entre leur maison et celle des Malavergne où trônait Félicie, elle se risquait quelquefois à demander à celle-ci des lumières sur les mystères qu'elle avait pu entrevoir sans oser les approfondir auprès de Mathilde ou de Mme Pourpaille.

— Marraine, les Desjarrige ce ne serait pas des brigands?

Bien entendu, elle n'englobait nullement sous ce terme Émilienne, tout au contraire, elle la voyait victime de ces bandits dont il faudrait la délivrer.

— Comment? demanda Félicie.

Elle avait fort bien compris, mais ce « comment » marquait à la fois sa surprise et son ravissement. Sa surprise, car vraiment la chose était forte, plus forte que tout ce que le monde des cuisinières avait pu jusqu'alors rapporter sur le monde des gens du Haut, son ravissement, car elle se voyait déjà racontant à ses « collègues » les découvertes de sa filleule. Elle ne laissa pas à celle-ci répéter sa question et reprit :

— C'est Mme Pourpaille qui t'a dit?

— Oh! non.

— Alors quoi? Tu as entendu, tu as vu quelque chose? Ils ont tué quelqu'un? Desjarrige fait-il attaquer les voyageurs? Demande-t-il des rançons?

Catherine était épouvantée devant les suppositions que sa question suscitait. Avait-elle donc deviné?

— Je ne sais pas, je ne sais rien, fit-elle.

Félicie eut une moue dépitée.

— Mais alors, qu'est-ce que tu nous chantes avec tes brigands?

— C'est rapport au repaire.

— Au repaire, quel repaire?

— Celui où se trouvent actuellement la dame, sa fille et son fils. C'est Mathilde la femme de chambre qui me l'a dit.

Félicie leva ses courts bras au ciel, les laissa retomber sur son ventre.

— Si tu savais écrire, petite, on t'engagerait dans les almanachs pour inventer des histoires... des histoires de brigands. Le Repaire c'est une maison, un point c'est tout, non, à vrai dire, un château, un château dans les environs, celui de la famille de Mme Desjarrige. Elle est née au Repaire, Clarisse du Repaire. Des orgueilleux parce que leur histoire est si vieille, qu'ils disent qu'elle se perd dans les légendes. Des orgueilleux —, mais à peu près aussi riches qu'un champ de blé quand la moisson est faite et que les glaneuses et les oiseaux du ciel ont nettoyé ce qui pouvait bien rester une fois les gerbes enlevées.

Les mains aux hanches elle toisa sa filleule.

— Mais alors elle te dit quoi, Mme Pourpaille? Elle n'a donc pas confiance en toi? N'es-tu pas prévenante avec elle?

Elle prit un air sévère.

— Attention Cathie, n'oublie pas que tu es ma filleule et que je t'ai recommandée à ma collègue.

Catherine assura qu'elle ne l'oubliait pas en effet, mais Mme Pourpaille ne parlait guère que de la dame de compagnie.

— Ah! c'est son écharde, fit la grosse femme.

Catherine ne comprit pas de quelle écharde il s'agissait mais jugea prudent de se tenir coite.

— Moi, je dois reconnaître, poursuivit Félicie, que rien ici ne me porte ombrage.

Catherine pensait que sa marraine employait des mots bizarres et beaux, sans doute était-ce à servir, sa vie durant, des gens du Haut qu'elle avait acquis un langage si particulier.

— Pour t'en finir avec les du Repaire, car, enfin, il faut bien que tu saches où tu es tombée, quand je dis « tombée », je ne veux pas dire que la maison soit mauvaise, pas du tout même, pas du tout. Eh bien jadis, ils étaient quelqu'un, à un moment la fabrique, la Fabrique du Roi leur appartenait, ils étaient les fondateurs...

— La fabrique où travaille le père Baptiste, la fabrique où travaille Aurélien?

— Eh bien oui, la fabrique quoi, il n'y en a pas deux à la Noaille.

— Mais pourquoi dit-on la Fabrique du Roi, si elle appartenait à la famille d'Émilienne?

— Ça, ma petite, je ne suis pas allée plus que toi à l'école. Tu demanderas au père Baptiste, peut-être qu'il sait, lui.

Le Repaire, les brigands, la fabrique, le roi, tout cela tournait dans la tête de Catherine et composait une étrange, une glorieuse lumière autour du visage d'Émilienne. Félicie avait certes raison de dire : « la maison où tu es *tombée* », car telle était bien l'impression de Catherine : d'être *tombée* sur une autre planète où la vie n'était plus conduite par les soucis quotidiens et médiocres.

— Bref, trancha Félicie, tout en se mettant en devoir d'éplucher les pommes de terre, les du Repaire ils ont été mais ils ne sont plus guère. Ils veulent encore faire parade, et ce qui n'arrange rien, c'est que dans cette famille, si les coffres sont trop vides, les têtes, elles, sont trop pleines.

Le couteau dans une main, une pomme de terre dans l'autre, elle traçait un cercle autour de sa propre tête ronde pour indiquer le volume inconsidéré qu'elle prêtait aux crânes de cette famille.

Ce dernier renseignement acheva de rendre Catherine perplexe, à tel point qu'elle préféra s'abstenir de questionner. Elle prit place auprès de sa marraine pour l'aider à peler les légumes.

★

— Pendant que Madame, Mademoiselle et le jeune monsieur chassent dans les bois du Repaire, disait Mathilde en clignant de l'œil, pendant ce temps, Monsieur chasse lui aussi. Tu saisis, Catherine Charron, il chasse, il va à Limoges pour ses affaires, qu'il dit.

Catherine se demandait pourquoi la rougeaude éprouvait le

besoin de cligner de l'œil. Elle ment, se disait-elle, ou alors elle déparle : comment pourrait-on chasser dans une grande ville. Dans le temps, par les grands froids, le père affirmait que les loups étaient venus jusqu'aux abords de la Noaille, mais il ne pouvait y avoir loups, sangliers ou chevreuils dans les rues d'une cité dix fois plus vaste à ce qu'on disait que la Noaille.

Toujours est-il que la maison était bien calme sans les maîtres, pas de bruit, pas beaucoup de travail.

— Alors, Cathie, tu fais un peu de tout, guère de rien, plaisantait Mme Pourpaille qui s'était vite prise d'affection pour la fillette.

— Il faudrait bien tenter quelque chose pour toi, remarquait-elle parfois en regardant pensivement la petite servante.

Elle lui donnait quelque linge à raccommoder, à repasser. Elle essaya de lui confier un ouvrage à broder, mais le résultat ne l'encouragea pas à poursuivre.

Un après-midi, après le goûter, — car la cuisinière chaque jour prenait soin d'étendre sur une grande tartine une couche de gelée de groseille pour sa protégée — elle s'approcha de Catherine qui cousait près de la fenêtre, et lui proposa de lui faire visiter la maison. Catherine ne se fit pas prier.

— Tu comprends, Cathie, la Rachel est à confesse, Mathilde en course, Monsieur ne rentrera de la ville que demain, il faut bien que tu connaisses le lieu de ton travail.

La boulotte jeta un châle de laine brune sur ses épaules, prit dans une commode un retentissant trousseau de clés. Elle noua le fichu sur sa gorge.

— Fais comme moi, couvre-toi, chez moi il fait bon, mais là-haut on ne va pas chauffer quand il n'y a personne.

Elles montèrent jusqu'au hall où Catherine reconnut l'escalier à double volée. Mme Pourpaille poussait des portes grinçantes. On apercevait des pièces obscures garnies de formes vagues et grises, celles des meubles cachés sous leurs housses, parfois un rayon filtrait par une fente des volets et venait faire tache sur le mur ou révéler sur une toile quelque visage solennel et triste. Une odeur fade régnait partout. « L'odeur de l'ennui », songeait Catherine.

Elles arrivèrent au premier. Catherine jeta un coup d'œil craintif vers la tapisserie qui l'avait effrayée lors de sa première visite. Elle devina plutôt qu'elle ne les vit : les personnages anciens, les chevaux, la bête fantastique percée de flèches. Cependant la tapisserie avait perdu son sortilège, sans doute la présence de Mme Pourpaille suffisait-elle à dissiper les maléfices mais aussi les charmes. Un miaulement retentit.

— Bien entendu, c'est M. Farou, remarqua la cuisinière. Quand la dame de compagnie n'est pas là, il erre comme une âme en peine. A propos d'âme, je ne sais lequel des deux : du chat ou de Rachel, est l'âme damnée de l'autre.

Le chat noir surgit de l'ombre et vint se frotter aux jupes de la cuisinière.

— Tire-toi de là, Satan, fit la boulotte en sautant en arrière comme si le chat l'eût brûlée.

Elle haussa les épaules et se mit à rire.

— Dans le fond, tu vois Cathie, dans le fond, la Rachel, elle sert de « dame de compagnie » à un seul être ici, elle est la dame de compagnie du chat.

Une question vint aux lèvres de Catherine, une question qui souvent lui trottait par la tête, pourtant ; cette fois encore, elle la garda pour elle. Elles entrèrent dans une pièce, la première dont les contrevents ne fussent pas tirés : une chambre aux meubles noirs, avec un grand crucifix au-dessus du lit.

Mme Pourpaille se pinça le nez entre le pouce et l'index.

— Pouah ! fit-elle avec une voix de trompette. Ça sent la punaise chez la Rachel.

Elle lâcha son nez.

— Mais non bêta, ne regarde pas sur les draps s'il y a des punaises. Dieu merci la maison est propre. Non, ça sent la punaise de sacristie.

La cuisinière s'approcha de la haute armoire, tira sur les

portes, en vain. Elle alla à la commode, recommença le même manège. La fillette craignait que la dame de compagnie n'arrivât et ne surprît son ennemie en train d'essayer de forcer les tiroirs. Enfin la cuisinière, devant la résistance des serrures renonça.

— Il n'y a pas plus fermé que cette taupe, grognait-elle, c'est bien le cas de le dire. D'ailleurs quels secrets aurait-elle, sinon qu'elle inscrit peut-être des infamies sur mon compte.

Elle se moucha bruyamment, si bruyamment que le chat qui ne perdait pas de vue un seul de ses gestes, prit peur et disparut sous le lit.

— Sur mon compte et sur le compte des maîtres qui la payent à ne rien faire, ces innocents.

Le chat risqua son museau hors de l'abri. Mme Pourpaille fit les cornes au miroir, aux meubles, comme si elle avait eu six ans et que les objets eussent été des personnes. Catherine eut honte pour elle et, en même temps, elle ne pouvait chasser en elle cette crainte que le chat, au retour de sa maîtresse, ne lui rendît compte de la visite et de l'attitude de Mme Pourpaille. Elle soupira d'aise lorsque la cuisinière se décida à sortir en concluant.

— Ne restons pas plus longtemps, ça ne doit pas être sain.

Elle referma la porte derrière elle d'un coup sec. Elles suivirent le couloir.

— Verra-t-on la salle à danser? se demandait Catherine. C'était là, pour elle, le vrai but de leur visite : cette salle et aussi, peut-être, la chambre d'Émilienne. Elles virent la salle à danser, mais Mme Pourpaille l'annonça d'un nom qui parut bizarre à Catherine.

— Voici la bibliothèque.

— Je croyais, fit l'enfant.

— Qu'est-ce que tu croyais?

Elle désigna d'une main les vitrines garnies de livres sombres et dorés.

— Une fameuse bibliothèque, hein! Il est vrai que ces

livres, c'est à peu près tout ce que Madame a porté de dot. Ses parents, et ses grands-parents, et ses arrière-grands-parents étaient aussi liseurs que chasseurs, ce qui n'est pas peu dire. C'est bien à peu près tout ce qu'elle a pu amener de leur château. Il y en a qui prétendent que ça représente une fortune, moi, ce que j'en dis.

C'était donc ça, se disait Catherine, cette pièce obscure comme toutes celles de la maison, c'était cela qui lui avait paru être le cœur d'un palais. Même les têtes de plâtre sur les rayonnages lui paraissaient anodines. Comment avait-elle pu s'imaginer que c'étaient des chefs de décapités? Elle avait de la peine à cacher sa déception. Viendrait-il un jour où Émilienne elle-même ne lui paraîtrait plus qu'une personne comme les autres tout juste un peu plus belle et un peu mieux vêtue?

Elle eut envie de prier Mme Pourpaille d'arrêter la visite. Il lui tardait d'être redescendue dans les communs, là, du moins, rien ne venait gâter l'idée qu'on se faisait des appartements des maîtres, de leur luxe, et de leur harmonie. Mais la cuisinière déjà repartait. Au passage elle rajustait une housse, posait un doigt inquisiteur sur les boiseries, prête à fulminer contre Mathilde si elle décelait une trace de poussière.

Elles passèrent rapidement dans la chambre de Madame contiguë à celle de Monsieur. Catherine fut cependant impressionnée par le lit à baldaquin tendu de cretonne, d'autant plus que la cuisinière assura que Madame, lorsqu'elle avait ses idées sombres, non seulement faisait fermer persiennes et fenêtres mais encore clore autour d'elle les tentures de sa couche. Ce qui étonnait la fillette aussi, c'était qu'on fît usage de tant de chambres : une pour le mari, une pour la femme, une pour chaque enfant, alors qu'aux métairies et à la Ganne, les familles entières travaillaient, mangeaient, vivaient la plupart du temps dans une seule pièce où s'alignaient tous les lits. Elle se demandait si elle aurait aimé avoir ainsi sa chambre et son lit à elle. Ce devait être mieux, puisque les riches ne s'en privaient pas, cependant elle songeait avec une bouffée de tendresse à la grande chambre de son enfance aux Jaladas, à l'odeur de sa sœur aînée Mariette, odeur qui demeurait accrochée aux draps après le départ de la jeune fille, et dans laquelle Catherine, alors toute menue, se lovait comme en un berceau; et l'odeur du parrain mêlée à celle de son frère Aubin comme elle était rassurante.

Plus tard, oui, elle souffrait de ne point posséder sa chambre, plus tard lorsqu'elle était servante : entendre grincer près de soi le lit des maîtres ou les entendre ronfler, c'était intolérable, elle en aurait crié, mais il fallait se taire et chercher en vain le sommeil.

Elle s'arrangea pour que Mme Pourpaille s'attardât un peu dans la chambre d'Émilienne, une petite pièce au second étage dont la fenêtre donnait sur le parc, les murs étaient tendus de papier bleu sur lequel étaient peints en blanc de gracieux personnages; le lit, la coiffeuse, l'armoire étaient de même blancs et rehaussés de filet bleus.

— La demoiselle est-elle vouée à la Sainte-Vierge? demanda Catherine.

— Mais non, qu'est-ce qui te fait supposer cela?

— Ce bleu et ce blanc. Ma sœur Toinon, Antoinette, à un an, elle a eu les convulsions, depuis on l'a vouée à Notre-Dame sa protectrice et on l'habille de bleu et blanc.

— Non, pour les gens du Haut : bleu et blanc ça fait jeune fille, ça fait « chou » comme ils disent.

Catherine avec mille précautions s'était assise à la coiffeuse, elle approchait son visage du miroir et d'une main arrangeait ses nattes.

Derrière elle, Mme Pourpaille se mit à rire.

— Voyez-moi la coquette, c'est encore une enfant et ça joue déjà aux demoiselles. Mais oui, t'inquiète pas, je devrais pas te le dire, mais je pense que tu es sage, et simple, alors je te le dis quand même : tu es jolie avec tes yeux de noisette.

La remarque fit rougir Catherine mais dans la pénombre du miroir, seul un peu de rose teinta son reflet. « Suis-je jolie? » s'inquiéta-t-elle intérieurement, et elle s'approcha plus encore de la glace. « Est-ce donc joli des yeux de noisette? » Elle observait son petit nez bien dessiné : son menton rond, les frisettes châtain clair des cheveux sur le front, elle ne pouvait croire que cela formât un beau visage. D'ailleurs ce n'était pas son propre reflet qu'elle cherchait dans le miroir ovale, mais — elle savait certes que c'était impossible, cependant elle n'avait pu résister à son impulsion — un visage mat, fier, aux grands yeux sombres sous les paupières bombées, à la bouche violente, aux cheveux bruns bouclés en anglaises, celui d'Émilienne Desjarrige. En face d'elle, toujours la même enfant pensive la regardait.

— Allez, tu t'es assez admirée, fit Mme Pourpaille. Il est temps de redescendre. Mademoiselle la dame de compagnie ne va plus tarder.

Catherine se leva, caressa d'un doigt furtif les peignes, les brosses rangés en bon ordre sur la coiffeuse. De nouveau elle brûlait d'envie de poser cette question que tant de fois elle avait été sur le point de prononcer et qu'elle avait cependant gardée pour elle-même. Cette fois elle se lança.

— Mlle Rachel, si elle ne sert pas de dame de compagnie à la maîtresse, comme elle le devrait, en tout cas elle doit bien être la dame de compagnie de Mlle Émilienne?

Mme Pourpaille croisa les bras devant sa poitrine, et, la bouche entrouverte, fit entendre une sorte de sifflement comme si elle se dégonflait à la manière d'un gros ballon. Elle hocha la tête, termina son sifflet par un « ouan » sonore, reprit haleine et déclara :

— Tu parles d'or, Cathie, il est certain que payer cette taupe de Rachel à ne rien faire, c'est un scandale, et il est certain en outre qu'une demoiselle du rang de Mademoiselle ne devrait point faire un pas sans être accompagnée... Seulement... seulement...

La cuisinière s'interrompit et se mit à marcher en rond dans la chambre, puis elle se planta devant Catherine.

— Seulement, petite, on voit bien que tu ne connais pas notre demoiselle. Elle, supporter à ses côtés la Rachel, jamais. Je crois qu'elle aimerait mieux devenir bohémienne. Tout le Haut en a fait des gorges chaudes que mademoiselle Desjarrige sorte sans être chaperonnée, mais elle s'en moque comme de sa première chemise. Une ou deux fois la dame de compagnie s'est risquée à suivre Mademoiselle mais elle n'a pas recommencé, je te le promets; notre demoiselle lui en avait fait voir pis qu'un démon, courant un moment puis, au contraire, flânant une heure devant quelque boutique de coiffeur ou de bistrot jusqu'à ce que les hommes quittent leur verre ou leur rasoir pour venir lancer des quolibets à la Rachel et des compliments sans détours à notre jeune écervelée.

— Mais si c'était une autre que mademoiselle Rachel qui servirait de dame... ou de demoiselle de compagnie, la jeune maîtresse ne la supporterait pas non plus?

— Ça je n'en sais rien, mais ça me paraît bien difficile... Pourquoi demandes-tu ça? Connaîtrais-tu quelqu'un que ça intéresserait d'être la dame de compagnie?

— Oh! non, dit Catherine tristement, — et elle détourna la tête comme si, dans cette ombre, Mme Pourpaille eût pu observer son trouble.

5

Devenir « demoiselle de compagnie », c'était là une chose impossible pour Catherine, un emploi réservé à un tout autre personnage que la petite paysanne qu'elle était. Il eût fallu parler français et non patois, avoir fière allure, habits élégants, être aussi plus âgée. En outre, elle jugeait que cette tentation l'écartait de son devoir, l'empêchait de consacrer toutes ses pensées au père, à Francet et aux deux cadettes. Certes, grâce à ce que lui rapportait son travail chez les Malavergne et les Desjarrige et grâce aux victuailles dont Félicie garnissait son sac, on n'était pas affamé à la maison-des-prés; d'autre part, le soir, elle ne se couchait qu'une fois le ménage achevé, le linge lavé ou raccommodé; cependant elle n'était pas encore satisfaite, elle s'accusait d'accueillir en elle les images d'un avenir qui la séparerait des siens.

En fait, elle agissait selon une double perspective, comme si, plus tard, elle eût pu avoir deux vies. En vue de celle qu'elle passerait auprès des siens, elle s'efforçait de faire des économies. Elle les cachait, de même que les sous qu'Aurélien lui apportait le dimanche en la priant de garder le secret, dans un trou qu'elle avait ménagé en déplaçant une brique du foyer et qu'elle rebouchait ensuite avec soin. En même temps, pour se rendre capable de devenir un jour demoiselle de compagnie, elle s'appliquait à coudre ou à tricoter plus que son travail ne l'eût exigé.

— Tu te crèves les yeux, lui disait Francet, cependant qu'elle tirait l'aiguille à la faible lumière d'un *petrou*. Et pourquoi donc? Nos vêtements sont propres, les reprises déjà faites suffisaient bien, nous ne sommes pas des princes.

Elle lui répondait que lui-même ne s'estimait jamais satisfait de son ouvrage quand il tournait un fuseau ou bien y gravait des initiales. Francet devait convenir en riant qu'elle avait raison. Mais elle ne riait pas avec lui. Cela lui faisait mal de penser qu'elle bernait son entourage en feignant de travailler pour eux tous, alors qu'elle ne travaillait, se disait-elle, que pour elle.

Un jour, elle entendit affirmer par Mme Pourpaille qu'une dame de compagnie digne de ce nom devait savoir broder, alors que Mlle Rachel en était bien incapable. Catherine décida donc qu'elle saurait broder.

Chaque matin, en se rendant à la Noaille, dans le haut du faubourg de la Ganne, elle passait devant la maison du cantonnier Anglard. Là, à une fenêtre du rez-de-chaussée dont on avait relevé les rideaux, elle apercevait Amélie Anglard, la petite blonde qui lui adressait au passage un timide sourire. La fenêtre était basse et Catherine pouvait voir l'ouvrage auquel travaillaient les doigts fluets d'Amélie. C'étaient des broderies, des dentelles, des jours. Catherine à chaque fois avait envie de s'arrêter pour admirer ces délicates réussites; mais le temps lui manquait, elle ne voulait pas arriver en retard auprès de Félicie. De plus, elle se souvenait que les parents d'Amélie interdisaient à celle-ci de fréquenter les enfants du faubourg. Aussi ne s'arrêtait-elle point, se contentant de répondre par un franc bonjour au craintif sourire de la brodeuse. C'était peu de chose ce signe échangé entre elles chaque matin, et pourtant, si par hasard Amélie ne se trouvait pas derrière sa fenêtre quand Catherine venait à passer, la fillette s'en allait à son travail toute désappointée. Elle évoquait alors le fin visage absent, l'air inquiet des yeux malgré le sourire, et elle se rappelait que cette figure s'était éclairée doucement en elle, sans qu'elle sût pourquoi, au moment où la mère rendait l'âme. Ainsi, sans même qu'elles se connussent, il existait entre les deux fillettes comme une secrète affection.

Le jour où Mme Pourpaille déclara qu'une dame de compagnie devrait être experte en broderie, Catherine se promit de parler sans plus tarder à la petite Anglard.

Le lendemain matin, elle se leva plus tôt qu'à l'ordinaire, si tôt, que de son lit Francet lui demanda ce qu'il lui prenait de ne pas même attendre l'aurore. Elle avait hâte d'achever tous les travaux de la maison avant son départ. Elle réveilla même les cadettes avant leur heure habituelle, ce qui les fit grogner, pleurer et tempêter. Elle n'écoutait ni pleurs, ni cris, débarbouillait avec vigueur les petites, leur faisait avaler à grosses cuillerées leur panade, lavait en vitesse les écuelles, et s'enfuyait.

La matinée était froide mais claire, cette année l'hiver serait tenace. Catherine essayait de prévoir ce qu'elle allait dire à la fille du cantonnier : « Voilà, vous me connaissez, je suis Catherine Charron, de la maison-des-prés... » Non, c'était sot, il vaudrait mieux commencer ainsi : « Bonjour, Amélie Anglard. » Bonjour, bien sûr, on disait toujours : bonjour. Oh ! et puis elle verrait bien quand elle serait sur place. On ne parlait jamais comme on avait pensé le faire.

Quand elle approcha du haut de la Ganne, elle ralentit le pas. « Pourvu qu'Amélie soit déjà derrière sa fenêtre, et qu'elle soit seule, qu'il n'y ait pas sa mère ou le cantonnier prêts à lui faire des observations et la prier de ne pas se lier avec une enfant des faubourgs. »

Amélie était bien derrière sa fenêtre, et seule. Elle leva les yeux de son ouvrage et comme chaque matin sourit à Catherine. Celle-ci s'arrêta; derrière la vitre, la jeune brodeuse demeura interdite, les sourcils levés, les lèvres encore entrouvertes par son sourire, mais ses yeux d'un bleu violet de nouveau graves. Catherine ne savait plus que faire. Enfin, d'un doigt elle cogna à la vitre. Amélie rejeta son ouvrage, se leva vite; tout son visage s'éclaira, elle ouvrit la fenêtre.

— Bonjour, mademoiselle Charron, dit-elle à voix basse.

Elle était rose de plaisir et de confusion.

— Je vous dérange, s'excusa Catherine.

— Mais non, mais voyons...

Et la fille du cantonnier se pressait les mains, au comble de l'embarras. Son émotion et sa timidité gagnaient Catherine qui en oubliait dans quel dessein elle faisait cette visite. Enfin elle put murmurer :

— Vous devez faire de si belles broderies que je me suis dit comme ça : « Un matin tu pourrais peut-être demander à voir l'ouvrage de mademoiselle Anglard. » Mais vous allez me trouver bien osée.

— Pas du tout; seulement vous savez, mademoiselle Charron, je suis loin d'être aussi habile que vous le pensez, vous ne verrez rien de bien beau... Mais bête que je suis, à quoi je pense, de vous laisser comme ça, dehors, dans le froid? Finissez donc d'entrer, vous me ferez bien plaisir.

— Croyez-vous? Je vais vous faire perdre du temps.

Catherine baissa la voix, malgré elle jeta un coup d'œil apeuré dans la pièce derrière la fillette.

— Et vos parents, que vont-ils dire?

— Ils ne sont pas là ce matin. Mon père est sur la route. Ma mère au marché. D'ailleurs ils seraient bien contents de vous voir.

Rassurée, Catherine pénétra dans la maison qui lui parut fort simple; toutefois les parquets cirés, les coussins sur les chaises, un buffet sombre, et, dans un cadre fixé au mur, un papier où l'on voyait des dames peu vêtues tendant à bout de bras une couronne de laurier, tout cela suffisait pour distinguer cet appartement de ceux misérables des maisons voisines.

On voyait bien qu'on était là chez un « fonctionnaire », comme disait avec respect la marraine Félicie.

Catherine posait les pieds avec précaution sur deux patins de feutre placés sur le seuil.

— Dans le temps, mademoiselle Anglard, vos parents ne voulaient pas vous laisser jouer avec nous.

Amélit rougit jusqu'à la racine des cheveux.

— Oh! c'est qu'il y a, il y a de tout dans le faubourg, balbutia-t-elle. Des malheureux qui disent des grossièretés, et qui mendient ou qui maraudent. Alors, vous savez, mademoiselle Charron, forcément leurs enfants les imitent, ce n'est pas de leur faute; et mon père, n'est-ce pas, était obligé de me tenir à l'écart. Il est fonctionnaire, vous comprenez, alors, vis-à-vis des gens...

Catherine, tout en l'écoutant, se reprochait d'avoir parlé de cela, par sa faute elle allait tout gâcher. C'était comme si, en elle-même, une Catherine beaucoup plus petite, l'ancienne Catherine, l'enfant de la Ganne, celle qui s'étonnait autrefois de voir la petite fille blonde du cantonnier rester à l'écart et ne pas se mêler aux jeux, c'était comme si cette sacrée gamine avait pris la parole sans demander la permission, sans même avertir; et voilà, ses phrases imprudentes allaient tout compromettre.

Amélie bredouillait, elle se troublait de plus en plus. Enfin, tout essoufflée, elle finit par articuler péniblement :

— Mais, mademoiselle Charron, vous et votre famille, mes parents savaient bien que vous étiez différents et honnêtes, et vaillants, et polis. Ils connaissaient vos malheurs et vous plaignaient.

Cette Amélie était la gentillesse même. Son affection était douce; quant à la pitié du cantonnier et de sa femme, Catherine n'en voulait certes pas.

— Hé! fit-elle, moi et mon frère, on jouait bien dans la rue, ça ne nous a pas changés en brigands, les Lartigues non plus.

Amélie baissa les yeux et sourit, et ce sourire dissipa tous les nuages autour des deux fillettes.

— Aurélien Lartigues, c'est le contraire d'un brigand.

— Le contraire d'un brigand? s'étonna Catherine.

— Oui, un brigand prend les choses, Aurélien les donne.

Catherine se demanda si elle faisait allusion à l'argent ou aux œufs qu'Aurélien apportait à la maison-des-prés chaque dimanche depuis la mort de la mère. Mais comment Amélie eût-elle pu être au courant?

La fille du cantonnier poursuivit :

— Un jour, dans la rue, juste devant ma fenêtre, vous mangiez un quignon de pain noir. Aurélien s'est approché, vous a arraché ce pain et vous a tendu à la place un craquelin. J'étais à ma fenêtre, je vous ai vue si malheureuse, et puis tout à coup si heureuse quand vous avez mordu dans le craquelin. J'ai vu Aurélien, il vous regardait, et lui qui a toujours l'air moqueur, il vous regardait sérieusement, il ressemblait — oh! vous allez me trouver sotte — mais je vous assure : il ressemblait à l'ange qui est sur le vitrail de l'église, l'ange brun qui regarde dans le coin du vitrail la petite Sainte Vierge... De ce jour-là, si vous saviez, j'ai eu envie de devenir votre amie à tous les deux.

Elles s'étaient installées près de la fenêtre. Amélie prit son ouvrage et le montra à Catherine. Celle-ci se récria d'admiration devant les broderies.

— Ce n'est pas sorcier, prétendit Amélie.

— Pas sorcier! pas sorcier! Mais dans le canton il ne doit pas y avoir beaucoup de doigts capables d'en faire autant.

— Ce qu'il faut avant tout, c'est de la patience.

Catherine prit dans les siennes les mains d'Amélie.

— Comme vous avez des mains petites et blanches, et minces. A côté des miennes toutes brunes avec leurs cicatrices, leurs ongles cassés.

— Hé, je n'ai pas de mérite, c'est les mains de quelqu'un qui ne fait que coudre, tandis que vous, mademoiselle Charron, vous avez des mains de travailleuse.

— Allons donc, vous n'êtes pas feignante, mademoiselle Anglard.

Elles prenaient plaisir à se donner du « mademoiselle » et elles cachaient leur embarras en jouant les bonnes femmes. Catherine soupira :

— Je serais bien incapable de faire de belles choses comme vous.

Alors, dans un élan, Amélie :

— Si vous voulez, je vous apprendrai, je suis sûre que ça marcherait très bien.

Catherine eut du mal à dissimuler sa joie. Ainsi c'était fait, elle n'avait même pas eu besoin de solliciter ce service. La politesse selon la Noaille exigeait qu'elle ne montrât pas son enthousiasme.

— Vous n'y pensez pas, mademoiselle Anglard, cela vous causerait de la peine, prendrait votre temps. Merci bien, je vous remercie bien, mais vraiment, croyez-moi, ce serait une corvée pour vous, et je serais une si mauvaise élève!

Et toujours selon les mêmes lois paysannes, Amélie insista :

— Vous, une mauvaise élève! Voulez-vous bien vous taire! Ce serait un plaisir pour moi, je vous assure, de vous montrer le peu que je sais, bien entendu si cela ne doit pas vous ennuyer.

— M'ennuyer! Je serais bien heureuse, au contraire. Mais je vous dis, ma pauvre, je n'ose accepter.

Comme il lui restait encore une demi-heure avant de prendre son travail auprès de sa marraine, elle commença à tirer l'aiguille sous l'œil vigilant d'Amélie.

★

Tous les jours, Catherine s'arrêtait à la maison du cantonnier. Mme Anglard lui faisait bon accueil. Quant au cantonnier on ne le voyait pas souvent, il travaillait sur ses routes. Lorsque par hasard il n'était pas encore parti, il se montrait lui aussi aimable avec Catherine, lui demandait des nouvelles de son père, des petites et de Francet.

— Je vois quelquefois M. Charron, disait-il, lorsque le chantier où il fait ses feuillards est en bordure d'une route. Vous lui direz bonjour de ma part, mademoiselle Charron.

« M. Charron, mademoiselle Charron », les Anglard étaient cérémonieux. Cela glaçait un peu Catherine, mais en même temps la flattait, « et puis, pensait-elle, forcément, quand on est fonctionnaire ».

Les leçons de broderie n'allaient pas sans difficultés. Bien souvent l'aiguille allait piquer le doigt maladroit et, à la fin des séances, la vue était brouillée tant les yeux avaient dû regarder avec application. Qu'importait : chaque jour Catherine devenait plus habile et chaque jour s'affirmait l'amitié entre élève et maîtresse.

Au bout de quelque temps, Mme Anglard invita Catherine à venir, si elle le désirait, le dimanche après-midi : elle pourrait amener ses sœurs.

Clotilde et Toinon qui n'étaient jamais sorties de la maison-des-prés sautèrent de joie quand leur sœur parla de les amener en ville, mais lorsqu'elles arrivèrent devant la demeure du cantonnier, ce ne fut plus la même chanson : pas moyen de les décider à entrer, il fallut les traîner de force. A l'intérieur, elles ne lâchaient pas les jupes de Catherine; plus Mme Anglard et sa fille leur prodiguaient de sourires et de cajoleries, plus les petites se raidissaient, farouches. Cependant, elles finirent par se familiariser avec l'appartement et surtout avec le parquet ciré sur lequel, grâce aux patins de feutre, elles faisaient de longues glissades.

— Dis, Cathie, demanda Clotilde alors qu'elles regagnaient la maison-des-prés : pourquoi le plancher, chez ces gens, il était gelé comme les mares? Il faisait pourtant chaud.

Catherine n'osait pas à son tour inviter Amélie à se rendre chez elle. Enfin, quand le temps se radoucit, et qu'il commença à faire bon s'asseoir sur l'herbe naissante, le dos au mur ensoleillé, elle s'enhardit et convia la fille du cantonnier à venir prendre le soleil devant la maison-des-prés. Lorsque Amélie arriva, Aurélien et Julie Lartigues étaient déjà là. On avait sorti un banc devant le seuil. Le père y avait pris place avec Catherine et Julie. Les garçons s'étaient assis à même le sol, un peu plus loin; devant eux, à la lisière du pré, Clotilde et Toinon se poursuivaient. Quand Amélie déboucha du chemin et vit toute la famille Charron et les Lartigues, elle se sentit aussi intimidée qu'avaient pu l'être Clotilde et Toinon dans la demeure du cantonnier.

Ils regardaient s'avancer vers eux, gauchement, cette fillette blonde et rose aux yeux bleu sombre, les cheveux rejetés en arrière et tenus par une barrette d'écaille.

— Elle est mignonne, fit Francet à mi-voix.

Julie qui était assise un peu au-dessus de lui, au bout du banc, l'entendit. Elle marmonna, les dents serrées :

— Oh! mignonne! Elle a l'air bien empoté, c'est une gosse.

En fait, il n'y avait pas grande différence d'âge entre Julie, Catherine et Amélie, Julie étant leur aînée d'un an ou deux. Mais, en apparence, avec son chignon, sa taille serrée à outrance, sa poitrine haute, son air effronté, Julie faisait déjà femme, alors qu'Amélie et Catherine demeuraient enfantines dans leur allure.

Le père, Catherine et Aurélien se levèrent pour accueillir l'invitée.

Amélie baissa les yeux quand elle tendit la main à Aurélien. Catherine le remarqua, elle se souvint de la comparaison que la fille du cantonnier avait faite entre Aurélien et l'ange brun qu'on voyait sur le vitrail de l'église. « C'est vrai, se dit-elle, qu'Aurélien est beau. » Il y avait bien longtemps qu'elle le connaissait et presque aussi longtemps qu'elle ne le voyait plus. Ce même regard neuf qu'elle venait de poser, grâce à la venue d'Amélie sur son ami, elle le garda pour observer son père et Francet. Vêtu de propre et rasé, le père lui sembla retrouver un peu de son allure de jadis. Certes, ses cheveux continuaient à blanchir, mais peut-être était-il un peu moins voûté et ses traits moins tirés. Catherine fut envahie par une bouffée de fierté : « Si le père reprenait quelque courage, n'était-ce pas grâce à elle, n'était-ce pas la preuve qu'elle parvenait à tenir honorablement la maison-des-prés? » Quant à Francet, on le voyait de jour en jour s'épanouir : large de carrure, le torse très droit, les cheveux noirs aux boucles serrées, les gestes vifs, on n'aurait pu se douter qu'il sortait d'une maladie de sept années. D'ailleurs, il s'entraînait tenacement à faire, chaque jour, le tour de la maison sans se servir de ses béquilles, et bientôt, sans doute, il les abandonnerait tout à fait.

Clotilde et Toinon s'étaient approchées. Elles étaient revenues plusieurs fois chez le cantonnier et se sentaient maintenant camarades avec Amélie.

Clotilde prit la grande fille par la main et la tira vers l'entrée de la maison.

— Laisse-la, laisse-la donc! ordonnait Catherine, mais l'enfant insistait.

Elle amena Amélie Anglard dans la cuisine et lui fit remarquer :

— Tu vois, chez nous on n'a pas de plancher gelé.

Cette réflexion, en déclenchant les rires, effaça ce qu'il y avait encore de guindé dans l'accueil des Charron. L'après-midi fila comme lettre à la poste. Amélie et Catherine ne trouvèrent même pas le temps de faire un peu de broderie. Au moment des adieux, Francet, en s'appuyant au bras de Julie, alla fouiller dans un placard où il rangeait ses outils et ses travaux; il en sortit un joli fuseau de buis poli qu'il tendit à Amélie Anglard. Le jeune garçon avait gravé sur le bois deux A entrelacés. Catherine jugea pleins de délicatesse ce don et la surprise qu'avait ménagée Francet en ne disant à personne qu'il préparait et gravait à l'avance ce fuseau. Julie Lartigues ne devait point partager ce sentiment car elle s'écarta ostensiblement de Francet. Pour sortir de nouveau, il dut faire appel au bras de Catherine.

On fit promettre à Amélie de revenir. Catherine et Aurélien la raccompagnèrent jusqu'à la route de la Noaille. Là, on s'arrêta un moment. Soudain Amélie prit la main de Catherine et celle d'Aurélien, les pressa dans les siennes.

— Oh! je suis heureuse, dit-elle.

Elle les lâcha et partit en courant.

Avant de rebrousser chemin, ils la regardèrent gravir la côte vers la Ganne. Elle ne se retourna pas.

— Elle est gentille, fit Catherine.

— Oui, mais elle est drôle. Elle a l'air timide, timide, et tu as vu tout à l'heure comme elle nous a pris la main.

Il eut un rire léger.

— Et le jour où je t'avais donné un craquelin dans la rue, devant sa maison, elle était à la fenêtre : elle nous a envoyé un baiser.

★

Amélie revint souvent le dimanche à la maison-des-prés. On se rangeait sous les arbres qui se couvraient peu à peu de bourgeons. Parfois on avait des visites : celle de Félicie qui arrivait en soufflant, suant et s'épongeant, et qui n'arrêtait pas de faire la critique des gens du Haut, et en particulier de ses maîtres. Quand le père Baptiste était là, car lui aussi faisait partie des habitués du dimanche, il plaisantait la marraine.

— Hé, disait-il, vous n'avez pas l'air bien à plaindre, vous ne faites pas pitié, vous savez. On ne penserait jamais, à vous voir, que vos bourgeois vous nourrissent avec de l'eau et des os.

Ou bien :

— Alors, quand vous mariez-vous : aimable, rose et riche comme vous êtes, vous ne devez pas manquer de galants?

La marraine feignait de s'indigner, elle s'empourprait, secouait ses bras courts, bredouillait de colère, eût-on dit, tendait vers le coupable un doigt menaçant, puis éclatait de rire. Le père lui-même ne résistait pas à cette gaieté. Cependant, le soir, quand les visiteurs étaient repartis, il s'assombrissait de nouveau.

— Si la pauvre Marie avait pu voir cette assemblée aujourd'hui, comme elle aurait été contente! disait-il.

Parfois, il attirait Catherine vers lui, posait un baiser maladroit sur son front.

— Ma petite Cathie, tu es vaillante, tu es brave; sans toi que serions-nous devenus?

Le dimanche, venait aussi quelquefois Martial, le frère aîné, quand ses patrons du Treuil voulaient bien consentir à cette brève absence. Il aimait parler avec Francet des malices auxquelles tous deux se livraient avant que le cadet ne tombât malade.

— Bêtio, bêtio, disait-il selon sa coutume, quels bons tours on a pu jouer!

Francet qui toujours l'avait mené à sa guise, le prenait en considération à présent que le régiment attendait le jeune homme.

— Tu as de la chance, disait-il, tu as de la chance, Martial, moi je ne serai jamais soldat.

— Bêtio, bêtio, voilà une chance dont je me passerais bien.

Martial confiait ensuite à Catherine que si : il était bien content de devoir partir sous les drapeaux, ça lui ferait voir du pays.

En fait de pays, il ne vit d'abord que les casernes du chef-lieu où il ne tarda pas à être incorporé dans l'infanterie.

De loin en loin, on voyait encore, le dimanche, à la maison-des-prés, le parrain avec sa femme toujours aussi timide. Catherine était heureuse de revoir le jeune charpentier.

Frédéric Leroy avait forci depuis son mariage et aussi depuis qu'il travaillait dans le bâtiment; cependant, bien qu'il allât vers la trentaine, il avait gardé une sorte de gaucherie d'adolescent qui le faisait se pencher un peu de côté quand il parlait et avoir des gestes malhabiles si on lui offrait à manger ou à boire. Sa petite femme ne manquait jamais de se placer dans le coin le moins éclairé, là elle se tenait si immobile et silencieuse qu'on finissait par l'oublier. Elle cherchait, semblait-il, d'autant plus à s'effacer qu'elle était enceinte et que cet état accroissait encore son habituelle modestie.

Catherine était heureuse de voir son parrain; il était pour elle la paix, la tendresse et la chaleur des premières années de son enfance; et pourtant elle appréhendait sa venue, car avec lui le père évoquait le souvenir de la mère, lorsqu'elle était jeune aux Jadalas et qu'ils avaient adopté, comme un de leurs enfants, le petit orphelin Frédéric Leroy.

Quand le parrain était reparti, le père passait des jours entiers sans dire un mot; la nuit, Catherine l'entendait se tourner et se retourner dans son lit; et il lui semblait parfois qu'il parlait à voix basse et gémissait.

★

Aurélien s'arrangeait toujours soit pour arriver le premier, soit pour partir le dernier, et il guettait le moment où l'attention de ses amis était distraite pour faire signe à Catherine. Ils entraient tous les deux dans la cuisine, vite le garçon sortait de ses poches des œufs ou des pommes, des châtaignes.

Un dimanche, même, il apporta, soigneusement caché dans les hardes, un poulet fraîchement tué. Il précéda la remarque étonnée de Catherine pour affirmer que c'était avec les sous que lui rapportaient ses menus travaux hors de la fabrique : ici pour aider à rentrer du bois, là pour donner un coup de main dans la boutique de l'épicier un jour de presse, qu'il avait pu acheter ce poulet comme il achetait œufs ou pommes de pommier. Cela ne l'empêcha pas comme d'habitude d'ajouter à son cadeau quelques piécettes.

— Mais enfin, lui disait Catherine, tu n'es quand même pas notre frère, alors pourquoi fais-tu ça?

Aurélien réfléchissait, une mince ride se creusait entre ses sourcils. Tout ce qu'il trouvait à répondre enfin, c'était :

— Pour rien... parce que...

— En tout cas, tu nous as bien assez donné. Arrête-toi maintenant, repose-toi au lieu de travailler en dehors de la fabrique, ou alors achète des choses pour toi si tu veux.

— Vous êtes donc tout à fait sortis de la misère?

— Ah! bien sûr que non.

— Tu vois.

— Mais vous aussi, votre père et vous, vous êtes aussi privés que nous.

— T'occupe pas, nous on n'a pas des bambines à élever comme Clotilde et Toinon; et puis, à l'usine mon père gagne plus que ton père à ses feuillards.

— Tu es entêté.

— Comme un âne qui recule, disait-il en souriant.

— Enfin, tu devrais penser à plus tard, Aurélien, au jour où tu te marieras.

— Quelle idée!

— Mais non, c'est pas une idée; le jour où tu te marieras, il te faudra de l'argent. Tiens, tu sais pas, tu devrais te marier avec Amélie Anglard.

— Avec...

Aurélien pâlit. Il se pencha brusquement en avant et se frotta le genou.

— Je me suis cogné contre la table; bon sang, ça fait mal.

Catherine n'avait pourtant pas entendu le coup.

— Elle t'aime bien, tu sais, Amélie. Elle me l'a dit.

Le garçon haussa les épaules.

— Alors, avec qui tu te marieras, Aurélien, si tu ne veux pas d'Amélie?

Il regarda gravement Catherine, entrouvrit la bouche, puis détourna la tête.

— Je ne sais pas.

Il sortit de la cuisine pour rejoindre Francet dans le pré devant la maison.

« Après tout, songeait Catherine, je l'ai bien conseillé, s'il ne veut pas m'écouter, je n'y peux rien. » Elle s'assura que personne ne pouvait voir du dehors et s'empressa d'aller placer les piécettes d'Aurélien dans la cachette qu'elle avait ménagée derrière une brique du foyer. Le tas de monnaie s'accroissait peu à peu. « Aurai-je jamais la somme nécessaire? Je n'ai même pas idée de ce que ça peut coûter. » Elle pensa soudain que peut-être ses efforts étaient ridicules, qu'elle n'arriverait pas à économiser assez pour réaliser ce qu'elle souhaitait. « Tant pis, décida-t-elle, je n'en parlerai pas au père, mais je demanderai à Francet, à Mariette, au parrain et peut-être à Félicie de m'aider. A nous tous on trouvera bien l'argent. »

Cet après-midi, elle avertit Amélie qui jouait dans le pré avec les cadettes que le lendemain elle ne passerait sans doute pas chez elle car elle avait unc course à faire. La fille du cantonnier essaya de cacher sa déception sous un sourire. Elle et Catherine étaient devenues inséparables. Amélie Anglard, à cause de la méfiance de ses parents à l'égard de leurs voisins de la Ganne, avait eu une enfance solitaire; grâce à Catherine, au seuil de l'adolescence elle découvrait les plaisirs de l'amitié et des jeux qui lui avaient manqué. Francet, Aurélien et même Julie, qui d'abord s'était montrée jalouse, l'avaient eux aussi adoptée. Quant à Clotilde et Toinon, elles l'adoraient car elle faisait preuve avec elles d'une patience sans bornes et se prêtait à tous leurs caprices.

Quand le soleil déclina et qu'elle prit congé de ses hôtes, en embrassant Catherine elle lui dit d'une voix inquiète :

— Alors à mardi?

Devant la tristesse de son amie, Catherine eut envie de lui proposer de l'emmener avec elle le lendemain matin, mais aussitôt elle se ressaisit : « Non, pensa-t-elle, je dois être seule là-bas. »

— A mardi.

6

Le lendemain, elle hâta le pas lorsqu'elle passa devant la maison des Anglard, elle fut satisfaite que son amie ne se tînt pas à la fenêtre. Elle traversa le mail, longea l'église Saint-Loup. Comme elle dépassait le porche, une religieuse sortit de l'église et à sa suite une, puis deux, puis trois, puis toute une colonne de fillettes vêtues de noir et coiffées d'un bonnet, noir également, qui dissimulait leurs cheveux. Catherine s'arrêta un peu plus loin et se retourna pour voir le défilé silencieux des enfants s'engager, derrière la religieuse, dans les ruelles qui menaient à l'orphelinat des Sœurs.

« Clotilde et Toinon pourraient être avec ces pauvrettes à l'heure qu'il est. La messe dans ce matin froid, tous les jours, ça serait leur seule distraction... Comme leurs visages étaient pâlots et sans vie! Un régiment de petites vieilles. Voilà, mes cadettes auraient appartenu à ce régiment... Félicie affirme que les Sœurs s'occupent bien d'elles. Eh oui, mais comment s'occuper d'un régiment? Toute leur vie sans doute, les fillettes de l'orphelinat resteront les enfants en noir : celles qui n'ont pas de mère, celles qu'on menait dans le froid des matinées d'hiver chuchoter les prières à Saint-Loup, celles qui regardaient au passage, avec envie, les autres enfants de la Noaille s'amuser sur le pas des portes. » Quand les pensionnaires eurent disparu, Catherine reprit sa marche. A son lever, elle avait dû se forcer pour tenir la promesse qu'elle s'était faite la veille à elle-même, tant elle appréhendait en son cœur cette matinée. Mais si la vue des orphelines avait pu l'assombrir, en même temps elle avait affermi en elle la volonté et la conscience de son devoir comme de son pouvoir en face de la vie.

Elle arriva aux dernières maisons qui marquaient la limite de la Noaille avant les collines de Lanzac. Entre ces demeures bâties avec les pierres des anciens remparts et les coteaux boisés, s'étendait une plaine; là, un rectangle de murs gardait le cimetière. Devant la porte rouillée, Catherine s'arrêta. Elle entendait en elle-même battre son sang comme si elle avait couru. Elle pensa un instant à rebrousser chemin. Jamais elle n'aurait le courage de pousser cette porte. Elle regrettait maintenant de n'avoir pas accepté qu'Amélie l'accompagnât. Au moment de repartir, elle aperçut un peu plus loin dans la plaine, à un tournant de la route, une carriole qui venait au galop. Cette présence la décida, elle se reprit, franchit le portail. Le bruit de la voiture, les grelots, les pas du cheval s'approchèrent, retentirent très fort derrière le mur, puis s'éloignèrent. Tant qu'elle les entendit, la fillette ne sentit plus sa solitude. Elle avançait le plus vite possible entre les tombes vers le bas du cimetière. Bientôt le roulement de la voiture ne fut plus qu'une rumeur qui s'effaça tout à fait. Alors il sembla à Catherine que le silence des morts la pressait de toutes parts.

Elle allait, les bras collés au corps, comme quelqu'un qui veut se faire oublier, remuer le moins d'air possible. Au passage, sans tourner la tête, elle jetait des coups d'œil de chaque côté sur les tombes qui bordaient le chemin : tombes de marbre ou de granit, quelques-unes avec des statues penchées; certains de ces tombeaux étaient couverts de couronnes, d'autres de plantes; des lettres d'or disaient des noms et des choses. Catherine avait envie de dire à haute voix : « Ne m'en voulez-vous pas, je ne sais pas vous lire malgré vos écritures dorées. » Dans quelques pierres étaient insérées des plaques de porcelaine rose ou bleue avec des fleurs, des nuages ou des angelots entourant les portraits des morts : une vieille femme coiffée du barbichet, ailleurs un soldat. Elle passa devant une chapelle : par la porte grillagée on apercevait un autel chargé de couronnes, de vases garnis de fleurs artificielles, et au fond un vitrail bleu, rouge et vert. « Une véritable église en miniature », songea l'enfant. « Savoir, c'était peut-être là le tombeau des Desjarrige. Mme Pourpaille avait un jour parlé d'une chapelle qu'ils possédaient au cimetière. » Catherine aurait bien voulu s'arrêter un instant pour regarder, à travers le grillage, cette demeure religieuse où, quelque jour, on descendrait parmi les siens Émilienne Desjarrige. Elle n'osa pas. Il ne fallait pas que les morts pussent la remarquer, ç'aurait été mal de penser ici à autre chose qu'à la défunte à laquelle elle venait rendre hommage.

Elle atteignait le cimetière des pauvres. Ici, comme chez les vivants de la Noaille, le Haut était réservé aux familles riches, le bas à ceux de la Ganne. La chapelle que Catherine attribuait aux Desjarrige se tenait entre les deux domaines et un peu en retrait de chacun d'eux. Catherine voyait dans cette situation à part un accord avec la place qu'occupaient les Desjarrige vivants : loin des miséreux, mais, pensait-elle, à l'écart des autres familles bourgeoises qu'ils devaient, au nom de leur alliance avec le sang du Repaire, en secret, mépriser.

Maintenant, plus de dalles de marbre, encore çà et là quelques granits, mais surtout des croix de bois adossées à quatre planches entrelacées qui supportaient d'humbles couronnes dont apparaissait par places l'armature rouillée. Sur des cœurs en zinc des noms étaient gravés. Un peu plus bas, vers le mur, les tombes n'étaient même plus marquées par ces enclos, seules des levées de terre les distinguaient les unes des autres. Au bout de la levée, une croix grise et basse, à laquelle s'accrochaient un ou plusieurs de ces cœurs métalliques désignant les disparus.

Si elle n'allait plus retrouver la tombe de la mère!... Comment la reconnaître parmi ces sillons tous semblables? Le nom figurait en vain sur un cœur de zinc pour qui ignorait l'alphabet. Elle sentit une bouffée de rancune l'envahir contre les Desjarrige dont l'orgueil et la richesse suffisaient à indiquer la tombe au plus ignorant alors que la mère, où était-elle étendue? Lors des funérailles, Catherine avait compté les tombes à partir du mur, mais, à présent, elle ne se souvenait plus si c'était la troisième ou la quatrième. Elle s'agenouilla dans le chemin, juste entre les deux tombes identiques. Elle priait intérieurement : « Mère, il ne faut pas m'en vouloir si je ne suis pas à genoux devant vous. Vous auriez bien voulu m'envoyer à l'école mais on n'a pas pu, et je ne sais pas lire votre nom qui est le mien. Je ne suis pas venue ici depuis qu'on vous a portée dans cette terre, mais vous savez j'ai peur pour venir jusque-là, ce n'est pas de ma faute, et tous les jours je pense à vous à la maison-des-prés, et l'après-midi chez les Desjarrige où je travaille et où vous m'aviez amenée une fois. En venant ce matin j'ai croisé l'orphelinat devant l'église, vos cadettes ne sont pas parmi les enfants vêtus de noir, je les ai gardées avec nous. Vous auriez été malheureuse si vous aviez pensé que Clotilde et Toinon puissent aller un jour à l'orphelinat. Elles n'y sont pas allées, et elles n'iront pas tant que j'aurai mes deux bras vaillants. Mère, peut-être que vous êtes là-dessous comme quelqu'un qui dort pour toujours, peut-être moins encore, comme une pierre, ou bien, puisqu'ils parlent de paradis à l'église, s'il existe, vous y êtes et alors vous demandez à la Vierge et aux Saints de nous protéger. Moi, je ne sais pas. Je ne sais pas si vous dormez ou si vous êtes devenue une pierre, ou si votre esprit est parti dans les nuages, mais je vous le dis : je ne veux pas que vous restiez sous cette mince levée de terre. On vous a descendue dans ce trou parce que nous n'avions pas de sous pour payer un tombeau qui serait à nous, à vous, où vous resteriez jusqu'à la fin des temps. Et ici, sous cette levée de terre, je sais qu'ils appellent ça du « provisoire », et, de temps à autre, — Aurélien a fini par me le dire à force que je le questionne — quand ils ont besoin de place, ils creusent, enlèvent des cercueils anciens, les portent à la fosse commune, pour pouvoir accueillir de nouveaux morts sans fortune. Je ne veux pas que ce soit comme ça pour vous. Je n'ai pas voulu que les cadettes se perdent dans l'orphelinat, je ne veux pas que vous vous perdiez parmi les morts. »

Les deux tombes devant Catherine étaient nues; aucune couronne, nulle fleur artificielle, nul bouquet. Les familles étaient trop démunies pour offrir à leurs défunts un tel luxe. Mais sur la tombe de droite, au pied de la croix, des cailloux blancs étaient posés. Catherine en compta neuf. Elle savait que des visiteurs marquaient ainsi leur passage. Ces neuf cailloux appartenaient-ils à la mère? et qui, alors, venait aussi souvent? Ou bien saluaient-ils ses voisins de cimetière? Elle eût bien voulu à son tour laisser un caillou en souvenir, mais sur laquelle les deux tombes l'eût-elle déposé? Elle se releva, fit quelques pas dans les allées jusqu'à ce qu'elle trouvât un silex. Il n'était pas blanc, mais jaunâtre. Elle chercha mieux dans l'espoir d'en dénicher un autre plus clair, en vain. Elle allait revenir vers la tombe, lorsqu'elle se ravisa, et ramassa un deuxième silex de la teinte du premier. Elle regagna alors les deux croix dont l'une surmontait le corps de la mère, et au pied de chacune d'elles plaça une pierre. Cela ainsi fit dix cailloux d'un côté, un de l'autre.

Catherine s'agenouilla de nouveau entre les tombes. « Il faut me pardonner, Mère, si j'ai mis une pierre au-dessus de vous et une autre pour votre voisin. Si c'est vous qui possédiez déjà les neuf galets blancs vous accepterez bien que le mien ne soit pas aussi joli, et dans ce cas, votre voisin, à qui personne ne pense peut-être, sa tombe sera moins oubliée puisqu'elle portera mon silex. »

Elle se redressa, tapota sa jupe tachée aux genoux de poussière.

« Mère, il faut que je parte, sinon je vais être en retard auprès de Félicie, chez les Malavergne. Je reviendrai, je vous promets, j'apporterai cette fois un caillou blanc comme de la porcelaine, et bientôt, au printemps, des fleurs. »

Elle regardait les deux levées de terre, les croix, les cœurs en zinc. Maintenant qu'elle ne priait plus, qu'elle ne parlait plus intérieurement, elle ressentait de nouveau sa solitude. Que faisait-elle ici devant ces talus, ces bouts de bois entrecroisés, ces plaques de zinc? Il n'y avait rien, plus rien autour d'elle. Où était la mère? Mais où était la mère? Catherine éclata en sanglots et, pour ne pas penser, pour ne pas savoir qu'elle pleurait ni pourquoi elle pleurait, elle s'enfuit en courant.

★

Le soir, quand les petites furent endormies et Francet couché à son tour, au moment d'embrasser le père et de lui souhaiter bonne nuit, elle lui raconta sa visite au cimetière, son embarras pour reconnaître la place de la mère, les neuf cailloux blancs sur l'une des tombes, celui qu'elle avait ajouté à ceux-ci et l'autre déposé sur la tombe voisine. Le père la prit contre lui sans rien dire. Catherine ne bougeait pas, fermait les yeux, retenait son souffle. Elle était heureuse dans ce malheur commun au père et à elle-même. Elle aurait voulu pouvoir s'endormir ainsi dans la chaleur du père, dormir sans rêve et sans plus jamais s'éveiller.

Cependant, Jean Charron relâcha son étreinte. D'une main il se frotta les yeux, comme si la fumée de l'âtre les eût irrités.

— La tombe de la mère, dit-il, c'était celle aux neuf cailloux. Je ne sais pas qui est à côté.

Il parut réfléchir un moment puis demanda :

— Tu en as bien compté neuf?

— Oui, affirma Catherine.

— Neuf, pas sept?

— Non, neuf.

— Moi j'en ai porté seulement sept. Je n'ai pu m'y rendre que sept fois. Deux fois le dimanche matin pendant que tu t'occupais des petites, les quatre autres fois à l'aube en m'en allant au chantier, et une fois dans la journée, parce que le bois où nous travaillions était sur la route du cimetière.

— Et les deux autres cailloux alors?

— Je ne sais pas qui les a portés, je me demande. Félicie?

— Oh! non, bavarde comme elle est, elle l'aurait dit. D'ailleurs elle a trop peur d'entrer dans un cimetière; elle racontait ça un jour devant moi à sa patronne.

— Mariette alors? Non, elle serait pas venue depuis Ambroisse sans pousser jusque-là... Martial, la ferme où il travaille est trop loin, ses patrons ne le laissent pas facilement s'échapper.

— Eh bien, conclut Catherine, c'est le parrain, sûr ça ne peut être que lui.

— Tu as sans doute raison, petite. Il est venu nous voir deux fois depuis la mort de Marie. Ça doit être ses deux cailloux. Il aimait tellement la mère. C'est lui tu vois qui va là-bas, il ne veut pas la séparer de la visite qu'il nous fait... Tu sais, il garde toujours le collier, la croix et le bracelet, les boucles d'or que la mère mettait quelquefois, le dimanche, quand nous étions aux métairies. Il m'a avancé de l'argent, alors ces bijoux lui appartiennent, mais non, il dit que non, qu'il les garde pour plus tard quand j'aurai pu trouver l'argent pour les racheter. Il voulait même, il voulait me les laisser; moi je sais bien que je n'aurai jamais plus de quoi pour le rembourser et je n'ai pas accepté son offre.

Il marqua un temps, fit un geste de la main comme s'il rêvait.

— Quand je pense, reprit-il, qu'il aurait tant voulu de

Mariette pour femme, il ne nous l'a pas dit, mais ça se voyait comme son nez sur sa figure. Elle a préféré Robert.

Catherine revoyait la scène qui avait opposé un jour Robert le domestique au parrain : leur bataille devant la grange.

— Mariette a eu tort, dit-elle.

— N'est-ce pas?

Une fierté inconnue s'emparait de l'enfant. C'était la première fois que le père se confiait à elle, comme il l'aurait fait à la mère. Une fierté mais aussi une crainte : celle d'appartenir désormais au monde des grandes personnes. Oh! il y avait bien longtemps que Catherine partageait leurs peines et leurs travaux, mais c'était par un hasard malheureux, par une malchance particulière, tandis qu'à présent elle n'était plus aux yeux du père seulement la sœur aînée de Clotilde et de Toinon, mais une jeune fille à qui l'on peut parler, d'égal à égal, des soucis ou des espoirs des hommes et des femmes.

Le père se leva, l'embrassa.

— Bonsoir, dit-il. Toi, faudra tâcher de pas faire comme Mariette quand le temps sera venu.

Elle rougit. La crainte l'emportait sur la fierté. Le père allait trop vite. Elle n'était tout de même pas en âge de se marier! Comment Mariette avait-elle préféré son Robert tout carré au parrain si affectueux et qui parlait, qui riait, qui se montrait prévenant? Se tromperait-elle à son tour « quand le temps sera venu », comme disait le père? Cela lui paraissait impossible. Elle voudrait épouser un homme pareil au parrain ou au père, mais voilà, en rencontrerait-elle? Francet se marierait avec Julie Lartigues, ils ne se quittaient pas. Amélie, c'était à Aurélien qu'elle devait penser. Pourquoi Aurélien semblait-il mécontent quand elle, Catherine, lui parlait de ce mariage avec Amélie?

Elle se reprocha de penser à ces choses le jour où elle était allée prier sur la tombe de la mère. C'était malgré elle, bien sûr, mais tout de même : pourquoi n'était-on pas maître de ses pensées? Elle ne serait donc jamais assez vigilante? Et alors que deviendraient les siens, comment guider leur vie si elle n'était même pas capable de gouverner ses idées?...

Dès qu'elle eut fermé les yeux, elle se revit devant la tombe de la mère : elle ajoutait un caillou blanc, puis un autre, puis encore un autre, ainsi sans fin, aux neuf pierres déjà disposées devant la croix.

7

Le printemps n'allait plus tarder. Les bourgeons s'ouvraient de jour en jour. Les oiseaux essayaient leurs chants autour de la maison-des-prés. Dans le parc des Desjarrige, les jardiniers faisaient la toilette des allées et des massifs en vue de l'éclosion prochaine. Un après-midi, en pénétrant au sous-sol dans le royaume de Mme Pourpaille, Catherine perçut une atmosphère insolite. Elle n'aurait su dire à quels signes elle sentait que quelque chose de nouveau se tramait, ou peut-être même déjà avait eu lieu dans la demeure; mais elle était sûre de ne point se tromper. Mme Pourpaille semblait nerveuse, à peine répondait-elle aux questions de la fillette. Elle s'affairait plus que de coutume à ses fourneaux, tançait Mathilde sans arrêt. Ce fut celle-ci qui révéla enfin à Catherine l'événement. Sur une observation que lui adressait la cuisinière, elle remarqua en effet :

— Mais, nous ne sommes pas en retard, la voiture ne les ramènera pas avant la tombée de la nuit. Vous savez bien que lorsque Madame quitte le Repaire, elle n'arrive pas à se décider. Elle fait traîner ses préparatifs, sa toilette, son repas; elle ne se résigne pas à se séparer de son frère.

— Où as-tu pris ça, innocente? bougonna Mme Pourpaille.

— Hé, c'est le cocher qui me le dit chaque fois. Il dit qu'à la longue ses chevaux fatiguent à rester attelés si longtemps avant qu'on donne le signal du départ.

— Clément est un benêt de ton espèce. Tu cherches de mauvaises raisons à ta flemme. J'entends, moi, que tout ici soit prêt pour recevoir les voyageurs bien avant qu'ils arrivent. J'aime mieux cela que le contraire. Que dirais-tu, feignante, si on entendait claquer le fouet de ton Clément? Tu irais dire à Madame : « Oh! Madame, le feu n'est pas encore allumé dans la chambre de Madame, et son lait de poule n'est pas chaud, parce que je pensais que Madame n'en finirait pas de faire ses adieux à Monsieur du Repaire. »

Mathilde pétrissait son tablier dans ses mains.

— Laisse ton tablier tranquille et file allumer le feu dans la chambre de Madame.

La cuisinière ajouta, alors que la servante gravissait déjà les premières marches de l'escalier de pierre.

— Et prends garde à mettre quelques pommes de pins près de la cheminée, Madame aime leur odeur quand elles brûlent...

Elle se tourna vers Catherine qui reprisait du linge.

— Toi, Cathie, laisse ça, il y a plus pressé aujourd'hui. Vois, dans le coin là-bas près de l'évier, j'ai entassé les chaussures de nos voyageuses. Quand elles rentrent de leur séjour de chasse, elles en ont assez de leurs bottes d'écuyères, la première chose qu'elles réclament, c'est leurs chaussures de ville ou de chambre; elles les essayent toutes. Regarde si tous ces souliers sont prêts à être portés.

« C'était donc cela : elles reviennent, elles arrivent, elles vont être là tout à l'heure, je vais les entendre dans la maison. Je les verrai peut-être, je verrai Émilienne, et si ce n'est aujourd'hui ce sera demain, et si ce n'est pas demain, un jour ou l'autre, voilà qui est sûr. » Elle se morigénait en vain : « Eh bien quoi, est-ce une raison pour se mettre martel en tête? Des patronnes c'est des patronnes. T'en as vu d'autres : des gentilles et des mauvaises. Alors qu'est-ce qu'il te prend? »

Elle se baissa devant l'évier et découvrit contre le mur les chaussures assemblées par la cuisinière : il y avait là des bottines, des chaussures fourrées, d'autres légères comme un bijou, des pantoufles, des babouches. Accroupie, Catherine les maniait délicatement comme si elle eût craint de les abîmer. Elle s'attardait sur les plus petites d'entre elles qui devaient, songeait-elle, appartenir à Émilienne. Elle fut heureuse de repérer une bottine de chevreau blanc à laquelle manquait un bouton. Elle le fit remarquer à Mme Pourpaille.

— Ah! merci petite, tu vois si j'ai raison de me méfier, j'avais demandé à Mathilde de s'occuper de ces chaussures il y a plusieurs jours. Bon, tu vas fouiller dans ce meuble là-bas, dans le tiroir du bout, tu trouveras des boutons à bottines, des blancs. Il y a du fil et des aiguilles spéciales. Tu penses, les bottines de chevreau de Mademoiselle...

Catherine se mit à l'ouvrage. Il lui semblait tenir non pas une chaussure mais un jouet. Comment pouvait-on avoir l'audace de traverser les rues avec de telles chaussures. « Si je m'en servais, j'aurais l'impression de ne pas toucher terre, de marcher sur les nuages. Ceux qui marchent sur les nuages, comme Émilienne, ne peuvent pas se sentir de la même race que ceux qui marchent dans la crotte et la boue et la poussière, ceux qui marchent sur terre avec leurs sabots, comme moi, comme Aubin et comme la mère quand ils vivaient, comme le père et mes cadettes. »

L'aiguille parfois glissait sur le cuir, une fois elle piqua Catherine à l'index. L'enfant étouffa un juron. « C'est ça, pique-toi donc pour qu'elle puisse croire qu'elle ne marche pas, mais qu'elle vole cette Émilienne, qu'elle est au-dessus des autres. »

Elle se remit à la tâche. « Eh bien oui, elle est au-dessus des autres, tu l'as toujours pensé. Au-dessus : avec sa beauté et son air à part... Sa beauté, son air, est-ce qu'ils ne lui viennent pas de ces chaussures justement, et des robes, et des jupons, de tous les colifichets qui accompagnent ces trésors de bottines?

Toi aussi, si tu les portais, toi aussi tu serais belle et tu aurais bel air... Menteuse, vaniteuse, voilà que tu deviens jalouse comme les enfants de la Ganne auxquels tu en voulais tant de calomnier et de haïr Émilienne. »

Elle posa la bottine enfin réparée. Les petits pieds pourraient s'amuser à essayer ces chaussures de toutes couleurs, de toutes formes qui jonchaient le sol.

« Cendrillon! N'ai-je pas l'air d'une Cendrillon, moi qui nettoie ces souliers près de la cendre? Je ne les mettrai jamais à mes pieds un soir de bal. »

L'après-midi fut long à passer. Catherine avait repris son travail de raccommodage.

— Dans le fond, cette Mathilde dit vrai, avouait Mme Pourpaille, quand elles reviennent du Repaire, on les attend jusqu'à la nuit.

Il fallut bientôt allumer une chandelle.

— Petite, dit la cuisinière, tu as assez travaillé, rentre chez toi, on fera bien sans toi quand la voiture arrivera.

Catherine s'attardait le plus possible, feignait de ranger ses affaires. Elle ne se résignait pas à partir avant que les voyageurs ne fussent arrivés. Cependant, Mme Pourpaille lui ayant de nouveau rappelé qu'il était l'heure de rentrer à la maison-des-prés, il fallut bien à la fillette jeter sa cape de bure sur les épaules, enfiler ses sabots et prendre congé.

Elle marchait lentement derrière la maison, sur le gravier du parc. C'était trop tard, maintenant. Pourvu que les voyageurs n'aient pas eu d'accident!

Elle gagnait le portail quand, dans la rue, on entendit des claquements de fouet, des roues qui grincent et les heurts sonores des sabots de cheval sur le pavé. Catherine battit en retraite vers le cèdre. Elle se dissimula sous les branches basses. A peine s'était-elle logée dans sa cachette qu'elle aperçut Mathilde sortir en courant de la cuisine, une lanterne à la main. Derrière les persiennes du rez-de-chaussée et du premier étage, des lueurs se déplaçaient : Mme Pourpaille,

Mlle Rachel devaient porter de pièce en pièce des candélabres illuminés. Le portail gémit en tournant sur ses gonds, la voiture prit l'allée, contourna la demeure; le gravier crissait sous les roues. Clément, le cocher, de la voix apaisait le cheval. Enfin l'attelage s'immobilisa, Clément sauta de son siège; Mathilde, sa lampe au poing, le rejoignit. Et voilà qu'arrivait un homme grand, fort et lourd, suivi de Mme Pourpaille et de l'un des commis du bureau. La cuisinière et l'employé portaient chacun un bougeoir qu'ils élevaient au-dessus de leurs yeux : la petite flamme vacillait, semblait prête à s'éteindre puis reprenait. Clément avait ouvert la portière, et l'homme au pas lourd, — le maître sans doute, pensa Catherine, — se tenait à côté de la voiture. Il tendit le bras; une forme svelte, enveloppée de voiles sur lesquels la lumière faisait jouer des reflets bleutés, s'avança, prit appui sur le bras ainsi tendu et, s'aidant du marchepied, descendit avec précaution. Il sembla à Catherine que l'homme s'inclinait et que la dame aux reflets bleus et aux froufrous de soie lui donnait sa main à baiser. Déjà apparaissait à la portière un visage que la lanterne de Mathilde éclaira quelques secondes. Catherine reconnut Émilienne Desjarrige; une toque de velours gris faisait ressortir le sombre éclat de ses anglaises. Clément s'était approché mais la jeune fille l'écarta et sauta sur le sol.

Maintenant tout le groupe attendait devant la portière; alors Émilienne se détacha, pencha la tête dans la voiture et éclata de rire. « Il dort », dit-elle en se retournant. A son rire clair qui de nouveau jaillit, répondait celui rocailleux de M. Desjarrige et celui en perles, flûtes, gouttes d'eau de la dame aux reflets bleus. Tous trois s'arrêtaient de rire pour appeler « Xavier, Xavier! » puis repartaient de plus belle. Enfin surgit dans l'embrasure de la portière une tête ébouriffée, pâle, aux yeux écarquillés et « Monsieur Xavier » descendit lentement.

Le groupe des maîtres, encadré par les porte-lumière, contourna la voiture et gravit le perron. Des paroles, des bribes de phrases apportées par le vent parvenaient jusqu'à l'abri de Catherine : « Bonne chasse? » interrogeait la voix pierre et clairon du maître. « Deux cerfs... chevreuils... sangliers... » affirmait la voix perle, flûte et goutte d'eau de son épouse. Les maîtres entraient dans la maison. Derrière eux, Mme Pourpaille referma la porte à double battant. Aussitôt le cocher et Mathilde qui jusqu'alors s'étaient tus se mirent à jacasser. La voix grondeuse de la cuisinière les fit taire. Sous ses ordres ils s'employèrent à descendre les bagages installés sur le toit de la voiture puis à les porter à l'office.

Profitant de leurs allées et venues, Catherine sortit de sa cachette et s'enfuit. Elle ne regrettait pas de s'être mise en retard, le spectacle de l'arrivée des voyageurs tel qu'elle avait pu le suivre à travers les branchages du cèdre, à la lueur des lanternes et dans la brise nocturne, l'avait fascinée. Elle avait pu entendre le rire d'Émilienne, doré comme une lampe dans la nuit, et elle l'emportait en elle, précieusement.

★

Elle avait espéré rencontrer la jeune maîtresse dès le lendemain, mais ce jour passa et bien des jours à la suite sans qu'il lui fût donné de se trouver en présence d'Émilienne. Laver, repasser, coudre, le travail ne manquait pas depuis le retour de la dame et des enfants, le travail qui maintenait Catherine à l'office et ne lui laissait guère de chance d'apercevoir d'autres personnes que Mme Pourpaille, Mathilde, Clément ou quelque commis de M. Desjarrige.

L'après-midi, Mathilde portait une collation à la dame et aux enfants; parfois Mme Pourpaille faisait elle-même le transport si elle était particulièrement fière de quelque gâteau ou crème de son invention. Catherine appelait avec impatience le moment où le sort lui sourirait en retenant cuisinière et servante à quelque tâche, de telle sorte qu'il leur faudrait bien dire : « Tiens, Cathie, monte donc le goûter »; mais le sort ne se pressait pas de se rendre à ses vœux. En attendant, elle guettait tous les signes qui témoignaient de la présence de la jeune demoiselle invisible : le temps d'une porte ouverte puis refermée, le rire doré résonnant dans l'escalier, ou bien des pas vifs, précipités, cognant au-dessus du plafond, — et Catherine se demandait si c'étaient les talons des bottines blanches qui frappaient ainsi — ou encore une phrase que lançait à la cantonade la voix à la fois grave et caressante, parfois une brève chanson ; enfin, de longues heures durant, la maison, de la cave au grenier, s'emplissait de musique, et Catherine imaginait les doigts d'Émilienne courant sur la rangée de dents blanches ou noires du piano. Il y avait aussi, dans le verger, sur des fils de fer, ou dans l'office, sur la table de repassage, les lingeries roses de la dame, blanches d'Émilienne, il y avait encore les remarques de Mathilde ou de Mme Pourpaille : « Ce matin la dame avait ses vapeurs », ou bien : « Mademoiselle, un vrai pinson depuis quelques jours », ou au contraire : « Un orage ambulant, mademoiselle Émilienne, un fléau. »

Chaque fois que possible, Catherine allait se poster sous le cèdre dans l'espoir qu'Émilienne s'accouderait à l'une des fenêtres donnant sur le parc ; mais la chance ne la favorisait pas, du moins jusqu'à cet après-midi où elle vit apparaître sur le perron, d'abord M. Desjarrige, puis un commis portant dans une main un marteau et dans l'autre des plaques de cuivre. Émilienne et son frère venaient derrière. Xavier gardait sous le bras une caissette de bois noir. Catherine eut peur que l'assemblée ne traversât le parc et passât près de l'arbre où elle risquait d'être découverte. Que pourrait-elle dire pour justifier sa présence? Elle respira quand elle vit le groupe se diriger vers les écuries.

Ils s'arrêtèrent devant les hauts portails bruns où étaient cloués les trophées de chasse. Émilienne portait une robe jaune à large ceinture blanche, un col bordé de blanc épousait la forme des épaules que balayaient les boucles brunes, une sorte de calot garni de jonquilles la coiffait. Son frère était vêtu d'un costume gris et portait un chapeau de feutre à bord plat qui paraissait l'écraser. Il tendit à sa sœur la cassette. Elle l'ouvrit et en sortit une chose beige que Catherine d'abord ne put identifier. M. Desjarrige prit cet objet dans ses mains, cependant que le commis remettait à Émilienne les plaques de cuivre; la jeune fille examina chaque plaque puis en retint une qu'elle garda dans sa main droite. Le maître apposa alors la chose beige contre la porte de l'écurie et le commis la cloua sous les autres trophées, après quoi il vissa juste au-dessous la plaque de cuivre que lui avait donnée Émilienne. Celle-ci, quand l'opération fut terminée, prit dans le coffret une autre chose beige, puis une autre, une autre encore. Catherine supposa que c'étaient là les pattes des cerfs ou des sangliers abattus pendant le séjour des dames au Repaire.

Elle compta six pattes et six plaques qui furent accrochées à la porte. Elle n'avait jamais imaginé ce cérémonial de victoire. Que le marchand et son commis, tous deux ayant revêtu, par-dessus leur costume, la blouse bleue des maquignons, tous deux corpulents et rouges, se chargeassent de cette besogne, elle l'admettait, mais qu'ils fussent dirigés pour faire cela par la jeune fille, Catherine en demeurait stupéfaite. C'était pour elle comme si une princesse, couronne sur la tête et sceptre à la main, fût venue trôner à la caisse d'une boucherie. Jadis, à la vue de tous ces pieds ou pattes cloués aux portes, elle s'était demandé quel monstre régnait ici. Fallait-il donc le voir aujourd'hui sous l'aspect de cette jeune fille bouton d'or? Elle se reprocha de calomnier Émilienne. Elle songea qu'au cours de la chasse un loup, un sanglier eût pu foncer sur la jeune amazone et la blesser, la tuer peut-être. A cette seule pensée elle sentait le sang se retirer de son visage, de ses mains; elle était obligée de se dire : « Allons, espèce de sotte, tu vois bien qu'elle n'est ni blessée ni morte puisqu'elle se tient là-bas, à quelques mètres devant toi. » Et les bêtes lui faisaient horreur, ces féroces qui auraient pu déchirer la jeune fille, qu'elle avait combattues et vaincues. Si Amélie Anglard comparait Aurélien à l'ange brun de l'église, pourquoi ne pas penser qu'Émilienne était semblable à l'archange qu'on pouvait voir sur un vitrail voisin, l'archange en robe jaune lui aussi qui terrassait un dragon? Émilienne débarrassant les forêts des fauves, des hydres, des dragons, Émilienne archange de lumière. Quand les six pattes furent clouées, l'archange virevolta sur un talon, sa jupe s'évasa, son col vola au vent. « Quel joli tournesol, quel soleil! » Et le soleil s'envola suivi du frère en gris, du commis et de M. Desjarrige qui moucha bruyamment sa trompette de nez.

A peine étaient-ils partis que Catherine quittait son abri et allait observer de près les nouveaux trophées. Comme s'ils fussent eux aussi sortis d'une autre cachette, arrivaient sur ses talons le cocher Clément et la grosse Mathilde.

— Que fais-tu là, petite? demanda celle-ci.

Elle eut envie de lui répondre : « Et vous? » Mais elle craignit qu'on ne la renvoyât à la cuisine. D'ailleurs la servante ne lui prêtait déjà plus attention. Elle regardait bouche bée les pattes fraîchement clouées.

— Ils ont attendu qu'elles se soient desséchées, expliqua Clément.

— Et c'est Madame et Mademoiselle qui ont occis toutes ces sacrées bêtes? s'exclama la rougeaude.

— C'est-à-dire, rectifia le cocher, que les messieurs font toujours don du pied aux dames.

« L'imbécile, protesta Catherine intérieurement, il ne veut pas reconnaître qu'Émilienne seule a vaincu toutes ces sauvagines. »

L'homme s'était approché encore de la porte, et, le nez sur les plaques de cuivre, déchiffrait à haute voix leurs inscriptions : « Marcassin abattu le 17 février 1885, forêt de Saint-Just. Équipage de M. H. du Repaire. » « Cerf abattu le 23 février 1885 à la Chapelle-Blanche. Équipage de M. H. du Repaire. » « Chevreuil abattu le... »

« C'est comme au cimetière », pensait Catherine pendant que le cocher ânonnait. De nouveau elle se mettait à plaindre les bêtes tuées.

— Il n'y a donc pas de loups? demanda-t-elle à Clément.

— Aucun, affirma l'homme.

— Vous en êtes sûr?

— Puisque je te le dis.

« Il ne doit pas savoir lire », conclut la fillette : elle voulait à tout prix qu'il y eût un loup parmi les victimes d'Émilienne.

— Et alors, c'est comme ça qu'on travaille?

La voix de Mme Pourpaille les fit tous trois sursauter.

— J'allais au verger, prétendit Mathilde.

— Et moi soigner les chevaux.

Catherine ne dit rien, elle s'apprêta à regagner la cuisine cependant que la bonne et Clément filaient chacun de son côté.

— T'en va pas, Cathie.

Mme Pourpaille, une fois les deux domestiques partis, ne paraissait plus ni courroucée ni pressée. Elle prit la main de la petite.

— De fameuses chasseresses tout de même, remarqua-t-elle. Tu sais, elles ne se contentent pas de suivre la meute à cheval pour faire joli. Non, non... pan, le coup de feu, et elles savent viser. Surtout Mademoiselle, à ce qu'il paraît.

— C'est vrai ce que dit Clément, qu'elles n'ont pas rapporté de pattes de loup?

Mme Pourpaille jeta un coup d'œil sur les dernières dépouilles.

— Non, avoua-t-elle, je n'en vois pas. En tout cas — et elle se rengorgeait pour ajouter cela, plus ronde que jamais — si elles n'en ont pas tiré cette fois, tu peux être sûre qu'elles en ont abattu dans le temps.

Elle se haussa sur la pointe des pieds, sembla inspecter toute la porte de l'écurie et, pointant son index :

— Tiens, regarde, là à gauche, cette patte brune, je suis sûre que c'est un loup, et au-dessus une autre, et à droite encore une, et là, et là encore...

Quand, à nuit noire, Catherine revint chez elle, une fois passées les dernières maisons de la Ganne, elle prit ses jambes à son cou. Un, deux, dix loups n'allaient-ils pas surgir des broussailles, la cerner, l'attaquer? Elle se répétait bien que c'était là pure imagination de sa part, que des loups il n'y en avait plus guère, et certainement pas aussi près de la ville, mais elle ne pouvait s'empêcher de frissonner de peur. De peur et, à dire vrai, du plaisir aussi de se faire peur, car elle imaginait qu'Émilienne Desjarrige la secourrait au moment du plus grand péril et, avec son fusil, tuerait tous les loups.

Le soir à la veillée elle raconta que la demoiselle des maîtres, au cours des chasses du Repaire, venait de tuer cinq loups et un sanglier. Elle ne mentait pas, finissant par croire la fable qu'elle avait inventée et s'indignant de voir que Francet accueillait avec indifférence la nouvelle. Quant au père, il se mit lui aussi à parler des loups qui dans son enfance, disait-il, rôdaient autour des fermes.

— Et même, ajoutait-il, beaucoup plus tard, aux Jaladas, un jour que votre mère — mais vous n'étiez pas encore nés, — un jour que Marie gardait les moutons, qu'est-ce qu'elle voit? un énorme chien brun qui sort de la haie, se jette sur un mouton et l'entraîne. Elle prend des cailloux, un bâton, court sur le chien, tape dessus, mais il ne lâche pas prise et la regarde avec des yeux luisants. Elle m'appelle, je m'apprêtais justement à sortir de la ferme. Du seuil j'aperçois la scène. « Il y a un chien! » criait la mère. « Mais c'est pas un chien, c'est le loup! » Je prends mon fusil. Et comment faire? La mère suivait le loup, celui-ci tenait toujours le mouton, comment faire? Je ne voulais pas effrayer Marie, mais pour qu'elle s'écarte, j'étais bien obligé de l'avertir : « C'est le loup! » On aurait dit que la foudre était tombée sur elle. Elle n'a plus bougé, j'ai pu épauler et tirer. Des chevrotines ont blessé la sale bête, elle s'est enfuie en hurlant.

Catherine écoutait avidement. Elle était fière que sa mère, elle aussi, eût affronté le loup.

Elle recommença à rêver : de nouveau elle se voyait parmi les fauves avec Émilienne; à elles deux, elles faisaient des hécatombes. Après les loups, venait le tour des hommes, des êtres à face humaine mais à cœur de loup; elles leur donnaient la chasse : bientôt la justice et la bonté régnaient partout sans un seul méchant pour les menacer.

8

Enfin l'heure souhaitée sonna. C'était un après-midi tiède, sans mouvement, sans bruit, comme si le printemps, soufflant un moment avant de reprendre sa course, somnolait dans la chaleur.

Mathilde, que Mme Pourpaille avait envoyée faire des courses, ne revenait pas. Lorsque, contre le plafond, derrière la hotte, la sonnette retentit, la cuisinière leva les bras au ciel.

— Voilà que les dames s'impatientent, et cette feignante de Mathilde qui n'arrive pas... Et moi qui ai justement mes rhumatismes avec ce temps qui change!

La cuisinière regarda Catherine, hésita, soupesa le plateau, finit par le confier à la fillette.

— Tu ne flanqueras pas tout par terre?

Catherine monta l'escalier, son plateau dans les bras, avec la gravité d'un évêque portant des reliques.

Là-haut, Émilienne se tenait déjà devant la porte de la chambre, un peu décoiffée, l'iris des yeux agrandi par la pénombre. Vêtue d'une jupe vert d'eau froncée à la taille et d'un corsage en guipure, la jeune fille tenait à la main un livre ouvert. Elle enleva elle-même sur le guéridon, près de la cheminée, quelques bibelots afin que Catherine pût déposer le plateau. Catherine la trouva moins grande qu'elle ne l'avait pensé, l'air moins sévère aussi. La fillette se dit que non, jamais elle n'avait vu personne qui lui donnât à tel point le sentiment de la beauté, et pourtant, ces yeux aux paupières bombées avec une fourrure de cils noirs, ces lèvres épaisses, ces joues un peu creuses, dans les almanachs de Francet on n'eût sans doute pas écrit que c'étaient là les signes parfaits de la beauté, car il y avait en eux quelque chose de violent et de changeant qui faisait penser à certains ciels au crépuscule, pleins de nuées, de lumière et de vent.

Une voix chantante dit quelque chose en français que Catherine ne comprit pas. La fillette se retourna et découvrit dans le lit, soutenue par deux oreillers brodés, la dame. Sur sa gorge s'entrouvrait une liseuse de laine rose, ses cheveux dénoués glissaient sur les épaules. La dame allongée répéta, toujours en français, sa phrase, et Catherine ne comprit toujours pas. Alors, avec un sourire, la maîtresse demanda en patois :

— Comment t'appelles-tu?

Catherine répondit d'une voix si faible que nul n'entendit. La dame se mit à rire.

— N'aie donc pas peur de parler.

Catherine répéta son nom et ajouta :

— Mme Pourpaille m'envoie parce que ses... parce que ses rhumas... ses rhumas...

Elle n'arrivait plus à se souvenir du mot exact.

Trois rires la rendirent rouge de confusion : celui de la dame dans son lit, celui d'Émilienne qui se tenait dans la ruelle et le troisième, celui du garçon qu'elle n'avait pas remarqué en entrant et qui déjà se jetait sur le goûter.

— Oui, Mme Pourpaille a des rhumatismes, conclut la dame.

Catherine faisait des efforts désespérés pour ne pas éclater en sanglots. Elle avait été ridicule, on s'était moqué d'elle; voilà tout ce que lui avait apporté ce jour si désiré.

— Émilienne, offre donc une tartine de confiture à cette enfant, dit la dame qui avait retrouvé son sérieux. Viens par ici, Catherine, ajouta-t-elle.

Tête baissée, Catherine s'approcha du lit.

— Plus près, ordonna la dame.

Elle allongea le bras, du bout des doigts tapota la joue de l'enfant.

— On m'avait caché l'existence de cette jeune personne.

On ne riait plus d'elle. La dame, Émilienne et le garçon prenaient maintenant leur goûter. De temps à autre, la bouche pleine, la dame posait encore quelque question : « Où habitait-elle? La maison-des-prés! Ce devait être avec un nom pareil une demeure toute fleurie et verte. » Quelles idées les riches se faisaient; c'était comme si à leurs yeux la pauvreté n'existait pas. Et avait-elle des sœurs, des frères? lui demandait-on encore. Sa mère, que faisait sa mère? Morte? Un soupçon de tristesse effleura le visage de la dame. Mais alors qui s'occupait des cadettes? Ne devrait-on pas les mettre à l'orphelinat? La dame était bien écoutée par la Supérieure et si Catherine et son père le désiraient, elle dirait un mot à cette religieuse pour qu'on acceptât les petites et qu'on prît soin d'elles.

La timidité de Catherine, d'un coup s'envola : non, ses cadettes n'iraient point à l'orphelinat. Elle s'y était déjà opposée; aujourd'hui le plus difficile semblait fait : elle pouvait parfaitement s'occuper de ses sœurs.

— Hum! disait la dame en levant ses sourcils bien tracés, tu crois, tu crois vraiment?

Catherine instinctivement s'était écartée du lit, comme s'il lui fallait être prête à se reprendre, à défendre sa volonté, à défendre ses sœurs contre l'amabilité dangereuse de la dame. C'est alors qu'elle sentit se poser sur son poignet une main petite et dure, cependant qu'Émilienne affirmait :

— Moi, je suis sûre que Catherine a raison. Si j'étais à sa place, je ferais comme elle.

Émilienne lui avait donné la main, Émilienne avait prononcé son prénom, Émilienne prenait fait et cause pour elle!

« J'en étais sûre, sûre que sa beauté était l'éclat de sa bonté. Elle est mon amie, voilà qu'elle devient mon amie. »

Dans son lit, la dame, comme si elle sentait cette sympathie entre sa fille et la petite servante, et qu'elle en fût quelque peu offusquée, pria Catherine de les laisser.

« Savoir quand je la reverrai », s'inquiétait la fillette en redescendant vers l'office. En même temps, elle emportait fichée en elle l'image d'Émilienne, debout à ses côtés comme une alliée.

★

Contrairement à ce qu'elle craignait, elle n'eut pas à attendre pour se trouver de nouveau en présence d'Émilienne. Le lendemain même, Mme Pourpaille lui demanda de monter la collation. Mathilde, qui se trouvait là, regarda la cuisinière puis Catherine, resta un moment ahurie, et enfin grogna :

— Mais je suis là, moi.

— Hier tu n'y étais pas, répliqua la cuisinière, et c'est Madame elle-même qui m'a dit d'envoyer Cathie.

— Par exemple, ça par exemple, répétait la rougeaude, le souffle coupé.

Chaque après-midi, désormais, Catherine eut la charge d'apporter la collation. Elle ne s'habituait pas à un tel honneur et continuait de tenir son fardeau devant elle comme un curé portant le saint sacrement. C'est du moins ce que lui dit Mathilde, aigre. Quelquefois, là-haut, la dame était dans son lit, mal peignée, le dos courbé. Ces jours-là, nul ne parlait ni ne souriait. Catherine posait le plateau et repartait en jetant un regard de regret vers Émilienne. Le lendemain le soleil brillait dans les yeux de la dame et ce n'étaient que bavardages, chansons ou rires. On priait Catherine de rester, on partageait le goûter avec elle. Souvent même, la dame lui disait d'aller chercher son ouvrage et de revenir coudre ou broder auprès d'elles.

Vint une semaine où la dame fit fermer dans sa chambre volets, rideaux, et les courtines du lit. Catherine monta la collation de Xavier et d'Émilienne dans la pièce de celle-ci au second étage. La jeune fille paraissait absente, elle soupirait parfois tout en lisant ou en tirant l'aiguille. Puis elle posait livre et fil, tournait la tête vers la fenêtre d'où l'on apercevait la cime du cèdre se balançant dans le ciel tout neuf d'avril.

— Maman ne s'habituera jamais à la Noaille, disait-elle, ou bien : Je me demande ce qui peut habiter l'esprit des gens du Repaire; grand-père était tout pareil, paraît-il, un matin plein de gaieté, de force, de fantaisie, le soir plus abattu qu'un chien malade.

Catherine se demandait pour qui la jeune fille disait ces choses : était-ce pour soi-même, ou pour son frère qui écoutait, la bouche ouverte, les yeux toujours aussi inexpressifs, ou pour elle, Catherine? Elle aimait se convaincre finalement que c'était bien à elle qu'Émilienne se confiait, et elle était à la fois fière et malheureuse de ces aveux. On pouvait donc être belle, riche et pourtant blessée, et pourtant menacée? Émilienne appartenait aux gens du Repaire, à leur race fantasque et déchirée. Que faire pour elle? Sans doute, pour le moment, elle paraissait être tout entière du côté de la lumière, de la paix, de la puissance, mais Mme Desjarrige n'avait-elle pas été de même dans sa jeunesse? Oui, que faire, que dire? Catherine ne trouvait nulle réponse à sa question. Cependant, elle se mit à parler d'elle-même, de sa vie, des siens, comme si le récit de ses épreuves pouvait apporter quelque réconfort à Émilienne.

La jeune demoiselle la regardait, mais l'écoutait-elle? Ses longs yeux bruns aux paupières bombées semblaient voir au-delà de l'enfant. Soudain une lueur les traversa, Émilienne interrompit Catherine.

— Je cherche, dit-elle, je suis sûre de t'avoir déjà vue, je n'arrive pas à me souvenir où ni quand...

Catherine feignit de s'absorber dans sa couture. Les paroles de la jeune fille lui avaient fait mal. Ainsi la demoiselle ne se rappelait pas! Elle fixait ses beaux yeux sur vous et ne vous voyait point!

— Je me demande? reprit Émilienne.

Elle attendait que Catherine vînt au secours de ses souvenirs, mais la fillette se taisait, penchée sur son ouvrage.

— Moi je sais, dit de sa voix incertaine Xavier qui, assis devant un guéridon, feuilletait une collection de journaux illustrés.

Émilienne et Catherine se retournèrent vers lui avec le même air incrédule. C'était en effet surprenant et d'entendre le garçon se mêler à la conversation et qu'il affirmât une chose que sa sœur avouait ignorer. On était accoutumé à le voir passer silencieux tout l'après-midi, ne manifestant quelque vivacité qu'au moment du goûter.

Catherine observa le visage rond et blanc du jeune maître encadré d'un duvet blond, ses yeux qui paraissaient gonflés, sa bouche molle. « Il dit n'importe quoi », songea-t-elle, convaincue par ce nouvel examen que le garçon ne pouvait s'intéresser à quoi que ce fût.

— C'était un jour de bal, reprit pourtant Xavier, dans la bibliothèque. Il doit y avoir deux ans. On avait entendu résonner la harpe et le piano. Quand nous sommes entrés dans la salle, Cathie se tenait sur l'estrade, elle tapait d'un doigt sur le clavier. Elle a paru épouvantée quand tu as parlé. Elle s'est retournée, elle s'est plantée devant nous, puis elle s'est enfuie. Arrivée devant la porte, elle a dit quelque chose, elle a dit, je crois : « Je suis la sœur... je suis la sœur de... »

— Je suis la sœur d'Aubin.

A peine eut-elle complété la phrase de Xavier que Catherine s'en repentit. Le seul nom qu'elle n'eût pas voulu, qu'elle n'eût pas dû prononcer ici, elle venait de le livrer et maintenant plus rien ne pouvait l'effacer. Émilienne interrogeait :

— Comment dis-tu?

Il fallait bien répéter le prénom du disparu : « Aubin », et il fallut bien raconter son histoire, son exil à Ambroisse dans la ferme de Mariette.

— Ambroisse, quelquefois j'ai chassé de ce côté-là, remarqua la demoiselle, il y a de grandes forêts.

Elle semblait rêver, les sourcils froncés, à quelque souvenir qui se laissait malaisément capturer.

« Est-elle donc sans mémoire? Tout passe dans sa vie comme l'eau dans la rivière. Elle regarde et ne voit pas, elle fait des gestes et ça ne compte pas. C'est son frère qui se rappelle pour elle, son frère qui pourtant ne paraît pas exister, il la suit partout pour lui servir de mémoire plus tard! Mais il n'était pas avec elle dans la forêt d'Ambroisse quand elle s'est égarée, quand elle s'est trouvée devant mon frère Aubin, quand elle... »

Catherine eut envie de crier : « Comment faites-vous pour ne pas savoir qui est Aubin? Aubin que vous avez trouvé beau! » Au lieu de cela, elle conta l'accident d'Aubin et sa mort.

— Quel âge avait-il quand il est tombé dans cette grange?

— Quatorze ans.

— Ah! c'était donc un enfant, fit Émilienne.

— Non, il était fort, il était grand, on lui en aurait donné seize.

Catherine se mit à décrire son frère tout en observant le visage d'Émilienne et prête à saisir le signe qui trahirait la jeune fille, qui prouverait que celle-ci avait reconnu en elle-même Aubin mais qu'elle tenait à feindre l'ignorance. Pas un muscle pourtant ne tressaillit sur la figure si souvent mobile, les lèvres ne tremblèrent point, ni les yeux ne cillèrent. On voyait qu'elle plaignait le sort de ce jeune paysan, c'était tout. Catherine dut se retenir pour ne pas conclure : « Vous le connaissiez, vous lui aviez demandé votre chemin, dans la clairière où il travaillait. » Était-ce cela l'étrangeté qui habitait l'esprit des gens du Repaire comme l'avait déploré Émilienne, était-ce un vide en eux où leur vie s'engloutissait sans même qu'ils pussent s'en douter?

La crise que traversait la dame se prolongea. Chaque jour Catherine retrouvait pour l'heure du goûter Émilienne et Xavier. Elle pensait qu'on ne parlerait plus d'Aubin, et peu à peu se calmait l'angoisse qu'elle avait ressentie lorsqu'elle s'était entendue livrer à Émilienne le nom du disparu. On continuait à se réunir dans la chambre de la demoiselle, ou, lorsque le temps le permettait, derrière le cèdre qui abritait du vent du nord. Ce fut là qu'un jour, à brûle-pourpoint, rompant de nouveau le silence comme il l'avait fait pour rappeler à sa sœur les circonstances de leur première rencontre avec Catherine, Xavier déclara :

— Tu sais, Émilienne, je crois que le frère de Catherine, Aubin, je crois que tu le connaissais.

— Je le connaissais, moi?

La demoiselle paraissait stupéfaite. Catherine quitta sa chaise et prétexta qu'elle devait aller aider Mme Pourpaille, mais Émilienne la retint par son tablier.

— Ne t'en va pas! Tu entends ce que prétend mon frère?

Si elle entendait! Ainsi ce falot, ce taciturne de Xavier, ce nonchalant était resté plusieurs semaines à mijoter cette phrase qu'il venait de projeter comme une pierre dans un puits et l'eau en sera pour longtemps troublée. Comment savait-il cela? Comment savait-il que sa sœur avait rencontré Aubin? Maintenant il semblait n'avoir jamais parlé. Il mâchait soigneusement une bouchée de chocolat qui tachait ses doigts et ses lèvres.

— Eh bien, explique-toi! ordonna Émilienne.

Il continua à faire aller ses mâchoires puis se lécha les doigts l'un après l'autre. Les yeux d'Émilienne brillaient de colère devant tant d'indolence. Enfin il se décida :

— Oui, tu revenais d'une chasse dans la forêt d'Ambroisse et tu m'as raconté : ton cheval s'était égaré, tu t'es trouvée dans une clairière. Il y avait un jeune homme qui liait des fagots. Tu lui as demandé ton chemin, il te l'a indiqué. En partant tu as voulu savoir comment il s'appelait, et le soir tu m'as dit qu'il portait un prénom que tu avais mal compris : Aupin, Aurin, tu ne savais plus.

Une ondée de sang rosit les joues mates de la jeune fille. Elle répéta :

— Aubin, Aubin.

Et levant la tête vers Catherine debout près d'elle dans l'allée :

— Crois-tu que c'était ton frère?

Catherine fit signe que oui.

— Mais la forêt d'Ambroisse est grande et il y a plus d'une clairière et plus d'un bûcheron dans ses futaies.

Alors Catherine rapporta ce que son frère lui avait conté, son émotion quand il avait vu l'amazone.

Émilienne gardait les joues en feu, et cette couleur inhabituelle faisait paraître son regard plus brillant. Son visage prenait un air intense et dur.

— Il a été si heureux, mon frère, quand vous lui avez donné un baiser!

— Quand je... Oh! ce n'est pas vrai!

Émilienne avait lancé cela à voix basse mais avec une telle violence que ses paroles retentirent dans le cœur et les oreilles de Catherine comme un cri. « Elle ose traiter mon frère de menteur, mon frère qui est mort peut-être à cause d'elle! »

— Un baiser sur ses lèvres, il m'a dit, affirma-t-elle. Il pensait qu'un jour il vous épouserait.

Un éclat de rire, comme un couteau, blessa Catherine. Elle devait être aussi blanche qu'Aubin étendu au pied de l'échelle; et la demoiselle en face d'elle gardait sa bouche tordue par le rire mais sans qu'aucun son, à présent, ne jaillît de sa gorge. Ce rictus et la tache haute et sombre du sang sur les pommettes lui donnaient un air égaré.

Après une profonde inspiration qui détendit ses traits, Émilienne décréta :

— Il avait trop d'imagination, ton frère.

Il semblait à Catherine que la terre allait lui manquer; elle n'osait faire un pas, de crainte de choir. C'était trop, celle que depuis si longtemps elle admirait s'était permis d'insulter la mémoire de son frère. Des yeux, elle cherchait en vain un secours : le cèdre, les premières fleurs, les nuages mêmes, tout ici appartenait aux Desjarrige et se révélait comme eux inaccessible.

— Pardonnez-moi, dit-elle, Mme Pourpaille m'attend.

Se raidissant, elle quitta le jardin. Au tournant de l'allée, elle put jeter un dernier coup d'œil sur les jeunes maîtres. Xavier avait repris une bille de chocolat et la mangeait paisiblement comme si tout ce qui venait de se passer lui avait échappé; quant à Émilienne, elle se pencha, arracha une fleur, se mit à mordiller la tige.

Devant le portail des écuries, Catherine songea :

« Pour un peu, elle aurait pu clouer ici un pied de mon frère mort et coller dessous une plaque de cuivre. C'est sa manière à elle de se souvenir. »

9

Les jours suivants, Catherine enveloppa son poignet gauche d'une bande d'étoffe.

— Je me suis foulé le poignet, déclara-t-elle.

Lorsque l'heure fut venue d'apporter la collation, elle montra son bras bandé et déclara qu'elle ne pouvait soulever le plateau. Mathilde fit mille manières avant d'obéir à l'ordre que lui donna Mme Pourpaille d'assurer, cet après-midi, le service de Catherine.

— Le service de Cathie, le service de Cathie, c'est mon service à moi. Elle me l'a volé, je ne vois pas pourquoi je m'en chargerais.

Elle n'en prit pas moins avec un évident triomphe le chemin des étages. Ainsi, pendant trois jours. Au matin de la quatrième journée, alors que Catherine traversait le parc pour se rendre au verger, quelqu'un à son passage, près du cèdre, bondit derrière elle. Malgré son émoi, elle ne se retourna pas et continua sa marche. Au bout d'un moment elle entendit courir, bientôt Émilienne la rejoignit.

— Bonjour, Mademoiselle, dit la fillette sans s'arrêter.

La jeune fille marchait à côté d'elle.

— Cathie, pourquoi m'en veux-tu? Dis, pourquoi?

— De quoi vous en voudrais-je?

Elle s'était enfin immobilisée et regardait la jeune maîtresse dans les yeux. Alors Émilienne vite la serra contre elle, posa un baiser sur le front à la naissance des cheveux.

— C'est vrai, dit-elle, ton frère, je l'avais embrassé... comme cela...

Elle marqua un temps :

— Seulement comme cela.

Elle doit dire vrai, pensa Catherine, on n'embrasse pas sur les lèvres.

Elles firent quelques pas ensemble jusqu'au verger.

— Il ne faut pas m'en vouloir pour l'autre jour. Je me souvenais mal, je me souviens toujours mal. Et puis...

Elle détourna la tête, secoua ses boucles qui balayèrent son épaule.

— Et puis, devant Xavier, je ne voulais pas avoir l'air.

Avant de quitter Catherine, elle lui fit promettre d'apporter de nouveau la collation et de venir coudre près d'elle.

— Mais Mathilde ne voudra plus me laisser faire.

— Mathilde, je m'en charge.

Catherine reprit donc le chemin tantôt de la chambre d'Émilienne, tantôt du jardin où, grâce au printemps, on se tenait de plus en plus souvent. Mme Desjarrige avait retrouvé le goût de la lumière. Elle disait que la présence de Catherine lui apportait le calme, qu'elle ne comprenait pas pourquoi, mais que c'était ainsi. Catherine pensait que la dame avait de drôles d'idées; cependant Émilienne lui avoua qu'elle aussi, auprès d'elle, se sentait paisible. La fillette était un peu effrayée du don que les maîtres lui prêtaient.

— Tu sais plus de choses que nous, affirmait Émilienne. Nous, que connaît-on? Des livres, et aussi des hommes, des femmes que leur argent fait vivre en marge de la vie.

Catherine comprenait mal ces mots, elle n'en ressentait pas moins une secrète fierté. Peut-être était-ce parce qu'elle parvenait à faire régner en elle-même la paix au-dessus de ses craintes, de ses peines, de ses rêves, en elle-même et aussi parmi les siens, peut-être était-ce à cause de cette victoire intime qu'il lui était donné d'apporter une accalmie jusque chez les étrangers.

Mme Desjarrige semblait prendre plaisir à évoquer devant Catherine son enfance de sauvageonne dans les greniers, les terres et les bois du Repaire. Parfois, racontait-elle, ses parents l'emmenaient avec eux à la ville, à Paris ou aux eaux ; là, on menait grand train pendant quelques semaines, on s'efforçait de paraître, ensuite, de retour au domaine, on vivait aussi chichement et rudement que fermiers et métayers, mais les promenades dans les châtaigneraies et les friches, et, à la saison, les chasses quasi quotidiennes, conféraient son véritable luxe à l'enfance.

Lorsque la dame évoquait des bals qui avaient ébloui ses premières années, Catherine songeait aux « assemblées » des Jaladas, à ces bourrées, à ces valses où elle voyait le père tournoyer comme un beau démon, et elle pensait qu'alors la métairie des parents valait pour elle le château de la dame. Quand celle-ci disait : « Mon père s'est trouvé ruiné, il a dû vendre la fabrique de porcelaine de la Noaille, on l'appelait dans ce temps la Fabrique du Roi », Catherine retrouvait la ruine de ses parents lorsqu'ils avaient dû quitter brusquement la métairie du Mézy ; mais elle savait que la gêne de la famille du Repaire devait être un paradis par rapport à l'enfer des siens, parqués sans secours, sans espoir, dans le faubourg de la Ganne.

★

Le dimanche elle ne pouvait s'empêcher de parler d'Émilienne.

— Tu es bien avancée, marmonnait son frère, de savoir que ta demoiselle possède dix robes et autant de paires de chaussures ou qu'elle chasse à courre avec sa mère et que ses grands-parents possédaient la fabrique de porcelaine. Tu n'en as pas plus de lard pour ça dans ta soupe, tes sabots demeurent aussi usés aux talons, et Aurélien n'est pas payé un sou de plus pour son travail à la manufacture.

— Il a raison, reprenait Aurélien, les gens du Haut sont les gens du Haut ; qu'ils gardent leurs falbalas, leur parler pointu et toutes leurs manières.

Lui, d'habitude si calme, prenait pour dire cela un ton d'amertume qui surprenait Catherine.

— Il y en a de gentils, lui répondait-elle, ils font la charité.

Qu'avait donc Aurélien à rougir ainsi? Ses yeux gris s'assombrissaient, il s'étranglait pour reprendre :

— La charité, l'aumône, ça ne leur coûte guère à eux et ça coûte cher à celui qui la reçoit.

— Je ne comprends pas.

— Oh! excuse-moi, Cathie ; en effet, ça ne veut rien dire, excuse-moi.

Un peu plus tard, quand il lui remit subrepticement, comme de coutume depuis la mort de la mère, son obole dominicale, elle lui demanda si elle ne devait pas être blessée par cette *charité*.

— Je t'en prie, supplia-t-il, ce n'est pas une charité, ce n'est pas une aumône, tu le sais bien. Je t'en prie!

— Bientôt, je te dirai, Aurélien, ce qu'on va faire avec cet argent.

— Ce que tu voudras ; c'est ton argent, ne pense jamais que je te l'ai donné, c'est ton argent.

Jean Charron, lui, prenait parti pour Catherine quand elle louait les mérites des Desjarrige.

— Laissez-la, cette petite, elle a raison de bien parler de ses maîtres, puisqu'ils sont braves avec elle.

Le père Baptiste, s'il assistait à l'entretien, se mettait à siffloter d'un air moqueur.

— Maîtres braves et semaine des quatre jeudis, c'est du pareil au même, déclarait-il.

Tout le monde riait, sauf Catherine. Leur haine contre Émilienne ne désarmera donc jamais, songeait-elle. Jusqu'à la fille du cantonnier, la généreuse Amélie, qui lui reprochait de trop s'intéresser à la demoiselle.

— Ces gens-là, c'est tout orgueil, tu verras. Quand on n'aura plus besoin de toi, bonsoir la compagnie, ce sera comme s'ils ne t'avaient jamais connue.

« Tout orgueil », et le cantonnier et sa femme n'étaient-ils pas tout orgueil quand ils interdisaient à leur fille de jouer avec ses voisins de la Ganne?

De guerre lasse, Catherine se résigna à ne plus parler d'Émilienne qu'à ses sœurs, elle était sûre de trouver ainsi un auditoire bienveillant et émerveillé : Clotilde lui demandait des détails sur la toilette de la demoiselle et de la dame, quant à Toinon elle se léchait les doigts lorsque Catherine énumérait les menus du goûter.

— Ton Émilienne, s'enquit un jour Clotilde, elle est vraie ou c'est un conte?

— Elle est vraie, répondit Catherine stupéfaite.

— Alors, est-ce que tu deviendras comme elle un jour? Et nous, quand c'est que nous deviendrons comme ton Émilienne avec des robes d'or et une maman qui prend le goûter sous les arbres?

— Elle n'a pas de robe d'or, mais je ne deviendrai point comme elle, et vous non plus.

— Pourquoi? pourquoi?

Les petites s'attristaient; Catherine eut honte de leur avoir parlé de ce qu'elles ne pouvaient comprendre. Désormais elle évita de prononcer le nom d'Émilienne aussi bien devant ses cadettes qu'en présence de son frère ou de ses amis.

★

A l'ombre du cèdre, un après-midi, elle avoua à la demoiselle :

— Mon frère Aubin, s'il n'était pas tombé du haut de la

grange, que serait-il devenu? Il aurait eu peut-être des malheurs comme le père, il n'aurait plus été beau ni fort.

Elle baissa la voix.

— Et puis, s'il pensait toujours vous épouser, il aurait bien compris que c'était impossible. Il a mieux valu qu'il meure jeune.

Émilienne avait pâli. Ses lèvres tremblaient. Elle s'était jetée sur Catherine, lui serrait les poignets.

— Tais-toi! Tais-toi!

— Vous me faites mal, Mademoiselle.

Émilienne lâcha la fillette.

— Excuse-moi, mais c'est ce que tu m'as dit. Tu m'as fait bien plus mal.

Elle resta longtemps silencieuse, mordillant des brins d'herbe qu'elle arrachait sur la pelouse. Catherine n'osait plus dire un mot. Puis Émilienne se mit à parler, les yeux baissés. Comme d'habitude, Xavier était près d'elle, et comme d'habitude il semblait ne pas voir, ne pas entendre; d'un doigt nonchalant, il feuilletait la collection de journaux de voyages qui l'accompagnait partout.

— Il était beau ton frère, disait la jeune fille. Je me souviens bien maintenant de ses yeux gris, de ses cheveux drus, de sa carrure. Je le croyais aussi plus âgé que moi. Il avait quelque chose à la fois de craintif, de grave et d'altier dans le regard. Il était plus beau, il était plus noble que les godelureaux de la Noaille. Ils m'ennuient avec leurs façons de canards qui se prennent pour des cygnes; ils me voudraient pour femme, parce que leurs parents leurs racontent que je suis une héritière, c'est ainsi qu'ils disent, je le sais. Je ne veux pas croire qu'il s'imaginait ce qu'il t'a dit, Aubin, que nous nous serions mariés. Non, non, s'il t'a dit ça, il ne pouvait le penser. Il ne me connaissait pas et je ne le connaissais pas. C'est vrai pourtant : je l'aurais préféré à tous les benêts de prétendants, mais comment nous serions-nous revus? Dans le temps, il y a eu une cousine à nous, elle a profité de la Révolution pour partir avec un jeune paysan.

Émilienne s'interrompit, releva la tête. Elle semblait voir une chose qui l'étonnait au point de la laisser muette, les lèvres entrouvertes. Machinalement Catherine se retourna, elle ne vit rien derrière elle qui pût causer cette surprise à la jeune fille.

— Xavier, dit la demoiselle, je pensais avoir un mouchoir; sois gentil, j'ai dû le laisser sur le piano, tu veux aller voir?

Xavier jeta encore un coup d'œil sur ses journaux, puis il gagna la maison. « C'était à moi de me déranger, pensait Catherine. Comment se fait-il qu'elle ne m'ait pas commandée? »

Émilienne la regarda.

— Tu sais, Cathie, il ne t'avait pas menti, ton frère; ce n'est pas sur le front que je l'ai embrassé, comme toi l'autre jour... Je ne sais pas ce qui m'a poussée, ajouta-t-elle.

Surmontant son trouble, Catherine observa :

— S'il y avait eu la Révolution, peut-être seriez-vous partie avec lui.

— Il n'y a plus de Révolution.

« Il n'y a plus de Révolution », se répétait Catherine. Elle ne savait trop ce que pouvait signifier ce mot, du moins l'avait-elle entendu prononcer quelquefois à la maison-des-prés par le père Baptiste qui paraissait alors s'énerver, élevant ou abaissant anormalement la voix. Dans les pages d'almanach que Francet lisait, le mot aussi apparaissait. Catherine l'associait à des images de châteaux en flammes, de foules qui courent. Désormais « Révolution », ce serait pour elle deux jeunes gens qui s'enfuient ensemble, un jeune paysan et une jeune demoiselle, l'amour rendu possible, léger comme si les pauvres perdaient le poids de leur misère et les riches celui de leur fortune.

— Tu crois qu'on doit mourir jeune quand on est pauvre? S'il avait vécu, ton frère n'aurait pas été malheureux à cause de moi, je ne veux pas que tu penses ça. C'était un enfant, il m'aurait oublié, voilà tout. Pourquoi faudrait-il mourir jeune quand on est pauvre, seulement quand on est pauvre? Si c'est vrai ce que tu dis, c'est aussi vrai pour nous tous. Tu m'as fait mal, parce que je sais : quand maman se cloître dans sa chambre, c'est qu'elle pense comme toi, elle a cette idée qu'il faudrait mourir tôt, qu'elle ne devrait pas vieillir. J'ai peur quand elle s'enferme, quand elle ne veut plus me voir. Je sais qu'elle parle toute seule, à haute voix, dans son lit, j'ai écouté aux portes. Elle pense comme toi, et elle pense comme grand-père, celui qui a perdu la Fabrique du Roi, celui qui s'est tué à la chasse. On n'a pas su comment cela s'était passé; lui il disait qu'il voulait vivre vite, vite, au galop.

— Il a perdu la Fabrique, s'étonna Catherine, comment peut-on perdre une fabrique?

— Il a dû l'abandonner quoi, il a dû la vendre.

Catherine imaginait un personnage chamarré quittant à la sauvette la manufacture; il entrait dans un bois et d'un coup de fusil se tuait. Elle croyait voir le corps allongé sur la mousse, face contre terre. Et voilà que ce n'était plus le personnage chamarré qui gisait sur le sol, mais Aubin.

Ainsi, pour Catherine, l'histoire de la famille d'Émilienne et celle de sa propre famille entrelaçaient et échangeaient leurs malheurs comme deux plantes jumelles dont les tiges et les feuilles formeraient en croissant une seule tresse, et l'on ne saurait plus dire à laquelle des deux telle branche ou tel feuillage appartenait. « Voilà ce que nous pouvons échanger, Émilienne et moi, voilà les seuls dons qu'il nous soit permis de nous faire : ceux du malheur, puisque ses couleurs conviennent aussi bien à un noble qu'à un métayer. »

★

Catherine découvrit cependant qu'elle pouvait recevoir un autre don, celui-ci plein de sérénité. Chaque matin, soit qu'elle vaquât à ses occupations, dans la cuisine, soit qu'elle dût se rendre dans le parc, elle entendait au hasard d'une porte ou d'une fenêtre ouverte les bribes de musique qui lui semblaient se promener, là-haut, à travers la demeure, comme des jeunes filles chantantes. Elle s'arrêtait alors au milieu de son travail et écoutait : elle imaginait les mains blanches, fines et impérieuses de la demoiselle courant sur le clavier. « Pour qui joue-t-elle? Pour elle-même, bien sûr, ou pour son frère qui n'écoute pas, toujours plongé qu'il est dans ses journaux de voyages pour la dame aussi, et plus tard elle jouera pour son fiancé, puis pour ses enfants, jamais pour moi. » Comme elle eût aimé se tenir dans la grande salle, près du meuble à musique, et regarder les mains danser sur les touches.

Elle s'enhardit assez pour exprimer ce souhait à la demoiselle qui se mit à rire.

— Mais Cathie, ce n'est point moi qui joue du piano.

— Ce n'est pas vous?

C'était comme si on eût dit : ce n'est pas le cèdre qui porte les oiseaux dans ses branches, ce n'est pas le soleil qui porte le printemps dans ses rayons.

Émilienne appela son frère.

— Catherine croyait que c'était moi la pianiste.

Xavier regarda sa sœur de ses yeux globuleux.

— Ah oui! fit-il,et on voyait qu'il se moquait pas mal et de l'étonnement d'Émilienne et de ce que pouvait croire ou ne pas croire Catherine.

Qui donc alors peuplait la maison de ces cortèges mélodieux? La dame? Pourtant elle disait un jour que depuis son mariage elle ne touchait plus le piano. La dame de compagnie, Mlle Rachel? Ce n'était pas chose possible. D'abord elle ne quittait sa chambre que pour l'église et comment une personne plus desséchée que feuille morte, comment eût-elle pu faire entendre des sons aussi purs, aussi gracieux ou aussi pathétiques! Il fallait une âme au-dessus des autres, plus belle, plus riche, plus violente et plus tendre pour pouvoir faire fleurir ces gerbes de sons ou inscrire dans l'air ces musiques, semblables pour Catherine à des êtres invisibles.

Émilienne parut réfléchir un moment, puis elle proposa :

— Tu veux venir avec nous au piano?

Catherine eut l'impression que la demoiselle avait fait signe à son frère. Elle hésitait à répondre. Voulaient-ils se jouer d'elle? Et si ce n'était point la demoiselle la musicienne, à quoi bon découvrir la vérité. La curiosité pourtant fut la plus forte. Catherine suivit les jeunes maîtres dans la bibliothèque. Elle pensait, tout en marchant, qu'une amie d'Émilienne devait venir jouer chaque jour et que Mathilde, sans doute, irait à présent la chercher.

— Moi, disait la jeune demoiselle, je suis meilleure pour tirer un lièvre que pour jouer une sonate. J'ai bien appris le piano, mais je trouve que mieux vaut ne pas y toucher plutôt que de taper dessus comme toutes nos mijaurées du Haut. Elles se croiraient déshonorées, et surtout point bonnes à marier, si elles ne montaient leurs gammes chaque jour afin de pouvoir, à l'occasion, charmer leurs prétendants en leur jouant une mazurka ou « Au clair de la lune ».

Ils entraient dans la salle tapissée de livres. Les jeunes maîtres se dirigèrent vers le piano. Machinalement Catherine regarda dans les coins, s'attendant à y trouver la pianiste inconnue. Personne encore; sans doute allait-elle venir. En attendant, Émilienne et Xavier s'installèrent au piano. Émilienne feuilletait un cahier qu'elle ouvrait et plaçait sur l'instrument. Le garçon sortait de sa poche un mouchoir, essuyait ses grosses mains, — non pas des mains carrées, fortifiées par le travail, remarquait Catherine, mais des mains enflées et pâlies par la graisse, des mains toutes pareilles à lui, bouffies et sans caractère ni puissance, ennuyeuses, ennuyées, endormies, des mains de nuages, un garçon de nuages, de ces nuages entre gris et blanc, mal dessinés, qui restent parfois en panne au milieu du ciel.

Que se passait-il? Les mains sortaient de leur sommeil :

elles s'éveillent, elles s'envolent, sautent, bondissent, s'attardent, repartent sur les touches blanches et noires. Ce sont elles, — ces mains tout à l'heure sottes, penaudes, inutiles, ces mains à présent prestes, sensibles, vives, glorieuses, — ce sont elles qui font surgir un univers tour à tour appelant le sourire et les larmes, la nuit la plus profonde puis l'azur, des cités radieuses, comme celles que Catherine, gardant ses moutons, croyait deviner dans les nuées, un paradis, le paradis. Les anges étaient là, et l'être qui faisait jaillir cette source n'était-il pas lui-même un ange, ange caché sous l'enveloppe un peu ridicule de ce garçon joufflu assis devant le piano et dont les mains volaient, volaient comme si elles ne lui appartenaient pas! Catherine pensa aux doigts de Francet quand il taillait ses fuseaux. Un accord resta un instant suspendu haut, dans l'air, comme un oiseau planant, et cette fois, ce fut la petite femme du parrain que Catherine évoqua, la petite femme dont la voix faisait, elle aussi, songer au ciel des matins d'été. La musique dura-t-elle des heures ou seulement l'espace d'un éclair, Catherine n'aurait su le dire. Cela se passait hors du temps et hors de ces murs, et l'on n'était plus soi-même tant que durait ce miracle, ou plutôt l'on était plus que soi-même comme si on s'élevait au plus haut de soi et encore plus haut, à l'image de ces trois notes qui tout à l'heure planaient. Cette fois, oui, un bonheur lui était offert par les maîtres, et nulle frontière ne se dressait plus entre elle et le donateur. S'il était un maître ce n'était plus à ses yeux, d'une maison, d'une fortune, mais d'un royaume que tout l'or de la terre n'aurait su payer. Elle était à un tel point subjuguée qu'elle ne s'aperçut pas du moment où les mains cessèrent de courir sur le clavier; pour elle l'air bruissait encore du tumulte et du chant des notes alors que le dernier accord avait depuis longtemps cessé de résonner. Enfin elle remarqua les regards d'Émilienne fixés sur elle. Elle fut atterrée de retrouver assis devant le piano, aussi fade, aussi morne que de coutume, Xavier qui la regardait lui aussi. Elle n'arrivait plus à croire que ce fût ce garçon qui tout à l'heure avait su créer cet univers fabuleux. N'était-il donc qu'un masque? ou bien un être de feu et de vent venait-il l'habiter parfois, se servait de ses mains pour dresser les forêts et les fleuves de musique, puis disparaissait de nouveau? Elle se souvint de cet autre étonnement qu'elle avait eu à deux reprises : lorsque Xavier avait rappelé à l'oublieuse Émilienne leur première rencontre avec elle-même, Catherine, puis le dialogue de la demoiselle avec Aubin dans une clairière d'Ambroisse.

Peut-être n'était-il pas seulement cette ombre qu'Émilienne semblait traîner partout derrière elle.

10

Toute sa vie, Catherine se souviendrait de ces jours passés dans la demeure Desjarrige. Cependant l'exaltation qu'ils lui donnaient ne lui faisait pas oublier la maison-des-prés ni les devoirs qu'elle s'était assignés. Un soir, elle put dire au père quand les fillettes furent endormies :

— Père, il y a un secret.

— Un secret?

Jean Charron comme à l'accoutumée se tenait assis sur une chaise basse devant l'âtre où il allongeait ses jambes. Quoique depuis plusieurs semaines déjà on n'entretînt plus le feu une fois la soupe cuite, car la chaleur printanière parvenait à atténuer l'humidité apportée par le voisinage de l'herbe et des taillis, il restait toujours parmi les cendres quelques tisons rougeoyants, et le père se laissait fasciner par cette lueur; il fallait qu'à maintes reprises Catherine le tirât par le bras et lui rappelât l'heure tardive pour l'arracher à cette contemplation. Cette fois le mot de la fillette avait suffi pour le faire réagir.

— Un secret? répéta-t-il; la broussaille de ses sourcils se souleva.

Francet qui taillait du bois à la lumière chancelante d'une mèche posa ses outils. De la main il encouragea sa sœur qui demeurait silencieuse. Enfin elle se lança.

— Vous savez, la mère, quand on l'a enterrée...

— Comment? fit le père, parle donc plus fort.

Elle dut encore se vaincre pour élever la voix. Elle savait que ce qu'elle allait annoncer, elle avait eu raison de l'accomplir, mais une fois encore elle avait pris une initiative que le père peut-être n'aurait pas approuvée. Il penserait, même s'il la remerciait : « Ce sont eux qui font la loi, ce n'est plus moi. » C'était cela qui faisait mal à Catherine, et elle eût voulu lui dire d'abord : « Je vous aime, je vous respecte, Père, mais ce que j'ai fait pour vous, pour nous, vous ne l'auriez pas osé. » Elle reprit à voix presque aussi basse.

— On a enterré la mère au cimetière des pauvres.

Le père leva un peu les bras, les laissa retomber contre lui.

— On ne pouvait faire autrement.

— Au cimetière des pauvres, les tombes n'appartiennent pas aux défunts pour toujours; quand le temps est venu, et qu'on a besoin de place, on met d'autres morts; les anciens on les assemble en bas dans de grandes fosses.

— Pourquoi parler de ça...

— Parce que j'ai pensé qu'il ne fallait pas que ce soit ainsi pour la mère. J'ai pensé qu'on lui devait une tombe pour toujours.

— Et l'argent, Cathie?

— J'ai économisé tant que j'ai pu, et Francet aussi, et Aurélien nous a aidés, et puis j'ai parlé à Félicie, à Mariette, au parrain et même au père Baptiste.

Jean Charron hochait la tête, l'air effrayé.

— Ils auront pensé que c'était moi qui te poussais, oh! ce n'est pas convenable, tu n'aurais pas dû.

— Ils n'ont pas pensé du tout comme ça, Père, je vous assure; je leur ai bien dit que c'était un secret, que vous ne saviez rien, parce que je pensais justement que vous m'auriez empêchée de leur parler, et ils m'ont dit que j'avais raison, qu'ils étaient tristes eux aussi que la mère fût dans une tombe pas à elle, mais qu'ils n'auraient jamais eu le courage de vous en parler, ni d'en parler entre eux et que chacun n'avait pas assez pour payer à lui seul un nouveau tombeau, alors que oui, je faisais bien, je faisais très bien de m'occuper de ça.

— Ah! ils sont braves, tous, mais quand même, ils se croient obligés... Dans le temps, je pouvais les recevoir tous et bien, et aujourd'hui les voilà qui prennent en charge ma pauvre défunte.

Francet répliqua :

— Père, nous aussi, Catherine et moi, avec notre travail, nous prenons bien part à cela. Et Mariette et le parrain, ce sont vos enfants aussi. Alors c'est bien comme si c'était vous.

— Vous croyez, vous croyez... Mais Félicie, Aurélien, le père Baptiste, non, je ne peux pas, vous comprenez bien que je ne peux pas accepter.

Ce fut encore Francet qui affirma :

— Vous leur ferez dépit, Félicie est de la famille, tout de même. Aurélien, je suis sûr qu'il sera bien triste si vous lui refusez, et le père Baptiste il sera vexé, il ne voudra peut-être plus s'occuper de moi pour me faire entrer à la Fabrique.

— Pour Aurélien, il me donnait quelques sous chaque semaine et je ne sais pas combien, je ne saurais pas ce qu'il faudrait lui redonner. Écoutez, Père, poursuivit Catherine, dites oui, on a la somme, le parrain prépare les démarches, mais bien sûr c'est vous seul qui décidez.

— Moi seul, moi seul, répétait le père en hochant la tête, et il semblait ne pas entendre ce qu'il disait.

Catherine et Francet de temps à autre se regardaient, inquiets. Le père paraissait les avoir oubliés. Du bout du pied, il creusait les cendres comme s'il y cherchait un dernier tison. Catherine n'osait plus parler. « Je n'aurais pas dû accepter l'argent d'Aurélien. Le père ne veut pas dire oui, c'est peut-être à cause de cet argent et de celui du père Baptiste. Pour le père Baptiste, c'est Francet qui a tenu à lui demander. Il a eu tort, c'est quand même un étranger, le père Baptiste, plus qu'Aurélien. Aurélien, il y a si longtemps qu'on le connaît, des fois je le prends pour un frère... » Amélie Anglard lui avait proposé une partie de ses économies pour participer à l'achat du tombeau, mais Catherine avait refusé; elle s'était dit que le père serait mécontent si elle prenait l'argent de la fille du cantonnier. De même, elle s'était gardée de confier son projet à Émilienne Desjarrige de crainte que la demoiselle ne lui offrît une somme; elle lui aurait dit « non », car ces pièces auraient ressemblé à une aumône faite à la morte. « Le père devrait bien comprendre que l'argent de Mariette, du parrain, ou même de Félicie et de l'ouvrier porcelainier, ce n'était pas une aumône, mais le signe même de leur amitié pour la disparue. » Elle soupira, se racla la gorge, Francet se mit à cogner son couteau contre la table. En vain, le père ne broncha pas. Intimidés, les enfants n'osaient même pas lui souhaiter bonne nuit. Ils allèrent se coucher en silence.

Le lendemain soir, pendant le dîner, seules Clotilde et Toinon firent entendre leurs voix. D'habitude, si elles bavardaient trop, Catherine leur ordonnait de se taire, mais aujourd'hui, nul ne semblait prendre garde à elles, aussi les cadettes en profitaient-elles pour donner libre cours à leurs caprices. Leur aînée les voyait bien, mais elle ne songeait pas à les gronder. « Elles sont belles, elles mangent à belles dents; de solides petits diables. Au lieu de cela, si le père ne m'avait pas écoutée, ça ferait deux orphelines en noir perdues au couvent... Alors, pourquoi il ne m'écoute pas cette fois encore? Bien sûr, la mère, qu'elle soit dans cette terre qui n'est pas à elle, ou dans cette terre qu'on voudrait acheter pour elle, elle sera toujours morte, mais elle sera plus morte que les morts si un jour on la met n'importe où avec n'importe quels cercueils, perdue avec eux comme les cadettes auraient pu se perdre parmi les autres orphelins. »

Elle leva le couvert, rangea la vaisselle, dut se fâcher pour obliger les petites à se mettre au lit. Quand on ne les entendit plus pouffer de rire :

— Elles dorment? demanda le père.

Catherine alla jeter un coup d'œil sur les enfants.

— Venez voir.

Le père quitta sa chaise, s'approcha du lit. Un sourire vint éclairer sa face creusée.

— Elles sont belles. Tu as eu raison, Cathie... Si elles étaient parties chez les Sœurs...

Il revint s'asseoir devant le foyer.

— Que reste-t-il à faire pour... pour ce que vous disiez hier soir?

Catherine avant de répondre regarda son frère. Il cligna de l'œil.

— Il faudra que vous alliez voir le bedeau. Il est au courant. Il a dit que vous auriez deux croix à faire sur le papier qu'il vous donnera. Le parrain lui remettra la somme. C'est au parrain qu'on a tout versé ce qu'on avait.

★

Ce fut par une belle matinée de mai, pleine de soleil, d'un vent léger et d'oiseaux qu'eut lieu l'exhumation.

Devant la fosse ouverte, Catherine se reprocha avec véhémence d'avoir voulu cette chose. Cependant que deux hommes enlevaient les dernières pelletées sur le cercueil, elle observait la scène avec stupeur et avec honte. Que faisaient ces gens en noir devant ce trou, quel acte fou et barbare? Et c'était elle qui avait voulu cette absurdité et ce sacrilège, ce deuxième enterrement peut-être plus atroce que le premier, que le vrai, parce que le chagrin dans les cœurs toujours aussi vivace n'était plus cependant cette houle noire et profonde dont les coups aveuglaient et engourdissaient, parce que aussi le printemps apportait un sourire sur les tombes. Si plus rien ne subsistait des pensées de la mère, c'était rendre plus misérables encore ses restes que de les arracher à leur cachette, de les livrer au feu du soleil pour les replonger un peu plus loin dans une autre terre. Si au contraire, quelque âme demeurait attachée à ces dépouilles, n'allait-elle pas entrer dans une douloureuse colère contre ces impies qui venaient déranger et profaner les ténèbres de sa retraite!

— Ça y est, dit une voix au fond du trou.

Catherine ferma les yeux; elle avait peur. La mère ne se dresserait-elle pas au fond du trou, ne la désignerait-elle point de son doigt décharné : « Pourquoi cette fille a-t-elle voulu qu'on me cherche jusque dans la mort! Pourquoi? » Quelqu'un poussa un cri, et une voix de femme, — était-ce celle de Mariette? — murmura avec horreur : « les cheveux... les cheveux » et d'autres voix répétaient : « les cheveux... les cheveux. » Avant d'oser ouvrir les yeux, Catherine fit un pas sur la droite, elle savait que Francet se tenait là, elle lui prit le bras et enfin regarda. En bas elle vit le cercueil : son couvercle sur un côté s'était disjoint et par la fente la chevelure de la mère s'était épandue. Ce flot de cheveux mêlés à la terre donnait une étrange impression de vie. Catherine aurait voulu en détourner son regard, elle ne le pouvait point. Elle se voyait peignant la morte quelques instants après le dernier souffle de l'agonie, puis c'était le souvenir des dimanches matins quand Mariette aidait la mère à tresser en lourdes nattes sa chevelure et que le père et les enfants faisaient cercle. Ce serpent de cheveux sombres au fond de la fosse comme un scandale, comme un défi. Les femmes sanglotaient. Mariette était tombée à genoux, le père à côté d'elle était livide, prêt à défaillir. La canne sur laquelle s'appuyait Francet tremblait. Tous ces hommes et ces femmes en noir paraissaient pétrifiés. Catherine pensait à ce qu'on lui avait dit des couleuvres qui fascinaient leur proie : et l'oiseau ou la grenouille allaient se jeter dans la gueule du reptile; elle ne parvenait pas à chasser cette idée, il lui semblait que tous ils allaient se jeter dans la tombe où les attirait la torsade sinueuse.

Un fossoyeur se décida, il se pencha sur le cercueil, y fit disparaître les cheveux. Le groupe en deuil s'ébroua : on sortit les mouchoirs, Mariette se releva, Francet changea sa canne de main, Félicie soupirait et ses soupirs secouaient sa poitrine et son ventre. On suivit les fossoyeurs portant la boîte sur leurs épaules.

La nouvelle tombe était propre avec sa dalle de granit gris, tout frais taillé. Les femmes la couvrirent de roses, de marguerites, de jacinthes des prés. Au moment du départ, Catherine vit Francet revenir en arrière. D'un geste furtif, il sortit de sa poche une petite croix de buis vernis et rond, la déposa sur les fleurs.

— C'est toi qui l'as faite? demanda Catherine à mi-voix.

Francet hocha la tête.

— La mère sera contente de cette tombe qu'on lui a achetée, de ces fleurs, de ta croix.

— Je ne sais pas.

— Tu ne sais pas? Tu penses qu'elle est en colère?

— Non, je ne sais pas si elle peut penser quelque chose.

— Au catéchisme, ils disent que oui, qu'on est dans le ciel, qu'on est heureux, qu'on attend ceux qu'on aime. Moi non plus, je ne sais pas.

— Tu as vu ses cheveux?

Catherine ne répondit pas, elle n'osait parler de cette vision qui la hantait. Quand ils furent sortis du cimetière, Francet s'approcha d'elle.

— Attends-moi, pria-t-il. Ils oublient que j'ai lâché mes béquilles voilà dix jours seulement.

Elle donna le bras à son frère. De l'autre côté il cognait sa canne à coups secs sur la route. De temps à autre, Francet s'arrêtait pour reprendre souffle. Devant eux, les hommes et les femmes en noir marchaient sans se retourner.

— Je suis sûr, dit Francet, qu'ils font comme nous. Ils voient les cheveux au fond du trou. Ils les voient et nous les verrons longtemps.

— Ne parle pas de ça, supplia Catherine.

Lorsqu'on arriva aux premières maisons de la Noaille, Aurélien et Julie Lartigues se détachèrent du groupe des grandes personnes et attendirent leurs amis qu'ils n'avaient osé rejoindre pendant l'exhumation ni tant qu'on était resté en vue du cimetière.

— Les cheveux de votre mère, dit Julie.

Aurélien jeta un regard inquiet vers Catherine.

— Tais-toi donc, ordonna-t-il à sa sœur.

Julie le regarda étonnée, ouvrit la bouche, prête à répliquer, finalement se tut.

Quand ils furent de retour à la maison-des-prés, ce fut Catherine elle-même qui parla de nouveau de la morte. Elle entraîna Aurélien derrière la maison sous prétexte de ramasser du bois. Toujours, au plus dur des épreuves, Aurélien était là, il la soutenait de son calme regard gris, de sa voix un peu voilée, de sa simple présence enfin qui dissipait les fantômes ou l'angoisse. Ce fut à lui tout naturellement que de nouveau elle se confia.

— Aurélien, ces cheveux, on les aurait dits en vie. La mère... tu ne crois pas qu'elle était vivante, à demi-vivante dans son cercueil? N'avait-elle pas soulevé le couvercle? Comment les cheveux ont pu glisser dehors?

Le garçon se penchait, ramassait les branches sèches laissées à la lisière des taillis, comme s'il s'agissait vraiment d'en rapporter à la maison. Catherine avait envie de dire : « Laisse donc ce bois. » Elle aurait voulu voir le visage d'Aurélien, lire sur ses traits si la paix de ses réponses était vraie ou feinte.

— Ne te tracasse pas ainsi, disait-il tout en assemblant les branches. Des cheveux, c'est des cheveux, rien de plus. Il y a eu une fente dans la boîte et ils ont glissé par la fente.

— Mais, Aurélien...

Et Catherine n'osait achever sa phrase, n'osait préciser la pensée qui avait porté à son comble sa frayeur quand elle découvrit la chevelure mêlée à la terre. Enfin, vite, d'un coup, elle avoua :

— Mais les cheveux, ils m'ont paru plus longs qu'à sa mort. A la fin de l'été, la mère avait vendu une fois de plus ses cheveux et quand elle est morte ils n'étaient pas tout à fait redevenus aussi longs que d'habitude, et ce matin, si...

— Il y en a qui disent que les cheveux et les ongles ça continue à pousser après...

— Oh alors, tu vois, c'est qu'on n'est pas entièrement défunt, la mère avait encore de la vie...

— Écoute, Cathie, un canard, un poulet...

Les mots s'étranglaient dans la gorge d'Aurélien comme si, pour prononcer chacun d'eux, il dût accomplir un effort surhumain, et on aurait cru, à chaque syllabe, qu'il ne pourrait aller au-delà ; pourtant un autre mot venait encore, et un autre... Que pouvait-il bien vouloir signifier avec ce canard, avec ce poulet ? Aurait-il le front de plaisanter en un tel instant !

— ... Un lézard, un chien, quand ils sont morts, eh bien tu as vu, c'est fini... ils sont morts. Leurs poils ou leurs plumes ou leurs ongles, peut-être bien qu'ils continuent à pousser, ça n'empêche pas que le chien, le canard, le poulet, ou le lézard ils ne sont plus là, ils ne sont plus rien... Les chrétiens pour moi ça doit être tout pareil, quand c'est fini, c'est fini.

Catherine était révoltée : parler de canard, de chien à propos de la mère ! Elle était révoltée et, en même temps, une voix en elle disait : « Il a peut-être raison, il fait exprès de te dire cela pour t'apaiser, pour que tu cesses de te tourmenter à propos de ces cheveux. » Comme s'il eût deviné cette double pensée, Aurélien remarqua :

— Ne m'en veux pas de te dire ces choses, je le fais parce que je crois qu'elles sont vraies. Et puis ça ne sert à rien, Cathie, ces questions que tu te poses, rien qu'à te faire mal.

Il cessa un instant de ramasser le bois, se redressa, fit un pas vers elle et, la touchant d'un doigt au front, puis à la poitrine :

— Ta mère elle est là, et là, dans toi ; elle n'est pas là-bas, c'est rien ce qui est là-bas, n'y pense plus.

Catherine demeurait sidérée par le geste et les paroles d'Aurélien. Elle le regardait, ne trouvant plus aucun mot. Lui-même, comme s'il était après coup effrayé de son audace, baissait la tête et se balançait gauchement d'un pied sur l'autre. De la maison quelqu'un appela.

— Il faut rentrer, dit Catherine.

Au bout de quelques pas, elle s'arrêta, prit la main d'Aurélien. Elle avait envie de lui parler, de lui dire elle ne savait quoi, qui l'eût assuré de sa gratitude, de son affection, et aussi de la paix qu'il lui donnait. Elle ne put que dire à voix basse :

— Il fait beau tout de même.

11

Ce fut une quinzaine de jours plus tard qu'elle découvrit d'où provenait l'argent qu'Aurélien lui remettait en cachette chaque dimanche. Maintenant que le tombeau de la mère était payé, Catherine n'aurait plus voulu recevoir ce secours.

— Il ne faut plus, disait-elle. Les œufs ou les légumes que tu me portes, ça doit déjà te coûter assez. Ce n'est pas raisonnable. Tu vois, maintenant j'arrive à bien les nourrir, mes cadettes et Francet. Tu es gentil mais garde tes sous, tu sais bien que tu en as autant besoin que nous, ne les dépense pas à acheter ces œufs.

— Ils ne me coûtent rien, Cathie, qu'un peu de travail chez les uns et les autres, le soir, après la fabrique ; on me donne ces œufs ou ces salades pour me payer, on me donne aussi ces quelques pièces, que veux-tu que j'en fasse, j'aime mieux te les passer.

— Non, tu m'as aidé pour le cimetière, c'est bien assez ; à présent, économise pour toi.

Aurélien s'obstinait, elle voyait qu'elle le blesserait en refusant. Elle finissait donc par placer la monnaie derrière la brique descellée du foyer. Elle se promettait de ne pas toucher à cet argent et de le remettre plus tard à Aurélien. « Quand il se mariera, je lui ferai la surprise. Ça l'aidera pour monter son ménage avec Amélie Anglard. » Elle demeurait persuadée qu'Aurélien et Amélie deviendraient mari et femme. Comme cela, pensait-elle, elle garderait près d'elle deux amis qui lui étaient également chers.

Un soir de la fin mai, elle dut rester chez les Desjarrige jusqu'après le dîner. Les maîtres recevaient, et Mme Pourpaille avait décrété qu'elle aurait besoin d'une aide pendant le repas. La petite s'efforçait de prévenir ses récriminations en lui passant, avant même qu'elle l'eût demandé, l'assiette, la casserole, la boîte aux épices ou le pot de confiture dont la cuisinière allait se servir.

— Voilà quelqu'un qui sait travailler, décrétait la boulotte, le visage illuminé par son énervement et par les fourneaux. Ce n'est pas comme toi, ma pauvre Mathilde, toi, tu arrives toujours après la bataille.

Mathilde dardait un œil furieux sur Catherine. Depuis que la fillette l'avait supplantée pour porter le goûter, la rougeaude ne décolérait pas. Souvent elle proférait d'obscures menaces : « Bientôt, ça changerait, marmonnait-elle, Mlle Rachel, la dame de compagnie, le lui avait promis. » Catherine ne prenait pas garde à cette rancune, elle accomplissait son travail du mieux possible et voilà tout. Mme Pourpaille, qui l'avait en amitié, lui disait à propos de l'amertume manifestée par la bonne : « Elle est plus bête que méchante, s'il n'y avait pas cette vipère de dame de compagnie pour lui monter la tête, elle serait ravie de n'avoir plus à monter le goûter, car si elle est plus sotte que mauvaise elle est encore plus feignante que stupide. »

Il n'était pas loin de neuf heures quand la cuisinière, ce soir-là, remercia Catherine et lui dit que maintenant elle pourrait faire seule. La fillette enfila ses sabots et sortit. Elle s'attarda dans le parc embaumé de lilas, de roses et de jasmins. Par les fenêtres ouvertes venaient des bruits de voix, de rires, de couverts entrechoqués. Catherine eût bien voulu être dans la salle à manger et voir qui parlait, qui riait ainsi. Elle essayait en vain de reconnaître dans cette rumeur la joie d'Émilienne. Sans aucun doute, demain, la demoiselle lui dirait en bâillant : « Qu'est-ce que j'ai pu m'ennuyer hier soir avec ces benêts et ces oies. » Mais serait-elle sincère? A l'instant n'était-ce pas son rire qui s'élevait plus clair, plus hardi, plus léger que tous les autres rires? N'allait-elle pas trouver un fiancé parmi ces « benêts » comme elle disait, et alors bientôt elle partirait.

Des pas lourds crissèrent sur le gravier. Ceux de Clément le cocher, pensa Catherine. Elle s'enfuit de crainte que le domestique n'allât rapporter à Mathilde que « la petite Charron espionnait dans le parc ».

Il faisait encore jour, les acacias du mail étaient en fleur. Autour du kiosque à musique quelques bourgeois marchaient gravement, mains au dos. Derrière les portails des jardins ou des parcs s'élevaient des voix heureuses; une femme cria : « Allons, les enfants, il est l'heure de se coucher. » La tendresse de cet appel gonfla le cœur de Catherine de nostalgie : elle eût voulu être l'un de ces enfants que la jeune mère appelait, être cachée dans la pénombre odorante du parc et retarder le moment où la main maternelle vous pousserait vers le lit.

Une fois dépassé le mail, plus de portails, de hautes façades, de frondaisons au-dessus des murs; du moins la même paix avant la nuit réunissait-elle, assis derrière leur fenêtre ou dehors sur les marches du seuil, des commerçants, des lavandières, des artisans que Catherine saluait au passage et qui lui répondaient avec un sourire. L'air était si caressant, si légère la dernière lumière du jour que la fillette ne se décidait pas à regagner la maison-des-prés. Pour allonger son trajet avant de prendre le faubourg de la Ganne, elle fit un détour par les ruelles qui menaient à l'église Saint-Loup. Elle arrivait en vue du parvis lorsque les fidèles commençaient à sortir. « C'est le mois de Marie », songeait Catherine, puis elle se chanta à mi-voix le cantique : « C'est le mois de Marie, c'est le mois le plus beau. C'est le mois de ma mère puisqu'elle s'appelait Marie. Comme elle aurait aimé cette soirée si calme... » Le cortège en noir de l'orphelinat sortit de l'abbatiale, une religieuse à chaque bout. « Elles aussi ont dû chanter : « C'est le mois le plus beau », comme si pour les orphelines il pouvait y avoir un mois plus beau que les autres », ce mois où l'on reste longtemps dans les jardins, longtemps jusqu'à l'heure du sommeil, et où la douce, l'inquiète, la doucement grondeuse voix de la mère vous appelle, et vous ne répondez pas tout de suite pour que se prolonge cette caresse que vous donne la voix bien-aimée en lançant de nouveau votre nom dans le crépuscule qui sent l'herbe et les roses.

Là-bas, devant le porche, un jeune mendiant se tenait courbé et tendait la main. Certaines dévotes au passage lui donnaient leur obole, d'autres se redressaient et feignaient de ne pas voir ce bras levé vers elles. Catherine souffrait alors pour le mendiant. « Comme il doit avoir honte quand elles frôlent sa main. » Une grosse dame s'arrêta, tira une bourse de ses dessous, déposa une pièce dans la paume du garçon. « Il a peut-être encore plus honte quand on lui donne... » « C'est le mois de Marie, c'est le mois le plus beau », ce doit être le mois où ce mendiant touche le plus d'argent, justement à cause de ces prières de mai. Chaque soir... Est-ce pour lui le mois le plus beau ? Sa honte ne l'empêche-t-elle pas de respirer ces parfums de la campagne ?... Mais peut-être il ne connaît pas la honte... Comment disait Aurélien ? « Les riches il la font payer cher leur charité ? »

Soudain, Catherine se planta net. Elle croisa machinalement son fichu devant sa gorge comme si elle eût senti le froid d'un coup tomber sur elle. Pourtant l'air demeurait immobile et nulle fraîcheur ne venait de la campagne proche, mais c'était bien comme si un froid mortel s'était emparé de la fillette : il lui avait semblé reconnaître Aurélien sous les traits du jeune mendiant. « Non, non, tu rêves ; Aurélien dort avec son père et sa sœur, dans leur rez-de-chaussée de la Ganne, ou bien il aide quelque jardinier à repiquer ses salades. Aurélien est trop fier pour pouvoir mendier. »

Elle reprit sa marche. A présent les fidèles sortaient en groupe de l'église et remontaient la ruelle tout en bavardant. Ils lui empêchaient de voir le mendiant. Quand elle fut sur le point de déboucher sur le parvis, elle se surprit à souhaiter : « Pourvu qu'il soit parti. » Mais il était bien là, courbé comme un bossu, la main implorante. Au lieu de traverser la place, elle alla s'adosser dans le recoin d'une porte. De là, sans être vue, elle pouvait observer ce qui se passait devant le porche de l'église.

Plus aucun doute, c'était bien Aurélien qui demandait l'aumône, le même Aurélien qui rougissait de colère lorsqu'il parlait de la charité des riches, Aurélien qui chaque dimanche portait quelque monnaie à son amie. Catherine se sentait paralysée de stupeur, de remords, de colère, de tristesse, et aussi d'un étrange sentiment qu'elle ne parvenait pas à comprendre ni à nommer devant cet Aurélien inconnu qu'elle découvrait. Était-ce crainte? était-ce admiration? l'une et l'autre, et si intimement liées qu'elles n'eussent pu se départager. « J'ai honte, comme j'ai honte, honte pour lui, et honte pour moi. « Que je ne vous prenne jamais à mendier », disait le père. C'est comme si je mendiais moi-même, c'est pire que si je mendiais moi-même. Je fais mendier pour moi. Non, non, je ne le lui ai pas demandé, au contraire, je le lui aurais interdit. Et lui, sa honte doit être insoutenable et pourtant il tend la main, depuis des semaines et des mois, il tend la main à ces gens qui lui donnent leur pitié en même temps qu'un sou ou deux, et il tend la main aux autres qui ne lui donnent rien, rien que leur mépris ou leur indifférence. Et si sa sœur le surprenait, qu'arriverait-il? A moins que leur père s'en moque; à la Ganne, à part nous, tous mendiaient. Mais qu'un ouvrier le voie et toute l'usine se moquerait de lui; on l'accablerait de quolibets. Que deviendrait-il, rejeté par ses camarades de travail, tourmenté? »

Les dernières dévotes franchissaient le porche, l'une d'elles revint sur ses pas pour remettre son obole au mendiant. De là, Catherine crut entendre l'humble merci. « Comme il doit les haïr! Il ressemble à l'ange brun de Saint-Loup, prétendait Amélie Anglard. Si elle l'apercevait à présent, son ange, que penserait-elle, que dirait-elle? Un bel ange, ma foi, courbé, voûté, vaincu. » Au fond d'elle-même cependant, Catherine essayait en vain de chasser cette pensée : « Ce soir, Amélie le trouverait aussi beau, plus beau peut-être. »

Plus personne ne sortait de l'abbatiale. Là-bas le garçon attendit une minute encore, puis il se redressa, passa une main sur son visage.

C'était bien de nouveau Aurélien tel que Catherine le connaissait, droit, mince et grave. Il fit quelques pas, s'arrêta, fouilla dans ses poches, en sortit la monnaie reçue, la compta, la remit dans une de ses poches. Quand il passa devant la porte où Catherine se tenait dissimulée, elle l'appela. Elle le vit sursauter et blêmir.

— Je viens de faire une course chez des gens pour mes maîtres, dit-elle.

Il resta un instant encore désemparé, enfin il déclara :

— Moi, je faisais un tour, le temps est si bon, avant d'aller me coucher.

Ils remontaient la ruelle en silence. « Est-ce que je lui dis? » s'interrogeait Catherine. Mais si elle parlait, Aurélien oserait-il jamais reparaître devant ses yeux? Si elle ne parlait pas, il y aurait entre eux un perpétuel mensonge et mieux vaudrait alors ne plus se voir. Quand ils arrivèrent à la Ganne, Aurélien demanda :

— Tu sortais juste de cette porte quand tu m'as appelé?

— Oui, pourquoi?

— Pour rien. Et il y avait longtemps que tu étais chez ces gens?

— Je ne sais pas, je ne sais pas au juste.

— Le mois de Marie avait commencé à sortir?

— Non.

Dans l'ombre, il sembla à Catherine que les traits de son compagnon se détendaient. Il se mit à parler, volubile, de son apprentissage à l'usine, de sa sœur qui devenait de plus en plus coquette, des voisins de la Ganne toujours aussi mal léchés. Elle le laissait aller sans l'écouter; bientôt ils se sépareraient; si alors elle ne lui disait pas la vérité, il ne lui serait plus possible désormais de trouver auprès d'Aurélien l'amitié de leur enfance. Dans le chemin de la maison-des-prés, ils se quittèrent.

— A dimanche, Cathie.

— A dimanche.

A aucun prix, ce dimanche, elle n'accepterait l'argent qu'il voudrait lui donner, mais d'ici là, à cause de son silence, Aurélien, chaque soir, reviendrait mendier à la porte de Saint-Loup, par sa faute à elle.

Au bout de quelques pas, elle se retourna :

— Aurélien!

Sa voix s'étouffait dans sa gorge; là-bas, il ne pourrait l'entendre.

Elle se mit à courir; elle trébuchait contre les pierres, des branches de la haie la griffaient au passage. Elle s'étonnait de ne pas rattraper son ami; il avait dû courir lui aussi. Elle s'arrêta, essaya encore d'appeler. Tout là-bas, il lui sembla percevoir la voix d'Aurélien. Elle reprit sa course. Cette fois, elle reconnaissait la voix : « Je viens, j'arrive! » criait-il. Et, brusquement, il fut là, contre elle, tous deux essoufflés.

— Qu'y a-t-il? Tu m'as fait peur, Cathie; es-tu blessée?

C'était stupide, elle était stupide de l'avoir fait revenir; que lui dire à présent? L'avoir obligé à rebrousser chemin dans la nuit et lui lancer : « Je t'ai vu quand tu mendiais devant l'église », c'était absurde et ridiculement cruel. Elle dit :

— Je t'ai vu quand tu mendiais devant l'église.

Il faisait noir dans le sentier bordé de haies. Ainsi Catherine ressentait-elle moins de gêne à parler; il lui semblait que pour

Aurélien aussi l'ombre effaçait l'humiliation. Comme si ce n'était pas elle et lui qui fussent là mais leurs voix, seulement leurs voix, à discuter d'une chose que la nuit rendrait presque étrangère, inoffensive. Du moins Catherine essayait-elle de se faire croire cela, car l'accent rauque d'Aurélien l'assurait du contraire.

— Je m'étais dit qu'un jour ou l'autre, je serais découvert, mais je ne pensais pas que toi tu me verrais.

— Je savais bien qu'à la Ganne nos voisins mendiaient, mais toi! Mon père nous interdisait de mendier, même quand on restait sans manger.

Aurélien se taisait. Elle devinait sa silhouette plus sombre dans le chemin. Qu'il dise quelque chose, qu'il jure, qu'il se mette en colère plutôt que ce silence! Et son visage, comment est son visage : gris de colère ou rouge de confusion? Et s'il pleurait, mon Dieu, s'il pleurait sans bruit. Aurélien, Aurélien, je ne veux pas que tu pleures. Je ne voulais pas être méchante, je ne voulais pas te blesser. Dis quelque chose, ne me laisse pas dans le noir toute seule!... Impossible de prononcer aucune de ces plaintes, impossible d'étendre le bras, de toucher cette silhouette. Tout à coup Aurélien pivote sur ses talons et s'en va à grands pas. Le temps de surmonter son étonnement, voilà Catherine sur les traces du fuyard.

— Aurélien! Aurélien!

Les mots s'élancent enfin, trop tard.

— Ne t'en va pas! Attends-moi! Ne sois pas fâché!

Mais le garçon accélère encore sa marche. Catherine avance difficilement avec ses sabots.

— Je sais, Aurélien, c'est pour m'aider, pour pouvoir m'aider que tu as fait cela; pour que je puisse garder les petites à la maison, pour qu'on achète une tombe à notre mère, n'est-ce pas? Oh! attends-moi...

Elle a heurté une pierre, sa cheville a fléchi, elle s'affale. Dans la chute son front est venu heurter contre une racine, le choc l'a étourdie. Bientôt, deux mains tremblantes la relèvent, un visage se penche au-dessus d'elle.

— Cathie, tu t'es fait mal? Bête que je suis. Cathie, où as-tu mal?

Non, elle n'a pas mal, qu'importe cette douleur à la tête : Aurélien n'est pas fâché! Aurélien est son ami. Il lui donne le bras pour la reconduire à la maison-des-prés. De temps à autre, il demande, encore inquiet :

— Tu as mal?

D'une pression de la main, elle le rassure. A vrai dire, elle est heureuse de cette douleur à son front. Ainsi, pense-t-elle, ils sont quittes. Elle est heureuse d'avoir mal puisque, par ses paroles, elle lui a fait mal. Ils ne parleront plus, plus jamais de cette soirée. Quand, sur le seuil, il lui souhaite bonne nuit, elle ne peut pourtant s'empêcher de questionner :

— Et ces œufs, ces pommes de terre, ces poulets que tu me portais?

Le garçon hésite un instant puis, sur un ton de défi :

— Je les volais.

— Tu les... fait Catherine, non pas tant surprise par cette nouvelle, qu'abasourdie par la façon orgueilleuse de l'aveu. Elle n'ose répéter : « Tu les volais », et achève :

— Tu les prenais?

— Tu préfères que je n'en porte plus? demande Aurélien, cette fois d'une voix douce.

— Non, il ne faut plus en porter; il ne faut plus rien prendre.

Comme si elle craignait que de nouveau son camarade pût voir un reproche dans ses paroles, elle s'approcha de lui et sur chaque joue lui donna un baiser. Avant de pousser la porte de la maison-des-prés, elle attendit qu'Aurélien se fût éloigné. Au bout d'un moment elle l'entendit qui chantait sur le chemin du retour.

LA FABRIQUE

12

La glycine tordait ses banderoles sur les murs en brique rouge de la fabrique. Le matin, avant d'entrer à la manufacture, Catherine était contente d'éclairer son regard aux grappes bleues : bleues comme les yeux du père, bleues comme le ciel de ces matins d'été qui donnait tellement envie de partir dans la campagne pour toute la journée jusqu'aux premières étoiles. Et le parfum sucré des grappes qui vient se coller à vous et vous entête et vous dit : « Il fait bon, Cathie, c'est l'été. Il fait bon sur les collines où court le vent, où volent et virevoltent et chantent les oiseaux. » Elle sait bien qu'il fait bon et beau, mais la cloche sonne, la cloche qu'agite le gardien toujours tonitruant, et les ouvriers hâtent le pas sur le chemin puis sur l'esplanade rouge et blanche, rouge de l'argile et blanche de la porcelaine cassée; le gardien houspille au passage les gamins qui à son gré ne se pressent pas assez de gagner leurs ateliers.

Aurélien l'avait avertie : « La fabrique c'est un peu une école. »

C'était vrai. Elle y faisait son apprentissage, à la fois inquiète de ne pas acquérir assez vite le « tour de main » et impatiente d'être promue au rang d'ouvrière. Elle avait été engagée grâce au père Baptiste. Le vieux porcelainier était ici une puissance, car il était le meilleur tourneur en glaise de

Noaille et jusqu'à ce jour on ne lui trouvait point de successeur, aussi sa parole avait-elle du poids auprès du patron, M. de la Reynie. Il avait obtenu sans peine que Catherine fût embauchée comme « couleuse ». Le monde de l'usine inspirait à la fillette un sentiment complexe fait de crainte et d'exaltation. Crainte devant les machines, leur grand remue-ménage et leur bruit, crainte devant tous ces hommes assemblés et qui riaient, juraient, grondaient, si différents de son père et des paysans timides ou taciturnes qu'elle avait jusqu'alors connus, crainte aussi devant les rares ouvrières toujours prêtes à se moquer et devant les apprentis qui, pour singer leurs aînés, affichaient des airs querelleurs ou dédaigneux. Mais toutes ces craintes s'atténuaient de jour en jour. Si Catherine les ressentait encore au moment où, la cloche sonnant, il fallait entrer dans les ateliers, une fois assise devant sa banquette, elle oubliait vite son appréhension. Elle se sentait au contraire envahie par une fierté qui mettait en elle plus de chaleur que le soleil tombant sur la verrière indigo : fierté d'appartenir à un monde nouveau, « le monde du travail, le monde de l'avenir », comme avait dit avec emphase, en tapant du poing sur la table, le père Baptiste ce soir où, à la maison-des-prés, il l'avait décidée à devenir apprentie porcelainière. On lui laissait le soin de *couler* la pâte dans l'un des moules, et, un peu plus tard, ouvrant le moule comme un coquillage, elle en ressortait les anses qu'elle collait d'un doigt preste aux tasses alignées devant elle. Les premiers jours elle *coulait* trop de pâte et le liquide crème débordait, ce qui déclenchait les critiques de l'ouvrière chargée de guider Catherine. La mère Trille criaillait pour un rien; c'était une femme d'une cinquantaine d'années, velue et édentée. Le père Baptiste avait averti sa protégée : « Laisse-la crier, ça lui plaît; tu verras, elle est brave. » L'ouvrier disait vrai, Catherine le comprit lorsque la mère Trille, en bougonnant, ajouta une douzaine de ses propres tasses achevées, à celles que l'enfant pourvoyait d'anses.

— Mais, Madame, ce sont vos tasses.

— De quoi je m'occupe? grogna la mère Trille.

Grâce à l'influence du tourneur, le patron avait accepté de payer Catherine malgré qu'elle fît son apprentissage. Elle toucherait un sou par douzaine de tasses auxquelles elle aurait posé leur anse, mais on lui retiendrait là-dessus, si elle cassait anses ou tasses. Aussi Catherine observait-elle ses gestes.

— C'est-y une anse que tu tiens, ou l'hostie à la messe? disait la mère Trille.

Elle ajoutait :

— A cette vitesse-là, t'es pas près d'être millionnaire, petite.

Ou bien :

— Ta main tremble! C'est-y que t'aurais peur de devenir riche?

Quand elle poussait une douzaine de ses tasses sur la banquette de l'apprentie, elle prenait un air féroce pour faire ce cadeau, aussi Catherine n'osait-elle la remercier. Si, tout de même, elle essayait de le faire, l'ouvrière se mettait à glapir après cette jeunesse « qui ne savait plus, qui ne saurait jamais travailler ». Catherine prit donc l'habitude de détourner la tête quand elle voyait la mère Trille s'apprêter à glisser vers elle quelques tasses prêtes pour la cuisson. Lorsqu'un moment plus tard elle se hasardait à regarder l'ouvrière, celle-ci souriait de toute sa bouche édentée.

L'apprentie songeait à l'argent qu'Aurélien mendiait pour elle, aux sucreries et au pain qu'Adélaïde Parot, sa jeune patronne de Lascaux, plaçait autrefois à son intention dans une cachette de sa chambre, et maintenant à ces tasses que l'ouvrière faisait glisser vers elle, ces tasses qui viendraient diminuer le salaire de la mère Trille; elle revoyait ces gestes timides qu'avaient les donateurs pour tendre leur offrande et, en même temps, elle ne savait pourquoi, elle pensait aux premiers chants d'oiseaux, encore incertains comme le printemps où ils résonnent, à la fois grêles et d'une beauté de perle : toute la prairie, et le bois, et la route qui tourne, et le ciel, toute la terre paraît se recueillir autour de ces notes mal assurées mais si pures. C'était comme si Aurélien, la petite patronne de Lascaux, et, aujourd'hui, cette brèche-dent d'ouvrière, c'était comme s'ils eussent chanté sur un pays où le printemps se déprend à peine de l'hiver et autour de ce chant de leur silence, le village, la ferme ou l'usine, pour un moment, se mettaient à rayonner même si le soleil était absent, même s'il faisait nuit.

— Qui m'a fichu une empotée pareille? Tu rêves?

La voix de la mère Trille prenait des accents de trompette. Catherine, tirée de sa songerie, regardait, toute penaude, la tasse qu'elle tenait et sur laquelle elle venait de coller une anse à l'envers.

La mère Trille haussait les épaules et glissait vers sa petite voisine deux de ses propres tasses.

— Tu en seras quand même de ta poche, criait-elle dans le bruit des poulies et des courroies, la retenue qu'ils te font pour une tasse perdue est plus forte que les deux tasses supplémentaires que tu auras à ton compte.

Elle prenait soudain un ton grinçant comme si elle voulait répondre à un reproche :

— Hé, que veux-tu, je peux quand même pas te donner toutes mes tasses, et puis quoi encore? ma chemise avec?

Sa fausse colère tombait d'un coup, elle éclatait de rire :

— Allez, bébé, au travail!

Catherine s'appliquait de nouveau, posant à la fois délicatement et prestement, sur les tasses en terre tendre, les anses qu'elle venait de tirer des moules. Lorsqu'elle avait achevé une douzaine, elle reprenait les tasses une à une et avec une lame enlevait les bavures que la pâte avait pu former au pourtour des anses.

— Ça fait plaisir de te voir travailler, lui disait la mère Trille avec son sourire béant.

C'était vrai que regarder les gestes légers de Catherine pour emplir les moules, les ouvrir, en sortir les anses, coller celles-ci puis d'un coup d'outil les retoucher, donnait à l'ouvrière un calme bonheur.

★

Si Catherine aimait son travail, elle n'en appréciait pas moins les moments où la mère Trille l'envoyait faire quelque course à travers l'usine.

Il était de tradition que les apprentis rendissent de menus services aux ouvriers auxquels ils étaient confiés. La mère Trille demandait à sa petite voisine de se charger de diverses commissions, soit pour apporter le casse-croûte à une collègue, soit pour faire savoir à l'atelier du tourneur qu'on était sur le point de terminer la provision de tasses.

— Prends garde aux courroies, ajoutait-elle cependant que Catherine s'éloignait. Et n'écoute pas les sornettes des porcelainiers.

L'enfant était déjà sur le seuil de l'atelier que l'ouvrière lui faisait encore des recommandations :

— Ne lanterne pas en chemin! Je mettrai les bouchées doubles pour que tu aies quand même des tasses prêtes à ton retour.

— Tu as de la chance, disaient à Catherine, lorsqu'elle passait près de leur banquette, les ouvrières. Tu as de la chance, la Trille fait les tasses pour toi quand elle t'envoie en course, comme ça tu ne perds rien. Les autres apprentis n'ont pas cette veine.

Malgré cela, les garçons ou les filles qu'elle croisait parfois à travers la fabrique, ne semblaient guère pressés de retourner à leur travail; ils feignaient de se hâter s'ils apercevaient quelque contremaître, sinon ils baguenaudaient, s'arrêtant, admiratifs, près des calibreurs ou des tourneurs, attendant que les peintres poussent la romance, échangeant entre eux des quolibets ou des potins sur la vie de l'usine, ou encore des trésors composés de ficelles, de billes, de tasses ou de vases mis au rebut, de boîtes où remuaient, prisonniers, des hannetons. Catherine ne les imitait pas. Ils avaient beau lui faire signe, elle ne s'arrêtait point, ne détournait pas la tête.

Rien cependant ne lui échappait du spectacle qu'offraient pour elle les ateliers, ce spectacle qui à la fois lui paraissait brutal et raffiné : comme d'un colosse ahanant, soufflant, dont les efforts pleins de bruit et de poussière aboutissaient à ces fleurs de porcelaine. Les batteurs de pâte marchaient à pas égaux et lourds dans la cuve emplie de terre blanche que malaxaient leurs sabots sans talons, les tourneurs paraissaient se coltiner avec la masse élastique qu'étranglaient leurs mains; on voyait les bras des calibreurs se gonfler et durcir lorsqu'ils abaissaient le levier de leur presse; les enfourneurs tout noirs et les yeux rougis, les cils brûlés d'avoir trop longtemps lorgné les « témoins » chauffés à blanc dans la muraille des fours, semblaient sortir de l'enfer. Tous ces lutteurs avaient des gestes aussi délicats que ceux d'une dentelière quand ils prenaient entre leurs doigts et l'élevaient à la lumière la pièce achevée. Et de quelle nonchalante adresse faisaient preuve ces magasiniers qui s'en allaient d'un bout à l'autre de l'usine, portant sur l'épaule une longue planche qui ployait et oscillait sous sa charge d'assiettes, de vases ou de bols.

Il y avait tout au bout de la fabrique une salle où Catherine avait rarement l'occasion de se rendre. Quand cela lui arrivait, elle devait se retenir pour ne pas crier en chemin aux apprentis rencontrés : « Je vais au décor! » Le décor, c'était le plus petit des ateliers. Il n'était pas le moins prestigieux : là, les plus belles pièces de porcelaine venaient acquérir un surcroît de gloire; à leur finesse, à leur éclat, à la clarté qui jouait à travers leur minceur, allaient s'ajouter une autre finesse, une autre lumière, celles des traits et des couleurs. Papillons, libellules, feuilles, festons, pensées et roses se formaient comme par miracle au bout du pinceau que maniait d'une main sèche et jaunâtre M. Pardaloux. Le cheveu long, le binocle au bout du nez, la cravate lavallière, le costume de velours, l'air distant, tout désignait l'artiste chez M. Pardaloux, le seul ouvrier de la fabrique auquel tout le monde donnât du « Monsieur ». Il régnait, à la fois bonhomme et dédaigneux, sur le « décor », c'est-à-dire sur deux ouvrières entre deux âges, les fileuses, et sur son apprenti, Paul Degaille, un grand rouquin qui s'appliquait à imiter son maître dans ses vêtements, son maintien, sa façon de vous regarder en renversant un peu la tête en arrière, son langage à la fois tranchant et solennel. Il imitait aussi bouquets et guirlandes dont M. Pardaloux ornait assiettes ou vases, mais ces roses, ces violettes qui sous le pinceau de l'ouvrier semblaient fraîches encore de rosée, sous celui de l'élève paraissaient raides comme ces fleurs artificielles qu'on voyait au cimetière sur les tombes des riches. Quant aux ouvrières du décor, elles lançaient d'une main ferme la tournette sur quoi reposait l'assiette à orner, et la pointe du pinceau, en effleurant le bord de porcelaine, y traçait un mince et parfait fil d'or.

M. Pardaloux composait toujours avec la même maîtrise ses fleurs ou ses motifs; mais, tandis qu'à certaines heures on eût dit que seul son pinceau contenait cette grâce et cette joie qui éclataient dans les teintes et les formes, alors que l'homme paraissait morne, plus jaune que jamais et comme absent, d'autres fois, le peintre accompagnait chacun des traits de son pinceau de remarques, d'exclamations, de rires, de soupirs admiratifs, ou bien encore il se mettait à chanter d'une voix fausse mais puissante, en roulant terriblement les *r*, des chansons bizarres auxquelles Catherine ne comprenait guère : il y était question de royauté, de trônes, de filles, de Satan, de tavernes. Paul Degaille l'apprenti, pour ne pas demeurer en reste, reprenait à l'unisson ou, si le maître l'ordonnait, se lançait avec lui dans des duos dont l'emphase laissait Catherine bouche bée.

★

Malgré l'attrait que M. Pardaloux, son travail et son atelier exerçait sur les apprentis et sur Catherine, il y avait dans l'usine un ouvrier pour lequel les enfants nourrissaient une admiration plus grande encore : c'était le père Baptiste. A l'encontre des coquetteries et des prétentions de M. Pardaloux, le père Baptiste affichait un mépris total aussi bien de la toilette que du beau langage; il se plaisait même à accentuer son débraillé, la verdeur de ses propos et les rudesses de son humeur. A tel point que, longtemps, sans le confier à personne, Catherine l'avait suspecté de mentir, de se parer des plumes du paon. Comment, songeait-elle, comment cet homme violent qui jurait, crachait, tempêtait, frappait du poing sur les tables, comment eût-il été capable de créer ces chefs-d'œuvre de finesse, ces tasses sans poids, lumineuses et menacées comme les bulles de savon, qu'il sortait parfois des poches de sa blouse, élevait dans l'air et faisait tourner entre ses gros doigts?

Le jour où la mère Trille la chargea d'un message pour le tourneur, Catherine se sentit rougir : quelle allait être dans un instant la confusion du père Baptiste lorsqu'il se verrait démasqué, lorsque, au lieu des prodiges dont il se prétendait l'auteur, il n'aurait à montrer que les plats grossiers dont sans doute on lui confiait la fabrication!

Quand elle arriva devant l'établi de l'ouvrier, Catherine eut un bien autre sujet d'étonnement : à côté du père Baptiste, Aurélien faisait tourner une grande roue. Le jeune garçon appuyait des deux mains sur une poignée, se penchait, se relevait, se penchait, se relevait. A le voir, Catherine pensait aux écureuils que ses frères enfermaient dans une cage munie d'une roue, les petites bêtes faisaient tourner celle-ci avec un air affairé et leste, comme à présent Aurélien.

Il n'avait pas aperçu son amie qui le regardait, interdite. Elle était si surprise qu'elle en oubliait et sa commission et sa crainte de démasquer le mensonge du vieil ouvrier.

Voici quelques semaines, elle avait découvert qu'Aurélien mendiait et qu'il mendiait pour elle, aujourd'hui elle le surprenait rivé à cette roue dont il ne lui avait même pas laissé soupçonner l'existence. Il se penche, se relève, se penche, se relève, des gouttelettes de sueur perlent à la racine de ses cheveux. « Est-ce lui qui entraîne la roue ou bien elle qui tire sur ses bras puis les repousse, les tire de nouveau? Aurélien écureuil, Aurélien porte-secrets, Aurélien dans la cage de la fabrique, Aurélien cage à secrets, Aurélien la honte, Aurélien qui sourit, qui bavarde, qui plaisante quand il me voit, Aurélien qui mendiait honteux, haineux au chevet de l'église, Aurélien qui peine sur sa roue quand il ne me voit pas, quand il croit que je ne le vois pas. »

Catherine fait un pas de côté, afin d'observer la machine qu'entraîne la roue. C'est un tour, un plateau qui vire, vire, régulier. Les mains pesantes, tailladées du père Baptiste plaquent un bloc de pâte sur ce plateau, les vieilles mains qui ne peuvent tirer, pense Catherine, de cette masse blanche que soupière pansue ou bol épais... La pâte gicle entre les doigts qui la pressent, elle monte en colonne; la figure, les moustaches, la blouse de l'ouvrier se couvrent d'éclaboussures, les mains abaissent maintenant, tassent la colonne qui tourne et se modèle sous leur caresse. Les mains, les vieilles mains, mais non : elles ont perdu leur vieillesse, leurs crevasses, comme elles sont belles au contraire, belles dans leur puissance, dans leur volonté, dans cette façon amoureuse, impérieuse qu'elles ont de donner forme à ce qui était une simple motte de terre. Parfois elles s'ouvrent et frémissent autour de la colonne d'argile comme deux ailes de colombes puis se referment, et sous leur pression la glaise s'étrangle : on dirait une petite femme blanche dont la taille naît sous le jeu des doigts. Pour un peu Catherine en aurait peur de ces doigts, pour un peu elle verrait un sorcier dans ce vieil homme qu'elle connaît pourtant bien, les épaules lasses sous la blouse, le mégot éteint collé au coin des lèvres. Ce n'est point quelque soupière qui s'apprête sur le tour : un vase au pied vif se dessine, épouse la conque des paumes. L'abbé, au catéchisme, racontait : « Dieu tira l'homme du limon, le façonna entre ses mains »; mains de Dieu, comment appartiendraient-elles au père Baptiste si rude, si carré? Elles volent, elles creusent, elles courbent à leur gré; elles sont seules, Catherine ne voit plus qu'elles et non les liens qui les lieraient à un homme sans grâce. D'autres mains volaient elles aussi, dansaient et ordonnaient, et la musique s'élevait, ouvrait son royaume et quand les mains cessaient de tracer leurs signes et leur course sur le clavier, quand la musique se taisait, quelle surprise de devoir reconnaître que les doigts, à présent endormis, appartenaient à ce gros et fade Xavier Desjarrige.

L'ouvrier hochait la tête, Aurélien ralentissait la rotation de la manivelle : le tour s'immobilisait. Catherine ne savait plus ce qu'il lui arrivait car, dans le même instant, elle eût crié d'admiration devant le vase qui se dressait devant elle, elle eût voulu baiser ces mains que le repos rendait à leur vieillesse, à leurs blessures, mais auxquelles un dernier contact avec leur fruit conférait une noblesse dont on ne saurait plus douter, enfin, elle aurait voulu disparaître tant la honte se lisait sur le visage soudain desséché d'Aurélien qui venait de l'apercevoir. « Un trésor, j'ai vu surgir un trésor de ces mains pareilles à celles de tous les vieux hommes que je connais, pareilles à celles du père; mais Aurélien, malheureux, on dirait que ces mains t'ont giflé, et giflé, et que mes mains te giflent, toi dont les mains ont travaillé elles aussi à la naissance de ce vase, abondamment travaillé, rivées à la roue; Aurélien, malheureux écureuil, tu n'as pas à avoir honte, tu as eu tort de me cacher ce travail, à ta place je serais fière d'aider ainsi les vieilles mains à accomplir leur ouvrage. »

Le visage de l'apprenti s'amenuisait encore, se racornissait comme si, au lieu de sentir dans les yeux de Catherine cette amitié qu'elle eût tant voulu dans le silence lui offrir, il ne sût y déchiffrer que mépris. Le père Baptiste soulevait le vase, le faisait pivoter lentement. Catherine devinait quel clignement de ses petits yeux il devait avoir pour observer son œuvre.

L'ouvrier se tourna légèrement de côté pour poser le vase et, dans ce mouvement, découvrit la fillette. Il jeta un coup d'œil sur elle, puis regarda son apprenti toujours raide et contrit.

— Hé, loupiote, ça fait longtemps que tu nous lorgnes?

Catherine ne sut que répondre.

— C'est la Trille qui t'envoie?

Oh! c'est vrai, elle venait pour un message, elle l'avait complètement oublié tant le travail du tourneur la passionnait, et tant la troublait la peine d'Aurélien. Lorsqu'elle eut pu retrouver la commission dont la mère Trille la chargeait, l'ouvrier quitta sa place devant le tour et y installa Aurélien.

— Alors quoi? Vous ne vous connaissez plus? C'est nigaud et niguedouille! Allez-vous vous serrer la main, non!

Se tournant vers Catherine, il ajouta :

— Ouf! un peu de détente, au tour d'Aurélien, au tour c'est le cas de le dire... Tu vas voir, il va te faire un bol. Aurélien dont le visage passait du gris au rouge prit une motte de pâte, la pétrit un moment puis la plaqua sur le plateau. Il s'apprêtait à actionner le tour à la pédale quand Baptiste l'arrêta d'un signe.

— Laisse ton pied tranquille, fiston, je vais tourner la manivelle.

— Vous, vous, vous allez... bredouillait l'apprenti.

— Et alors, je te dis que j'ai besoin d'un peu de détente, ça sera bon pour mes rhumatismes.

— Tout de même... balbutia Aurélien.

— Allez, occupe-toi de ton bol, tu le donneras à Catherine,

tu tournes bien la roue pour moi, je peux bien la tourner pour toi...

— Oh! non, non...

Déjà, l'ouvrier lançait la roue, et vite l'apprenti dut presser de ses mains sur le bloc d'argile. Ainsi obligé de tenir ferme le cylindre de pâte qui virait entre ses doigts, voilà qu'il redevenait sous les yeux heureux de son amie le jeune garçon enjoué qu'elle connaissait bien. La crispation de ses traits s'effaçait peu à peu, bientôt il ne resta plus aucun signe du masque mortel que la honte avait inscrit sur le visage, il ne resta plus qu'un pli de la bouche qui finalement se changea en une moue enfantine. Puis, cependant que d'une main il creusait la pâte devant lui, les muscles des maxillaires se durcissaient, donnaient un dessin plus net à son visage et une sorte de gravité sereine.

« On dirait, pensait Catherine, que ce n'est pas lui qui façonne la porcelaine, on dirait que c'est la porcelaine qui le façonne. »

Le père Baptiste faisait consciencieusement son travail d'écureuil tournant sa roue. Vieil écureuil malicieux, vieil écureuil bougon, gentil écureuil.

Soudain, Catherine fut prise d'effroi à l'idée qu'Aurélien, peut-être, allait rater l'objet qu'il était en train de créer. Quelle catastrophe ce serait pour lui! Elle osait à peine regarder les mains de son ami de crainte de leur transmettre sa propre appréhension, de les rendre maladroites, ces mains courtes pressant le demi-globe blanc qui se formait sous elles, ces mains petites, barbouillées de taches blanches. « Les mains minuscules de Clotilde, jadis, sur le beau globe laiteux, sur le sein de la mère, et le lait qui parfois giclait sous les doigts. » Cette image resurgie d'un temps si lointain obligea Catherine à baisser les yeux, cependant qu'elle sentait l'envahir une insoutenable et bienheureuse confusion.

— Hé, loupiote, vise un peu le chef-d'œuvre.

Le père Baptiste tenait posé sur sa paume un bol, un simple

bol, un bol bien planté, bien rond. Le regard d'Aurélien allait de ce bol aux yeux de Catherine, inquiet.

— Un beau bol, dit-elle.

Elle hocha la tête et répéta :

— Pour un beau bol, c'est un beau bol.

Aurélien enfin hasarda un sourire.

13

Ce jour-là, à la sortie des ateliers, Catherine attendit son ami. Jusqu'alors, dès que la cloche de la fabrique sonnait, elle s'enfuyait seule vers la maison-des-prés car elle avait peur des plaisanteries des ouvriers ou des moqueries des apprentis ; et puis, à peine le travail cessait-il qu'elle se sentait livrée sans défense au regret des journées légères passées auprès d'Émilienne. Alors elle courait sur le chemin blanc et rouge de la manufacture, elle courait comme si elle pensait ainsi échapper à la mélancolie qui s'élevait en elle. De cette fuite quotidienne, Aurélien ne lui parlait pas, mais elle savait qu'il en souffrait. Aujourd'hui, après la blessure d'amour-propre qu'elle lui avait, bien malgré elle, infligée en le surprenant en train de tourner la roue, elle pensa qu'il retrouverait peut-être la paix si elle faisait avec lui le chemin du retour.

Comme elle le craignait, les quolibets des ouvriers, des ouvrières aussi bien que des apprentis ne manquèrent pas.

— Alors, Cathie, tu n'as pas le diable à tes trousses ce soir ?

— Voyez la petite Charron qui attend son bon ami.

— Sacrées gamines, elles commencent tôt à fréquenter ; de notre temps c'était pas comme ça.

Catherine faisait celle qui n'entendait pas. Pourvu qu'Aurélien ne tarde pas trop. Elle l'aperçut enfin qui sortait avec un groupe d'apprentis. La plupart paraissaient être un peu plus âgés que lui, sauf un gringalet qu'on surnommait « meita de jau », le cadet d'une famille de onze enfants, les Piégut, qui passaient pour les plus misérables de la Ganne.

Quand Aurélien vit la fillette, de surprise il resta sur place. Ce fut le petit « meita de jau » qui dut le tirer par la manche pour le faire repartir. Aurélien fit deux pas comme un somnambule puis s'élança, laissant là ses camarades éberlués.

— C'est moi que tu attendais, Cathie?

Il pétrissait ses mains l'une contre l'autre.

— C'est moi que tu attendais?

Ils marchaient côte à côte dans le chemin jonché de porcelaine brisée.

« Est-il sot! Il le voit bien que je l'attendais. Pourquoi veut-il que je le lui dise? »

Puis un doute lui vint. Qui sait : il regrettait peut-être d'avoir dû, à cause d'elle, quitter ses camarades.

— Tu peux rejoindre les apprentis, si tu veux, Aurélien.

— Ils n'ont pas besoin de moi.

Il paraissait si nerveux qu'elle lui prit le bras.

— Je voulais voir le moulin de la fabrique, veux-tu m'y amener?

Qui disait que mentir était mal? En l'écoutant, Aurélien avait souri; son sourire était clair comme la brise qui venait des prés environnants. D'ailleurs, avait-elle menti? Certes, avant de parler de ce moulin, elle n'y songeait nullement, mais, à présent, il lui tardait qu'Aurélien la conduisît près de la roue à aubes qui entraînait les quelques machines de l'usine.

Ils quittèrent le chemin, grimpèrent sur la gauche jusqu'à une châtaigneraie et là, dissimulés par les arbres, revinrent vers la fabrique. Toujours à l'abri derrière le feuillage, ils avancèrent parallèlement au mur de l'usine. Le soleil jouait à travers les feuilles, il allumait des foyers blonds et verts sur la mousse. Sur une haute branche un merle sifflait son dernier chant du jour. Mais comme ce long mur brun était maussade! Il était bien le mur derrière lequel on enfermait les hommes et les enfants, pendant que le jour de juin se déploie sur cette châtaigneraie et sur les prairies. Dorénavant, lorsqu'elle prendrait place devant sa banquette et ses files de tasses, Catherine reverrait cette muraille et au-delà les profondeurs du bois et leurs allées interdites.

Ils étaient arrivés devant une nappe de fougères. Ils devaient progresser en soulevant les bras pour se frayer un passage à travers cette mer végétale qui les cernait et se refermait derrière leurs pas. Catherine ne voulait point se l'avouer, mais elle ressentait une crainte bienheureuse à se trouver ainsi perdue au milieu de cette houle à peine frémissante que survolaient les insectes du crépuscule; perdue dans la luxuriance de l'été imminent, dans le foisonnement des fougères, des feuilles, des branches de soleil et d'ombre entrelacées aux branches sylvestres; perdue mais rassurée, mais protégée par la présence d'Aurélien. A un moment elle ferma les yeux pour refuser cette ivresse que lui donnaient la lumière, les diamants des rayons sur la crête de certaines fougères, l'odeur entêtante des châtaigniers en fleurs, et ce silence rendu plus envoûtant par l'éphémère et lointain bourdonnement des mouches ou de quelque frelon affolé. Elle fit ainsi un ou deux pas dans le noir; quand elle ouvrit les yeux, éblouie, elle ne vit plus son ami qui marchait un peu en avant d'elle, en même temps son cœur sauta violemment et ce fut d'un cri de bête blessée qu'elle appela. Déjà l'éclat dans ses prunelles s'était dissipé, elle apercevait de nouveau son compagnon, elle le voyait revenir vers elle. Pour masquer son désarroi, elle prétendit avoir entendu glisser à ses pieds un serpent. Cependant qu'Aurélien, armé d'un bâton, saccageait les fougères pour faire fuir le monstre, Catherine s'étonnait : elle se demandait comment une telle panique avait pu s'emparer d'elle. L'espace d'une seconde, elle était redevenue l'enfant épouvantée qui devait longer, à la nuit, le pré-aux-fantômes pour rentrer à la maison et qu'Aurélien alors escortait bravement.

« Je me suis habituée à lui, à son secours, à son amitié quand la mère n'a plus été là, je m'y suis tellement habituée que maintenant, si je m'imagine qu'Aurélien peut disparaître, s'en aller, s'enfuir, je me sens perdue, je suis perdue. »

Elle le regardait, toujours baissé en train de guetter la « vipère ». Elle s'en voulait et lui en voulait de cette stupide frayeur qu'elle avait subie.

— Tu ne vas tout de même point passer la nuit à chercher ce serpent.

Il releva la tête, regarda Catherine. Elle ne put soutenir l'étonnement attristé de ses yeux. Elle ajouta d'une voix timide :

— Tu comprends, on n'aura pas le temps de rester près du moulin.

Il reprit sa marche à travers les fougères. Qu'il prononce un mot, serait-ce pour l'injurier, qu'il ne la laisse pas ainsi, plus seule que si elle était seule.

— Aurélien, tu sais, c'était vraiment un joli bol que tu as fait sur le tour.

Il se retourna, l'air encore aux aguets, mais sans doute le visage de la fillette le rassura-t-il tout à fait et il eut son sourire clair.

Ils obliquèrent sur la gauche, arrivèrent à un canal qui les conduisit au moulin, un canal noir sous les feuillages des ultimes châtaigniers. Les nénuphars étendaient çà et là des nappes où il semblait qu'on eût pu marcher.

— On dirait le canal des Jaladas où j'étais tombée. J'étais toute petite.

Aurélien fixa sur elle ses prunelles dilatées, il lui prit le bras comme si de nouveau elle eût pu tomber à l'eau ; il la serrait si fort qu'elle dut se plaindre. Il relâcha un peu son étreinte.

— Tu aurais pu te noyer.

— Sûr. C'est ma cape, ma cape de bergère en s'ouvrant autour de moi comme une feuille de nénuphar qui m'a retenue, j'ai flotté.

— Mon Dieu, mon Dieu! répéta-t-il.

Qu'il était comique, avec ses sourcils levés, ses yeux écarquillés et sa façon de rebâcher le nom de Dieu, lui qui, à l'exemple de son père, prétendait ne croire ni au ciel ni à l'enfer.

Ils reprirent leur marche. Aurélien obligeait Catherine à se tenir à l'écart de la berge. Quand ils arrivèrent à l'issue du canal, là où, grondante, l'eau se précipitait, blanche, à grand fracas, sur l'immense roue noire du moulin, Catherine déjoua la surveillance de son compagnon et se pencha au-dessus de la chute bouillonnante. Quand elle se retourna, elle vit son ami si pâle, et comme pétrifié, qu'elle faillit lui demander s'il n'était pas malade. D'une voix éteinte, il la supplia de s'éloigner du gouffre. Elle recula. Ainsi, il tremblait lui aussi à l'idée qu'elle pût disparaître, comme elle-même avait tremblé tout à l'heure quand elle ne l'avait plus vu! Cette double découverte la bouleversait : on pouvait donc s'attacher à un étranger comme à un frère? Elle se sentait à la fois heureuse, inquiète et attristée de cette place qu'elle avait, sans le vouloir, conquise dans la vie d'Aurélien. C'était comme si elle était en lui, comme l'arbre est dans le lierre qui l'entoure. C'était bon de sentir son image entourée, enserrée par la vie d'un autre, et c'était irritant aussi, pesant, insupportable.

Ils s'assirent au pied d'un acacia qui étendait ses branches vers la chute d'eau.

— C'est la roue du moulin qui entraîne les machines de la fabrique?

Comme si cela n'était pas évident! Mais il fallait dire n'importe quoi, rompre le silence.

— Oui, c'est pour ça que le roi, dans le temps, a fait installer la fabrique près de l'eau. Oh! le moulin ne fait pas tourner beaucoup de machines; il paraît qu'en ville, à Limoges, il y a des usines cinq fois, dix fois plus grandes avec d'énormes chaudières qui font marcher bien plus de machines qu'ici. Tu as bien vu, même les tours marchent à la main ou au pied dans mon atelier.

— Le roi, vraiment le roi est venu ici?

— Quand on dit le roi, tu sais, le roi ou ses gens.

Elle savait : un arrière-arrière-grand-père d'Émilienne Desjarrige avait fondé la fabrique au nom du roi, peu de temps après que la femme d'un apothicaire découvrit une terre blanche avec laquelle elle faisait sa lessive : le kaolin. Près de cent ans la manufacture avait appartenu à la famille maternelle d'Émilienne. Catherine regrettait que ce long bail eût pris fin : peut-être la jeune demoiselle fût-elle venue parfois visiter les ateliers, elle eût admiré avec quelle précision Catherine posait leur anse aux tasses qu'on lui confiait.

Un matin, Émilienne et sa mère s'étaient vêtues de noir; à Catherine qui s'étonnait de ce deuil imprévu, la demoiselle avait dit : « Nous allons à la messe de Louis XVI. Chaque année, maman commande cette messe pour l'âme du roi. » L'après-midi, le regard brillant, elle avait déclaré à la petite servante : « Il y avait plus de monde que d'habitude à cette messe. Maman dit que c'est un signe. Le roi reviendra sur le trône et s'il revient il nous redonnera la fabrique. » Catherine s'était demandé comment un roi mort pourrait revenir sur le trône. Était-ce d'un fantôme qu'Émilienne voulait parler? et comment un fantôme pourrait-il redonner richesse et puissance à qui les avait perdues! Elle s'était ouverte de ses inquiétudes à Francet qui n'avait pu lui répondre; mais, lui-même, quelque temps après, malgré les signes furieux que lui adressait Catherine, avait raconté l'histoire au père Baptiste. Le vieil ouvrier s'était mis à rire. « Ce n'est pas de vous que je ris, finit-il par dire aux enfants. Je ris de ces pauvres femmes et de leurs songeries. Non, il ne reviendra pas leur roi, ni fantôme ni vivant. » Après un temps il reprenait : « Louis XVI, couic, nos anciens lui ont coupé le sifflet, j'ai connu un vieux cordonnier qui était de faction à la guillotine ce jour-là ; pas question qu'il revienne faire un tour en ce monde, Louis; mais nos dames du Haut, elles, s'imaginent qu'un de ses petits-neveux va reprendre le pouvoir. Ce jour-là je leur paie un merle aussi blanc que leur drapeau. » Catherine avait été indignée par ces paroles, et de nouveau, maintenant, se les remémorant, elle retrouvait son courroux. Qu'en savait-il le père Baptiste si le drapeau blanc ne flotterait pas un jour sur la fabrique, comme jadis il y flottait, ainsi que le contait Émilienne; elle disait l'avoir vu sur une vieille estampe qui représentait la manufacture. Qu'en savait-il si la prédiction de la jeune fille ne se réaliserait pas bientôt, et le jeune roi — au fait, serait-il jeune? n'aurait-il pas au contraire une grande barbe blanche? Non, sans doute aurait-il vingt ans, — le jeune roi viendrait visiter la fabrique pour la redonner à Émilienne, à sa mère, à son oncle. Il s'arrêterait devant Catherine, Émilienne s'approcherait, embrasserait la petite ouvrière en signe de paix, et le monarque lui aussi s'avancerait :

« Catherine, Émilienne m'a parlé de toi et des tiens. Je sais vos malheurs. Je sais que des méchants vous ont chassés de la métairie du Mézy, à mon tour j'ai chassé ces bêtes féroces. Tout le domaine du Mézy est à vous. Voilà. As-tu quelque chose d'autre à demander? » — « Notre roi » — disait-on ainsi au souverain? — Notre roi, grand merci de votre bonté, faites encore que tous mangent à leur faim et, dans tout le pays qu'on voit de la colline de Saint-Exupère, faites que les jeunes garçons ne se tuent pas en tombant du haut des granges, que la maladie ne les emporte pas, que les mères ne meurent pas à force de faim et de peines et de tâches, que les enfants ne soient pas jetés au travail loin de chez eux, servantes ou bergères comme je l'étais, ou tourneurs de roue à l'usine comme Aurélien et comme le petit meita de jau. » — « Accordé, Cathie. » Et le roi sourirait pour ajouter : « Je devine que tu n'oses pas tout me dire. Va, que souhaites-tu? » — « Notre roi, apprendrai-je un jour à lire? »

— Cathie, il faut rentrer.

Qui parlait de rentrer? Qui parlait? Aurélien? On était à la Fabrique du Roi, mais le monarque n'était pas là; il ne serait jamais là, et Catherine n'aurait plus jamais l'amitié d'Émilienne Desjarrige, et le monde continuerait à aller comme il allait, à la façon d'un homme qui a bu et tantôt marche dans le contentement et la beauté du soleil, juste après dans une ornière où il s'écroule, se blesse contre la pierre, se souille dans la boue, puis se relève, repart, sourit et chante, supplie, pleure, menace, retombe. Il n'y avait pas de roi. Et pourtant comme le jour à son déclin pouvait être beau avec sa treille de lumière et d'ombre sous l'arceau du feuillage, avec le poudroiement des milliers de diamants que les derniers rayons embrasaient au-dessus de la chute d'eau, avec la présence à la fois calme et inquiète d'Aurélien dont les yeux dans la pénombre paraissaient plus clairs. Qu'il était chargé de grâce cet instant à la fin de la journée : on pouvait à peine croire que l'avaient précédé des heures d'usine, des jours, des mois et des années de peine, et non plus qu'il s'ouvrirait à nouveau sur des instants amers.

— Il va falloir rentrer, Cathie.

Elle posa sa main sur la jambe d'Aurélien. Un rayon de soleil tombait sur le bout de ses doigts et les faisait paraître plus roses sur le sombre velours à côtes, usé et rapiécé, qui descendait jusqu'aux mollets du garçon.

— Oui, il va falloir rentrer, dit-elle.

Elle demeurait confondue par ce chaud crépuscule aussi bien que par le grondement de l'eau sur la roue du moulin, et elle restait là, sans volonté, sans force, regardant le jeu du soleil sur ses ongles et sur la jambe du garçon. Il lui parut que les ongles devenaient des pierres précieuses et l'étoffe du pantalon un écrin pour ces pierres. Puis le rayon se déplaça, il n'y eut plus qu'une main d'enfant, déjà abîmée par les travaux, et une étoffe misérable.

Il sembla à Catherine que la jambe d'Aurélien tremblait.

Avait-il donc la fièvre pour frissonner malgré cette moiteur de l'air? Elle leva les yeux vers lui. Il paraissait malade dans cette lumière verte du sous-bois, avec ses yeux agrandis, ses lèvres sèches, il paraissait malade et heureux, étrangement heureux.

— Qu'as-tu Aurélien?

En même temps, elle posa sa main sur le front du garçon; elle s'attendait à le sentir brûlant. Si le feu battait aux tempes sous les cheveux rasés, il n'échauffait point la peau douce et lisse du front. Catherine se sentait peu à peu gagnée par elle ne savait quel trouble; elle n'osait plus retirer sa main, elle avait envie de fermer les yeux comme venait de le faire son ami, — et les paupières ainsi abaissées accentuaient cette expression d'énigmatique bonheur qui se mêlait sur le visage d'Aurélien aux signes d'un malaise. Catherine pourtant se retint de fermer les yeux. Elle se mit à observer cette figure ambiguë, et soudain elle crut voir à la place d'Aurélien, Julie, sa sœur : c'était bien là ce visage à la fois altéré, confus et exalté qu'avait Julie Lartigues lorsque Catherine la découvrait, proche, toute proche de Francet, — et d'un bond Julie s'éloignait de son ami comme si on la prenait en faute.

Brusquement, Catherine écarta ses doigts du front d'Aurélien. A ce geste, le garçon rouvrit les yeux. Catherine pensa que ce n'étaient plus ceux familiers, depuis tant d'années, à son enfance; ou du moins, c'était comme si quelque chose en eux, d'imperceptible, eût varié, qui leur donnait un regard d'homme dans un visage encore puéril. Elle se demanda si ses propres yeux également ne venaient pas de se transformer, si leur regard n'était pas regard de femme. Était-ce pour protester contre une telle trahison et pour la conjurer? elle se mit à courir, à sauter d'un pied sur l'autre, à chanter des comptines que ses sœurs ne se lassaient jamais de lui faire répéter. Pendant plusieurs minutes, Aurélien se contenta de hâter le pas silencieusement près d'elle, puis à son tour il se mit à gambader et à siffler. Ils arrivèrent essoufflés, étourdis, à l'orée du bois, là où le talus surplombait le chemin rouge et blanc qui partait de l'esplanade devant la fabrique et regagnait la route de la Noaille.

Quand ils eurent repris haleine, ils descendirent jusqu'au chemin. Catherine esquissa de nouveau un pas de danse mais tout aussitôt s'arrêta, gênée. Aurélien, lui aussi, demeurait sérieux maintenant comme s'il eût entendu la pensée de son amie.

— On pourrait nous voir, murmura-t-il, le gardien de la fabrique, peut-être même le patron, ou bien un enfourneur qui viendrait prendre son tour d'équipe.

Il redressa sa petite taille, prit un air grave pour ajouter :

— Nous sommes des ouvriers.

14

Catherine aussi était fière de travailler à la fabrique. Pourtant, au début, ç'avait été pour elle un crève-cœur. Elle avait rêvé d'une vie qui lui permettrait de subvenir aux besoins de sa famille sans l'éloigner d'Émilienne. Et maintenant...

Tout cela ne serait pas arrivé sans Mathilde, la servante rougeaude, et Mlle Rachel, la dame de compagnie. L'affaire éclata cinq à six jours après la soirée où Catherine surprit Aurélien en train de mendier. Elle avait gardé de cette découverte un malaise qui lui faisait trouver par contraste plus harmonieux encore ces après-midi passés sous le cèdre du parc, dans la compagnie d'Émilienne, de son frère et parfois de Mme Desjarrige.

L'odeur résineuse de l'arbre se mêlait au parfum de la roseraie proche. Catherine ne pouvait s'empêcher de lever les yeux du drap qu'elle brodait, comme si elle s'attendait à voir, dans l'air, prendre forme ces senteurs si denses. Avant de reporter son regard sur l'ouvrage, elle le posait un instant sur Émilienne assise en face d'elle. La jeune fille, vêtue d'une robe d'organdi blanc, tenait d'une main son ombrelle et de l'autre un livre qui l'absorbait si profondément que par moments elle suspendait son souffle, et devait ensuite aspirer l'air avec une avidité qui entrouvrait ses lèvres, gonflait sa gorge. Catherine admirait et enviait ce livre de pouvoir ainsi captiver cet être rebelle. Quel charme pouvait donc être enclos dans ces pages. quel charme qu'elle ne connaîtrait jamais?

Émilienne enfin referma le volume, resta un moment rêveuse, comme si elle continuait à voir devant elle des paysages, des gens sortis du roman et dont Catherine se sentait jalouse. Puis elle rouvrit le livre, le feuilleta distraitement, et brusquement le jeta sur l'herbe.

— La vie ne ressemble pas aux livres.

Elle avait dit cela avec colère, les dents serrées. On ne pouvait savoir à qui s'adressaient ces paroles, à Xavier qui s'appliquait à lécher le fond d'un pot de confiture? à Catherine? Oubliait-elle que la fillette n'avait pas idée de ce que pouvaient conter les livres? Elle ajouta :

— Ils voyagent, les gens, dans les livres, ils traversent les mers pour rejoindre celles qu'ils aiment.

Catherine avait posé son ouvrage sur les genoux.

— Mais vous voyagerez vous aussi, dit-elle.

Émilienne sursauta.

— Que dis-tu? Je voyagerai? Pourquoi ferais-je des voyages?

— Parce que vous êtes riche. Les livres, sans doute, ça doit ressembler à la vie quand on est riche.

La jeune fille observa Catherine comme si elle eût craint de déceler quelque ironie dans ses remarques.

— Quand j'étais petite, je demandais à mon frère Francet de voir dans ses almanachs si je voyagerais. L'almanach répondait des choses qu'on ne comprenait pas bien. Maintenant, je sais bien que non, je ne voyagerai pas, ni mon frère sans doute, ni mon ami Aurélien, ni sa sœur Julie; pourtant on croyait qu'on irait sur les routes et sur les rivières, partout; on passerait à Paris, et même, ça c'était un secret entre Francet et moi, nous devions percer un tunnel droit sous nos pieds dans le kaolin pour ressortir de l'autre côté de la terre, en Chine.

Catherine hocha la tête.

— C'étaient des sottises, tout cela.

Elle étala sur ses genoux l'étoffe à broder, la tendit soigneusement.

— Mais si on avait été riches, sûr qu'on serait allés partout sur terre.

Elle se remit à piquer l'aiguille car Mathilde arrivait portant un panier de linge, et Catherine ne voulait pas que la servante pû dire qu'elle avait vu la petite Charron « passer son temps à ne rien faire », comme elle osait parfois l'affirmer à la cuisinière. La rougeaude dépassa le cèdre, à quelques mètres de là s'arrêta, posa son panier vers lequel elle se pencha comme si elle devait rectifier l'équilibre des piles de linge qu'elle allait étendre dans le verger. Pendant ce temps, Émilienne Desjarrige s'était levée, rose, les yeux brillants.

— Tu as entendu Cathie? dit-elle à son frère.

Elle marcha vers Catherine, lui prit la main.

— Si tu savais comme tu as raison! On partira un jour toutes les deux, je veux dire avec mon frère aussi, et tu pourras amener ton frère s'il est tout à fait guéri, et même tes amis.

Elle lâcha la main de la petite, demeura perplexe.

— Mais ils nous retiendront. Ces gens du Haut, tous, sont si bêtes. Ce n'est pas eux qui penseraient que leur fortune, elle peut servir à autre chose qu'à continuer à s'enfler dans l'ombre comme une maladie qui les ronge. Il n'y en a pas un, Cathie, pas un digne d'embrasser la trace de tes pas.

Que disait-elle? Était-ce donc ainsi qu'on parlait dans les romans? Catherine avait envie de lui dire : « Mademoiselle, Mademoiselle, je ne suis que Cathie, vous savez bien, Cathie Charron, votre servante; je ne sais rien, pas même lire », mais comment oser interrompre la jeune fille, et puis ces mots, tout fous qu'ils étaient, portaient une sorte de lumière; pensées folles, paroles vaines, mais c'était bon de faire comme si l'on croyait à leur sagesse, à leur pouvoir. Si du moins Émilienne n'eût pas parlé aussi fort! Catherine voyait que Mathilde restait dans l'allée pour écouter. Comment avertir la jeune maîtresse? D'ailleurs celle-là se moquait bien qu'on l'entendît. Elle ajoutait, cela même que Catherine en ses rêveries plus d'une fois lui avait fait dire :

— J'ai une idée : pour les voyages que nous ferons, tu seras ma petite demoiselle de compagnie.

Là-bas Mathilde empoigna la corbeille de linge et repartit. Catherine ne savait que répondre. Quel piège se cachait dans les paroles et l'enthousiasme d'Émilienne? La vie avait déjà trop enseigné à Catherine une juste méfiance pour qu'elle se laissât prendre tout à fait à ce miroir où dansaient les reflets de villes et de pays fabuleux, mais, oui, c'était bon de sentir, pour un instant, s'effacer les frontières entre la petite pauvre qu'on est, avec sa pauvre suite de jours, et la libre, la jeune victorieuse qu'on sert, qu'on admire, à qui l'on souhaiterait ardemment, en secret, de ressembler. Un instant seulement, mais tant que dure sa lumière tout est bien, le monde lui aussi se montre fidèle à l'image qu'on s'en faisait avant que ne vînt le temps de l'injustice.

Un instant. Il se prolongea jusqu'au soir, ensuite quelle dérision! Lorsque Catherine traversa le mail pour regagner la maison-des-prés, elle vit surgir de derrière un arbre deux furies qui se précipitèrent sur elle, criant, gesticulant tellement qu'elle ne comprenait rien à leurs injures. C'était Mathilde flanquée de Mlle Rachel, la dame de compagnie. Chacune d'elles prit Catherine par un bras; elles la secouaient plus qu'un prunier. Terrorisée, la petite n'en remarquait pas moins l'allure grotesque de ses ennemies, la laideur que leur donnait leur colère, et le ridicule de ce flot incompréhensible d'injures, de cris, de menaces, de ripostes que déversaient leurs bouches. Dans ce torrent, elle crut comprendre qu'on lui reprochait d'essayer de porter tort à Mathilde et à Mlle Rachel, de vouloir prendre leur place, d'avoir demandé cet après-midi même à la jeune maîtresse de chasser Mlle Rachel afin de se faire nommer « petite demoiselle de compagnie ». Quand elles lâchèrent l'enfant, les deux femmes paraissaient épuisées par leur courroux; de haineux qu'il était, leur regard se fit craintif, elles observèrent avec défiance le mail toujours vide, puis brusquement tournèrent le dos à leur victime, filèrent à grands pas.

Une odeur de tilleul flottait sur toute la place; sa douceur et la paix des dernières heures du jour rendaient encore plus insolite la violence des deux mégères qui s'étaient abattues sur Catherine comme un orage éclatant au milieu d'une belle journée et disparaissant tout aussitôt, mais l'arbre qu'il a touché est brûlé dans son cœur. Ainsi Catherine regagnait-elle sa maison comme tous les soirs, et comme chaque soir, les villageois assis sur le pas de leur porte lui souriaient, sans se douter que la foudre venait de la marquer.

« Mathilde a écouté la demoiselle me parler des voyages qu'elle voudrait faire avec moi, elle l'a entendue dire : « Tu seras ma petite demoiselle de compagnie », elle a couru rapporter cela à sa manière à Mlle Rachel, et voilà, c'est fini, je ne reviendrai plus à la maison du Haut, plus jamais. »

Elle n'avait même pas l'impression d'avoir pris cette décision qui la déchirait : il ne pouvait en aller autrement, elle n'imaginait pas qu'elle pût se retrouver dans la même place que ces deux araignées folles. Elle ne reviendrait plus chez les Desjarrige. Même la pensée que les siens pourraient en souffrir, — car de ce fait l'argent allait de nouveau manquer à la maison-des-prés, — même cette pensée ne pouvait l'arrêter. Contre le malheur, contre la misère, elle savait qu'elle pouvait lutter longtemps comme déjà elle l'avait fait, comme sans doute elle le ferait encore, mais devant la haine et l'injustice, elle se sentait désarmée. Elle eût voulu fuir ce pays, tellement la blessure infligée était profonde. Si les deux harpies avaient menti en osant l'accuser, dans leur mensonge elles avaient su toucher pourtant à son plus secret désir, celui que cet après-midi les paroles d'Émilienne étaient venues aviver : troquer son état de servante contre celui de demoiselle de compagnie. De ce désir, les deux complices avaient su faire un crime à ses yeux mêmes, à tel point que, désormais, elle aurait beau se savoir innocente, les accusations de ses ennemies continueraient à la troubler, — d'autant plus qu'Émilienne serait bien amenée, elle aussi, à la condamner. Qu'allaient inventer Mathilde et Mlle Rachel pour la noircir aux yeux de la jeune fille? Oh! il faudrait qu'elle revînt, ne serait-ce qu'un jour, dire la vérité! Passer pour une ingrate ou Dieu sait quoi, une hypocrite, une méchante, une voleuse aux yeux de ceux qu'on vénère, n'était-ce pas comme si l'on mourait? Se laisserait-elle donc mourir dans le cœur d'Émilienne?

Quand elle arriva en vue de la maison-des-prés, elle s'arrêta; elle n'osait pas entrer. Qu'allaient dire son père et Francet lorsqu'elle annoncerait sa décision? Le père lui montrerait Clotilde et Toinon, lui rappellerait qu'elle n'avait point voulu qu'on se séparât d'elles, accepterait-elle donc de les livrer à la faim en abandonnant son travail?

Oh! quel refuge trouver? Il n'était point de maison où elle n'aurait pas à se disculper, où des bras se refermeraient sur elle pour l'apaiser. Elle songea à son parrain, sa maison de l'autre côté de la Noaille était bien loin, cependant elle eut envie de rebrousser chemin et de s'y rendre. Elle commença à faire quelques pas, puis elle imagina l'inquiétude des siens lorsque, la nuit venue, ils seraient là à l'attendre : les petites demanderaient à manger, le père et Francet les renverraient au lit avec un morceau de pain. Non, elle n'avait pas le droit. Elle reprit le chemin de la maison-des-prés, trouva la force de sourire à Clotilde et à Toinon qui l'attendaient sur le seuil.

★

— Tu as raison, Cathie, ne remets plus les pieds chez ces gens, et ne t'en fais pas, la marraine Félicie te trouvera une autre place.

— Mais peut-être il passera du temps avant qu'elle trouve, et comment vivrons-nous?

Elle leva les yeux vers son frère qui parachevait à coups de lame un fuseau qu'il venait de tourner.

— T'en fais pas, Cathie, on peut attendre. Tu vois, les filles me commandent des fuseaux ces temps-ci, et puis tu as vu, les jeunes du Bas-La Ganne commencent à venir se faire couper les cheveux ici. C'est Aurélien et Julie qui les envoient, ils leur racontent que j'ai un tour de main pour tailler les cheveux mieux que les coiffeurs de la Noaille.

Tout en riant, Francet agitait deux doigts comme des ciseaux rapides virevoltant autour d'un crâne.

C'était le père Baptiste qui lui avait montré le maniement des ciseaux, « un souvenir de régiment », disait le vieil ouvrier, et ce diable de Francet avait de suite saisi l'affaire. Aussi commençait-il à avoir deux clientèles : celle des filles et des femmes qui continuaient à venir des plus lointains faubourgs de la Noaille pour passer commandes de fuseaux démontables marqués à leurs initiales, et celle de quelques-uns de leurs fils ou de leurs frères qui pensaient devenir plus beaux garçons en remettant leur tête entre les mains si habiles du « petit boiteux de la maison-des-prés ».

Savait-il qu'on le désignait ainsi à la Noaille? Catherine espérait que non, car rien n'eût pu autant le blesser. Chaque soir, si Julie était là, il lui prenait le bras et faisait avec elle le tour de la masure en s'efforçant de dissimuler sa *boiterie*. Était-ce à la faveur de la pénombre? on eût juré qu'il marchait sans peine, lentement, comme un qui flâne en compagnie d'une femme. Parfois même il s'écartait de Julie, et pendant quelques pas avançait sans soutien, très droit. « Tu verras, disait-il à sa sœur, tu verras, un jour on ne remarquera plus que j'ai été infirme. » Si notre mère pouvait l'entendre et le voir, pensait Catherine, comme elle serait contente, elle qui a empêché qu'on coupât la jambe de Francet. « Un jour... », disait-il, et alors il serait embauché à l'usine, le père Baptiste le lui avait promis, le trajet ne ferait pas peur à ses jambes toutes neuves. Aujourd'hui encore il remarqua :

— Vivement que je sois tout à fait dispos pour travailler à la fabrique! Je t'assure, Cathie, que tu n'auras plus à t'inquiéter; j'aurai une bonne paye, le père Baptiste me l'a dit. Les petites et toi, vous pourrez vous acheter de jolies robes, nous louerons une vraie maison à la Noaille, le dimanche on se paiera des gâteaux et du vin.

Ses yeux brillaient, ses mains petites, vives, semblaient modeler dans l'air on ne savait quels objets précieux, ses lèvres se retroussaient, gourmandes. Soudain il appuya les mains sur le rebord de la table, se pencha en avant, regarda Catherine.

— J'ai une idée, affirma-t-il.

Il hocha la tête.

— Tu es adroite, toi aussi, tu as de l'adresse, il t'en faut pour broder. Oui, j'ai une idée.

Il n'y eut pas moyen de lui faire dire en quoi consistait cette trouvaille.

— Non, non, de la dire j'aurais peur de la faire manquer.

Quand le père rentra ce fut Francet qui lui conta la mésaventure de Catherine. Jean Charron ne se fâcha point, il ne se plaignit pas plus qu'il ne gronda. Il prit contre lui Catherine et Francet. Elle ferma les yeux; c'était bon de retrouver l'odeur du père comme lorsqu'elle était toute petite et qu'elle se sentait protégée par cette chaleureuse odeur de laine, de sueur, de tabac.

— Elle est vaillante, ma Cathie, disait le père, comme s'il parlait à qui donc d'invisible, à quelles puissances qu'il s'agirait de confondre? Elle est vaillante et Francet aussi.

Il s'écarta des enfants, les regarda l'un après l'autre.

— Qu'en penses-tu, Francet? Si Cathie a jugé bon de quitter les Desjarrige elle a bien fait, n'est-ce pas?

Jean Charron s'était assis sur le banc, les petites grimpèrent sur ses genoux. Clotilde fouillait les poches du père à la recherche de quelque fruit qu'elle savait pouvoir se trouver là caché, si le père avait travaillé près d'un verger. Toinon sortait du gousset du gilet la longue mèche d'amadou et le briquet de cuivre.

— J'irai voir Félicie, dit le père, elle expliquera à Mme Desjarrige ce qui s'est passé. On lui remettra certainement tes gages. Bien sûr on n'avait pas besoin de ça encore, on n'a pas de trop des quelques sous qu'on gagne à nous trois pour tenir, mais tu vois, Cathie, tu vois, j'ai confiance...

Catherine jeta un regard interrogateur vers son frère, elle lut dans les yeux de Francet la même surprise. Le père parlait-il sérieusement? Comment lui qui, depuis bien des années, courbait le dos sous les épreuves, comment pouvait-il aujourd'hui prononcer de tels mots? Elle n'osait pas l'observer, s'attendant à lui trouver un visage qui démentirait ses paroles. Comme s'il devinait leur incrédulité, le père reprit :

— C'est vrai, j'ai confiance.

Il marqua un temps, puis ajouta ces mots qui portèrent à son comble le trouble des enfants :

— ... Grâce à vous!

Que le père se taise! Qu'arrivait-il? Se rendait-il compte de ce qu'il osait proférer? « Grâce à vous! » Un père peut-il rendre ainsi grâce à ses enfants, lui qui depuis toujours est le maître, autrefois le maître du bonheur, à présent, depuis trop longtemps, le maître seulement de la misère, mais enfin, le principe et le cœur de cette maisonnée! Non, il ne se taisait pas, il continuait à leur parler d'égal à égal; n'allait-il pas même jusqu'à s'accuser!

— Tu sais, Cathie, je n'avais pas le courage de garder les petites; je pensais que nous n'aurions pas de quoi les nourrir, pas de quoi les élever; je croyais que sans la mère ici, elles seraient perdues, je pensais cela. Mais toi et Francet vous avez tenu bon; les mois ont passé et nous voilà, nous voilà tous les cinq, et même Cathie a trouvé le moyen de donner une demeure convenable à la pauvre défunte. Alors aujourd'hui, quoi, voici encore de mauvaises heures qui s'annoncent, eh bien! elles sont moins à redouter que toutes celles que nous avons eues. C'est pas vrai?

Catherine comprenait bien que cette dernière question lui était adressée, cependant elle n'osait répondre. Elle se sentait enfant, rien qu'une enfant, et si maintes fois il lui avait fallu faire preuve d'une autorité au-dessus de son âge, elle était confuse devant cet hommage que le père venait de lui rendre et devant cette inquiétude, malgré tout, qu'il lui demandait de dissiper.

Il répéta :

— C'est vrai?

A sa voix, on comprenait que le doute montait en lui, s'apprêtait à ne plus rien laisser de cette confiance qui tout à l'heure s'opposait aux craintes de Catherine.

— Bien sûr que c'est vrai, affirma Francet.

Il a vite répondu, pensa Catherine, pour rassurer le père. Le père a confiance en nous, comme il dit, et il faut encore que nous le rassurions comme si... Dieu, comme si c'était lui notre enfant...

Francet s'approcha du père, se pencha, prit un air mystérieux pour proclamer :

— D'ailleurs, j'ai une idée.

Cette fois encore, il n'y eut pas moyen de lui faire dire ce que c'était, cette fameuse idée.

— N'insiste pas, Cathie, ton frère a raison, ça fait manquer les choses si on en parle trop avant qu'elles soient bien engagées. De toute façon, moi je passerai voir Félicie pour qu'elle explique à tes maîtres ce qui est arrivé, et aussi pour qu'elle cherche à te recaser.

Cette nuit-là, Catherine ne dormit guère.

A son père, à Francet, elle parlait de ses craintes quant à leur avenir menacé par la perte de sa place, mais elle gardait pour elle-même la plus lourde peine : celle de ne plus revoir Émilienne ni sa demeure. Au lieu de passer son temps près de cette grande sœur qu'était devenue peu à peu pour elle la jeune demoiselle, il lui faudrait de nouveau travailler pour des maîtres indifférents ou hostiles ; sa vie ne lui ferait plus penser à cette existence qu'on menait, paraît-il, au Paradis, — M. le Curé l'avait affirmé quand elle allait au catéchisme, — une existence où tout le noir de la vie, prétendait le prêtre, se trouvait changé en clarté, la boue en trésor, les douleurs en béatitude, et le labeur en une allégresse sans fin. Mais n'était-ce pas un péché que de vouloir se faire admettre dans ce jardin, pareil à un paradis terrestre, enclos par les murs de la maison du Haut, et de se soustraire ainsi au misérable domaine où demeuraient les siens, où sa mère était morte ? Et n'était-ce pas de ce péché d'orgueil qu'elle était à présent punie ?

Le refrain d'une complainte écoutée un jour de foire à la Noaille revint tourner dans sa tête. On y parlait de flammes, de papillons qui voulaient, les fous, quitter la nuit pour entrer dans un monde éblouissant, et ils venaient brûler leurs ailes au feu de la lampe. Catherine se vit sous la forme d'une phalène grise qui tombait en flammes. Cette image la fit fondre en pleurs qui enfin l'apaisèrent ; elle glissa dans le sommeil avec, sur les lèvres, l'amertume des larmes. Déjà l'aube pointait.

15

Pendant la journée, on ne parla guère, à la maison-des-prés, de l'injustice dont Catherine venait d'être victime, sinon pour en faire part à Aurélien qui était passé saluer Francet, un peu après midi, avant de rentrer à la fabrique. Aurélien s'indigna, et sa colère fut douce à son amie. Quand il reprit le chemin de la manufacture, Francet l'accompagna pendant quelques pas en s'appuyant d'un bras sûr son épaule. Catherine restée sur le seuil de la maison les regardait s'éloigner. Francet parlait à voix basse, Aurélien hochait la tête pour acquiescer.

— Ils ont des secrets? demanda Clotilde accrochée d'une main à la jupe de son aînée.

Comme Catherine ne répondait pas, la petite se mit à crier à l'adresse des garçons :

— Qu'est-ce que vous dites? La messe?

Là-bas, ils se retournèrent. Ils avaient des mines graves. « Ils devaient parler de moi », pensa Catherine. Elle dut se faire violence pour ne pas interroger son frère lorsqu'il revint vers elle. N'était-ce pas cette idée annoncée hier soir à elle-même et au père, qu'il venait de confier à Aurélien? Elle en voulut aux garçons de cette complicité dont elle était exclue. Lorsqu'elle était petite, avait-elle été assez jalouse d'eux à cause de cela, avait-elle assez rêvé de devenir garçon elle-même! « Je n'avais pas tort; garçon, je n'aurais pas été servante chez les Desjarrige et je ne serais pas en train de me morfondre parce qu'on m'interdit cette maison. » Tout aussitôt, elle s'effraya à la pensée qu'elle eût pu alors faire comme Aubin : s'éprendre d'Émilienne. « Il en est peut-être mort, je serais morte moi aussi. Mon Dieu, que vais-je penser? Moi, garçon, et rival d'Aubin? » Elle se signa, à la grande stupéfaction de Francet qui venait de la rejoindre.

— Qu'y a-t-il, Cathie, tu me prends pour le diable?

Elle faillit répondre : « C'est moi le diable. »

N'était-ce pas un démon qui s'était glissé en elle et la rendait à elle-même étrange, lui dictant cette pensée saugrenue qu'elle eût pu être un garçon et s'éprendre d'Émilienne?

Elle rentra dans la cuisine et se mit en devoir de nettoyer, lessiver, frotter jusqu'à ce qu'il ne restât plus la moindre tache aux meubles, aux linges, à la vaisselle, jusqu'à ce qu'il n'y eût plus en elle que la fatigue qui purifie.

Au dîner le père raconta qu'il avait vu la marraine Félicie : elle promettait de dire à Mme Desjarrige ce qu'il fallait penser de sa servante et de sa demoiselle de compagnie.

A peine Catherine achevait-elle de lever le couvert que le père Baptiste entra, la casquette sur l'oreille, l'œil vif. On porta le banc devant la maison afin de profiter de la soirée. L'ouvrier tendit sa blague à tabac au père, les deux hommes se mirent à rouler lentement et en silence leur cigarette. Quand Baptiste eut tiré quelques bouffées :

— Alors quoi de neuf ici? demanda-t-il.

— Une malchance, fit le père, Cathie ne va pas pouvoir continuer à travailler chez les Desjarrige.

— Ah, ah, grogna l'ouvrier; puis il fit signe à la fillette : Montre-moi tes mains.

Il prit dans ses paumes crevassées où les rides demeuraient blanchies par la pâte à porcelaine, les petites mains carrées de Catherine.

— Oui, fit-il en baissant la tête.

L'ouvrier lâcha la fillette; il se pencha vers elle, et elle n'osait pas reculer malgré qu'il sentît le vin.

— Écoute, loupiote, cet après-midi, j'ai demandé au patron, j'ai demandé à M. de La Reynie de t'embaucher à la fabrique. Il m'a d'abord répondu qu'on était au complet pour les apprentis; j'ai insisté, il a fini par accepter.

C'était donc cela l'idée de Francet! Il en avait fait part à Aurélien pour que celui-ci à son tour avertît le père Baptiste. Ouvrière, elle allait être ouvrière, cela l'effrayait et en même temps l'exaltait. Le monde tout neuf que serait pour elle la manufacture, le voisinage des ouvriers volontiers criards et moqueurs, d'avance l'inquiétaient, mais combien elle était rassérénée à la pensée que, désormais, après ces mois passés auprès d'Émilienne, elle n'aurait pas à connaître une autre place de servante où chaque instant, chaque geste, chaque labeur, chaque ordre des maîtres lui rappelleraient qu'elle était là, en exil.

Le père continuait à fumer comme si de rien n'était.

— Et alors, Charron, c'est tout ce que ça vous fait d'apprendre la bonne nouvelle? Car enfin, je suppose que c'est une bonne nouvelle que je vous apporte.

— C'est magnifique, ne put s'empêcher de déclarer Francet.

Le père écarta les bras, fronça les sourcils.

— Si je m'attendais, marmonna-t-il... Je trouve ça... enfin je suis très content, bien sûr, et je vous remercie.

— Vous êtes content, vous remerciez, mon pauvre Charron, dit l'ouvrier en riant, mais on vous annoncerait que Catherine entre au couvent, vous feriez à peu près la même tête!

— Oh! protesta le père, comment pouvez-vous croire...

Le père Baptiste lui frappa sur l'épaule :

— Allez, Charron, ne vous défendez pas. Je vous comprends : vous ne redeviendrez plus jamais métayer; peut-être un jour, c'est le bonheur que je vous souhaite, vous entrerez vous aussi à la manufacture, et pourtant vous penserez toujours avec vos pensées d'autrefois, vos pensées d'homme des labours, des semailles. Que votre fille prenne un autre chemin que celui des champs, vous n'en croyez pas vos yeux.

— C'est-à-dire, une fille, bientôt une jeune fille, à la fabrique... les ouvriers.

— Eh! on ne vous la mangera pas votre Cathie. Elle est sage et elle est assez grande pour se défendre. Pas vrai, Cathie? Et toi, petite, tu prends les ouvriers pour des loups? pour des ogres?

Catherine sourit, ouvrit la bouche, rougit et se tut.

— Alors quoi, loupiote, qu'est-ce que tu as envie de dire?

— Rien, rien.

— Dis donc, Cathie, à moins que cela t'ennuie que j'aie parlé pour toi au patron, tu pourrais quand même me raconter.

— Eh bien, quand je vous ai vu la première fois, devant l'auberge des Laurent, avec votre blouse blanche, votre grosse voix, c'est vrai, vous m'avez fait très peur. J'avais très peur des ouvriers. Et puis après...

— Après quoi, loupiote?

— Après, quand vous m'avez donné cette tasse de porcelaine, cette tasse si jolie, après je n'ai plus eu peur.

Le père Baptiste avait l'air grave soudain, la flamme qui brillait si souvent dans ses petits yeux enfoncés s'était éteinte d'un coup. Il désigna du doigt Clotilde et Toinon qui se poursuivaient à quatre pattes sur la terre, devant la maison.

— J'ai peut-être des petites-filles, moi aussi, là-bas, près de Paris, des petites qui ne me connaissent pas, qui ne me connaîtront sans doute pas. Si quelqu'un, un père Baptiste comme moi, une vieille carcasse qui arrive à bout de course, si celui-là ou un autre savait les faire entrer un jour à la manufacture de leur coin, la plus belle de France, du monde peut-être, eh bien, je me dirais : « Bon, ça va. »

C'était si inattendu, cette tristesse du père Baptiste et ces paroles, que les Charron ne savaient comment rompre le silence qui suivit. Ce fut l'ouvrier qui y mit fin en se levant et tous l'imitèrent, même Francet qui s'appuya sur l'épaule de Catherine.

— Toi non plus, va, tu ne tarderas pas à venir à la fabrique, lui dit l'ouvrier.

— Je marche de mieux en mieux, vous savez; je suis sûr que je pourrai mettre mes béquilles au feu un de ces jours.

— Ça fera un fameux feu de joie.

Sur ces mots, le père Baptiste prit congé. Il s'apprêtait à partir lorsqu'il se retourna et demanda.

— Alors, je dis à M. de La Reynie que Cathie est prête à venir travailler?

— Il ne lui arrivera rien là-bas?

— Que voulez-vous donc qu'il lui arrive?

— Une fille, vous comprenez, une fille, marmonnait le père, confus.

« Les filles ne vont pas à l'école, les filles ne vont pas à la fabrique », se disait Catherine.

— Oui, s'écria-t-elle, dites à M. de La Reynie que j'irai.

— A la bonne heure, conclut l'ouvrier, puis se tournant vers le père :

— Vous savez, Charron, ces enfants, ils sentent l'avenir.

— Oh, l'avenir, répéta le père.

L'ouvrier s'en alla dans la nuit claire. Quand les petites furent couchées, cependant que le père prenait encore le frais sur le seuil, dans la cuisine Catherine s'approcha de son frère. Elle aurait voulu le remercier, lui dire : « C'est bon que tu sois mon frère », et aussi, « à nous deux nous sommes forts », mais elle ne put proférer aucun mot. Ce fut Francet qui parla d'une voix où transparaissait une ardeur contenue.

— Tu me raconteras, Cathie?

— Je te raconterai?

— Oui, la fabrique, tu me raconteras?

★

Le lendemain soir, le père Baptiste revint. Dans la journée, Aurélien était passé voir ses amis. Il était enthousiasmé à l'idée que bientôt Catherine allait travailler près de lui, mais si on voulait le faire parler de son propre labeur, il prenait brusquement un air gêné.

— Et toi, Cathie, demandait-il, tu es contente, hein, tu es contente?

Pour éviter de répondre, elle s'affairait, houspillait les petites. Les garçons ne remarquaient pas son manège. Déjà ils faisaient des projets pour le jour où non seulement Catherine et Aurélien travailleraient à la manufacture, mais aussi Julie et Francet. A les entendre, on eût cru que la fabrique alors leur appartiendrait, que les fours, les machines et toute la porcelaine du monde dépendraient de leurs doigts industrieux. Catherine se sentait exclue de ce domaine que pourtant ils construisaient autour d'elle; il lui rappelait le temps où, avec Francet, elle bâtissait des chimères qui devaient leur apporter bonheur et fortune. Elle pensait encore qu'Émilienne aussi, tout récemment, avait inventé des aventures où elle, Catherine, jouait un rôle. Et c'était ce rêve à haute voix que faisait la jeune fille qui avait alerté Mathilde la servante. « Taisez-vous, mais taisez-vous, aurait-elle voulu crier à son frère et à Aurélien, vous n'avez pas le droit d'inventer ces histoires, vous savez bien que ce sont des mensonges, je vous défends d'inventer des mensonges, de les dresser autour de moi comme une cage, oui, comme une cage! »

Elle seule se taisait, les autres continuaient à laisser vagabonder leur imagination. « Qu'ont-ils donc tous à s'échapper de leur vie pour s'en aller ailleurs, qu'ils soient misérables, orphelins comme Francet et Aurélien, ou bien choyés et comblés comme Émilienne, que leurs jours soient de poussière ou de diamant, qu'ont-ils tous à fuir leurs jours?... Où prends-tu le droit de juger les autres, tu es pareille à eux, qu'as-tu fait sinon fuir ta vie depuis que tu travailles chez les Desjarrige. Brodeuse, mademoiselle s'est faite brodeuse comme Amélie Anglard, mademoiselle a pensé qu'elle passerait ainsi de sa maison-des-prés aux demeures du mail. Et maintenant c'est vrai, ta vie va changer, mais pas comme tu le croyais, ce ne sera plus la poussière des ménages mais celle de la porcelaine, ce n'est plus l'eau des lessives qui gercera tes mains, mais celle où se dilue l'argile. Tes mains, sauront-elles seulement modeler la terre comme elles savaient tirer un jour, ourler une dentelle? »

Elle fit part de son inquiétude le soir même au père Baptiste dès qu'il fut assis devant le seuil.

— Et si mes mains n'arrivent pas, si je n'arrive pas à apprendre le métier.

L'ouvrier alluma sa cigarette.

— T'en fais pas loupiote, je m'y connais, tu t'en tireras très bien.

Il aspira quelques bouffées de sa cigarette mal roulée.

— Et puis, si jamais ça n'allait pas...

— Eh bien, demanda le père, si ça n'allait pas?...

— Eh bien, eh bien... fit l'ouvrier.

Et soudain son visage s'éclaira, il se tourna vers le chemin.

— Tenez, dit-il.

S'épongeant avec son grand mouchoir à carreaux, la marraine Félicie venait d'apparaître à l'orée du sentier.

— Tenez, si ça ne marchait pas à l'usine, reprit le père Baptiste, je suis sûr que Mme Félicie trouverait une nouvelle place à Cathie, chez les gens du Haut.

— Ouf! fit la grosse femme en se laissant tomber sur le banc.

Catherine alla lui chercher un verre d'eau. La marraine le but à petites gorgées. Ils entouraient tous la visiteuse, impatients de l'entendre parler, mais dissimulant de leur mieux cette impatience. Elle ne se hâtait pas, s'essuyait la bouche, rectifiait l'ordonnance de son corsage. Manifestement elle savourait leur anxiété comme elle l'eût fait d'une de ses sauces.

— Voilà, fit-elle, et elle marqua un temps.

Catherine ne put se contenir.

— Marraine, avez-vous vu Mme Desjarrige? Qu'a-t-elle dit? Et la demoiselle?

— Sont-elles fâchées après Cathie? s'inquiéta le père.

— Fâchées ou pas, qu'est-ce que ça peut vous faire? maugréa l'ouvrier.

Félicie agitait dans l'air ses mains gonflées et courtes.

— Tsst... tsst... faisait-elle, me laisserez-vous parler, à la fin!

Maintenant Catherine aurait voulu ne pas savoir, mais la marraine respira profondément, croisa les mains sur son ventre et commença son récit.

Elle s'était d'abord confiée à sa collègue, Mme Pourpaille; celle-ci avait prévenu la patronne. Ç'avait fait un foin de tous les diables chez les Desjarrige; la Mathilde et sa complice, la dame de compagnie, s'étaient jetées aux genoux de la patronne pour implorer son pardon, mais la jeune Émilienne s'était montrée impitoyable. Bref, on allait chasser les deux harpies et...

Félicie s'interrompit, se rengorgea, promena un regard scrutateur sur l'assemblée.

— Et, reprit-elle, on était prêt à accueillir de nouveau Cathie qui deviendrait alors demoiselle de compagnie.

— Demoiselle de... s'écria la fillette.

Tous les regards se fixaient à présent sur elle, qui se sentait tour à tour pâlir et rougir.

— Demoiselle de compagnie, répéta le père, c'est quelque chose.

— Je pense, décréta Félicie.

L'ouvrier et Francet se taisaient. Le vieil homme tirait sur sa cigarette, Francet avait sorti un bout de bois de sa poche et le tailladait à coups de canif.

— Elle devra loger chez ses maîtres? demanda le père.

— Évidemment, vous ne voudriez tout de même pas qu'une demoiselle de compagnie continue à vivre dans votre masure.

L'ouvrier jeta son mégot par terre et cracha un long jet de salive. Catherine le regarda avec crainte.

— Vous avez entendu, Charron? dit le porcelainier.

Le père releva la tête mais, au lieu de se tourner vers l'ouvrier, il contempla Catherine comme il l'eût fait d'une étrangère, ou comme s'il cherchait à deviner quelle allure serait la sienne lorsqu'elle porterait les robes de ville et les falbalas d'une demoiselle.

— Vous avez entendu, votre fille ne pourra plus demeurer avec vous; la maison-des-prés n'est pas digne d'une demoiselle de compagnie. On l'invitera sans doute à ne pas trop vous rendre visite, une demoiselle de compagnie doit savoir garder ses distances, même avec ses parents quand ils sont vraiment trop pauvres, trop mal vêtus, trop mal logés.

— Mais enfin, mais enfin, s'écria Félicie suffoquée.

Elle était si courroucée qu'elle n'arrivait plus à trouver ses mots. Elle fit la moue, tapota son ventre de ses doigts boudinés et put conclure :

— Monsieur Baptiste, vous n'allez tout de même pas empêcher ma nièce de sortir de sa condition.

L'ouvrier s'apprêtait à répondre lorsque le père le devança.

— Si Cathie prenait ce nouvel emploi chez les Desjarrige, je sais qu'elle ne changerait pas avec nous, elle ne nous oublierait pas, elle viendrait nous voir le dimanche. Ce qui m'inquiète c'est la servante et la demoiselle Rachel qu'on va renvoyer, elles chercheront à se venger, à porter tort à la petite.

— Y pensez-vous? Moi, je vous le dis, les coquines déguerpiront sans demander leur reste.

Le père Baptiste se leva, boutonna sa veste. Catherine eut

envie de courir à lui, de le supplier de se taire. Elle demeura figée, tremblante en elle-même.

— Alors, Cathie, demanda le vieil homme, ça te dit d'être domestique toute ta vie?

— Un domestique vaut bien un ouvrier, lança la marraine.

— C'est un point de vue, dit le père Baptiste.

— Un point de vue, un point de vue! Vous croyez que mes sauces ne valent pas les gages que vous façonnez?

— Bien sûr que si, il faut vos sauces pour garnir mes bols ou mes assiettes de porcelaine, et il faut les gages que nous fabriquons pour contenir vos sauces!

Félicie fit entendre son rire-gloussement qui secouait sa panse et toute sa ronde personne. L'ouvrier sourit et frappa familièrement sur l'épaule de la cuisinière.

Sauvée, je suis sauvée, pensa Catherine. Son espoir fut de courte durée. La marraine riait encore que le père Baptiste avait repris une mine grave. Il attendit que Félicie eût retrouvé son calme pour demander lentement.

— Alors, Cathie, que vas-tu faire?

— Cette question, grogna la marraine, elle n'a rien d'autre à faire qu'à revenir chez les Desjarrige à la première, à la toute première place.

— Taisez-vous, madame Félicie.

Le vieil homme avait dit cela d'une voix rude et brève, comme s'il criait presque. Il regretta sans doute sa violence, car il prit une voix courtoise pour ajouter.

— Vous comprenez bien que c'est Cathie qui doit choisir.

— Mais choisir quoi? s'étonna encore Félicie.

— Notre ami avait obtenu de la faire embaucher à la fabrique, précisa le père.

— Ah! c'est donc ça, c'est donc ça.

Et Félicie dodelinait la tête, observait l'un après l'autre, le père, Catherine, l'ouvrier, Francet; hochait de nouveau la tête.

— Alors Cathie? répéta le vieil homme.

Elle essaya d'ouvrir la bouche, mais sa gorge était nouée, aucun son ne pouvait sortir, et d'ailleurs qu'eût-elle dit? Son silence ne signifiait-il pas : « Ne m'arrachez pas à mon désir au moment où il se réalise. »

— C'est bon, fit l'ouvrier.

Il avait l'air très vieux soudain et las. Il enfonça les mains dans les poches de sa blouse, resta un moment courbé, puis il redressa la tête, sa voix se fit sifflante pour déclarer.

— C'est fini, il ne me sera plus possible de recommander qui que ce soit à M. de La Reynie. Plus possible.

Catherine jeta un regard apeuré vers Francet. Sans aucun doute, l'ouvrier entendait prévenir qu'il n'interviendrait plus en faveur de son protégé comme il l'avait promis. Il sembla à Catherine que son frère allait clamer sa révolte : depuis des années il attendait le moment où, guéri enfin, il pourrait, grâce au père Baptiste, faire son apprentissage de tourneur à la fabrique, et voilà, parce que sa sœur choisissait à présent le métier dont elle avait, elle aussi, longuement rêvé, sa sœur qu'il avait cru sauver en demandant l'aide du père Baptiste, voilà qu'il se trouvait condamné à demeurer sans espoir, sans horizon; le vieil ouvrier venait de le lui faire comprendre... Il allait crier, Catherine en était sûre; déjà, cette protestation, cette colère et cette prière de Francet, elle croyait les entendre, déjà elle en était déchirée. Où trouver la force pourtant de renoncer à sa propre chance pour ne pas provoquer l'infortune de son frère?

Quelle peine, songeait-elle, quelle peine devait-elle causer à la mère, si de sa tombe ou du ciel celle-ci connaissait ce moment où s'affrontaient ses deux enfants, où la joie de l'un entraînait la détresse de l'autre aussi sûrement que le jour en naissant efface les étoiles. « Tu es lâche, se reprochait Catherine, ton frère souffre depuis des années, prisonnier de sa maladie, et toi, pour pouvoir vivre dans le goût, dans la couleur, dans l'odeur de la richesse, pour pouvoir servir une étrangère plutôt que les tiens, tu détruis l'espérance de Francet. Fille égoïste et lâche, parle donc avant qu'il ne crie sa douleur, parle donc, renonce, et rends-lui la vie! » Elle se taisait, et il y avait en elle, l'infinie tristesse qui devait accabler la mère si elle savait, l'amère révolte de Francet, et encore sa propre peine, et en même temps, plus forte que la honte, que la tristesse, que l'amertume, l'allégresse que lui donnait cet avenir-là tout proche, comme un fruit à portée de sa main.

Francet ne cria point. Il se contenta, sans se retourner, de désigner de la main l'intérieur de la cuisine derrière lui, là où dormaient les deux petites, et il dit d'une voix blanche :

— Lorsque Cathie se sera installée chez les Desjarrige, il faudra bien mettre les petites à l'orphelinat.

Non, il n'avait pas crié, et c'était elle qui devait s'enfoncer les ongles dans ses paumes pour ne pas éclater en sanglots. Tous les êtres n'étaient-ils donc que pièges les uns pour les autres : Émilienne était un piège et Francet et le père Baptiste et Félicie et les petites enfin! Catherine revit le long défilé noir des orphelines sortant de l'église, flanquées des religieuses en cornettes.

— Monsieur Baptiste, j'irai travailler à la fabrique.

Il y eut l'imperceptible sourire de Francet dans l'ombre, il y eut le courroux de la marraine prête à s'étrangler de fureur. Malgré la bonhomie du père Baptiste qui tentait en vain de l'apaiser, la grosse femme ne voulut rien entendre et partit à petits pas rageurs.

Que sa filleule se débrouille avec les Desjarrige! C'était à ne pas croire, des va-nu-pieds qui refusaient ainsi la fortune sur un plat doré.

— Mais Félicie, mais Félicie, priait le père en vain.

Déjà escamotée par la nuit dans le chemin, la cuisinière lança d'une voix aiguë.

— Que Mlle Catherine ou son père ait au moins l'obligeance d'aller prévenir les Desjarrige! Et que j'aille au diable si on me reprend à m'occuper de vous!

★

— C'est vrai, avait conclu le père, la marraine a dit cela par dépit, mais elle a quand même raison, il faut prévenir ces gens. Demain soir, quand je rentrerai du travail, je m'arrêterai chez eux, je leur expliquerai.

Encore une nuit pour Catherine à ne pas dormir ou si mal ; le matin lorsqu'elle entendit son père s'habiller, vite elle se leva.

— Fallait rester au lit, petite, j'aurais bien préparé ma soupe.

— Je voulais vous dire, Père, n'allez pas chez les Desjarrige, j'irai moi.

Le père se grattait la tête, à demi réveillé. Il avait taillé les tranches de pain bis, puis, refermant son couteau :

— Comme tu voudras, Cathie. Je pensais que cela t'ennuyait, mais puisque tu veux, eh bien tu leur feras comprendre, tu diras à la dame que tu aurais bien voulu mais que tu ne peux pas, qu'il faut que tu continues à t'occuper de Clotilde et de Toinon. Enfin elle comprendra bien.

Mme Desjarrige avait en effet *bien compris,* une fois que Catherine eut, à voix presque basse, essayé de plaider sa cause. Ou du moins elle fit comme si elle comprenait. A vrai dire, l'idée de congédier la dame de compagnie et de la remplacer par Catherine ne la séduisait guère. C'était là une invention d'Émilienne : elle n'avait eu de cesse que sa mère ne se déclarât à son tour enchantée par cet arrangement. Quant à la jeune fille, elle ne comprit, ne voulut rien comprendre à la défaite de la petite servante, rien si ce n'est que sa protégée agissait à son égard à la fois avec sottise et insolence. Elle l'accompagna sans un mot jusqu'au palier du premier étage. Avant de prendre l'escalier, Catherine s'arrêta, se retourna vers Émilienne. Elle aurait voulu trouver des paroles qui auraient fait de ces adieux un moment où, malgré la tristesse, à cause même de cette tristesse du départ, l'amitié se ferait si évidente que plus tard, dans la mélancolie, le souvenir serait aussi doux qu'un souvenir de bonheur. Mais quelles phrases trouver, et quelle voix pour les prononcer? Les larmes seraient là bien plus vite qui déjà gonflaient le cœur, mouillaient les yeux. Catherine se mit à descendre lentement les marches. En bas, elle se retourna encore; Émilienne se penchait sur la rampe, tellement, que les lourdes anglaises de ses cheveux avançaient de chaque côté de son visage très pâle. Elle pointa un doigt vers l'enfant et tordit sa bouche pour clamer : « Fiche le camp, imbécile! Va-t'en! Va-t'en crever dans ta misère, sale petite chienne! File avec tous les voyous de la Ganne. C'est tout ce qu'il te faut! » Catherine demeura un instant sur place comme si cette haine l'eût changée en pierre, et là-haut, Émilienne, aussi immobile, semblait métamorphosée en l'une de ces figures tourmentées qui se penchaient au-dessus des contreforts de Saint-Loup. Comment de telles paroles n'avaient-elles pas pouvoir de meurtre? La fillette se sentait transpercée, clouée par ces mots comme s'ils eussent été des armes, et pourtant son cœur battait, sa gorge respirait. Pourquoi Émilienne n'avait-elle pas tiré sur elle comme elle faisait sur les biches ou les chevreuils dans les forêts de son oncle. Mieux eût valu la mort que subir cette cruauté. Et d'un coup, les larmes se mirent à couler sur le visage de l'enfant; alors elle s'élança. Au moment où elle passait la porte, Émilienne cria son nom, la fillette sans s'arrêter risqua un coup d'œil en arrière : la jeune demoiselle avait descendu quelques marches, elle se tenait sur l'escalier, l'air hagard, le bras tendu; ce n'était plus la main qui foudroie, mais celle qui voudrait retenir, comme tout à l'heure la voix n'avait plus injurié mais appelé! Catherine s'enfuit.

Elle ne confia à personne, jamais, les insultes qu'Émilienne en guise d'adieu lui avait jetées. Francet et aussi Aurélien, et son amie Amélie Anglard voyaient bien sa tristesse, ils essayaient en vain de la dissiper; toujours continuaient à résonner les paroles de boue et de lave, toujours flamboyait en Catherine, comme un épouvantable archange, la silhouette d'Émilienne penchée au-dessus de la rampe. Au catéchisme il y avait une image semblable : un ange terrible chassait du Paradis Adam et Ève, « comme des chiens » s'était écrié à propos de cette gravure le curé Ladurantie qui s'était par trop laissé emporter dans sa sainte diatribe. « Comme des chiens », le père et la famille avaient été chassés du Mézy, « comme une chienne, une sale petite chienne », à son tour elle était chassée de la maison qui devait être pour elle le havre. Adam et Ève, frissonnants et nus sous le regard du ciel, et elle, Catherine, de même frissonnait, au grand soleil de juin et se sentait nue, dépouillée, livrée sans refuge ni arme à l'hostilité du monde. Elle avait cru que cette guerre n'était pas fatale qui rendait ennemis des enfants parce que les uns étaient choyés et bien vêtus, les autres affamés de douceur et de pain, elle avait cru... et les dernières paroles que lui avait décochées Émilienne ne laissaient place qu'à la guerre. Hélas, seul Aurélien avait raison : que pourrait-il y avoir de commun entre gens du Haut et gens de la Ganne, sinon d'être les uns pour les autres un vivant, un intolérable et réciproque reproche. Aurélien avait dit à Catherine, peu de temps après qu'elle l'eût surpris en train de mendier :

— J'ai remarqué, si je les regarde dans les yeux, et d'abord je m'arrange pour être bien sale, je prends mes habits les plus déchirés, si je les regarde dans les quinquets, les gosses Desjarrige ou les fils du baron de Lasserre, ou les dames elles-mêmes, eh bien ils changent de mine, comme s'ils avaient honte eux aussi, comme si je leur faisais honte.

La guerre, la honte : le visage de guerrière d'Émilienne penchée au-dessus du vide, son visage de honte un peu plus tard quand Catherine au moment de disparaître se retourna. La guerre, la honte, et pourtant Catherine n'arrive ni à détester, ni à condamner celle qui l'a blessée. Elle essaye d'imaginer qu'Émilienne regrette sa méchanceté, qu'elle aussi souffre dans sa demeure comme elle-même, Catherine, souffre dans sa maison-des-prés. Qui sait? la jeune fille se sentait peut-être plus seule, plus démunie dans son opulence que Catherine, tant Francet, ses sœurs et ses amis l'entouraient de gentillesse. Aurélien tentait de l'amuser avec des histoires de la fabrique; Amélie Anglard lui fit don d'une écharpe de cachemire; Francet tailla pour elle dans un bloc de buis, un jeu de dés qu'il rendit polis et luisants; Julie, elle-même, d'habitude uniquement préoccupée de Francet, Julie lui apporta des craquelins tout juste sortis du four. Et Catherine avait entendu Francet chuchoter aux cadettes :

— Soyez sages, soyez très sages avec Cathie.

Instinctivement, lorsqu'elles s'adressaient à leur aînée, les petites baissaient la voix et prenaient un air attentif comme si elles craignaient de la fatiguer. Elles lui rapportaient des fleurs des prés, des nids abandonnés qu'elles découvraient dans les buissons. Francet lui proposa de lire pour elle à haute voix des almanachs qu'il demanda à Amélie Anglard de lui prêter. Elle faisait semblant de s'intéresser à ces lectures comme naguère quand c'était elle qui veillait auprès de son frère allongé, mais intérieurement elle se répétait : « Il a donc tellement besoin de se faire pardonner. » Parfois Francet fermait son livre et se mettait à parler de l'usine.

— Tu verras, Cathie, tu verras, quand tu seras à la fabrique, tu ne regretteras rien, il me tarde tellement de pouvoir t'y rejoindre.

Elle se détournait pour ne pas lui répondre : « Que m'importe la fabrique, c'est à cause de toi que j'y vais, c'est pour que tu ne perdes pas cet espoir que tu caresses depuis si longtemps, comme tu caressais un chat tout velours, tout chaud, blotti sur ta jambe de malade. Mais je m'en moque bien de cette fabrique, moi j'ai sacrifié mon espoir. »

Et Aurélien aussi, et Julie et Amélie, tous à les entendre, on eût cru qu'elle connaîtrait quelque merveille en entrant à la fabrique.

— Ce doit être bien plus gai que de travailler chez soi, remarquait timidement Amélie Anglard, chez moi il me faut broder et coudre, et encore broder, toute seule, ou en face de ma mère qui n'ouvre pas la bouche.

— Quelle chance elle a Cathie, concluait Julie Lartigues, moi qui voudrais tant quitter les carrières de Marlac pour devenir ouvrière. Les carrières c'est loin, c'est au diable, on s'y use les mains, les yeux, les poumons dans la poussière blanche, et toujours descendre, remonter, redescendre jusqu'au fond, là où l'on pioche le kaolin. Quelle chance pour toi, tu vas faire des tasses, il paraît, coller des anses. C'est ça qui me plairait.

« La chance, se disait Catherine, ma chance, elle est passée, je ne la retrouverai plus. »

Un dimanche, le père Baptiste vint à la maison-des-prés. Il portait, dissimulé sous sa veste, un gigot.

— Tiens, dit-il à Catherine, fais-nous cuire cela, c'est moi qui régale aujourd'hui. Demain je t'amènerai à la fabrique, on t'y attend, il faut fêter ça.

16

Non, Catherine n'était pas allée à la fabrique comme à une fête, mais enfin elle avait bien dû convenir que là du moins, sa tristesse se laissait plus aisément surmonter. Les machines et leur bruit, la grâce des pièces de porcelaine alignées sur les rayons, les gestes habiles des ouvriers, leurs plaisanteries, toujours les mêmes, et qui les faisaient s'esclaffer comme s'ils les disaient et les découvraient pour la première fois, les bavardages des ouvrières, même les moqueries des apprentis, tout ce monde nouveau pour elle, affairé et gouailleur, bonhomme jusque dans sa rudesse, lui paraissait parfaitement étranger à la campagne environnante et à la vie de la Noaille, comme si la fabrique ressemblait à l'un de ces navires dont parlaient les almanachs de Francet, qui emportaient dans leurs flancs, pendant des mois et des mois, un petit univers qui ne savait plus rien du reste du monde. Dès que la cloche sonnait, dès que les machines se mettaient à tourner, les peintres à chanter, les ouvriers à jurer, c'était bien comme si on levait l'ancre : on emportait avec soi ses chagrins, mais ce qui les avait causés restait sur la rive là-bas, dans ces maisons de la Noaille qu'on apercevait au loin par la verrière de l'atelier. Il y avait encore le secours du travail, de la difficulté à vaincre. « Attention, Cathie, grondait la mère Trille, tu colles ton anse de guingois. » Diable, c'était vrai! et Catherine s'appliquait à sa tâche, tellement qu'elle ne voyait plus que ces tasses fragiles (elle avait une si grande peur de les écraser entre ses doigts) et non plus l'image d'une jeune fille soudain changée en statue de la haine.

— Le métier, ça rentre Cathie?

— Oui, madame Trille.

— Aujourd'hui, tu as sorti une douzaine de plus qu'hier, tu feras bientôt honneur au père Baptiste.

Il venait à la sortie des ateliers, le père Baptiste, il venait voir où en était sa protégée; il se déclarait satisfait des progrès accomplis. Parfois Aurélien écoutait, ravi, les éloges du vieil ouvrier : il accompagnait ensuite Catherine jusqu'au chemin de la maison-des-prés. Tant qu'il était là, c'était pour Catherine comme si elle se sentait encore à l'abri dans la fabrique, à l'abri d'elle-même; dès qu'il s'éloignait, il fallait lutter de nouveau, seule, et dans cette lutte, toujours être vaincue.

Il en fut ainsi jusqu'au soir où elle rencontra sur la route de la Ganne, alors qu'elle rentrait du travail, Xavier Desjarrige. Le garçon portait un costume de cheviote gris clair et un canotier, Catherine ne le reconnut pas tout de suite sous cet accoutrement de jeune gandin. Il vint vers elle, joua la surprise : « Il faisait une petite promenade, et il ne s'attendait guère... » Aurélien qui marchait à côté de Catherine se mordit les lèvres, elle le remarqua.

— Je suis pressé, prétendit-il, au revoir Cathie.

Xavier demeura planté devant la fillette, tout penaud. Il avança son canotier sur le front, comme s'il voulait protéger ses gros yeux du soleil vif malgré le crépuscule.

— Pour une surprise, reprit-il.

Catherine regardait de tous côtés, prête à voir paraître derrière une haie ou sur un talus Émilienne; Émilienne qui, supposait-elle, devait les observer du fond de quelque cachette. Au bout d'un moment pourtant, elle demanda :

— Mlle Émilienne va bien?

Le garçon se mit à se tortiller, à racler sa gorge, enfin, baissant le nez, il bredouilla :

— Oui, oui, ma sœur va bien, et à propos, elle pense, enfin elle te fait dire, elle te demande d'oublier ce qu'elle t'a dit le jour où tu es venue faire tes adieux; elle serait contente si elle savait que tu ne penses plus à cela.

Comme il paraissait beau à Catherine soudain ce messager falot, confus, ce campagnard grandi trop vite et déguisé en gandin. Le cœur qui bat, qui bat, la gorge qui se serre. L'autre, la tête basse, ne bougeait plus, comme si l'aveu l'avait épuisé. Catherine clignait des yeux, des larmes de joie embuaient sa vue. A travers ce brouillard clair, le canotier du fils Desjarrige prenait des allures d'auréole.

— Tu diras à Émilienne, tu lui diras que j'ai tout oublié.

— Je le lui dirai. Elle sera contente.

Il s'approcha et bien vite affirma d'une voix haletante :

— Moi... tu sais... Cathie... moi je... enfin... Cathie... je ne t'oublierai plus... jamais.

Elle leva vers lui des yeux étonnés. Il était devenu tout rose comme lorsqu'il était au piano. Tout à coup il fit demi-tour et détala en direction de la Ganne. Ce ne fut qu'après qu'il eut disparu que Catherine remarqua à haute voix, tant sa découverte la troublait :

— Mon Dieu, mais je l'ai tutoyé, et lui, qu'est-ce qui lui a pris?

De nouveau elle scruta les haies qui bordaient la route, comme si elle craignait qu'on eût pu assister à son bref entretien avec Xavier.

Elle ajouta intérieurement, stupéfaite : « Je lui ai parlé comme je l'aurais fait à Aurélien, et je n'ai même pas dit Mademoiselle pour Émilienne. » Elle reprit son chemin; presque à chaque pas elle butait contre les pierres. « Ma parole, tu aurais bu du cidre nouveau, tu ne serais pas plus grise. Et lui, Xavier, Xavier le taciturne, est-ce que j'aurais cru qu'un jour il me dirait de tels mots d'amitié! Pour moi, Émilienne avait dû lui faire la leçon. A moins que... A moins que au contraire, ça soit lui qui ait fait reproche à sa sœur?... Décidément, il n'est pas ce qu'il paraît... En tout cas, je reverrai Émilienne, nous ne serons pas ennemies... Ah! la tête m'en tourne. »

Cette légère ivresse ne la quitta pas durant quelques jours. Francet, Amélie Anglard, le père même, se sentaient délivrés; ils n'auraient su dire de quoi, ni pourquoi, mais tout simplement le sourire revenu sur les lèvres de Catherine leur rendait la permission de sourire eux aussi à cet été qui gardait encore la jeunesse et la vivacité du printemps. Les cadettes s'en donnaient à cœur joie aussi bien pour se disputer et se battre que pour jouer : enfin nul ne mettait plus un frein à leurs jeux ou à leurs colères sous prétexte qu'il leur fallait se montrer « très gentilles avec Catherine ». Seul Aurélien ne partageait pas cet apaisement. Depuis qu'il avait vu Xavier Desjarrige venir à la rencontre de Catherine, il évitait de faire avec elle le chemin de retour à la sortie de l'usine, et on ne le rencontrait guère à la maison-des-prés. Sa sœur venait seule. Elle donnait le bras à Francet qui, appuyé sur elle, allongeait chaque soir davantage sa promenade aux alentours de la maison. Parfois ils pénétraient dans le bois derrière la chaumière, ils chassaient Clotilde et Toinon qui voulaient les suivre; Amélie restait assise près de Catherine.

— Tu as vu les amoureux?

— Quels amoureux?

— Mais Julie et ton frère.

— Oh! tu sais, je n'en suis pas si sûre. Il y a si longtemps que nous connaissons les Lartigues, si longtemps qu'il me semble que nous sommes frères et sœurs avec eux. Alors, Julie et Francet...

— Tu crois vraiment? demandait Amélie. Pour toi, Aurélien, alors c'est un peu ton frère?

— Un peu.

La fille du cantonnier se taisait quelques minutes puis elle soupirait :

— On ne le voit plus, tu ne crois pas qu'il est fâché.

— Qui ça?

— Aurélien. Il n'est pas venu hier et avant-hier non plus.

— Pourquoi veux-tu qu'il soit fâché?

— Je ne sais pas... Crois-tu qu'il viendra demain?

Catherine laissait de nouveau le silence l'isoler dans la nuit qui descendait.

« Crois-tu qu'elle viendra demain? » se demandait-elle faisant écho à la question d'Amélie. Elle s'apercevait qu'en fait, depuis sa rencontre avec Xavier, elle s'attendait chaque jour à voir paraître Émilienne. La jeune fille s'avancerait vers elle, l'embrasserait et une véritable amitié serait née de ce qui était le plus cruel des malentendus. « Viendra-t-elle demain? »

Dans l'ombre, la voix timide d'Amélie Anglard continuait à s'élever. Catherine ne l'écoutait pas, elle pensait que la vie était une étrange chose. Il était question de la fabrique dans ce que racontait la fille du cantonnier. Oui, étrange, pensait Catherine : aujourd'hui la fabrique, tel était son domaine, hier la demeure des Desjarrige, avant-hier les fermes où elle était servante, et demain? Demain, il y aurait cette amitié enfin sans blessure, sans maléfice, que ni la pauvreté ni la richesse ne viendraient obscurcir, et la paix serait là, aussi savoureuse que ce pain blanc qu'aux fours des métairies le père savait cuire.

— Cathie, hé Cathie...

Amélie la tirait par le bras.

— Tu dors?

— Je ne dors pas.

— Alors, pourquoi tu ne veux pas répondre? Tu ne crois pas que je pourrais entrer à la fabrique moi aussi, un jour?

Catherine avait du remords de se montrer inattentive.

— Ma pauvre Amélie, qu'irais-tu faire à la manufacture? D'abord tes parents ne voudraient jamais : les ouvriers, les ouvrières, sans compter les apprentis sont mal embouchés, c'est bien pire que nos anciens voisins de la Ganne. Et puis, si tu crois qu'on s'amuse à la fabrique! Chaque apprenti, un ouvrier ou une ouvrière l'a à l'œil, sans compter la surveillance du contremaître. Il faut toujours courir après ses gestes, sinon l'assiette ou la tasse ou le vase que tu dois finir tu es encore en train de t'en occuper, qu'on te passe déjà une autre pièce, et tu te fais attraper et puis on te retient ensuite sur ta quinzaine. Moi je peux y tenir parce que j'en ai vu d'autres depuis que j'ai été placée comme servante, mais toi... Oh non! Amélie, tu n'es pas faite pour la fabrique, la fille du cantonnier, tu n'y penses pas. Toi tu es toujours restée avec ta mère, les paroles que tu entendrais là-bas te feraient mal, le travail aussi.

Mais la voix douce s'obstinait :

— Je m'habituerais, Cathie, je t'assure. Tu comprends, là-bas, toute la journée je serais avec toi et avec...

Sa voix eut sur le dernier mot comme une fêlure; elle ne reprit pas sa phrase.

— Et avec qui? demanda Catherine.

Amélie ne répondit pas, elle toussa plusieurs fois, se leva vivement.

— Oh! il fait frais, dit-elle, on s'enrhumerait; je crois qu'il est l'heure de rentrer.

Catherine ne se leva pas tout de suite. Elle était touchée de ce désir que venait d'exprimer Amélie; de pouvoir passer toutes ses journées auprès d'elle, comme elle-même avait rêvé de les passer dans la maison d'Émilienne.

« Demain, Émilienne viendra à l'usine, elle viendra me chercher, je la conduirai sur la tombe de ma mère, nous nous jurerons amitié devant la croix. »

17

Ni le lendemain ni les jours suivants, Émilienne ne parut sur le chemin de la fabrique. Catherine dut bien reconnaître que la jeune fille maintenant ne tenterait plus de la revoir. Elle lui avait envoyé son frère parce que le regret ou le remords lui pesait, mais une fois retrouvée la paix de la conscience grâce au message de Xavier, pourquoi se donner la peine de rechercher cette petite servante perdue, cette Cathie qui, plutôt que de devenir demoiselle de compagnie, avait été assez sotte pour s'emprisonner dans la fabrique.

Catherine revenait seule à la maison-des-prés. Parfois, si elle se retournait, il lui arrivait d'apercevoir au loin Aurélien; il feignait alors de s'absorber dans la contemplation d'une haie ou bien il se mettait à tailler une baguette. Catherine repartait, il repartait à son tour. Un soir elle l'attendit, elle dut l'appeler pour qu'il la rejoignît. Elle ne parla plus à personne d'Émilienne.

A la manufacture, son travail devenait monotone, du moins la sortie des ateliers apportait-elle chaque jour sa moisson d'histoires que colportaient les apprentis à propos des ouvriers et des ouvrières, à propos aussi du patron, M. de La Reynie et de son fils, deux hommes courts et trapus, à l'épaisse chevelure grise pour le père, de jais pour le fils qui, à trente ans, paraissait être l'exacte copie de son père, rides et cheveux blancs en moins.

— Pas de mauvais diables, disait le père Baptiste, mais attention Cathie, arrange-toi pour ne jamais rester seule avec l'un ou avec l'autre. S'ils essayent de te retenir à l'atelier le soir quand les machines s'arrêtent, t'occupe pas de ce qu'ils peuvent dire, prends tes jambes à ton cou.

Catherine se demandait pourquoi l'ouvrier tenait ainsi à la mettre en garde contre les messieurs de La Reynie puisqu'il avouait par ailleurs que tous deux étaient bien braves. Un jour que le patron s'était arrêté près d'elle, la complimentait sur son travail puis lui prenait le menton pour déclarer que c'était là une gentille petite, elle fut toute surprise de voir surgir le père Baptiste — il avait donc pu quitter son tour? quelqu'un avait-il été le prévenir? — Ce fut tout juste s'il ne bouscula pas le maître.

— Sûr que c'est une gentille petite, bougonna l'ouvrier, et dévouée, et sérieuse comme une mère de famille. Que personne ne s'avise de tourner autour d'elle, sinon...

Il leva son poing fermé blanchi d'argile. Le visage du patron déjà coloré s'empourpra encore.

— Il faut que j'aille à mes écritures, marmonna M. de La Reynie, et il s'éloigna les mains au dos.

Le vieil ouvrier fit un clin d'œil à la mère Trille; celle-ci haussa les épaules.

— Vous en faites pas, Baptiste, je veille au grain.

Le tourneur, de sa blouse, sortit une tabatière jaune, offrit une prise à la commère qui se fourra avec délice quelques brins de tabac dans les narines. Elle renifla, éternua, renifla encore.

— Voilà qui chasse les humeurs, affirma-t-elle.

Le vieil homme prisa lui aussi, puis, en riant, au moment d'empocher la tabatière, il la tendit à Catherine.

— Ça ne te dit rien loupiote?

Elle secoua la tête. Le père Baptiste fit disparaître la tabatière.

— Je ne vous avais plus vu priser, remarqua la fillette.

— Hé, je ne le fais qu'à la fabrique, ça assainit l'air qu'on respire ici, ça arrête la poussière.

Il fit un signe de la main et repartit vers son atelier.

— C'est quelqu'un, ce père Baptiste, déclara l'ouvrière. Je ne crois pas que notre M. de La Reynie revienne te prendre par le menton.

Catherine eut envie de protester. Il était bien convenable et bien sympathique le patron, pourquoi la mère Trille et Baptiste se liguaient-ils pour l'empêcher de venir faire compliment à son apprentie? Ils étaient jaloux sans doute, ce n'est pas à eux que M. de La Reynie irait prendre affectueusement le menton entre ses doigts fins. Cependant elle n'osa pas se rebiffer et garda le silence.

L'ouvrier avait dit vrai, on ne vit plus M. de La Reynie venir s'enquérir des progrès de Catherine; son fils non plus ne s'approchait point. Un jour cependant le maître traversa l'atelier, mais sans même jeter un coup d'œil vers elle. Il fonçait tête en avant, le front plissé, marmonnant on ne savait quoi dans sa moustache.

— Ça va ronfler, siffla la mère Trille entre ses dents.

— Qu'est-ce qu'il a? demanda Catherine.

— De la fenêtre de son bureau il a dû surprendre quelque fumée au-dessus du Rocher de la Folie, alors il fait l'inspection pour voir qui manque.

— Qu'est-ce que ça veut dire? interrogea l'apprentie.

— C'est lendemain de paye, voyons.

De la fumée, le Rocher de la Folie, la colère du patron, des ouvriers absents un lendemain de paye! Catherine n'y comprenait goutte. Le soir, elle essaya d'éclaircir ces mystères en questionnant Aurélien, mais il détourna la conversation. De retour à la maison-des-prés, elle s'ouvrit à Francet des énigmes de la fabrique. Pas plus qu'elle il ne parvint à les résoudre, mais il s'enthousiasmait, émettait des hypothèses toutes plus romanesques les unes que les autres : il supposait que les porcelainiers avaient formé une secte, qu'ils se réunissaient pour célébrer leur culte autour d'un certain Rocher de la Folie et là qu'ils allumaient un grand feu. Le patron craignait cette secte, peut-être avait-il peur qu'elle ne s'emparât de sa fabrique, aussi observait-il de son bureau l'horizon et quand il découvrait la fumée du feu de joie il parcourait, inquiet, la manufacture pour voir si la secte progressait, lui enlevant de plus en plus d'ouvriers.

Quelques jours après, Catherine s'enhardit assez pour demander à la mère Trille :

— Le père Baptiste y va-t-il, au Rocher de la Folie?

La femme se mit à rire.

— C'est le plus enragé, dit-elle.

« Le plus enragé. » Francet avait-il deviné? S'agissait-il donc d'une secte des porcelainiers, une secte démoniaque, une secte de sorciers? « Le plus enragé. » Catherine imaginait le vieil ouvrier se changeant en diable et dansant une sarabande de forcené, une sarabande folle au Rocher de la Folie. Elle se remémorait ces paroles du père Baptiste qui les avaient étonnés, son frère et elle, lorsque le tourneur avait fait allusion un soir, en baissant la voix comme s'il se parlait à lui-même, à une lointaine et magnifique manufacture près de Paris, d'où il avait dû fuir sans doute, après quel crime?

Elle fit part de nouveau de ces remarques à Francet. A leurs yeux, le père Baptiste devint un héros, et l'adolescent plus que jamais eut hâte de pouvoir suivre ses traces.

Il lui tardait aussi de pouvoir se mêler aux jeux des apprentis que lui racontaient Catherine et Aurélien. Les apprentis avaient vite adopté Catherine. Malgré sa timidité et sa réserve, elle retrouvait auprès d'eux l'exaltation qu'elle éprouvait naguère lorsqu'aux métairies, elle parvenait à force de ruse, de prière ou de soumission à se faire admettre dans quelque équipée organisée par ses frères...

Ces jeux des apprentis, Catherine intérieurement bien souvent les blâmait, elle se blâmait plus encore d'y assister, mais elle ne trouvait pas le courage d'y renoncer; elle était à la fois effrayée et enchantée par les mauvais tours dont elle devenait malgré elle complice.

Nul ne demeurait à l'abri de ces farces : les jours de foire, bien des paysans arrivés avec leur carriole au sommet de la côte qui précédait la fabrique sur le chemin de la Noaille crurent que leur âne soudain était pris de folie : il volait, sautait, cabriolait dans la descente au risque de renverser l'attelage; en fait de folie, c'étaient les apprentis qui, dissimulés dans un taillis, avaient, à coups de pierres lancées juste au moment où passait la carriole, mis en fureur un guêpier repéré sur le bord du talus. A la Ganne, ils poursuivaient de leurs malices la Cul-Béni et sa bête noire le Iandou : la Cul-Béni, une maigre bigote prompte à déceler en quelque lieu et sous quelque forme que ce soit, les suppôts de Satan; le Iandou, un vieux garçon hirsute, sans âge, vêtu comme un arlequin d'oripeaux disparates assemblés et cousus par ses soins, et logé dans un taudis qu'il partageait avec ses trois cochons dont il ne se séparait jamais. Un soir, sous les yeux de Catherine, Aurélien que la courte paille avait désigné, se risqua à tracer une croix blanche sur la porte du Iandou; après quoi l'on s'arrangea, à force de tapage, à attirer sur le seuil de leurs demeures et Iandou et la Cul-Béni : l'homme aux cochons accusa la bigote d'être venue souiller sa porte avec cette maudite croix. Ce fut une belle dispute, on en parla à la fabrique pendant plus d'une semaine.

Après de telles équipées, Catherine se confiait à Amélie Anglard. La fille du cantonnier devenait plus rose encore d'émerveillement, d'inquiétude et de regret en écoutant le récit de son amie.

— Pourvu que mon père ne te voie pas avec les apprentis! Mes parents ne voudraient plus que je te fréquente.

— Tu sais, Amélie, c'est la dernière fois que je vais avec eux. Vraiment ils sont trop enragés.

— Et Aurélien?

— Aurélien comme les autres.

— Pas possible!

Et Amélie cette fois passe du rose au rouge.

Catherine a envie de rire. « Décidément, *son* Aurélien, elle le prend pour un ange. »

« Je n'irai plus avec les apprentis. » Mais quand on a passé tout le jour à l'atelier, comment résister à l'appel des jeux? Elle a si peu joué dans son enfance! Les maîtres ne payaient pas la servante de huit ans pour qu'elle songeât à s'amuser. « Catherine, viens donc, on va voir la Mistraude. »

C'était une vieille tassée sur elle-même, une carabosse. On disait que jeune elle avait été belle et un peu folle dans ses amours. Maintenant c'était la laideur et la démence en personne. Elle parcourait la Noaille, en toute saison portant un parapluie ouvert. A chaque baleine un pantin de carton colorié était suspendu, un pantin grotesque. La Mistraude se baladait avec son attirail. De temps en temps elle s'arrêtait. On faisait cercle autour d'elle, elle se mouchait dans un immense mouchoir à carreaux puis se mettait à injurier ses pantins l'un après l'autre. Celui-ci était sensé représenter le Maire, cet autre le sous-préfet, ce troisième le curé, ce ventru c'était le député, ce bossu le notaire, cette rougeaude, une dame du Haut.

— Voyez-le ce sale, ce bandit, ce crapaud, hurlait la Mistraude, et de débiter la vie privée des personnages qui, à l'en croire, au temps de sa beauté, avaient abusé d'elle, et qui maintenant faisaient ceci-cela, avec celle-ci-ou-celle-là.

Les badauds se délectaient. Les gens du Haut, s'ils apercevaient la scène, s'éloignaient l'œil noir. Dans les salons du mail on se plaignait de ce scandale permanent auquel nul n'osait mettre fin.

Catherine se demandait si la Mistraude n'était pas réellement une fée méchante qui cherchait à se venger de sa disgrâce. Un jour elle entendit la folle s'écrier en désignant l'un de ses pantins : « Regardez-le, regardez cette ordure, le gros Desjarrige. » Catherine s'enfuit épouvantée, les mains sur les oreilles de crainte d'entendre, malgré la distance, les accusations de la Mistraude. « Ça m'apprendra à ne pas tenir parole et à suivre encore les garçons. »

Mais le lendemain :

— Cathie ! Hé, Cathie ! Tu ne viens pas ?

— Il faut que je m'occupe de mes cadettes.

— Dommage.

— Pourquoi ? Où vous allez ?

— On va voir le chemin de fer.

— Viens, Cathie, ça vaut la peine, tu sais.

Aurélien ajoutait :

— Je sais que Julie doit passer voir ton frère, elle prendra soin de Clotilde et de Toinon.

— Je ne pourrai pas rester longtemps là-bas.

— Ça ne fait rien, dès que la machine sera passée, même si les autres restent, je te raccompagnerai, promettait Aurélien.

C'était une véritable expédition que d'aller guetter le chemin de fer. Il fallait faire près de trois kilomètres à travers bois, champs, prés et broussailles, gravir des talus, passer des ruisseaux. Les garçons filaient vite, Catherine avait du mal à les suivre. Parfois elle se tordait les chevilles dans la pierraille. Aurélien venait à son secours, la tirait par la main.

— Venez-vous ? criaient les autres, vous allez arriver trop tard ?

La ligne ne passait pas encore à la Noaille, les notables n'en avaient pas voulu : cela empesterait l'air, empoisonnerait la terre, les moissons s'étioleraient, les troupeaux dépériraient; quant aux jeunes, on ne pourrait plus les retenir, ils se serviraient de cette invention pour aller courir le monde. « Les messieurs ont bien raison, disait le père, pour une invention du mal, pour sûr que c'en est une. » A mi-voix, Francet confiait à Aurélien et à Catherine qu'un jour ils prendraient tous le train, et bonsoir la compagnie!

A peine la ligne était-elle achevée qu'une partie des notables avait changé d'opinion. Parmi eux, M. de La Reynie était le plus impatient; à les entendre, la Noaille était condamnée à mourir si on ne la reliait pas d'urgence à la voie ferrée. On s'était donc mis à construire une bifurcation qui mènerait à la petite cité, mais elle n'était pas encore ouverte au trafic.

En attendant, c'était une fête cachée que d'aller voir passer, soufflant, sifflant, fumant, la locomotive de tôle noire et de cuivre jaune avec sa haute cheminée empanachée de vapeur, ses lanternes comme de gros yeux brillants. Dans un bruit fracassant, la machine fonçait devant les enfants saisis d'admiration. Quelles roues immenses avec ce levier qui, tel un bras de géant, monte, descend, avance, recule et entraîne les roues sous sa main de fer. Les deux wagons qui suivaient, ils donnaient plutôt envie de rire. Ce n'était pas derrière leurs vitres qu'on avait envie de se trouver mais bien à l'arrière de la machine, sur cette plate-forme où se tenaient les hommes au visage noir qui, parfois, pour porter à son comble l'émotion des enfants, tiraient sur la chaînette du sifflet ou bien actionnaient la cloche de cuivre et faisaient cracher par leur monstre métallique un jet de vapeur.

Ce n'était que longtemps après que le train eut disparu, à la pensée des réprimandes ou des taloches paternelles, qu'on se résignait à reprendre le chemin du retour, et encore on se racontait mille histoires à propos de ce chemin de fer. Nul ne s'étonnait quand l'apprenti peintre Paul

Degaille, le plus vieux de la bande, affirmait que, dans un village voisin, une veuve et sa fille avaient abandonné leur demeure pour aller vivre dans une cabane qu'elles possédaient loin du bourg et dans un lieu sauvage, mais proche de la voie ferrée. Il ajoutait qu'elles étaient devenues tout aussi sauvages que le lieu où elles vivaient à présent d'herbes, de champignons, de racines; les garçons, affirmait-il, venaient en cachette du bourg pour surprendre leur spectacle quand le train passait; un fameux spectacle : la veuve et sa fille, à demi nues, des fleurs des prés dans les cheveux, chantant, riant, bavant, trépignant comme des sorcières au sabbat tant que le chemin de fer traversait leur pré. Ensuite, elles tombaient épuisées dans l'herbe, c'était le moment dont profitaient les curieux ou du moins les plus hardis d'entre eux pour se jeter sur elles. Le jeune homme laissait entendre qu'un dimanche, il irait lui aussi voir cette *histoire,* il était invité par des camarades du bourg voisin. Lui aussi se donnerait du bon temps.

Aurélien devenait rouge comme les coquelicots qui bordaient le chemin entre les blés, il jetait un regard malheureux sur Catherine. La fillette mordillait une tige, instinctivement elle se rapprochait d'Aurélien; soudain les apprentis lui faisaient peur. Qu'allait-elle penser de partir ainsi, seule fille avec tous ces garçons!

Un jour d'ailleurs, elle n'eut pas seulement le pressentiment de la peur. Celui qui parlait de la veuve et de la fille sauvages, le grand rouquin dégingandé, Paul Degaille, qui était si fier d'être apprenti peintre dans l'atelier de M. Pardaloux, s'approcha d'elle et lui proposa de lui montrer un bras de la rivière, derrière le moulin de la fabrique. Lui seul, disait-il, connaissait l'endroit. Ils étaient tous assis sur la rive qui surplombait la roue noire du moulin, tous, sauf Aurélien qui s'était attardé dans la châtaigneraie à la recherche d'une nichée d'écureuils. Catherine hésita à suivre le rouquin, il ne lui avait jamais plu quoiqu'il singeât les manières « artistes » de son maître; cependant la curiosité fut la plus forte : un bras de rivière que nul ne connaissait! cela valait la peine de passer sur une antipathie, après tout sans fondement. Elle n'aima guère le coup d'œil narquois que lui jetèrent les apprentis. Le gringalet « meita de jau » se pencha vers eux, leur dit quelque chose à voix basse qui les fit s'esclaffer.

— Que disaient-ils? s'inquiéta-t-elle, courroucée.

— Laisse donc, ils sont jaloux, ils voudraient bien que je leur fasse découvrir ce bout de rivière.

Quand ils furent sur le point de contourner le moulin, Catherine s'arrêta.

— Si on attendait Aurélien?

Le front déjà étroit du rouquin se fit encore plus mince sous la ride qui le creusa.

— Toujours ton Aurélien! Aurélien par-ci, Aurélien par-là, vous n'êtes tout de même pas mariés que je sache.

Il la regarda, la devina prête à s'enfuir, d'un coup reprit ses douceurs.

— Allons, ma petite Cathie, ne fais pas la méchante; tu comprends, l'endroit que je veux te faire voir, c'est un secret, je ne veux pas qu'il y ait d'autres que nous à le connaître... Prends garde, le chemin est glissant.

Et l'apprenti tendit la main; sur son dos luisaient des poils d'or, au bout des doigts des taches de couleur demeuraient.

Ils arrivèrent au pied de la muraille; la rivière la baignait, mais des rochers plats permettaient de la contourner, ce qu'ils firent, bondissant de pierre en pierre. Pour être plus leste, Catherine tenait ses sabots à la main, elle riait quand une flaque d'eau restait dans un creux de la roche et que ses pieds venaient s'y poser. C'est en riant ainsi qu'elle arriva à une crique ouverte sur un bras de la rivière et cernée en arrière et sur les côtés par des buissons hauts et touffus.

— N'est-ce pas beau? dit l'apprenti peintre.

Beau? Maintenant que s'effaçait le plaisir d'aller à la découverte et de bondir de rocher en rocher au-dessus des filets d'eau vive, Catherine retrouvait le malaise ressenti lorsque le rouquin lui avait reproché de ne pouvoir se passer d'Aurélien. Ce bout de terre sablonneuse enserrée entre les taillis et la rivière lui faisait l'effet d'une prison.

— C'est beau, dit-elle par politesse.

Le garçon s'approcha d'elle, l'obligea à s'asseoir près de lui sur le sable.

— On est bien là...

Il prit son temps, l'observa en clignant des yeux.

— On est bien là, tous les deux.

Elle regarda de tous côtés, comme si elle cherchait une issue pour s'évader, mais, au-dessus d'elle, à droite, à gauche, derrière, les hautes épines enchevêtrées, un peu plus loin la muraille aveugle du moulin, et devant : la rivière. Elle sentit sur son visage l'haleine de l'apprenti.

— Cathie, prononça-t-il à voix basse.

Elle se recula vivement et se mit debout. Alors le rouquin vint vers elle, la prit par les poignets, l'attira contre lui.

— Mais tu es fou, tu me fais mal, laisse-moi.

L'apprenti blanchit et resserra l'étreinte de ses doigts.

— Non, mais, en voilà une mijaurée. Tu peux crier, petite, personne ne t'entendra.

Elle essayait de se faire lâcher, en vain; les mains dures meurtrissaient ses poignets.

— Si tu ne me lâches pas...

— Quoi?

Il rit tout en lui tordant le bras. Elle poussa un cri. Cette face grotesque et mauvaise contre sa propre figure. Non, elle rêve, elle va se réveiller; c'est un cauchemar : cette face de bête plus que d'homme penchée sur elle, cette haleine brûlante. C'est bien une bête, ce rouquin, avec ses sales pattes, ce n'est pas un homme comme le père ou le parrain, ou Aurélien.

— Voilà que tu pleurniches. Ma petite, tu peux verser toutes les larmes que tu voudras, ça ne prend pas avec moi. Non mais, qu'est-ce que tu es après tout? une Charron, une miséreuse.

Sans lâcher les bras de l'enfant, il la fit basculer en arrière; elle tomba sur le sable en criant, mais il se jeta sur elle et lui écrasa la bouche sous sa poigne. De ses mains libres elle le griffa, il lui envoya une gifle qui lui jeta la tête contre le sol. Étourdie elle ferma les yeux, il lui sembla à ce moment entendre une voix qui ordonnait : « Laisse-la! » Une voix qu'elle croyait reconnaître sans pouvoir nommer cependant celui qui criait : « Tu entends, laisse-la! » Elle releva à demi les paupières et vit à contre-jour une forme mince bondir de rocher en rocher et s'élancer sur le rouquin. Les deux corps roulèrent sur le sable; elle put se relever. Les garçons étroitement enserrés se donnaient des coups de poing et de pied, l'apprenti peintre avait le dessus et Catherine ne pouvait voir le visage de son allié. A un moment celui-ci, d'un coup de genoux, put se dégager.

— Aurélien! murmura la fillette.

La chemise déchirée, du sang sous le nez, une bosse au front, Aurélien lui souriait. Cependant, le rouquin revenait sur son adversaire. Aurélien essaya de le frapper au menton mais l'autre esquiva le coup et, se portant en avant, d'un croc-en-jambe envoya le jeune garçon de nouveau à terre. En tombant, Aurélien alla heurter de la tête une souche à demi enfouie sous le sable. Il resta un instant les yeux clos puis essaya de se relever, n'y parvint pas. Paul Degaille avait ramassé une grosse pierre et s'avançait les dents serrées.

« Mais il va le tuer, il va le tuer. » Catherine aperçut un bâton sur le sol, elle s'en empara et, le faisant tournoyer à deux mains, visa le crâne roux. D'un bras l'apprenti fit la parade, il hurla sous le choc; le bâton échappa des mains de Catherine. Malgré la douleur, le rouquin n'avait pas lâché sa pierre; il avança de nouveau vers Aurélien qui se recroquevilla sur lui-même, pliant les bras devant sa tête pour se protéger. Alors, elle n'eût pu dire ce qui lui dictait cette phrase mais elle était sûre soudain de son pouvoir, Catherine s'écria :

— Degaille, le père Baptiste te fera payer cher tout ça.

Le rouquin la regarda, éberlué :

— Le père Baptiste, je lui dis merde.

Mais il posa la pierre, se frotta les mains contre son pantalon à côtes, arrangea sa blouse, puis, haussant les épaules, sans ajouter un mot, s'éloigna.

Catherine aida Aurélien à se relever.

— Tu as eu une fameuse idée. Sans toi il m'écrasait avec son caillou.

— Et sans toi, Aurélien...

Elle posa une main timide sur l'épaule du garçon.

— C'est les autres qui m'ont dit : Elle est descendue derrière le moulin avec « poil de vache ». Je le connaissais, j'ai eu peur pour toi, alors...

Ils attendirent pour rejoindre le chemin, là-haut, que le crépuscule commençât à lancer sa brume sur la rivière. Ainsi les apprentis ne seraient-ils plus là pour se moquer d'eux.

Cependant qu'ils hâtaient le pas sur la route du retour, Catherine se demandait comment, après une telle journée, après tant de crainte, d'humiliation et de dégoût, il pouvait y avoir place en elle pour une sorte d'orgueil.

Le lendemain elle conta à la fille du cantonnier le piège que lui avait tendu l'apprenti; sa frayeur, l'arrivée d'Aurélien, le combat, la fuite du rouquin.

— Aurélien est venu à ton secours, Aurélien s'est battu pour toi, répétait Amélie, tu as de la chance!

Ainsi toutes les filles pensaient de même : c'était donc une chance que les garçons vous poursuivent? qu'ils se battent pour vous, prêts à s'entre-tuer comme des sauvages?

C'était une chance de quitter l'enfance pour entrer dans ce monde à la violence de bête? « Une chance. » Malgré elle, hier soir, c'était cela qu'elle avait éprouvé, malgré elle, la femme en elle avait été plus forte que l'enfant : étonnement, regret, remords et, en même temps, une fierté qu'il lui déplaisait de s'avouer à elle-même, se partageaient son cœur.

Dès lors, elle ne prit plus part aux jeux des apprentis. Elle pensa qu'Aurélien avait dû raconter au père Baptiste l'algarade avec le rouquin, car celui-ci ne leur adressa plus la parole et il sembla à Catherine qu'il baissait la tête et filait comme un chien rossé dès qu'il apercevait le vieil ouvrier.

18

L'enfance était bien finie pour Catherine, du moins en était-elle persuadée, quitte à piquer encore des fous rires avec Amélie et Julie pour un rien, une plaisanterie d'Aurélien, une mine de Clotilde ou de Toinon, la gambade d'un mouton échappé et qui venait rôder devant la maison-des-prés, quitte aussi à retrouver ses rêveries où continuait à régner Émilienne Desjarrige. Mais ce qui, à ses yeux, lui confirmait qu'un autre âge pour elle commençait, c'est que ses cadettes maintenant allaient à l'école. Ainsi en avait-elle décidé en accord avec Francet, et le père, une fois de plus, stupéfait par l'audace de ses deux aînés et par la tournure que prenait la vie dans ce drôle de siècle, le père s'était incliné. Il avait à présent quitté sa tâche de feuillardier et travaillait à la pose de la nouvelle voie ferrée. Ce labeur le tourmentait, il avait l'impression d'apporter son concours à une entreprise malfaisante, mais c'était là un emploi plus facile et mieux payé que celui de feuillardier. Quel étrange siècle tout de même, voilà que les filles se mettaient à apprendre à lire. Il se souvenait des paroles de sa femme à l'agonie : « Rien n'est de ta faute. Si un jour des gens comme nous comprenaient, savaient... » Elle serait certainement contente de voir Clotilde et Toinon aller à l'école, elle remercierait Cathie et Francet pour cela. Allons, tout était bien. Et cette Cathie, quel regard elle posait sur les livres des petites, il ne pouvait point ne pas remarquer ce regard, l'envie, la nostalgie, l'admiration qui l'habitaient. Pauvre Cathie toujours à se dévouer pour les siens, depuis si longtemps. Sans elle, une fois la mère morte, que seraient-ils devenus? C'est vrai qu'il aurait envoyé les petites à l'orphelinat... et c'est vrai que cela aurait été le malheur pour ces petites et pour lui. Damné siècle, et dire que jusqu'au Mézy la vie avait été, non pas aimable, certes, souvent rude, blessante, mais enfin une vie d'homme, et lui pouvait se sentir le maître : le maître de la famille malgré les caprices des enfants ou les ruses des domestiques, et le maître de la terre malgré les orages, les grêles, les gelées. Peut-être dans ce désarroi et dans ce désespoir, ce qui lui était le plus pénible c'était de ne plus pouvoir donner de joie ni de plaisir à personne. Autrefois, quel bonheur il apportait à la ferme avec quelque cadeau ramené de la Noaille : les yeux brillants de la mère, des enfants, et, le soir, s'il chantait à la veillée, la bonne humeur des voisins. C'est cela qu'il se disait en observant Catherine empressée comme une mère auprès des cadettes, veillant à leur santé, à leur ordre, à leur travail. Il essayait d'imaginer ce qui aurait pu emplir d'un bonheur soudain et rayonnant Catherine, il regardait avec une tendre attention le visage un peu allongé, le fin nez droit, les sourcils clairs et minces au-dessus des yeux noisette où une flamme inattendue et fugace venait un instant dissiper l'habituelle mélancolie, la masse de la chevelure non plus tirée en nattes puériles, mais tordue en chignon au-dessus de la nuque. Catherine portait une robe d'un noir incertain, on l'avait fait teindre lorsque la mère était morte et, comme le tissu s'était rétréci, il avait fallu défaire l'ourlet : la trace en restait visible au bas de la jupe. Il fallait, songeait le père, que Catherine eût bien de la grâce pour rester belle malgré cet accoutrement. Il l'imagina avec un corsage orange, une jupe ample et longue. « Mais c'est une jeune fille! » Vite il corrigea sa pensée : « Du moins, presque une jeune fille. » Il tirait la pointe de ses moustaches, ce qui chez lui était signe d'embarras. Catherine à ce moment releva la tête et remarqua le geste du père.

— Qu'avez-vous? demanda-t-elle en riant.

— Rien, rien, et il pensait : « Il faudrait tout de même faire quelque chose pour cette petite. » Il se souvint de ce repas que la mère avait tenu à donner lorsqu'elle s'était sentie sur son déclin, ce repas avec autour d'elle tous ses enfants. « Si Marie était parmi nous, elle trouverait bien le moyen de fêter Cathie. » Il revit cette image en lui qui tout à l'heure l'avait étonné, Catherine en corsage orange et jupe longue, Catherine jeune fille. Il ne put s'empêcher de sourire.

— Mais enfin, Père, qu'avez-vous? A quoi pensez-vous?

Il la regarda, amusé.

— Devine.

— Je ne sais pas.

— Je pense à toi.

— A moi? elle rougit jusqu'aux oreilles.

— Je pensais que dans pas très longtemps tu aurais quinze ans.

« Voilà, se disait-il en lui-même, ce sera le jour de ses quinze ans. »

— Eh! c'est tout de même pas encore, observa Catherine; en même temps elle se disait : « Quelques mois et je serai une grande personne. » Cette idée, elle ne savait pourquoi, à la fois l'exaltait et l'inquiétait.

« Quelques mois. » Il semblait à Catherine qu'ils ne finiraient jamais, et pourtant, chaque journée au contraire passait comme un éclair : de l'aurore où la fillette se hâtait de préparer les premières soupes pour le père qui embauchait tôt à la voix ferrée, puis pour Francet qui mangeait au lit, enfin pour les petites qui partaient à l'école à l'heure où Catherine elle-même rejoignait l'usine, de l'aurore ainsi affairée à la pleine nuit où, une fois terminé le ménage, il restait à peine un moment avant de tomber comme une masse dans le sommeil, à peine un moment pour rêver un peu à ce jour qui venait de s'effacer, chargé de travaux et de visages familiers.

★

Un voyage que fit Catherine en compagnie d'Aurélien aux carrières de Marlac vint rompre cependant ces habitudes qui paraissaient devoir ne plus jamais changer. Un court voyage, mais il suffit à transformer une fois encore la vie de Catherine et de ses amis.

Les carrières de Marlac à plus d'une lieue de la Noaille fournissaient le kaolin à toutes les fabriques limousines. Elles avaient été creusées au temps où l'aïeul d'Émilienne faisait élever la Fabrique du Roi. Depuis lors, celle-ci chaque semaine envoyait à Marlac un convoi qui revenait chargé de la précieuse terre blanche.

— Hé, les loupiots, voulez-vous faire une randonnée? avait demandé le père Baptiste.

Aurélien et Catherine attendaient, muets mais impatients, qu'il voulût bien s'expliquer.

— Toi et Aurélien, demain, vous pourrez prendre place auprès du camionneur qui mène le convoi aux carrières, c'est un ami. Je dirai au patron que j'ai eu besoin de vous envoyer là-bas, il ne me demandera pas d'explication. Toi, Aurélien, comme ça tu pourras voir ta sœur, et Cathie ça lui fera un jour de repos, je la trouve pâlote, ce ne sera pas du luxe.

On partit dans la matinée. C'était un jour gris de novembre, le trajet parut long aux enfants. Le camionneur sentait le vin. Il leur rappelait le Iandou. Moins taciturne pourtant mais rabâcheur, il ne savait que répéter indéfiniment : « Pour un brave homme, c'est un brave homme, le père Baptiste, et ce qu'il me demande, je le fais de bon cœur. Il m'a demandé si j'avais deux places pour vous, je lui ai dit : Sûr que je les conduirai, ces gamins. »

« Ces gamins », Aurélien et Catherine, vexés, gardaient le

silence. Les deux percherons de l'attelage avançaient lentement. « Ta sœur, ça lui fait un sacré bout de chemin », murmura Catherine à l'oreille d'Aurélien. Elle imaginait Julie s'en allant toute seule sur la longue route alors qu'il ne faisait pas encore jour, que le froid piquait, que par places de grands bancs de brume demeuraient où il fallait s'enfoncer le cœur battant ; et le soir, quand venait l'hiver, c'était encore dans la nuit qu'il fallait revenir.

— Au début, ma sœur, tous les jours elle pleurait, elle disait qu'elle ne reviendrait plus à la carrière, que c'était trop dur, mais le paternel il lui envoyait une paire de taloches, et le lendemain elle repartait.

— Ça n'a pas dû être plaisant tous les jours, chez vous non plus.

— Qu'est-ce que vous dites, les gamins, qui n'est pas plaisant par ici ? C'est parce que l'automne est pourri, mais si vous faisiez la route au printemps, vous verriez ça : de la verdure, des fleurs, des zoziaux. Pour un beau pays, c'est un beau pays. Et puis, c'est pas ça qui compte, vous allez voir les carrières, ça c'est quelque chose, il paraît que c'est unique au monde.

Ils furent bien déçus. Cette chose unique au monde n'était qu'une succession d'entonnoirs profonds aux parois de terre blanche. Ils demandèrent au camionneur où ils pourraient trouver Julie Lartigues ; le bonhomme se contenta de leur désigner les entonnoirs d'un geste de la main. Des femmes, des fillettes, des garçonnets remontaient en file indienne du fond de ces excavations. Sur leur tête ceinte d'un foulard serré reposait une panière chargée de petits blocs de terre blanche. Ils marchaient tous à quelques pas les uns des autres, la tête très droite, une main sur le bord de la panière pour tenir leur fardeau en équilibre. Pendant qu'une file gravissait une paroi de l'entonnoir, une autre file redescendait le long de la paroi opposée. Dans ces interminables rubans qui se dévidaient dans la grisaille de novembre, les enfants étaient en majorité ;

une fois atteint le plateau, ils portaient leurs panières jusqu'à des hangars où ils les vidaient dans de grandes corbeilles. Des ouvrières penchées sur ces corbeilles triaient agilement les blocs de kaolin des diverses impuretés : cailloux ou mottes de terre banale, qui y étaient mêlés. Aurélien et Catherine restèrent longtemps sans se parler; ils allaient d'un entonnoir à l'autre, d'une file à l'autre dans l'espoir d'y reconnaître Julie, en vain. Les porteurs de kaolin étaient gris de poussière : visage, mains, cheveux, vêtements, tout prenait la même couleur fade. A la fin, Catherine se décida à interpeller une jeune fille.

— Comment? dit celle-ci, qui voulez-vous voir?

Elle ne pouvait s'arrêter et Catherine devait marcher à ses côtés pour lui parler.

— Julie Lartigues? répéta la porteuse, attendez, je crois qu'elle est à cette carrière, là-bas.

Ils remercièrent et allèrent se poster près de la file que leur avait indiquée l'ouvrière. Celle-ci disait vrai. Ils virent enfin apparaître Julie, grise comme les filles et les garçons qui la précédaient et la suivaient et portant comme eux sur sa tête très droite le panier de kaolin. Quand elle les vit, elle leur sourit et leur fit un signe de la main tout en prenant soin de ne pas déséquilibrer sa charge.

— Venez au hangar des trieuses, leur dit-elle, j'essaierai de m'arrêter un petit moment.

Catherine craignit qu'elle se fît ainsi réprimander à cause d'eux et elle assura que ce n'était pas la peine, que, ma foi, ils l'accompagneraient un bout de route. Ce qu'ils firent. Ils redescendirent même à mi-chemin du fond de la carrière; là ils n'osèrent aller plus loin et remontèrent en donnant rendez-vous à Julie pour le casse-croûte de midi. Ils prirent ce repas, assis sur un madrier derrière le hangar du tri; un maigre repas : du pain, un bout de fromage de chèvre, une pomme et des noix. Le pain et le fromage, c'était la pitance que tous les jours Julie apportait dans une besace jetée sur son épaule, et encore. Les pommes et les noix, c'étaient aujourd'hui des présents d'Aurélien.

— Nous, on a quand même la ressource de manger la soupe, ça réchauffe, observa Catherine.

— Oh! le plus dur, c'est cette poussière qui se colle partout : à la peau, aux cils, dans les cheveux.

En disant cela, Julie ôtait le fichu qui serrait sa tête; elle dénoua son chignon, secoua sa chevelure éployée.

— Tu vois, Cathie, mes cheveux restent gris.

Elle allongeait son cou, le penchait en avant, le redressait, puis du bout des doigts le massait.

— Ouf! ça fait du bien, à la fin de la matinée et le soir on a réellement l'impression que la tête, elle rentre dans les épaules.

Elle faisait jouer ses phalanges engourdies et rouges.

— Les mains aussi, toujours levées pour soutenir la panière, à la longue, l'hiver on ne les sent plus.

Elle disait cela avec un air indifférent, comme elle eût parlé de la pluie ou du beau temps; elle en parlait d'ailleurs, car le beau temps, remarquait-elle, c'était du feu sur la file incessante des porteurs, et la pluie ne les ménageait guère et rendait leurs pas glissants sur l'argile. Il n'y avait qu'une chose contre laquelle, de toute évidence, Julie s'emportait, c'était de ne pouvoir garder ses cheveux nets et luisants avec cette maudite poudre blanche qui se collait à eux.

— Et en bas? demanda Aurélien.

— En bas quoi?

— Eh bien que fait-on?

— Ce sont les hommes, en bas; ils piochent le kaolin.

Catherine se blâmait intérieurement. Bien souvent, le port altier de Julie l'avait irritée. « A-t-on idée de tenir sa tête aussi droite qu'un piquet », se disait-elle dans ces moments de jalousie. « C'est pour plaire à mon frère, évidemment, pour imiter les jeunes demoiselles de la ville haute. » Elle comprenait à présent que c'était tout simplement l'habitude de son travail qui donnait à Julie ce maintien. Elle plaignait son amie de devoir s'astreindre à un labeur si pénible et, par comparaison, il lui semblait que tous ses travaux de bergère, de servante autrefois et à présent de porcelainière étaient presque des jeux.

Pendant le trajet de retour, elle déclara :

— Tu sais, Aurélien, ce n'est pas possible de laisser ta sœur à Marlac : trois heures pour aller et venir, bien peu de chose à se mettre dans l'estomac, toute la journée descendre au fond de ces trous et en remonter chargé comme un mulet, ce n'est pas une tâche de chrétien. Julie y usera ses jambes jusqu'à son cou.

— J'ai souvent pensé comme toi, affirma le garçon, et avant de le voir de mes yeux, je ne me rendais pourtant pas tout à fait compte, mais que faire? Bien heureux encore qu'elle ait eu cette place, c'est par protection de M. de La Reynie que mon père a pu obtenir l'embauche de Julie à Marlac. Depuis on est un peu moins affamé à la maison.

— C'est pas possible, je t'assure que c'est pas possible, répétait Catherine.

Julie leur avait bien déjà, à maintes reprises, raconté son existence aux carrières, mais comme le remarquait Aurélien : « Il fallait le voir de ses yeux pour comprendre. »

Le soir, à la maison-des-prés, Catherine, Aurélien et Francet tinrent conseil. On décida de faire appel une fois de plus au père Baptiste.

Le lendemain, à la sortie des ateliers, il écouta gravement Catherine en hochant la tête. Aurélien ajouta qu'il ne fallait surtout pas en parler à son père, sans quoi celui-ci ne manquerait pas de rosser d'importance et Julie pour être la cause de ce trouble et lui-même Aurélien, pour s'occuper de ce qui ne le regardait pas. Le vieil ouvrier ne cacha pas que ce qu'on lui demandait lui semblait difficile; on annonçait une crise dans la porcelaine, et à la fabrique on avait plutôt tendance à licencier qu'à embaucher. Enfin, il promit de faire tout son possible. Il tapota la joue de Catherine.

— Quel sacré petit brin de femme! Toi, ton frère et tes amis, vous en remontreriez à bien des grands. Si tous les hommes savaient s'entendre aussi bien que votre petit groupe, ah! nom de Dieu!...

Il écarta les bras du corps, leva le menton, et son geste était plus éloquent qu'un discours. Les enfants eurent l'impression qu'il promettait, ils ne savaient quelle merveille des merveilles, aux ouvriers si ceux-ci voulaient bien prendre exemple sur Catherine et ses compagnons.

Mais le vieil homme s'assombrit, cracha par terre et bougonna.

— En attendant, ils sont tous juste bons à se chipoter pour des riens et à fabriquer des mioches qu'on transforme en bêtes de somme.

Il se racla la gorge.

— Du moins, ici dans ce fichu pays... A Paris c'était autre chose.

— Quand êtes-vous parti de Paris? demanda Catherine.

Le père Baptiste feignit de ne pas entendre.

— C'est pas tout ça, mais il faut que je file. Pour Julie, on verra.

Il enfonça sa casquette sur son front et s'en alla à grands pas.

— Crois-tu qu'il pourra faire quelque chose pour Julie?

— En tout cas, je suis sûr qu'il fera tout ce qu'il pourra. Ce que tu lui demandes, Cathie, ou ce que lui demande ton frère, c'est parole d'évangile.

— D'où il vient ce père Baptiste? Tu as entendu comme il vantait les ouvriers de Paris, et après, il a eu l'air ennuyé lorsque j'ai voulu savoir quand il était parti.

— Oui, et le soir où il parlait de cette fabrique de porcelaine, la plus fameuse de toutes qu'il disait. Pour moi il avait dû y travailler. Tu sais, il n'y a pas un seul tourneur comme lui dans tout le pays. Il paraît même qu'il n'y en a jamais eu.

— Eh bien, il ne veut pas qu'on sache qu'il a quitté cette fabrique de Paris ou d'ailleurs.

Elle marqua un temps et reprit :

— Qu'a-t-il bien pu faire pour se cacher ainsi? Tu ne crois pas qu'il aurait commis quelque mauvais coup?

Aurélien s'indigna :

— Oh! Cathie, comment peux-tu? Toi, comment peux-tu penser une chose pareille?

Elle baissa le nez.

— C'est vrai, tu as raison, je ne sais pas pourquoi je disais ça.

Elle savait bien que si elle admirait le vieil ouvrier, si elle lui était reconnaissante de ses gentillesses et de son dévouement envers Francet et elle-même, elle n'en continuait pas moins à lui tenir rigueur de l'avoir obligée à venir à la fabrique au lieu de rester chez les Desjarrige. Elle se rappelait aussi la méfiance que la mère avait longtemps opposée à la faconde du père Baptiste. Elle se morigéna : qu'importait le passé du vieil ouvrier? D'ailleurs, le tourneur ne pouvait-il être victime de quelque injustice? Peut-être lui aussi, comme le père, avait-il dû fuir devant quelque méchanceté. Des hommes aussi généreux que lui, on n'en comptait guère; certainement, une fois de plus, il viendrait au secours de ses amis, et grâce à lui, Julie ne resterait pas à Marlac.

Quelques jours passèrent sans que le vieil homme apportât une réponse. Enfin un matin, au moment du casse-croûte, il s'approcha de Catherine et d'Aurélien. Il prisa une bonne pincée de tabac dans une narine, puis dans l'autre, se racla la gorge.

— Rien à faire, les loupiots, rien. J'ai vu le patron deux fois, il ne peut prendre personne. Bien beau, qu'il dit, s'il n'est pas obligé de renvoyer des gens. A force de lui dire ceci et cela, tout ce que j'ai pu obtenir, c'est qu'il m'a promis...

Le tourneur souleva sa casquette, se gratta la tête.

— Il m'a promis, si jamais quelque apprenti lâchait sa place, il m'a promis de la réserver à Julie.

Le père Baptiste se frotta les mains l'une contre l'autre comme s'il avait froid. Le poêle de l'atelier ronflait pourtant rondement.

— Brrrr, fit l'ouvrier, pas chaud; je cours jusqu'à l'auberge prendre un petit verre.

Quand il fut sorti :

— Il était ennuyé, fit Aurélien, et c'est pour ça qu'il n'est pas resté.

— Que va-t-on faire? demanda Catherine.

Son ami haussa les épaules en signe d'ignorance.

— Tu crois qu'un apprenti ou une apprentie pourrait s'en aller? ajouta-t-elle.

— Ça m'étonnerait.

Julie n'était pas dans la confidence, les enfants avaient espéré lui faire une surprise.

Ce secret rendit plus difficile le projet que Catherine s'obstina à poursuivre. Il fallait pour en parler profiter des soirées où Julie ne venait pas à la maison-des-prés, et il était bien rare qu'elle passât un jour sans rendre visite à Francet.

— Et si moi je quittais la fabrique? dit un soir Catherine.

Aurélien, Francet, Amélie se récrièrent. Elle n'y pensait pas! que ferait-elle? Il lui faudrait redevenir servante chez les autres! C'était de la folie; perdre son avenir, elle ne le retrouverait plus. Il faut attendre, concluait Aurélien; quand les affaires de la fabrique seraient meilleures il y aurait bien une place pour Julie. Mais Catherine ne se résignait pas.

— Penses-tu que demain, et après-demain, et tous les jours pendant des mois, pendant des années peut-être, ta sœur continuera à descendre et remonter, descendre et remonter dans la carrière?

Un jour Amélie prit Catherine à part.

— Tu sais, ma mère a une amie. Mme Navel; elle a un atelier de couture. Je vais y entrer. Si jamais tu voulais venir travailler avec nous, ma mère a demandé à Mme Navel si elle accepterait : elle a dit oui. Tu ne tarderais pas à gagner plus qu'à la fabrique et, comme ça, Julie pourrait prendre ta place.

De nouveau on tint conseil, sans Julie bien sûr, mais en présence du vieil ouvrier. Il ne cachait pas ses regrets de voir Catherine quitter l'usine, en même temps il ne pouvait que la louer de son dévouement. Aurélien déclara qu'en ce qui le concernait, il ne lui était pas possible de se prononcer puisqu'il s'agissait de favoriser Julie. En réalité, lui aussi, comme le père Baptiste, était divisé : il ne pouvait refuser ce qui, sans aucun doute, serait une chance pour sa sœur, mais l'idée de voir Catherine s'éloigner de nouveau l'attristait. Francet, depuis que Catherine lui avait dépeint les épreuves de Julie, ne cessait de fulminer contre « les gens » qui osaient ainsi faire trimer les enfants, contre sa jambe aussi qui ne le laissait pas encore agir à sa guise et gagner tout l'argent qu'il faudrait pour sortir Julie et Catherine et eux tous de la pauvreté. Quant au père, s'il n'osait trop le dire, il était content que sa fille prît un métier qui lui semblait plus convenable pour une femme que celui de la porcelaine.

L'affaire fut donc décidée : à la fabrique Julie succéderait à Catherine, et celle-ci, avec Amélie Anglard, entrerait à l'atelier de couture que Mme Navel tenait à la Noaille.

L'AGE DES CHANSONS

19

Mme Navel était une femme entre deux âges, alerte et pimpante, les cheveux de charbon. Ses ouvrières disaient qu'elle se teignait car son mari était plus jeune qu'elle de dix ans : un marchand de bestiaux, bel homme et beau parleur. Elle l'avait rencontré à Limoges où il venait aux foires, et pour le suivre elle quitta la ville et l'atelier renommé où elle était première main. Elle ouvrit à son tour un atelier à la Noaille, derrière l'église Saint-Loup, et ne tarda pas à gagner la clientèle des dames du Haut.

Velours, soieries, dentelles, lainages et linons, taffetas et brocarts faisaient de la grande pièce où régnait Mme Navel une chambre aux trésors, une chambre pourtant vétuste, au plancher disjoint et incliné vers la fenêtre à petits carreaux par où l'on découvrait la masse sombre de Saint-Loup. De chaque côté de la verrière, dans les coins, sur des mannequins d'osier et de toile aux poitrines et aux hanches avantageuses, des étoffes étaient drapées. Des images de mode posaient leurs couleurs tendres sur les murs. Autour d'une vaste table couverte de patrons, de bobines, de ciseaux, de pelotes et de craies, Mme Navel, ses ouvrières et ses apprenties cousaient, taillaient, jacassaient et chantaient. Lorsque, pour la première fois, à la suite d'Amélie, Catherine entra dans l'atelier, elle fut aussi étourdie par les bavardages et les chansons qu'elle était éblouie par les étoffes éparpillées sur la table, les chaises et jusque sur le sol.

— Elle est bien timide ton amie, remarqua Mme Navel en clignant des yeux pour observer Catherine, aussi peu hardie que toi.

Malgré cette timidité, la nouvelle fut vite apprivoisée grâce aux histoires de la patronne qui ne cessait de conter ses souvenirs du temps où elle était petite main puis première main à la ville et où elle habillait Madame la Préfète, Madame la Générale et les femmes des industriels. « Il fallait voir ces toilettes, affirmait-elle, autre chose que les robes de quatre sous » — et d'une main dédaigneuse elle montrait ces étoffes qui semblaient pourtant si magnifiques à Catherine — qu'ici elle faisait pour la Sous-Préfète, la Colonelle, les notairesses, les femmes des avocats et quelques coquettes de la ville Haute.

Ce qui plaisait moins à Catherine, c'était que la patronne n'épargnât pas à son égard les épithètes mal sonnantes quand elle trouvait que le métier ne rentrait pas assez vite.

— Grande empotée, plat-de-nouilles, bécasse, cruchon, bicanarde, as-tu jamais vu un ourlet comme ça? C'est un corsage que tu bâtis ou un sac? Et l'empiècement qu'en fais-tu? Un plissé, tu crois que ça se fait en rêvant à la lune? Donne donc.

Mme Navel arrachait la pièce des mains maladroites, l'aiguille volait, volait, la patronne s'arrêtait une seconde, tendait l'étoffe sur ses genoux pour juger du travail ou la soulevait devant elle, puis :

— Tiens ma fille, continue. T'as compris? D'ailleurs faut pas t'en faire, je te secoue parce qu'on a besoin d'être secoué à ton âge, mais crois-moi, ça marche bien. Par exemple, attention, ce qu'on fait, que ce ne soit pas cochonné. Toujours travailler comme si on habillait la reine de Saba en personne.

Catherine se demandait quelle pouvait être cette reine dont elle n'avait jamais entendu parler, mais elle n'osait questionner Amélie à ce propos et encore moins les deux ouvrières : Jeanne Morlon et Florestine Dubourg. L'une était rouquine, potelée, minaudière ; l'autre sombre, maigre, brusque dans ses paroles et dans ses gestes. Toutes deux avaient coiffé Sainte-Catherine, pas pressées, à les entendre, de trouver un « tyran de maison ». Elles partageaient avec la patronne l'amour des potins, et poussaient à tour de rôle, et plus d'une fois à l'unisson, la romance ou la complainte, ce qui ne manquait pas d'enchanter leurs cadettes : Amélie et Catherine. Les chansons ne parlaient que d'amants éplorés, de belles enlevées : Catherine en comprenait mal les paroles françaises, mais assez cependant pour être émue ; elle goûtait moins les complaintes où il n'était question que de meurtres, d'aubergistes assassins, de jaloux assoiffés de sang. Il y avait aussi des couplets qui sur des airs traînards évoquaient des gens « jetés » au ruisseau, des enfants affamés. Catherine pensait que peut-être leur auteur avait dû entendre parler d'elle, de sa famille, de ses amis de la Ganne et qu'il y faisait allusion. Comme tout le monde dans l'atelier, elle avait les larmes aux yeux en écoutant ces vers pleins de sanglots et de malheur, et pourtant il lui semblait — oh ! elle n'aurait su dire comment — que tout de même, la misère, la faim, le faubourg ce n'était pas cela, la vérité était à la fois plus cruelle encore et, malgré tout, souvent ensoleillée. Autre chose encore l'étonnait, c'était d'entendre ces chanteuses si fidèles aux refrains de la misère, condamner bien des fois tel ou tel habitant de la Ganne dont on venait à parler.

— Hé ! disait la patronne, s'il travaillait il pourrait manger à sa faim.

— Bien sûr, renchérissaient les deux couturières, tout ça c'est fainéant et compagnie.

Pourtant, elles n'étaient point mauvaises filles, et aussi bien elles que la patronne se montraient volontiers secourables à l'occasion.

Quand on ne chantait point, c'était pour passer en revue les notables de la ville. Mme Navel et ses deux ouvrières paraissaient ainsi prendre une revanche sur leurs clientes; celles-ci les empoisonnaient par une exigence insatiable, des lubies, des caprices, des insolences. Qu'à cela ne tienne, tout en faufilant la nouvelle robe de Mme Baud la notairesse, on riait à gorge déployée en évoquant les cent quatre-vingts livres de chair avachie que ce tissu envelopperait.

— Marquez davantage la taille, s'écriait Jeanne Morlon en se pinçant le nez pour singer la notairesse que son poids ne dissuadait pas de sacrifier à la coquetterie.

Toujours pressée, pressée, la femme du capitaine de Mareuil, à peine une toilette commandée qu'elle eût voulu pouvoir l'emporter. « Pressée, sans doute, de montrer son jupon au petit lieutenant Maigret », sussurait Florestine Dubourg tout en ourlant le dit jupon d'organdi.

— Moins pressée ensuite de le payer, reprenait Jeanne.

— Qui ça? le lieutenant? demandait Mme Navel, et toutes trois de rire, de rire jusqu'à ce que l'une d'elles jurât : à force de rire elle s'était piqué le doigt, une perle rouge se formait lentement au bout de l'index.

— Pourquoi rient-elles? demandait Catherine à voix basse. Cette dame ne veut pas payer le lieutenant? Pourquoi le paierait-elle?

— Mais non, chuchotait Amélie, c'est ce jupon qu'elle tardera à payer. Les de Mareuil n'ont guère d'argent, c'est bien connu. Ils mènent grand train et après ils ne peuvent pas faire face à leurs dettes.

Parfois la conversation tombait sur les Desjarrige, Catherine baissait la tête sur son ouvrage, elle eût voulu pouvoir se cacher sous les étoffes qu'elle cousait, se cacher et ne pas entendre. Mme Navel en voulait aux Desjarrige. Elle avait beau affecter l'indifférence pour en parler, on devinait son dépit. Mme Desjarrige s'habillait à Limoges, dans la maison de couture où Mme Navel travaillait avant que l'amour ne lui fît quitter sa place pour voler jusqu'à la Noaille auprès de son jeune époux. La couturière était ulcérée que Mme Desjarrige fût demeurée fidèle à la maison de la capitale au lieu de lui confier sa pratique.

— Ces gens sont des faiseurs d'embarras. Elle se disait ravie des robes que je lui faisais moi, moi, pas une autre dans la maison, que je lui faisais de mes mains, à Limoges, mais pas de danger, maintenant que je suis à la Noaille, pas de danger qu'elle vienne ici.

Mme Navel tirait d'un coup sec sur le tissu qu'elle avait en main.

— Avant tout, il faut jeter de la poudre aux yeux des gens et s'habiller à Limoges ça jette de la poudre et quand on peut, on va même s'acheter très cher un colifichet à Paris...

A grands coups d'aiguille la patronne transperçait la ceinture qu'elle mettait en place.

— Tout ça parce qu'on sort du château du Repaire, un château du genre prison, murs épais comme ça, fantôme historique, une famille qui avait ses entrées au palais du roi du temps où il y en avait un de roi ; et c'est pour cela qu'on avait chargé un du Repaire de bâtir ici la fabrique de porcelaine... Doux Jésus, vous parlez, si je la sais par cœur leur histoire, Mme Desjarrige nous la racontait assez en long et en large quand elle venait pour l'essayage à Limoges... Tiens ça, petite, que je vois si ma ceinture est bien en place. Hum, un peu haute sur le côté, oui, trop haute d'un doigt.

Mme Navel faisait sauter au ciseau les points, rectifiait l'ouvrage.

— Une famille de bons à rien ; les chevaux et les femmes, pour ça d'accord. Résultat : la fabrique? envolée. Restent les deux yeux pour pleurer et les murs du château pour s'y enfermer. Elle a eu de la chance Mme Desjarrige de trouver son mari, un marchand de bestiaux, tout comme le mien, ni plus ni moins. Et que le mien vende des bêtes à cornes et M. Desjarrige des chevaux, je vous demande un peu ce que ça change à l'affaire. Oh! allez, elle viendra bien quelque jour, elle aussi, me commander une robe, parce que, sans me vanter, à Limoges, ils n'ont pu me remplacer.

Et Mme Navel de se rengorger. Elle n'arrivait pas à se faire à cette vie de la petite cité; il lui fallait se draper dans ses souvenirs de la grande ville, mieux qu'elle ne l'eût fait, aux yeux éblouis des ouvrières et des apprenties, dans la plus riche des étoffes où elle taillait jupes, robes et corsages pour le bal de la sous-préfecture.

— Vous rendez-vous compte, petites, vous rendez-vous compte de votre chance? Si l'amour (elle prononçait l'*âmour* en fermant à demi les yeux), si l'amour ne m'avait pas conduite ici dans ce trou, que feriez-vous : bonniches, porcelainières? ou bien vous seriez en train de fagoter des robes — elle levait les yeux au ciel comme si elle le prenait à témoin — et quand je dis des robes je devrais dire des sacs, des torchons, des guenilles, chez Mlle Rose ma concurrente!

Elle gloussait, dévisageait l'une après l'autre Jeanne, Florestine, Amélie, Catherine.

— Ma concurrente! comme si une charrette pouvait concurrencer un carrosse.

Vraiment, on n'avait pas le temps de s'ennuyer chez Mme Navel : il y avait tellement à apprendre pour les mains et pour les oreilles. Même la timide Amélie encouragée par l'exemple se mettait à bavarder. Elle contait des histoires du bourg où son père était né, un bourg depuis longtemps rival de la Noaille et fier jusqu'à la déraison des forteresses en ruine qui le dominaient. Un roi, d'une flèche, avait été tué au pied des tours. Il venait là conquérir un trésor, des statues d'or massif, des statues grandes comme vous et moi, ensevelies depuis des temps et des temps dans les souterrains. Elles y étaient toujours; les enfants là-bas se glissaient dans les souterrains avec l'espoir de les trouver, ou bien, quand ils voulaient jouer aux seigneurs, ils montaient au sommet du donjon, et là-haut, sur la large plate-forme, ils dansaient le quadrille.

Les ouvrières appréciaient beaucoup cette histoire de statues. Elles se demandaient ce qu'elles feraient si elles trouvaient un tel magot. Jeanne Morlon s'achetait une maison dans un parc, une calèche à deux chevaux, une armée de domestiques, des robes tant et tant en dentelle, en satin, en soie, en brocart, en cachemire, tant et tant que dix malles ne les contiendraient point. Florestine Dubourg, elle, partait pour Paris ; tous les soirs elle allait soit au théâtre, soit au bal ; bien sûr, elle aussi aurait des montagnes de robes, et les bijoux, ah ! quels bijoux ; Mme Grisac, la femme du banquier de la Noaille, toujours chargée de bagues et de colliers, en mourrait de jalousie lorsqu'elle verrait ma Florestine parée de diamants et de rubis comme une châsse.

— Et toi, Amélie, demandait la patronne, que ferais-tu ? Tout de même, si quelqu'un devait trouver les statues c'est bien toi.

Amélie rougissait.

— Oh ! je partagerais le trésor avec Cathie et avec Aurélien.

— Voyez-vous ça, disait Mme Navel, et nous, nous n'aurions pas droit à une petite part ?... Et alors, Cathie, avec ce que te donnerait Amélie, que ferais-tu ?...

— Je ne sais pas.

— Par exemple, je t'aurais cru plus décidée. Tu ne deviendras jamais riche si tu ne sais même pas ce que tu ferais de ton argent.

Elle le savait fort bien au contraire, Catherine, mais pouvait-on dire : « J'achèterais la Fabrique du Roi. Francet la ferait marcher avec notre père, le père Baptiste et Aurélien. Ensuite j'offrirais à Émilienne de venir avec nous pour qu'elle aussi la fabrique lui appartienne puisque c'est la famille de sa mère qui l'avait fondée. La manufacture deviendrait si grande que tous les gens de la Ganne pourraient venir y travailler, et ils ne seraient plus pauvres, ils ne seraient plus affamés et leurs enfants iraient à l'école au lieu de faire tourner les machines de l'usine ou de descendre dans les carrières de Marlac.

— Eh bien, Cathie! Tu rêves!

Catherine sursauta.

— Tu sais bien que nous devons livrer cette robe ce soir même.

— Oui, Madame, oui.

Mme Navel tolérait chants ou bavardages, voire les provoquait, mais il ne fallait pas que pendant ce temps l'aiguille chomât. Les clientes, comme elle venait de le rappeler à Catherine, s'impatientaient; il fallait souvent travailler le soir, longtemps, à la lueur d'une lampe à pétrole, innovation que Mme Navel avait apportée de la ville et qui faisait l'admiration des ouvrières et même de certaines clientes habituées encore chez elles à la lueur des bougies.

Une fois rentrée à la maison-des-prés, Catherine devait raconter à ses cadettes ses travaux de la journée.

— As-tu fait de jolies robes? demandait Clotilde.

— M'as-tu rapporté des chiffons? s'inquiétait Toinon.

Catherine sortait de sa poche des franges de soie, un bout de velours; les petites s'extasiaient.

— Tu en as de la chance, Cathie, de travailler là-bas, de faire des corsages dans ce velours rouge!

— Mais pourquoi toi tu n'as pas de belles robes, protestait Toinon, puisque c'est toi qui les fais?

— Toinon a raison, reprenait Clotilde, toutes les trois on devrait être habillées comme la dame du capitaine, je crois, la dame du Sous-Préfet, et la dame du, de, de je ne sais pas quoi.

— Laissez votre sœur tranquille, ordonnait le père, vous ne voyez pas qu'elle est fatiguée.

Et Jean Charron, cependant qu'il poussait les petites vers leur lit, jetait un regard inquiet sur le visage soudain assombri de Catherine.

— Te plais-tu chez Mme Navel?

— Mais oui, Père, bien sûr.

— Il paraît que maintenant tu es aussi habile que les

ouvrières et bientôt tu les dépasseras, c'est le père d'Amélie qui m'a dit ça. Je l'ai rencontré en allant acheter mon tabac.

Catherine était heureuse que la nuit qui emplissait lentement la pièce ne permît pas au père de voir combien elle rougissait de fierté.

— Un jour, Père, il faudra, si on peut avoir quelques sous d'avance, il faudra qu'on achète une coupe de tissu et je ferai deux jolies robes aux petites. Vous verrez comme elles seront contentes.

— Vraiment contentes?

— Vous ne pouvez pas vous imaginer, Père.

20

C'était un hiver précoce. Dès les premiers jours de décembre la neige était tombée, la pluie l'avait chassée, mais de nouveau tout s'était fleuri de blancheur et de silence.

— Le même temps que cet hiver où votre mère a rencontré un loup, aux Jaladas...

— Ne craignez rien, dit Catherine aux cadettes, des loups on n'en voit plus, ce que le père raconte, ça se passait il y a très longtemps.

— Il y a très longtemps, répéta le père en écho, et il semblait regarder en lui-même, loin, avec tendresse, ce jour d'effroi.

— On les a tous tués? interrogea Toinon d'une voix blanche.

— Tous, affirma Catherine.

Elle pensait à ce haut portail des écuries chez les Desjarrige, ce haut portail sur lequel on clouait les pattes des loups abattus.

— Moi, dit Julie, quand j'étais aux carrières, une fille m'a assuré que...

« Qu'est-ce qu'elle va encore sortir? » Catherine s'irritait de voir Julie assise si près de Francet qu'on eût dit qu'elle aussi, comme les petites, avait eu peur quand le père avait parlé du loup, « ou, du moins, elle fait semblant d'avoir peur pour se rapprocher de Francet ».

— Aurélien, veux-tu me faire passer le balai, demanda Catherine, il faut que j'écarte la neige devant la porte.

Elle voulait surtout interrompre Julie et la dissuader ainsi de poursuivre son histoire, ce n'était pas la peine de rendre Clotilde et Toinon plus craintives encore. Mais Julie reprenait.

— La fille m'a raconté, dans son hameau, ils étaient trois gosses pour aller à l'école, ils devaient faire une lieue dans les bois. Un hiver, deux des enfants tombèrent malades pendant quelques jours, le plus petit devait faire le chemin tout seul. Le soir, en rentrant, il dit à sa mère qu'il ne voulait plus aller à l'école, qu'il avait vu un grand chien qui le regardait, puis qui l'avait suivi, mais les parents l'obligèrent à repartir le lendemain, et le soir, il dit encore que le grand chien l'avait attendu sur la route, le troisième jour il s'en alla encore, on ne le revit plus jamais.

— Pourquoi? s'écria Clotilde bouleversée.

Julie ouvrit la bouche mais Catherine ne la laissa pas parler.

— Tu ferais mieux de m'aider à balayer, au lieu de raconter des histoires stupides.

— Des histoires stupides!

— Allons, vous n'allez pas vous disputer, protesta Francet.

— Merci, reprit Julie, vraiment merci, c'est bien la peine...

Elle s'arrêta net. Il sembla à Catherine qu'Aurélien, Francet et le père jetaient des regards courroucés à Julie.

— Qu'est-ce qui est bien la peine? demanda Catherine.

Nul ne voulut lui répondre.

Elle les trouvait bizarres depuis quelques jours; on parlait à voix basse, on chuchotait, et qu'elle s'approchât, silence. Même jeu à l'atelier. A moins qu'elle ne se fît des idées? Le mois de décembre, c'était son mois, le mois de sa naissance, et chaque année à pareille époque elle avait tendance à s'interroger, à se demander pourquoi cette histoire, son histoire de fille d'abord heureuse dans la chaleur des métairies, dans la chaleur du père, dans la douceur de la mère, et puis c'était comme si un hiver sans fin l'avait cernée de ses glaces, de son jour gris, même au plus fort de juillet ou d'août ç'avait été le poids mortel de l'hiver, la pauvreté de décembre, la menace de décembre; le mois des loups affamés, le mois où elle était née voici bientôt, voici... Oh! dans trois jours elle aurait quinze ans, l'âge des héroïnes que chantaient les vieilles chansons de bergers, ces chansons que le père entonnait, aux veillées, dans le cléier des Jaladas, l'âge encore des amoureuses dont les complaintes, que Florestine et Jeanne chez Mme Navel serinaient à longueur de journée, évoquaient la pathétique destinée. Quinze ans : la bergère se moquait du seigneur et proclamait sa fidélité envers Jeanet son ami; quinze ans, la petite ouvrière s'éprenait d'un mauvais garçon du faubourg et ne tardait pas à mourir abandonnée; quinze ans, comment s'appelait cette jeune princesse dans un almanach de Francet, elle aimait un prince dont la famille haïssait la sienne, cela se passait dans le temps sous un ciel toujours bleu, en Italie, et les deux fiancés se tuaient pour que jamais on ne les sépare, comme c'était triste et beau. Quinze ans, presque une femme déjà, et elle ne saurait de toute sa vie, elle ne saurait lire les almanachs, les livres où de telles histoires étaient contées; presque une femme, ses cheveux, de châtain clair qu'ils étaient, viraient au brun; ils lui faisaient songer à la chevelure épaisse, immense, odorante de la mère; maintenant, quand elle défaisait ses nattes enroulées en chignon, ils lui tombaient en une cascade sombre jusqu'aux reins. Elle était à la fois fière et embarrassée de cette chevelure. Elle aurait voulu que jamais son père ne la vît ainsi, elle ne pouvait oublier le regard apeuré qu'il jetait vers ses cheveux; il lui semblait qu'alors il devait non plus la voir, elle Catherine, mais la mère lorsque celle-ci était aux premiers jours de leur mariage.

C'était un trouble profond que lui apportaient ses quinze ans : le trouble de n'être plus l'enfant qui hier répondait à son prénom, à son visage, au battement de son sang, à celui de ses rêves, et de n'être pas encore tout à fait la femme qu'elle sentait croître en elle, à travers elle, comme une plante qui forcerait un mur, qui changerait en tiges, en feuillage ce mur même.

Quinze ans, et la femme qu'elle serait apparaissait déjà dans ses yeux, sur sa bouche, sur son corps. Oh! comme elle voulait la cacher cette femme, comme elle voulait cacher ces seins qui peu à peu gonflaient sa poitrine, comme elle veillait à ce que ses vêtements ne permissent pas de deviner sa gorge. Elle aurait eu honte que les garçons eussent pour elle ces regards qu'ils jetaient par exemple sur Julie, toute fière au contraire de passer pour plus âgée qu'elle n'était : et elle cambrait sa taille, tendait sa jupe sur les hanches, drapait son corsage pour accuser la courbe de ses seins hauts et petits.

Mais Catherine ne pourrait plus bien longtemps, se disait-elle, garder la marque de l'enfance. Dans trois jours, elle aurait quinze ans et le cap serait doublé, il lui faudrait enfin accepter sa nouvelle condition. Quinze ans par ce dur hiver, par ce mois de neige et de loup; il eût fallu des fleurs, des fruits, du soleil pour un tel anniversaire!

Elle fut pourtant, sans l'avouer, bien déçue quand la journée du 14 décembre 1886 se fût écoulée sans que personne, à la maison-des-prés, n'eût songé à faire la moindre allusion à cet événement qui, en ce vendredi, la faisait entrer, à ses yeux du moins, dans un monde nouveau. Il lui sembla même que le père et Francet se montraient ce jour-là plus taciturnes que d'habitude; quant aux cadettes, elles s'approchèrent plusieurs fois d'elle pour l'observer avec curiosité, elle dut se retenir pour ne pas leur crier : « Eh bien quoi, vous ne m'avez jamais vue? Vous me trouvez quelque chose de changé. » A l'atelier, elle travailla avec acharnement sans écouter les commérages ni les rengaines de Mme Navel et des ouvrières. Sur le chemin du retour elle ne put s'empêcher de confier à Amélie qui l'accompagnait :

— Te rends-tu compte, qu'aujourd'hui j'ai quinze ans? Ça me fait quelque chose tout de même. Dire qu'à la maison, personne n'a pensé à me souhaiter bon anniversaire.

Au lieu de répondre, Amélie se mit à cogner ses sabots l'un contre l'autre pour en faire tomber la neige, puis elle se racla la gorge, toussa, se moucha.

— Brr, fit-elle, quel froid. Si on courait pour se réchauffer.

Catherine la laissa s'élancer. « Personne ne s'intéresse à moi, ma mère est morte, et maintenant qui songe à m'aimer? » La nuit d'hiver lui paraissait une prison, sortirait-elle jamais de cette geôle? Son anniversaire ne lui avait pas apporté le moindre signe, la moindre promesse. Le lendemain, elle demeura tout aussi maussade; le soir, au moment de se coucher, elle n'alla pas embrasser son père comme elle le faisait toujours; il la rappela et lui reprocha en souriant son oubli. Elle posa un baiser sur la joue ridée mais ne dit mot.

★

Dimanche. D'habitude, Catherine se réjouissait de cette trêve, de ces heures qui paraissaient plus lentes et pendant lesquelles elle se permettait de croire encore un peu à l'enfance en jouant avec ses cadettes, en écoutant Francet parler de ses clientes venues lui commander quelques fuseaux, ou en le regardant exercer ce métier de coiffeur en chambre qui lui valait, le dimanche matin, la pratique des garçons de la Ganne. Mais ce matin, à peine ouverts les yeux, elle pensa que l'attendait une longue et morne journée. Elle se leva à contrecœur, s'avança à demi réveillée vers la chaise où chaque soir elle posait ses habits avant de se coucher, tendit machinalement la main pour prendre sa robe. Ses doigts ne trouvèrent point la rudesse habituelle du droguet mais une étoffe douce et crissante. Elle se frotta les yeux. Les volets n'étaient pas encore poussés; seul, par un interstice des planches, un filet de lumière se glissait dans la pièce. Catherine devina sur le dossier de la chaise une draperie claire, des rubans, lui sembla-t-il. Elle dut se retenir pour ne pas courir en allant vers la fenêtre, elle s'appliqua encore à écarter sans hâte les volets, puis à ne se retourner que lentement pour découvrir enfin sur sa chaise une robe de satin ponceau.

Elle s'aperçut bien que tout le monde dans la maison-des-prés feignait de dormir et, en réalité, l'observait cependant qu'elle marchait vers cette « surprise », mais elle leur sut gré à tous, à son père, à Francet, aux cadettes, de cette ruse qui lui permettait un instant de faire comme si elle était seule avec sa joie et d'admirer avant de s'en parer cette toilette qu'elle tendit devant elle à bout de bras. La lumière blanche qui venait des prairies enneigées jouait sur le satin, allumant çà et là des scintillements, ailleurs accusant l'ombre des plis.

« Non, jamais je n'oserai mettre cette toilette, elle est trop belle pour moi, trop riche. C'est bon pour une Émilienne ces drapés, ces fronces, ces rubans, moi je ne saurais comment me tenir là-dedans. » Elle demeurait ahurie, immobile lorsque, derrière elle, vibra la voix aiguë de Clotilde qui n'en pouvait plus de feindre le sommeil.

— Alors, Cathie, tu la mets cette robe?

Cette phrase donna le signal. A son tour la petite Toinon s'écria :

— Oui, Cathie, dépêche-toi, étrenne la belle robe, et déjà l'enfant, sautant à bas du lit, courait vers Catherine.

— Tu sais, Cathie, tu as quinze ans, c'est pour tes quinze ans!

Les petites aidèrent leur aînée à se vêtir. Catherine se tenait toute raide dans la robe ponceau, osant à peine bouger. Elle jetait des regards à la dérobée sur ses manches serrées au poignet et bouffantes à leur sommet, sur sa taille que marquait la coupe de la jupe et son ampleur, sur la large ceinture qui s'ornait d'un flot de rubans. Elle eût aimé se mirer entière dans une glace et découvrir l'inconnue qu'elle devenait sous cette parure si insolite dans la maison-des-prés. Les exclamations de Clotilde et de Toinon ; le regard de Francet qui demeurait assis sur son lit sans pouvoir se décider, semblait-il, à s'habiller, comme s'il ne se lassait pas de contempler sa sœur ; la timidité enfin du père qui, elle le voyait bien, n'osait jeter un regard sur elle que s'il croyait ne pas être observé ; ces signes l'assuraient de sa métamorphose et de sa beauté. Mais c'était une étrange chose que de se sentir transformée aux yeux des autres et de ne pouvoir juger soi-même de ce changement.

La robe se fermait dans le dos par une longue rangée de boutons et il fallut du temps aux cadettes et des disputes pour pouvoir mener à bien cette délicate opération. Après quoi, Catherine jeta un linge sur ses épaules et commença de se peigner. Quand elle eut fait crisser le peigne dans sa chevelure déployée, et dénoué ou arraché les cheveux embroussaillés, elle voulut faire une natte, mais le père alors s'approcha d'elle et la pria de rester ainsi décoiffée.

— Je t'assure, Cathie, pour aujourd'hui, pour tes quinze ans, garde tes cheveux comme ça ; avec cette robe c'est... enfin, si ta pauvre mère pouvait te voir, elle serait fière, elle serait heureuse, elle croirait se reconnaître dans le temps, quand aucun de vous n'était encore né et que pour sa fête j'avais pu lui payer une robe.

Il rougit, garda quelques secondes le silence.

— Oh ! une toilette tout de même pas aussi belle ; il n'y avait pas encore de Mme Navel à la Noaille.

Catherine resta donc ainsi, sa chevelure aux reflets châtains mêlés d'or et d'ombre éployée sur ses épaules et glissant jusqu'aux reins. Quand elle voulut se mettre au ménage, les petites se récrièrent : elle allait salir sa robe, non, non, aujourd'hui qu'elle se repose. Elle se tenait assise au coin de la table, les coudes collés au corps, la tête droite et fixe cependant qu'autour d'elle les enfants balayaient, rangeaient la vaisselle, ranimaient le feu.

Le père étant sorti un moment, Catherine se tourna vers Francet. Devant un fragment de miroir accroché au mur, il se faisait la barbe et ne dissimulait pas son orgueil d'avoir, depuis quelques semaines, à raser un léger duvet qui ombrait ses joues.

— Dis, Francet, le père, comment a-t-il pu m'offrir cette robe?

— Il en a parlé à tout le monde.

— A tout le monde?

— Oui, à moi d'abord, et au père Baptiste. On a averti Félicie, elle a été chez ton parrain, elle s'est arrangée pour faire prévenir Mariette. Aurélien et Julie ont voulu donner aussi et Amélie Anglard et sa mère. C'est Amélie qui s'est chargée d'acheter l'étoffe, Mme Navel a fait un prix pour ça et pour la façon et voilà... Elle te plaît?

— Tout le monde, répétait Catherine, tout le monde comme pour...

Elle s'arrêta net, elle allait dire : « Comme pour la tombe de la mère. » Elle s'était tu, mais Francet avait dû deviner car il lui lança un regard gêné et ajouta en guise d'excuse :

— Il fallait bien, on voulait que ta robe d'anniversaire soit vraiment plaisante, aussi plaisante que celle de la plus riche fille de la Noaille.

— Ce n'est pas sage, dit Catherine, ce n'est pas sage.

Tout à coup, elle tourna sur ses talons. Dans ce mouvement, sa jupe s'évasa telle qu'une corolle, et sa chevelure glissa sur ses épaules. Elle courut vers le père qui rentrait, et, arrivée devant lui, se planta, interdite. Dans un élan, elle avait voulu crier sa gratitude. Elle ne put prononcer qu'un timide merci.

Vers la fin de la matinée, on entendit grincer les roues d'une carriole sur la terre gelée, les petites gagnèrent la porte.

— C'est elle, c'est elle, chuchotait Clotilde.

— Elle? Qui donc? demanda Catherine.

Elle avait un instant pensé, mais déjà se jugeait ridicule,

qu'Émilienne Desjarrige arrivait en voiture pour fêter ses quinze ans. La porte s'ouvrit, une petite femme en noir pénétra dans la maison, la clarté de la neige éblouit Catherine et ce fut à sa voix qu'elle reconnut Mariette venue d'Ambroisse malgré la neige et le froid.

— Tu es venue? dit Catherine, et cela voulait dire : « Tu m'aimes assez pour avoir fait ce long chemin par un temps pareil? »

— Eh quoi, fit Mariette, tu n'aurais quand même pas voulu que je laisse passer ce jour sans t'embrasser?

Effectivement, la petite femme embrassa Catherine sur les deux joues. A ce moment, quelqu'un s'ébroua sur le seuil, fit claquer des sabots l'un contre l'autre, se moucha. Mariette se retourna.

— Oh, excusez-moi, Félicie, dit-elle, j'étais si impatiente d'embrasser Cathie que je ne me suis pas occupée de vous.

— Il faudrait aussi s'occuper du cheval et des paquets, bougonna la marraine que Mariette avait prise au passage en traversant la Noaille.

Quand on eut enfin refermé la porte, les deux femmes se mirent à contempler Catherine, Félicie en hochant la tête — et l'on voyait son triple menton se plisser sur son col —, Mariette, immobile, les yeux à la fois graves et jeunes dans son mince visage déjà ridé.

— On ne s'est pas moqué de toi, finit par décréter Félicie. Que mes patrons te voient dans ces atours et ils en tombent d'apoplexie.

— Tu es belle, remarqua simplement Mariette avec un tendre sourire.

Elle ajouta au bout d'un moment.

— Quinze ans, il me semble que ce sont les miens, mais je n'avais pas d'aussi beaux yeux que toi, il me semble que c'était hier, et pourtant...

Elle fit un geste pour désigner sans doute derrière elle tant d'années passées, d'années sans pitié, avec les travaux qui ne finissent pas, les enfants qui viennent si rapidement, si innocemment, dévorer votre jeunesse, votre vie.

Catherine leva les yeux sur sa sœur. Elle aussi crut revoir Mariette de jadis, Mariette et ses corsages verts, Mariette gaie comme une caille et maintenant la voilà presque vieille. Alors, elle aussi, Catherine, dans dix ans serait vieille? elle aussi les rides la marqueraient?

La marraine Félicie tenait à palper la robe ponceau, les fronces, les rubans de ses mains potelées.

— Mazette, répétait-elle avec un balancement connaisseur et admiratif de la tête.

Quand elles eurent suffisamment apprécié la qualité de l'étoffe, l'élégance de la coupe, les deux femmes accompagnées du père allèrent s'occuper de l'attelage. Le père ramena le cheval jusqu'à la route de la Noaille dans une grange qu'on lui prêtait pour ce jour. Les femmes revinrent de la voiture les bras chargés de victuailles.

— Mais on ne pourra jamais manger tout ça, s'écria Clotilde.

— C'est que nous allons être nombreux, remarqua Félicie.

« Nous allons être nombreux », ces mots emplirent Catherine d'un surcroît de joie et de crainte : joie de la fête qu'on lui faisait pour ses quinze ans, crainte de devoir se montrer ainsi à d'autres personnes encore, dans cette robe qui à la fois l'enchantait et la rendait confuse. Et certes, au moment du repas, lorsqu'on l'installa, comme la reine de l'assemblée, au bout de la longue table, en face du père, une part d'elle-même rayonnait de fierté comme si cet anniversaire la faisait pénétrer solennellement dans une vie nouvelle, cependant qu'une autre part aurait voulu qu'aucun des regards fixés sur elle ne pût l'apercevoir.

Il y avait là pour ce repas plus grave et tendre que gai, outre le père, les cadettes et Francet : Mariette, Félicie, le parrain qui était arrivé sans sa petite femme, car elle devait rester à la maison afin de garder leur bébé dont le parrain disait merveille, le père Baptiste, Julie et Aurélien Lartigues, enfin, toujours prête à disparaître dans un coin, Amélie Anglard.

— Martial aussi devait être avec nous, dit le père, alors que de son couteau il traçait une croix sur le pain avant de l'entamer, il n'a pas pu obtenir de permission. On les tient dur dans l'armée.

Il n'y avait guère pour parler que le père Baptiste et Félicie. Le vieil ouvrier taquinait la cuisinière sur sa bonne mine, son embonpoint, son métier, ses patrons, sa toilette, et avant toute chose, sur son célibat. La marraine répondait, s'échauffait ; au moment où l'orage paraissait proche, l'ouvrier trouvait le mot qui la faisait s'étouffer de rire. Au dessert : — des pommes reinettes, apportées par le parrain, des châtaignes blanchies, don de Mariette, et une flaugnarde confectionnée par Amélie Anglard — au dessert on trinqua et le père Baptiste leva son verre de cidre aux quinze ans de Catherine, à sa jeunesse, à sa beauté, et... (il cligna de l'œil) : « à ses futurs amours ». Catherine se sentait brûler de la tête aux pieds. Les jeunes : Amélie, bien sûr, Aurélien, et Francet même qui ne se laissait pas aisément troubler, lorsqu'ils virent Catherine rougir comme si on eût pris au-dehors une poignée de neige et qu'on en eût frotté tout son visage, s'empourprèrent à leur tour. Seule Julie demeura impassible, et ce fut avec un sourire mince qu'elle lança :

— Oh! à quinze ans, les amours!

— Quinze ans, répéta Mariette avec un air mélancolique.

Catherine surprit le regard que le parrain posa sur Mariette. « Qu'ont-ils tous avec mes quinze ans. » Il lui semblait qu'à leurs yeux elle détenait une fortune, un don qui à elle-même demeurait insaisissable. Certes, « ses quinze ans » lui valaient cette robe qu'elle n'aurait jamais osé espérer et cette fête autour d'elle, mais, demain, il faudrait bien reprendre les vieux vêtements, et le travail et l'existence de chaque jour.

Le parrain roulait des boules de mie entre ses doigts, il levait un instant la tête, la plongeait de nouveau dans son assiette. Il a envie de parler, songea Catherine, et il n'ose pas. Enfin il se décida et dit, si craintivement qu'on l'entendit à peine :

— Tu te souviens, Mariette, quand tu avais cet âge?

Mariette, une lueur éclaira ses joues, redonnant à son visage une furtive jeunesse.

« C'était donc ça, pensait Catherine, c'était à *leurs* quinze ans, à leur jeunesse qu'ils s'intéressaient. La voyaient-ils seulement sous sa robe d'apparat? N'était-elle pas pour eux le simple reflet de leurs souvenirs. » « Tu te souviens, Mariette? » De quoi sa demi-sœur pouvait-elle bien se souvenir? Mariette aux Jaladas, Mariette au corsage vert, Mariette au lourd chignon; c'est vrai, elle ne devait pas avoir beaucoup plus de quinze ans, et le parrain en ce temps-là était amoureux du corsage vert, des yeux de feu noir, du chignon; peut-être le jour où Mariette eut quinze ans, s'était-il à lui-même avoué qu'il l'aimait et qu'elle serait sa femme, et peut-être aussi, ce jour-là, Mariette avait-elle deviné cet amour sans s'y arrêter car sa préférence allait à Robert le domestique. Maintenant, devant Catherine toute semblable à leur jeunesse perdue, voilà sans doute qu'ils se rappelaient, Mariette et le parrain, ce qui aurait pu être et n'avait pas été, ne serait jamais. Obscurément Catherine leur en voulait de ne voir à travers elle que leur propre adolescence, et, en même temps, à cette rancune se mêlait quelque pitié : ce qui pour elle, se disait-elle, était lumière et fête, était pour eux ombre et regret. Il sembla à l'enfant que cette robe dont on l'avait parée la protégeait, lui faisait la plus gracieuse des cuirasses, l'assurait d'elle ne savait quelle victoire sur la vie. Elle du moins ne ferait pas comme Mariette, elle du moins ne se tromperait pas. Elle épouserait un homme comme le parrain lorsqu'il était jeune, un homme dont la voix serait douce dans un corps dur, maigre; oui, un homme comme le parrain, ou bien comme le père, du temps des Jaladas, avec ses grands gestes, son rire.

Qu'allait-elle chercher là? C'étaient les paroles des autres avec leurs quinze ans par-ci, leur amour par-là qui lui tournaient la tête! Sa robe d'anniversaire ne lui promettait pas forcément robe de mariée. Francet lui se marierait, il n'y avait qu'à voir comme Julie à ses côtés le taquinait, le disputait puis le faisait rire. Amélie se marierait, elle couvait Aurélien des yeux, en oubliait de manger sa tarte. Qu'avait-il Aurélien? Il était agaçant avec sa façon de la contempler, elle, Catherine, comme si, à la regarder, il découvrait Dieu sait quoi, qui le remplissait de rêve et d'étonnement.

Tout de même, comment sa demi-sœur avait-elle pu se tromper ainsi lors de sa jeunesse, comment avait-elle pu repousser le parrain et se jeter dans les bras de Robert? Comment pouvait-on se tromper au moment où la vie était pareille aux arbres au printemps? Parce qu'on avait posé les yeux sur celui-ci au lieu de cet autre, pas de fruits, pas d'été, mais le gel, les fleurs mortes. Oh! évidemment, elle n'avait point à se montrer si fière de sa certitude, il lui était facile de ne pas s'égarer, trop facile puisqu'elle, aucun garçon n'était amoureux d'elle et qu'elle-même n'en aimait aucun. Tiens, une qui pourrait bien se tromper dans la vie, une qui prendrait le mauvais chemin, elle en était sûre, c'était Émilienne Desjarrige : pour contrarier ses parents, peut-être pour se contrarier elle-même, elle était capable de choisir parmi tout ses prétendants le plus laid, le plus menteur, ou le plus baroque. Émilienne, Catherine eût voulu qu'elle fût là, qu'elle l'admirât dans cette robe ponceau qui, pour quelques heures, la faisait appartenir au même monde aimable que celui où, chaque jour, la jeune fille glissait comme on danse en un salon où brillent mille feux.

Dans la maison-des-prés ne luisait que le seul feu de bois, et sa clarté ne chassait guère l'ombre au fur et à mesure que le jour chétif de décembre déclinait. Du moins on y dansa aussi.

A la vive surprise de Catherine, Francet sortit de la maie un accordéon rouge et noir. Un garçon boucher de la Noaille le lui prêtait, disait-il, et cela depuis plusieurs semaines. En cachette il s'était appris à jouer « de routine ». Son ambition était d'économiser assez pour s'acheter un instrument semblable.

— C'est de la folie, s'écria le père, acheter un bazar pareil, et pour quoi faire?

— Le garçon boucher, avec cet accordéon, il va dans les noces, il va aux veillées, il va aux frairies. Il fait danser; rien qu'avec ça il gagne presque autant qu'à la boucherie. Il dit que je trouverais plus de noces et de bals que je ne pourrais en faire. Les gens quand ils ont vu, quand ils ont entendu l'accordéon, ils se moquent pas mal des chabretaires, des vielleux ou des violonneux.

— Les gens sont fous, les gens sont fous, répétait le père.

Pourtant il se dérida quand son fils attaqua valses, bourrées et mazurkas. Il y avait bien encore des passages incertains dans le jeu de Francet, l'accompagnement était sommaire et, çà et là, une fausse note déconcertait un instant, mais enfin le rythme y était, on reconnaissait l'air. Il n'en fallait pas plus pour que le parrain dansât avec Catherine, puis avec Mariette, cependant qu'Amélie et Julie tournoyaient ensemble et que Clotilde et Toinon essayaient de les imiter. Mais les cadettes s'empêtraient dans les jambes des danseurs, on les bousculait; elles finirent par se retirer dans un coin en pleurant. Dans un autre coin se tenait Aurélien, aussi peu à l'aise qu'elles, et soucieux de se dérober aux regards. Adossé aux montants de la cheminée, le père, Félicie et le père Baptiste observaient en souriant la jeunesse. Tout à coup l'ouvrier s'avança et entraîna Félicie avec lui, tous s'arrêtèrent pour regarder le vieux couple. A la fin de la valse on applaudit. Le père Baptiste faisait une mimique cocasse comme s'il avait le vertige et la marraine rouge, essoufflée, sacrait, gloussait et riait.

— Et alors, s'écria le père Baptiste, et alors les jeunes, c'est tout ce que vous savez faire, il faut que les vieux vous donnent l'exemple?

Comme Francet attaquait une nouvelle danse, l'ouvrier prit Catherine par la main, la conduisit vers Aurélien.

— Regarde-moi ce badaud, dit-il, il meurt d'envie de danser avec la jolie demoiselle en robe ponceau, au lieu de cela il rentrerait dans un trou de souris s'il le pouvait.

Il poussa les deux enfants l'un vers l'autre. Ils commencèrent à tourner, Aurélien se tenait raide comme un échalas, on eût cru qu'il craignait de toucher sa cavalière; il l'écartait de lui, les bras tendus. Avant même que Francet n'achevât sa ritournelle, Catherine s'excusa : « elle était fatiguée », disait-elle. Son ami demeura au centre de la pièce, les mains gauches; ses traits se brouillèrent, il eut un visage d'enfant battu. Elle se précipita vers Amélie, la tira derrière elle.

— Dansez donc tous les deux, leur dit-elle, moi je veux me reposer.

Elle se laissa tomber sur une chaise en tapotant sa jupe pour la défroisser.

Elle fut étonnée, lorsqu'elle releva la tête, de constater qu'Amélie et Aurélien avaient chacun regagné leur coin respectif et que maintenant Amélie paraissait aussi désemparée qu'Aurélien. Un instant, le chagrin de ses amis l'inquiéta, puis elle l'oublia en regardant le père Baptiste et Mariette danser une bourrée. Les sabots claquaient, la jupe de la jeune femme virevoltait, le vieil ouvrier poussait de loin en loin des « I fou fou » sonores.

— Quel bonhomme, déclara Francet tout en se penchant vers sa sœur, on ne croirait jamais qu'il est étranger au pays. Regarde-moi ça, il danse la bourrée comme s'il avait fait ça depuis toujours.

Un peu plus tard, lors d'une pause, il lui demanda :

— Tu es contente, Cathie?

De la tête elle fit signe que oui.

— Je suis content que tu sois contente, dit-il à voix basse.

Elle lui sourit.

— Elle te plaît ta robe?

— Si elle me plaît!

— Et ça t'amuse cette danse? tu ne t'y attendais pas, hein, à ça non plus?

— Je t'aiderai à t'acheter ton accordéon.

Elle vit les yeux pétiller de plaisir.

— Je te rembourserai, assura-t-il. Je ferai danser dans les bals; moi tu comprends, avec ma jambe, il vaut mieux que je fasse danser les autres.

Elle lui jeta un coup d'œil craintif, mais non, il avait dit cela sans amertume, semblait-il, il avait l'air tout à fait détendu.

— C'est quand même un beau jour, reprit-il.

Intérieurement elle le remerciait de rendre grâce à cette journée qui lui était toute consacrée.

— Un beau jour pour toi, Cathie, et un beau jour pour moi.

Elle l'interrogea du regard, elle sentait qu'il voulait lui faire comprendre qu'il détenait un secret.

— Cette fois, Cathie, on tient le bon bout.

Il s'interrompit pour jouer une polka. Ce ne fut qu'aux dernières notes, alors que résonnait encore le trait final, qu'il annonça :

— Cette fois, ça y est, le père Baptiste me l'a dit tout à l'heure, je vais entrer à la fabrique.

Elle avait envie de se lever, de faire le tour de la cuisine, de danser avec eux tous pour cette allégresse qu'ils lui donnaient et pour cette joie de son frère. Enfin, ils sortaient de la longue nuit où ils avaient été plongés : la mère, hélas, et Aubin avaient été emportés dans cette épreuve mais eux, les rescapés, à force de patience, de volonté, d'espoir, ils voyaient enfin luire le jour; déjà il les éclairait de sa tendre lumière.

Quand vint l'heure de se séparer, il sembla à Catherine que tous, à l'exception d'elle-même et de son frère, portaient en eux une secrète tristesse, comme si chacun en ce jour lui avait fait don de sa part, de toute sa part de gaieté et qu'il ne restât plus ensuite aux donateurs pour eux-mêmes que doute et mélancolie. Une fois le père, Francet et les cadettes couchés, elle resta longtemps à veiller auprès du feu qui se mourait. Elle regardait les reflets des braises jouer sur les plis de sa jupe. Elle ne se décidait pas à quitter ce vêtement de gloire. Demain, il serait bien temps de reprendre la robe usée et les jours sans éclat.

21

Elle reprit sa robe et sa peine de tous les jours; cependant la lumière de ce dimanche ne s'éteignit pas tout à fait pour elle. Il lui suffisait d'aller à l'armoire, de l'entrouvrir, de jeter un coup d'œil sur la robe ponceau qui dormait là sur un cintre, de palper l'étoffe crissante, pour retrouver son émotion et sa fierté. Il lui semblait que dans l'ombre, à tous cachée, la robe des quinze ans l'attendait comme une amie, mieux, comme sa vérité qu'elle atteindrait de nouveau un jour : elle n'aurait su dire si celui-ci était proche ou s'il faudrait avant son arrivée qu'un long, très long temps s'écoulât. De toute façon, elle serait patiente. Elle travaillerait, elle s'appliquerait, elle ne céderait pas aux plaisirs dont les deux ouvrières de Mme Navel et leurs amies lui donnaient l'exemple : en vain se gaussaient-elles de la « sagesse » de Catherine et d'Amélie, en vain leur annonçaient-elles qu'elles demeureraient vieilles filles si elles continuaient ainsi à jouer aux oies blanches, à ne pas courir les garçons et les bals comme toutes deux, au contraire, le faisaient.

— Vraiment Cathie, on te comprend pas; ton frère est un fameux musicien, avec sa « gnarle » il mène le bal comme pas un, et toi, tu viens jeter un coup d'œil, tu écoutes ton frère, tu l'admires, et si jamais un garçon s'approche de toi ou de cette Amélie qui te suit comme une ombre, envolées, peureuses comme des perdrix.

Non, elle n'avait pas peur, mais c'était vrai que cette cohue de garçons et de filles, énervés, criards, l'intimidait; elle aurait voulu pouvoir se placer dans un coin et se faire invisible pour écouter tout son soûl Francet jouer de l'accordéon. Grimpé sur l'estrade il se démenait en tirant sur son soufflet, on n'eût jamais cru à le voir qu'on avait failli lui couper la jambe. Même, parfois, quelque fille l'invitait à la danse, alors il passait son instrument à un camarade et il tournait la valse à ravir, sa légère claudication paraissait le rendre plus virevoltant que les meilleurs danseurs.

Plutôt que de rester dans la salle enfumée, souvent Catherine, accompagnée d'Amélie, passait derrière l'auberge où se tenait le bal et jetait un coup d'œil par la fenêtre. Si ensuite elle racontait à son frère qu'elle l'avait vu valser :

— Surtout ne dis rien à Julie, demandait-il, elle m'a fait promettre de ne point danser, à cause de ma jambe qu'elle prétend, mais c'est qu'elle est jalouse.

Les apprentis se plaisaient à fréquenter les bals où jouait Francet. Ils étaient fiers qu'un des leurs fût sur l'estrade, justement applaudi. En vain essayaient-ils d'entraîner Aurélien avec eux. Celui-ci affirmait qu'il ne savait et ne saurait jamais danser, qu'il n'aimait pas ça. Il disait de même à Catherine le dimanche lorsqu'il venait la voir à la maison-des-prés. Elle levait ses fins sourcils, le regardait en hochant la tête puis se tournait vers Julie.

— Ton frère, disait-elle, pourquoi ne fait-il pas comme les autres, pourquoi ne va-t-il pas au bal?

Aurélien rougissait.

— Et toi, rétorquait-il, y vas-tu?

— Moi, moi, c'est autre chose...

— Quelle autre chose?

Catherine ne savait que répondre, elle ne pouvait pas leur dire : « L'idée de m'approcher de Paul Degaille, par exemple, me soulève le cœur. Je rêve d'autres bals, d'autres musiques aux chandelles, avec ma robe ponceau, près d'Émilienne Desjarrige. » Enfin elle déclarait :

— Vous le savez bien, depuis que ma mère est morte je dois la remplacer ici, m'occuper de tout, élever les petites. Est-ce qu'une mère va au bal?

Après une telle question posée d'un air sévère, les autres se tenaient cois. Catherine marquait un temps, puis ajoutait :

— Vous êtes très gentils de rester comme ça avec moi, le dimanche, mais je ne veux pas vous empêcher de vous amuser.

Elle glissait un coup d'œil vers Julie.

— Je sais bien que Julie a d'autres raisons pour ne pas se rendre à la fête.

Julie se rengorgeait sous cette allusion à ses tacites fiançailles avec Francet.

— Mais Aurélien et Amélie, reprenait Catherine, alors eux...

Elle se tournait vers la fille du cantonnier qui ne savait plus où poser le mouvant regard de ses yeux bleus.

— Tu devrais, vraiment, Amélie, tu devrais fréquenter le bal, Aurélien serait ton cavalier.

La jeune fille arborait un sourire crispé cependant qu'Aurélien se mettait à siffler comme s'il n'avait pas entendu.

Toinon et Clotilde qui ne perdaient pas une bribe des propos échangés se prenaient par la taille et commençaient à tourner sur l'herbe. Catherine applaudissait.

— A la bonne heure, quels amours toutes deux.

Les cadettes s'arrêtaient pour reprendre haleine.

— Quand je serai grande, vous verrez si j'irai au bal, moi, décrétait Toinon.

— Et moi donc, renchérissait Clotilde.

Catherine s'inquiétait :

— Écoutez-les, il n'y a plus d'enfants. Vous irez si je veux, il faudra d'abord penser au travail, à l'école. Savez-vous seulement vos leçons pour demain, au lieu de jacasser comme des pies.

Elle soupirait. Soudain, ce rôle de mère que tout à l'heure elle avait invoqué pour couper court aux remarques d'Aurélien, il lui semblait qu'elle le remplissait bien mal, qu'elle était trop ignorante et jeune pour veiller, comme il eût fallu, à l'éducation de ses sœurs. Elle n'était même pas capable de juger si les petites étaient de bonnes écolières.

— Aurélien, tu ne voudrais pas les faire réciter?

Les enfants apportaient cahiers et livres. Bien à contre-cœur, car il ne lisait que lentement, Aurélien faisait le maître d'école.

Francet rentrait à la nuit noire, l'accordéon couché dans une boîte qu'il portait sur l'épaule. S'il approchait de la chandelle, on voyait ses yeux briller. Il n'arrêtait pas de parler, de se moquer des gens qu'il avait vus au bal. Sa gaieté était contagieuse. Tous à présent, autour de lui, bavardaient et riaient. Parfois il s'approchait de Julie, lui donnait un baiser, mais parfois, aussi, elle lui frappait sur les doigts : « Toi, tu sens le vin! » Il levait les épaules : « Que veux-tu que j'y fasse. Si tu crois que ça ne donne pas soif de jouer, de respirer la poussière, et quelle chaleur il fait avec tous ces gens! Quand on m'offre un verre, je ne peux pas refuser, ça serait un affront. Et puis quoi, je suis gai, alors? »

★

C'était vrai que depuis son entrée à la fabrique Francet était la gaieté même. Toujours à siffler, à chantonner ou à conter quelque farce qu'avec les apprentis il avait jouée aux enfourneurs, « des hommes, disait-il en clignant de l'œil, mais le feu leur avait brûlé la cervelle ». Il avait vite conquis l'usine et aussi vite la jeunesse de la Noaille. A l'usine, au moment de la pause, on venait le voir réussir des tours de « physique amusante » qu'il avait appris dans les almanachs; à la ville, son entrain d'accordéoniste le faisait rechercher dans tous les bals. Le métier de tourneur en glaise était sans doute le plus difficile à apprendre, mais l'habileté acquise au long de ses années de maladie en taillant des fuseaux lui permettait de faire « ce qu'il voulait de ses mains », comme disait son maître, le père Baptiste, émerveillé devant un aussi bon élève. Là où il fallait des années d'apprentissage avant de pouvoir façonner correctement la pâte fuyante sous les doigts, il suffisait à Francet de quelques mois. Le père Baptiste déclarait à qui voulait l'entendre que le petit Charron ne tarderait pas à le dépasser en savoir, lui qui pourtant se targuait d'être le meilleur tourneur de France. Quand le vieil ouvrier avançait cela, il y avait dans ses yeux, tour à tour de la joie, de la fierté, puis une tristesse profonde qu'il s'empressait de cacher sous une grimace. Il ajouta un jour, en se penchant vers le père, — et malgré qu'il baissât la voix, Catherine l'entendit :

— Quand je n'aurai plus de secrets à apprendre à Francet, j'aurai fini mon temps, je pourrai m'en aller.

Il reprit après un long silence :

— Excusez, Charron, mais j'aurai l'impression que Francet, eh bien ç'aura été aussi mon fils, un peu.

Le père n'avait pas répondu. A la façon dont il avait

tiré sur le bout de ses moustaches, Catherine avait deviné qu'il était ému.

Elle aussi se sentait émue quand elle pensait à la victoire de Francet. Elle la ressentait comme si elle était sienne. D'ailleurs n'était-ce pas une seule et même victoire qu'ils remportaient ensemble au seuil de leur jeunesse? La confiance qui éclatait dans le regard, dans les sourires de Francet, parvenait à effacer la part d'amertume dont Catherine n'avait pu tout à fait se défaire depuis qu'il lui avait fallu quitter la demeure d'Émilienne. Aujourd'hui, elle pensait que le père Baptiste se serait peut-être désintéressé du sort de Francet, si elle l'avait découragé en ne voulant pas entrer à la fabrique lorsque les Desjarrige proposaient de la garder à leur service. La réussite de Francet la récompensait de son sacrifice.

Un après-midi où elle était allée livrer une robe à Mme de La Reynie, dans la maison bourgeoise qui jouxtait l'usine, elle pénétra dans les ateliers. Elle retrouvait avec une sorte de crainte mêlée de gratitude l'odeur un peu fade qui flottait au-dessus de la pâte à porcelaine et la fine poussière blanche qui revêtait ici les êtres et les choses.

Julie Lartigues l'avait remplacée auprès de la mère Trille qui se récria d'admiration sur la mine et la taille de son ancienne apprentie. L'ouvrière fit un clin d'œil à Julie.

— T'en fais pas, je collerai les anses pour toi, conduis Cathie jusqu'à son frère : les tourneurs ont changé d'atelier, elle ne les trouverait pas; mais fais vite.

Julie était ravie de servir de guide à son amie. Catherine rougissait quand, sur leur passage, les ouvriers se retournaient et leur lançaient des compliments naïfs et drus. Prévenu par quelque apprenti, Aurélien accourut. Il était maintenant calibreur, et aurait voulu que Catherine vînt un moment le voir exercer son nouveau métier, mais elle affirma qu'elle avait juste le temps de dire bonjour à son frère. C'était vrai qu'elle avait promis à Mme Navel d'être diligente; cependant, lorsque arrivée devant le tour où se tenait Francet, elle vit celui-ci faire jaillir entre ses mains de grandes corolles épaisses et blanches qui devenaient des vases au col pur, des coupes dont le pied paraissait aussi fragile et beau qu'une tige, elle oublia sa promesse. Elle eût passé des heures à admirer l'art de ces mains qui du bloc de glaise parvenaient à tirer ces objets précieux.

Le soir, à la veillée, elle fit part à son frère de son admiration.

— C'est pas rien, dit-elle, de pouvoir faire de la beauté avec ses mains.

Il rit mais sous son rire elle devina son trouble.

— Toi aussi, tu peux, dit-il.

Comme elle le regardait sans comprendre, il poursuivit :

— Mais oui, ces robes que tu tailles, que tu couds chez Mme Navel, elles transforment les filles ou les dames qui les portent.

Il resta un moment pensif, contempla ses mains qui semblaient dormir allongées sur ses genoux.

— C'est pas rien non plus de pouvoir rendre une femme plus belle.

Il leva les bras et Catherine croyait les voir dessiner dans l'air un corps féminin. Elle se troubla devant cette image, surgie en elle, des mains de Francet enserrant la taille de Julie comme elles l'auraient fait d'une colonne de glaise sur le tour.

— C'est vrai, s'empressa-t-elle de dire, tu as raison, c'est pas un mauvais métier, couturière, on fait de jolies choses.

Francet se planta devant elle, jeta un coup d'œil autour de lui pour s'assurer qu'on ne les écoutait pas.

— Tu verras, déclara-t-il en baissant la voix, un jour tu auras un atelier de couture pour toi toute seule, et moi j'aurai une fabrique.

Catherine toucha vite le coin de la table.

— Tais-toi, implora-t-elle, il ne faut pas dire des choses comme ça.

Il haussa les épaules.

— Tu as bien peur de rien! Le père Baptiste, il dit qu'il faut avoir peur de rien ni dans le ciel, ni sur terre, ni sous terre. Tu verras, il affirme que bientôt le patron me paiera comme un ouvrier, il dit comme ça que je vaux de l'or, il le dit.

22

Monsieur de La Reynie ne tarda pas à convenir que l'apprentissage de Francet était terminé et à le rémunérer en conséquence. Le père Baptiste avait su le convaincre qu'il était de son intérêt de s'attacher un tourneur aussi doué.

Cependant l'or ne venait pas vite à la maison-des-prés car Francet dépensait l'argent plus aisément encore qu'il ne le gagnait. Il était de toutes les réjouissances qui, bien souvent, en quelques heures, engloutissaient la plus grande part de la « quinzaine » que les porcelainiers venaient de toucher. Ce n'était point en compagnie des apprentis qu'il faisait ses frasques, mais avec les ouvriers qui nourrissaient à son égard les mêmes sentiments de respect et d'envie que leur inspirait le père Baptiste.

Les tourneurs, les peintres et les modeleurs s'étaient appropriés une sorte de grotte sous un rocher, dit le Rocher de la Folie, qui surplombait de son énorme table de granit une cavité que les eaux sans doute avaient creusée. Cela faisait comme une vaste pièce où régnait la pénombre verte du bois. On y était à l'abri du vent et du froid l'hiver, du soleil l'été, des curieux aussi car il fallait grimper longtemps dans les fougères et les broussailles pour atteindre ce lieu dont les porcelainiers avaient fait leur fief. Au fond de la grotte, ils avaient, avec de grosses pierres plates, ménagé un foyer, et, pour que la fumée ne les étouffât point, patiemment ils étaient parvenus à forer un trou qui débouchait là-haut dans une crevasse du granit et servait de cheminée. S'ils assuraient ainsi leur confort, ils n'avaient point songé que cette fumée qui s'échappait au-dessus des frondaisons les trahirait quelque jour. Ce fut pourtant ce qu'il advint. M. de La Reynie montait dans le grenier de la fabrique. Là, juché sur une chaise, il passait la tête par une lucarne; son regard dominait l'horizon jusqu'à la Noaille. S'il apercevait, bleuâtre, un fil de fumée s'élevant entre les châtaigniers, il dégringolait de sa chaise, courait à son bureau, convoquait le contremaître afin qu'il allât repérer les déserteurs. A leur retour les amendes pleuvraient et feraient fondre le peu qu'il restait de leur paye après leur *tournée* au Rocher de la Folie. Mais ils juraient qu'ils s'en moquaient, qu'ils ne regrettaient pas d'avoir fait bombance et qu'à la prochaine quinzaine, ils recommenceraient.

Au Rocher, on vidait force bouteilles, on cuisait sous les braises des poulets ou parfois quelque lapin ou quelque lièvre que Francet avait pris au collet. Après boire on chantait; le père Baptiste était applaudi plus que tout autre car il connaissait les histoires les plus lestes. « Tout de même, ces ouvriers de la ville », disait-on. Francet assis sur une souche jouait de l'accordéon, les peintres poussaient la romance et au refrain tous reprenaient en chœur.

Parfois les porcelainiers amenaient au Rocher quelques ouvrières que l'attrait des poulets, du vin et des chansons avait conquises. C'étaient presque toujours des polisseuses : cette poussière qui ne cessait de voler sur leur visage, qu'elles respiraient et qui brûlait leurs yeux, leurs narines, leur gorge, les altérait; toutes se mettaient à boire. « Une pitié », grognait le père Baptiste. Pourtant, quand elles venaient au Rocher, il n'était pas le dernier à profiter de l'aubaine. Après, certes, quand, appuyé contre Francet, il regagnait en titubant l'usine, il n'avait pas assez d'injures à proférer à son égard! Il lui arrivait même de pleurer en s'accusant de « profiter ignoblement de ces pauvres filles qu'un métier trop dur avilissait », il se reprochait aussi d'entraîner dans ses vices Francet pour lequel il eût dû, au contraire, être un exemple tant dans la vie que dans le travail. Le jeune homme essayait en vain de le consoler, de lui faire oublier ces heures.

— Du jour où je suis entré à la maison-des-prés, disait le vieil ouvrier, de ce jour où je t'ai vu, petit loupiot taillant tes fuseaux, je me suis promis de te tirer de là, et Catherine et les petites et tes parents avec toi. J'ai bien repéré qu'un garçon adroit de ses mains comme tu l'étais, ça ne courait pas les rues. Ensuite, ah! comme j'attendais le moment où tu guérirais enfin, où je pourrais te prendre avec moi à la fabrique et t'apprendre ce que je savais. Ça y est maintenant, tu en sais tout autant que moi, tu me dépasses même, je n'ai jamais eu, tu entends, jamais des mains comme les tiennes; d'ailleurs, c'est pas seulement une affaire de main, c'est ça aussi — et il se touchait le front, les yeux, puis le cœur — c'est pas seulement avec ses doigts qu'on arrive à faire un vase qui soit beau vraiment.

Le vieil homme s'arrêtait, se laissait choir sur le talus. D'un revers de manche, il essuyait les larmes qui mouillaient ses joues, perlaient dans ses moustaches. Francet attendait près de lui, la boîte noire de l'accordéon sur le dos. Il eût voulu être à cent lieues de là, il se demandait s'il ne devrait pas s'enfuir plutôt que d'assister à cette déchéance. L'ouvrier se relevait tant bien que mal, et s'appuyant de nouveau sur le garçon, repartait.

— Je t'ai appris à travailler, d'accord, marmonnait-il, mais je t'ai appris à boire aussi et à planter là ton travail, et à manger ta paye en compagnie d'imbéciles de mon espèce au lieu de l'apporter à la maison-des-prés; je t'ai appris à aller avec ces soiffardes de polisseuses au lieu de rester auprès de Julie. Je te le dis, Francet, je suis un porc.

— Allons, venez, il est temps de regagner la fabrique.

Francet aurait voulu ne pas entendre la voix lourde, la voix malheureuse. A chaque reproche que s'adressait le père Baptiste, il avait l'impression que c'était lui qui méritait ces réprimandes, que c'était lui qui aurait dû empêcher le vieux de boire et de s'encanailler. Au lieu de cela il assistait impuissant à la défaite de son ami.

Un jour qu'ils revenaient ainsi du Rocher de la Folie, le père Baptiste s'arrêta tout à coup de geindre. Il posa une main sur l'épaule de Francet, le regarda comme s'il le voyait mal.

— Te voilà un beau gars, dit-il, te voilà grand.

Il lâcha l'épaule du garçon, s'assit sur la mousse, ouvrit et referma ses mains, les ouvrit encore.

— T'es un homme maintenant, mais alors quel âge pouvais-tu avoir? Trois ans, quatre ans? On m'aurait dit : il y a un loupiot là-bas en Limousin, et il y a une vieille fabrique; tu iras travailler dans cette baraque, travailler jusqu'à la fin de tes jours, et tu deviendras l'ami de ce marmot, tu lui apprendras ce que tu sais et après ta mort il continuera ton métier, il te dépassera même dans ce métier, on m'aurait dit ça, j'aurais bien rigolé.

Il continuait à contempler ses mains qui bougeaient lentement comme malgré lui, et Francet écoutait, attentif, inquiet devant ce qu'il croyait être une nouvelle ivresse.

— Quand je dis j'aurais bien rigolé, non, en ce temps-là on ne rigolait pas : le flingot au poing, les barricades, la faim, les camarades qui tombaient sous les balles. Et plus fort que la peur, plus fort que les larmes, plus fort que la haine, bien plus fort un sacré machin, un sacré espoir, quoi : on allait tout chambarder, on allait tout changer. On était massacré, on massacrait, mais la Commune aux survivants, la Commune apporterait tout, le bonheur ou l'honneur, on savait pas.

— Quelle Commune? demanda Francet. La Noaille, c'est une commune?

L'ouvrier cracha sur la mousse.

— Non, grogna-t-il, c'était Paris, c'était à Paris.

— A Paris? et alors?

— Alors rien. Maintenant il y a la Noaille, il y a la fabrique, rien que la Noaille depuis plus de quinze ans. Et bien content qu'il a été le père Baptiste de trouver ce pays perdu et cette fabrique, oui, bien content qu'on lui demande pas d'où il venait, qu'on ne lui envoie pas les gendarmes. Une fameuse veine.

— Je ne comprends pas.

— Bah! ne cherche pas à comprendre, Francet. Maintenant, il y a toi, fiston; alors le père Baptiste n'est plus seulement ce soldat de la déroute, ce fuyard.

L'ouvrier se leva péniblement. Ils reprirent le chemin de la fabrique.

— Tu trouveras bien quelque jour un almanach, Francet, un bouquin où l'on dira : la Commune c'était ceci, les Communards c'était cela. Rappelle-toi, moi je te dis...

Et l'ouvrier tendait ses mains, traçait des signes dans l'air.

— Moi je te dis, la Commune, c'était comme si des mains, des milliers et des milliers de mains voulaient prendre l'avenir comme une terre et la façonner, en faire une chose faite par tous, faite pour tous.

Il balaya l'air d'un geste las.

— Des malhabiles, des gauchers, des lourdauds, voilà peut-être ce que vous direz de nous, toi et tes camarades, quand vous voudrez à votre tour passer à l'ouvrage.

L'ouvrier obligea le jeune homme à s'arrêter un instant. Ils étaient arrivés au chemin rouge et blanc qui annonçait la fabrique. Le père Baptiste se baissa, ramassa des débris de porcelaine.

— Tu verras, petit, dit-il, ça ne suffit pas toujours de fabriquer un bol, ou un vase, ou une chaise, ou une maison; la jeunesse, quand ça la prend, elle a envie de fabriquer autre chose.

Francet continuait à penser que son compagnon était plus saoul que jamais. Et pourtant — était-ce un vin inhabituel qu'ils avaient bu aujourd'hui? se demandait-il — et pourtant, s'il n'entendait rien à ces propos, il lui semblait pressentir il ne savait quoi de chaleureux, dans ce discours impénétrable, qui le concernait.

La voix de l'ouvrier se faisait presque implorante.

— Tu te rappelleras? S'ils te disent qu'on était des manchots, tu te rappelleras? On ne savait pas, on était les premiers, ou presque, on était des apprentis, et notre apprentissage on l'a payé de notre vie, ou de notre liberté.

« Pourvu qu'il ne se mette pas à chialer, pensait le jeune homme, ça serait le bouquet. »

Non, contrairement aux autres jours de saoulerie, le père Baptiste avait les yeux secs, brillants certes, comme si quelque chose brûlait en lui et jetait des reflets de flammes dans ses prunelles, mais sans larmes.

Ce soir-là, alors qu'il prenait le frais, assis sur le banc devant la maison-des-prés, Francet demanda :

— Père, vous avez entendu parler, vous, dans votre temps, de la Commune? des Communards?

Le père se leva d'un coup, jeta des regards de tous côtés, comme si à cette heure quelqu'un pouvait encore s'aventurer par là, et à voix étouffée répondit :

— Il faut pas parler de ça. C'était pendant la guerre, ou comme elle finissait, on disait que c'étaient des bandits, qu'on devait tous les tuer, que s'il y en avait qui s'échappaient de Paris et cherchaient à se cacher dans les campagnes, on devait tuer aussi les paysans qui les cacheraient.

— Des bandits? s'étonna Francet, vous êtes sûr?

Le père vint se rasseoir à côté de lui.

— Enfin, c'étaient les maîtres qui disaient ça, un jour qu'ils étaient venus compter les poulets aux Jaladas : « Des bandits, des gens qui sont contre tout, qui voudraient prendre les biens des autres »; ils ajoutaient : « On raconte qu'il y a un fuyard ou deux qui errent dans le canton... » Quand les maîtres étaient repartis, la mère avait dit : « Vous avez vu, ils ont voulu nous faire peur, ils se demandent si nous ne pourrions pas cacher cet homme. »

— Je ne crois pas que c'étaient des bandits, affirma Francet.

— Qu'est-ce qui te fait dire ça?

— Eh bien, commença le jeune homme, mais il n'acheva pas sa phrase. — Rien, assura-t-il, mais je ne crois pas ce que disaient les maîtres.

Le père tira son briquet, mit le feu à la mèche d'amadou, alluma la cigarette qu'il avait roulée lentement avant que son fils ne vînt à parler de cette histoire.

— Je ne sais pas, dit-il, je ne sais plus. Aux Jaladas, les maîtres parlaient, je les croyais, mais depuis...

Il aspira de longues bouffées de fumée. Catherine et Francet attendaient dans la nuit tombante qu'il parlât de nouveau des Jaladas ou qu'il dît ce que depuis ce temps lointain il avait pu comprendre et qui, à présent, le faisait douter des paroles des anciens maîtres. On voyait le bout de sa cigarette rougeoyer dans l'ombre qui s'épanouissait. Il semblait se taire comme s'il regrettait d'avoir trop parlé.

Catherine croyait deviner ses pensées; n'évoquait-il pas la succession de malheurs et de misères qui l'avaient changé, qui l'avaient amené à douter du monde simple et clair qu'il croyait reconnaître autour de lui lorsque le travail, les champs, sa femme, ses enfants soutenaient sa tranquille espérance. Pauvre père, retrouverait-il jamais un peu de lumière, un peu de paix? Il faudrait qu'elle-même et Francet pussent travailler avec plus d'acharnement encore pour pouvoir lui donner le sentiment que c'en était cette fois pour toujours fini de la défaite, des menaces. Oh! jamais certes, ne reviendrait pour lui le bonheur puisque la mère n'était plus, du moins pourrait-il avoir parfois un vrai sourire, un sourire où ne guetterait point, cachée, mais d'autant plus désolée, une larme, une amertume, une crainte en regardant Clotilde et

Toinon, aussi jacassières que petites pies, jouer et se rouler dans l'herbe.

Comme s'il appréhendait que Francet posât d'autres questions, le père se leva et déclara qu'il était temps d'aller dormir. Les enfants le suivirent. Lorsque Catherine dit bonsoir à Francet, elle se demanda bien pourquoi il lui confia :

— Le père Baptiste, ça peut pas être un bandit.

23

Par Julie, et aussi par les deux ouvrières de Mme Navel, Catherine avait eu vent des équipées auxquelles se livraient son frère et les porcelainiers au Rocher de la Folie.

Elle avait même l'impression que les deux jeunes couturières, — elles qui parlaient toujours « mariage », faisant alterner, dans l'espoir de « se caser », comme elles disaient, bals et prières à Saint-Loup, — avaient de bonnes raisons pour parler de la grotte des porcelainiers.

Lorsqu'il lui arrivait de faire une allusion au rocher, Julie affectait de rire, mais Catherine voyait bien alors ce léger frémissement qui parcourait les lèvres de son amie. Elle fit part de sa remarque à Amélie Anglard.

— Oh! il y a longtemps que je sais, dit la jeune fille, Julie est malheureuse. Elle le dissimule bien, mais ton frère la fait souffrir.

Elle se tut un moment, feignit de s'absorber dans son ouvrage, puis souleva un coin de la jupe qu'elle bâtissait et en frotta ses paupières.

— Il faut faire des points si menus, dit-elle, qu'on n'y voit plus clair.

Elle porta le fil à sa bouche, le coupa entre ses dents.

— Et pourtant, reprit-elle, Julie, elle sait bien que ton frère l'aime, elle sait bien qu'il finira par l'épouser ; sa peine, elle en verra le bout.

Elle semblait regarder fixement devant elle. Que découvrait-elle donc au-delà des murs de l'atelier, au-delà de ce jour, qui lui donnait un tel air de désespoir ? Catherine faillit lui demander si elle avait une peine dont elle pensait qu'elle ne finirait jamais. Elle n'osa point, tant ce visage de détresse, ce visage meurtri et défait, apparu à la place du minois enfantin et rose d'Amélie, l'étonnait.

« Est-elle donc amoureuse ? Quel garçon pourrait lui donner cette tristesse, une tristesse de... une tristesse de pierre, elle qui paraît toujours si gracieuse, si légère. Il faut qu'il soit bien beau ou bien terrible. Si je connaissais son nom, j'irais le trouver et je lui dirais, je lui dirais... Ah ! je ne sais pas, mais je lui ferais comprendre qu'il n'a pas le droit, qu'on n'a pas le droit de rendre aussi malheureuse une aussi gentille petite. »

Elle reprit son ouvrage et s'y appliqua pour ne plus penser car ses idées l'agaçaient ; mais elle avait beau faire, elles revenaient autour d'elle plus tenacement que ne le font les mouches quand le temps se met à l'orage. « Ce garçon, après tout, il n'est peut-être pas terrible », proposait une idée. « Et si c'était l'amour qui était terrible », soufflait une autre. Catherine haussa les épaules, ce geste fit dévier l'aiguille qui la piqua.

— Je suis idiote, dit-elle à haute voix.

Florestine Dubourg éclata de rire.

Les plaisanteries des deux ouvrières et de la patronne parvinrent à distraire Catherine pendant un moment, puis tout le monde reprit l'aiguille ou les ciseaux, et les pensées importunes revinrent bourdonner.

« Oui, si c'était d'aimer qui est terrible. » « Mais l'amour, pourquoi ça serait terrible ? Dans les chansons c'est une chose plaisante. Dans d'autres, tu sais bien qu'il est plein de pleurs, parfois même on dit qu'il fait mourir. »

Tirer l'ourlet bien droit, ajuster ce pli, voilà ce qu'il fallait faire et ne pas écouter, surtout ne plus écouter ces sottises qui tournaient dans sa tête. « Des sottises, en es-tu sûre? Pense à Aubin! »

Catherine essaya de retrouver en elle le visage de son frère mort. « Il avait les yeux gris, se répétait-elle, il avait les yeux gris », mais elle ne parvenait pas à découvrir le regard disparu, et c'était le visage d'Émilienne Desjarrige, les longs yeux sombres, les paupières bombées, les boucles châtaines, la peau mate qui se dessinaient et s'éclairaient dans sa mémoire. Catherine aurait voulu regarder son amie Amélie pour échapper à cette vision, du moins Amélie rose et douce, telle qu'elle l'avait toujours connue jusqu'à ce que l'imprévisible détresse du cœur eût effacé cette lumière et cette tendresse, mais à présent elle craignait que la figure inconnue et tragique qui avait mis son masque sur les traits charmants d'Amélie ne vînt accroître son malaise.

Elle se décida enfin à lever les yeux. Le ciel soit loué, de nouveau c'était bien sa jeune, gentille compagne qui était à ses côtés. Avait-elle donc rêvé? Ce n'est que dans les songes qu'un visage familier pouvait changer entièrement. L'amour ne pouvait avoir un tel pouvoir de métamorphose, l'amour malheureux. Elle se donnait ainsi, de nouveau, de bonnes raisons pour oublier l'aveu muet et triste d'Amélie, mais au fond d'elle-même, elle demeurait anxieuse, attentive à une menace que le désarroi de son amie lui avait révélée.

Le soir, — on était en juin et d'un tilleul à l'orée du bois, venait un frais parfum d'enfance qui cernait la maison, — Catherine s'arrangea pour envoyer au lit sans tarder Clotilde et Toinon, puis elle proposa à son frère de faire quelques pas avec elle. « Cette marche, disait-elle, leur ferait du bien; la journée avait été si chaude qu'il était sage, pour trouver le sommeil, de prendre un peu d'exercice. »

— C'est beau la jeunesse, dit le père assis sur le banc, vous n'êtes pas encore fatigués après la journée de travail! Moi je vais me coucher. Que je dorme ou que je ne dorme pas, j'ai bien besoin de mon lit.

Il se leva péniblement, s'étira.

— Ne tardez quand même pas.

Quand il fut rentré, Catherine chuchota :

— Le père, il vieillit.

— Il va sur ses cinquante-cinq ans.

— Ça en fait des années, ça en fait.

Ils parlaient ainsi tout en marchant lentement. Ils s'arrêtèrent au pied du tilleul; Francet se laissa glisser contre le tronc et s'assit dans l'herbe. Catherine restait debout près de lui. Il faisait clair de lune quoique l'astre demeurât pour l'instant caché à leurs regards. Dans cette clarté, Catherine paraissait plus mince et blonde. « Mais elle est belle », pensait Francet, et cette découverte l'émouvait. Irrité par ce trouble, ce fut d'une voix rude qu'il demanda :

— Alors quoi, que veux-tu me dire? J'imagine que ce n'est pas pour me parler de l'âge du père que tu m'as amené ici.

Catherine regarda le bout de ses sabots qui brillaient dans la rosée. Elle noua et dénoua plusieurs fois ses doigts devant elle.

— Assieds-toi donc, dit Francet plus doucement.

La jeune fille parut ne pas l'avoir entendu. Elle fit un pas en arrière et il crut qu'elle allait partir.

— Cathie, dit-il et le regret perçait dans sa voix.

— Amélie m'a dit, commença Catherine, elle pense que Julie est malheureuse.

Francet se releva d'un bond; son effort dut lui causer une douleur car il grimaça et se frotta la jambe. Catherine se repentit aussitôt d'avoir parlé, en même temps elle se demanda si son frère ne feignait pas de souffrir pour se faire pardonner d'avance les griefs dont elle allait peut-être l'accuser. Lorsqu'il était malade et que la mère vivait encore, il gémissait ou grimaçait ainsi quand il voulait détourner quelque reproche. Ce fut pourtant lui qui, à la fois perplexe et curieux, semblait-il, revint à la charge :

— Malheureuse, pourquoi serait-elle malheureuse? Depuis que tu lui as laissé ta place à la fabrique, sa vie est bien plus facile.

— Ce n'est pas pour ça.

— Et pourquoi, alors?

Elle n'avait plus du tout envie de parler, elle appréhendait de causer cette fois quelque véritable malheur par des paroles imprudentes. Après tout, qu'est-ce qui lui prouvait qu'Amélie disait vrai? Peut-être Julie se moquait-elle que Francet allât ou non au Rocher de la Folie! Et maintenant plus moyen de détourner les questions de Francet. Ensuite, qui sait s'il n'irait pas blâmer Julie? Il pourrait penser que c'était là un coup monté entre elles, Amélie et Catherine. Qui sait s'il ne romprait pas pour toujours avec sa « fiancée »?

— Tu vas parler à la fin?

Francet s'était approché de sa sœur et lui tordait les poignets entre ses mains d'une incroyable dureté. Comment ces doigts qui paraissaient modeler si délicatement la pâte à porcelaine, comment pouvaient-ils se faire pareils à des outils cruels? Catherine pensait que toute la force que n'avait pu prendre sa jambe malade était passée dans les bras de Francet, la force et l'adresse, si bien que nul ne pouvait être aussi fort et aussi adroit.

Elle eut envie de crier, mais se retint et dit seulement :

— Tu deviens donc méchant, maintenant que tu vas avec les porcelainiers à ce Rocher?

Il la lâcha, se recula, et la regarda d'un air où la gêne et la colère se mêlaient.

— C'est donc ça, fit-il, Julie fait ses jérémiades parce que je vais un peu me distraire avec les camarades.

Catherine étendit la main et cracha par terre.

— Je te jure que Julie n'a rien dit; si je mens que j'aille en enfer.

Il haussa les épaules.

— Qu'elle ait parlé ou pas, après tout... dit-il.

Il commença à marcher vers la maison. Catherine le suivit.

— Je sais bien, reprit-il comme s'il s'adressait à lui-même, j'ai tort. J'ai tort envers Julie, je lui fais de la peine, j'ai tort envers toi, envers le père, envers les petites, je gaspille mon argent à boire au lieu de vous aider.

Il marqua une halte. Il tenait un peu voûtées ses épaules larges et paraissait à Catherine plus trapu que sous la lumière du jour. Était-ce sa façon de se redresser tel un jeune coq tant que ses amis ou des étrangers pouvaient le voir qui, pendant la journée, haussait sa petite taille? A présent, Catherine croyait découvrir en lui une force et une pesanteur qui l'attachaient à la terre étroitement, à cette terre que ses mains savaient former.

Il reprit sa marche. Catherine devinait sa tristesse, elle se reprochait d'en être la cause. En même temps, elle était émue d'être seule ainsi avec son frère dans la nuit; il lui semblait qu'ils veillaient sur le repos des autres, et aussi sur celui des arbres, des oiseaux, de l'univers. Tous les deux, rien qu'eux deux, responsables des vivants et des morts, en eux seuls en cet instant veillait le souvenir d'Aubin et de la mère, eux seuls tenaient en ce moment dans leurs pensées avec leur avenir celui du père et des petites. Et même elle s'imaginait que leur veillée étendait sa bienfaisante tendresse au-delà, bien au-delà de la maison-des-prés; tant qu'ils marchaient, vigilants, silencieux, dans la clarté lunaire, rien ne pouvait blesser ceux qu'ils aimaient : Martial, Amélie, Julie, Aurélien, ni Émilienne Desjarrige qui sans doute ne savait même plus qu'ils existaient.

— Vous ne vous rendez pas compte que pour moi, c'est comme si je recommençais... enfin, comme si je recommençais à vivre?

Francet avait dit cela sur un ton plaintif, mais sa voix s'était faite âpre pour ajouter :

— J'ai l'impression que je ne travaillerai, que je ne mangerai, que je ne boirai, que je ne m'amuserai jamais assez, jamais assez pour effacer les années où j'étais attaché, où j'étais prisonnier de ma jambe malade.

Il passa une main dans les boucles serrées de ses cheveux.

— Qu'elle attende un peu, quoi, Julie, on se mariera bien.

Il continua à se frotter la tête, eut un rire gêné. Ils étaient arrivés devant la maison. Catherine se pencha pour regarder les feux des lucioles dans l'herbe.

— Pourquoi ris-tu? demanda-t-elle en se relevant.

Elle tenait dans le creux de sa paume l'un des vers luisants.

— Je pense, Cathie, quand je me marierai avec Julie, toi tu devrais te marier...

Il hésita une seconde puis acheva sa phrase :

— ...avec Aurélien.

— Avec Aurélien!

Sa main laissa échapper la luciole.

Son frère se baissa et ramassa le petit feu vert.

— Pourquoi tu cries? fit-il calmement.

— Je ne crie pas.

— Si, tu as crié. Pourquoi tu te marierais pas avec Aurélien?

— Pourquoi je me marierais avec lui?

Francet s'accroupit pour replacer le vers luisant dans l'herbe.

— Avec qui tu te marierais alors?

— Je ne sais pas.

— Tu vois bien. Et lui avec qui il se marierait si ce n'était pas toi sa femme?

— Avec Amélie, répondit-elle d'un trait.

Francet répéta d'une voix courroucée :

— Avec Amélie?

Il se rapprocha de sa sœur, la regarda avec une sorte de pitié.

— Encore celle-là, elle te raconte des bêtises sur Julie et ça lui suffit pas, elle te raconte qu'elle épousera Aurélien.

Il secoua la tête.

— Elle l'épousera pas, reprit-il. Elle ne pense qu'à ça, on le devine comme on voit son nez sur sa figure, mais rien à faire, Aurélien, lui, ne pense qu'à toi.

— Ce n'est pas vrai.

— Pas vrai? demande donc à Julie.

— Ce n'est pas vrai, pas vrai! Tais-toi!

Catherine s'élança et en quelques bonds gagna la maison. Elle se hâta de se dévêtir et de se coucher avant que son frère n'arrivât. Plus tard, quand elle l'entendit remuer la chaise sur le dossier de laquelle il déposait sa blouse, elle se tint immobile pour qu'il crût qu'elle dormait; pourtant elle ne pouvait trouver le sommeil. Sans cesse, elle répétait en elle-même : « Ce n'est pas vrai, ce n'est pas vrai... » En même temps, elle revoyait la figure défaite d'Amélie cet après-midi, ce regard perdu, ce visage vieilli, brûlé. Et voilà que dans sa mémoire le visage d'Aurélien prenait le même air de détresse. Comme c'était étrange qu'ils parviennent, ces deux visages, à se confondre dans la même douleur, la même hantise justement parce que, jamais, dans la vie, ils ne se rejoindraient. Et c'était à cause d'elle, Catherine, qu'il était interdit à ces deux êtres de se rencontrer un jour dans le bonheur. « Ce tourment qui habite Amélie et Aurélien comme un monstre, c'est toi qui en es la cause. C'est toi qui es le monstre. »

Ses mains dans la nuit parcouraient son corps, son visage, comme si elle s'attendait que ce corps et ce visage eussent pris un aspect effrayant. Mais ses doigts retrouvaient la marge fraîche de son front, la courbe de son nez, la douceur et la chaleur de sa gorge qu'elle frôlait peureusement.

« Depuis quand Amélie ne vit-elle que pour Aurélien? Et lui, depuis quand croit-il devoir m'attendre? N'est-ce pas depuis le même jour? Depuis ce jour où Aurélien m'a arraché des mains mon pain noir et m'a tendu à la place un craquelin, et Amélie de sa fenêtre nous a vus, elle a aimé ce garçon qui ressemblait, à ses yeux, à l'ange de Saint-Loup. Lui peut-être m'a aimée pour la joie qu'il m'a donnée alors. »

Quel signe avait donc marqué cette journée? C'était cet après-midi encore qu'Émilienne et son frère étaient apparus aux enfants de la Ganne. De quel destin la fillette du Haut, en robe verte à falbalas, avait-elle été l'annonciatrice pour Catherine? Rien, maintenant, ne semblait plus la rattacher à la vie de celle-ci; pourtant il semblait à Catherine que chaque être rencontré en ce jour lointain avait dû recéler quelque secret qui lui était à elle-même promis et qui plus tard montrerait sur elle son pouvoir. Aujourd'hui le secret d'Aurélien et d'Amélie venait d'éclater; il serait dorénavant dans sa vie pareil au remords d'une faute qu'elle n'aurait pas commise et qui pourtant la poursuivrait. Quant au secret qui sans doute brillait dans les yeux orgueilleux de la fillette verte, elle n'imaginait pas comment il pourrait réapparaître à présent. Mais la vie était longue, peut-être un jour découvrirait-elle le sens de cette promesse, de cette menace ou de cette prière qui s'était appelée pour elle Émilienne Desjarrige.

L'AUTRE VERSANT

24

Une saison passa, une autre, une autre encore, mais pour Catherine le temps semblait ne point passer. Certes, les fleurs changeaient, les fleurs se fanaient, les feuilles tombaient ; aux journées d'automne qui sentaient le cidre succédaient les pluies, les longues pluies et les brouillards et la neige, la gelée blanche sur les prés, mais en Catherine le temps était comme immobile ; quand reprendrait-il sa course ? La jeunesse paraissait éternelle, elle en devenait monotone, inacceptable. Était-ce donc cela vivre ? Amélie non plus ne *bougeait* pas, ni Aurélien, ni Francet, ni Julie. Bien sûr ils travaillaient, ils parlaient, ils riaient, parfois se disputaient, parfois s'enthousiasmaient pour quelque nouvelle machine qu'on venait d'acquérir à la fabrique ou bien pour un théâtre de toile qui s'installait sur la place du Haut, pour une complainte qu'un chanteur des rues apprenait aux badauds de la Noaille. Ils vivaient, mais, aux yeux de Catherine, eux aussi n'appartenaient pas au temps. Elle devinait toujours la même passion muette dans les regards qu'Aurélien à la dérobée jetait vers elle et dans ceux dont Amélie effleurait le visage d'Aurélien ; elle devinait toujours en eux la même souffrance. Qu'attendaient-ils ? Qu'espéraient-ils qui ne viendrait jamais ? Pourquoi les cœurs ne changeaient-ils pas ? Le temps ne pouvait-il donc pénétrer en eux et les arracher à eux-mêmes, le temps qui, s'il paraissait ignorer les adolescents, se rattrapait avec Clotilde et Toinon et avec le père. Les cadettes avaient grandi vite malgré les rougeoles, les coqueluches, les rhumes. Clotilde contemplait maintenant Catherine avec l'admiration et l'envie qu'autrefois Catherine ressentait pour son aînée, pour Mariette et son chignon et ses corsages verts. Elle quitterait bientôt l'école que les religieuses tenaient près de l'orphelinat, on lui chercherait une place à la fabrique ou bien dans l'atelier de Mme Navel. Quant à Toinon on n'eût jamais cru à voir ses joues rouges et le rire perpétuel de ses lèvres et de ses yeux que, jadis, la mort l'avait tenue un instant convulsée dans sa main. Une fierté profonde envahissait Catherine lorsqu'elle observait les deux petites en train de lire, côte à côte. « Que seraient-elles aujourd'hui si je n'avais pas empêché le père et Félicie de les mettre à l'orphelinat? »

Pour le père aussi le temps passait. De plus en plus, Jean Charron se voûtait, se ridait; il paraissait presque aussi vieux que le père Baptiste, son aîné pourtant de plusieurs années; mais l'ouvrier prenait la vie à pleines mains, comme il faisait de la pâte à porcelaine, tandis que le père, on aurait dit, tant il s'effaçait et gardait le silence, qu'il voulait oublier la vie ou se faire oublier d'elle. Catherine se demandait parfois si ce père à la voix haute, aux yeux rieurs dont elle gardait en elle la nostalgie, elle ne l'avait pas tout simplement imaginé; il ressemblait si peu à cet homme timide, vieilli avant l'âge et qui paraissait toujours quêter une excuse, comme s'il se sentait étranger dans sa propre maison. Parfois, elle tentait de faire retrouver au père les chemins qui conduisaient vers quelque chaleur de la vie, mais en vain.

— Père, fait-il assez beau ce soir! On se croirait dans un jardin, tellement le bois et les prés sentent bon.

Ou bien :

— Père, reprenez donc du clafoutis, c'est Félicie qui me l'a fait porter à l'atelier; il n'y a qu'elle pour le réussir comme ça.

Jean Charron essayait de sourire. Catherine eût préféré une

rebuffade à cette grimace hésitante qui lui faisait mal. Une fois pourtant, le père sortit de son silence. Quelqu'un — était-ce Julie appuyée à l'épaule de Francet? à moins que ce ne fût Amélie assise dans l'herbe? Catherine avait été si troublée par la remarque du père, qu'elle ne se souvenait plus de la voix qui avait parlé — quelqu'un avait murmuré :

— Ah! qu'il fait bon vivre!

Ils s'étaient tous dressés à demi lorsque le père avait repris :

— Il faisait bon vivre.

Il demeurait penché en avant, les coudes aux genoux, le regard perdu vers l'horizon où montait la nuit.

Les jeunes l'observaient avec crainte tant ses paroles les étonnaient, habitués qu'ils étaient à son silence, et même à cette sorte d'absence qu'il parvenait à créer autour de lui. A qui parlait-il donc? Sûrement pas à eux quoiqu'il semblât répondre à la jeune fille qui avait exprimé son bonheur.

— J'aimais bien le soir, disait-il encore, les soirs d'été, j'aimais bien l'odeur du foin, l'odeur du tilleul, même le bruit des grenouilles juste au bord de la nuit, j'aimais bien tout ça, un beuglement dans l'étable, les rires des enfants, oui...

Il se racla la gorge. Que regardait-il droit devant lui? Que voyait-il donc? ces prés où la rosée commençait à scintiller? les gestes noirs des arbres? Clotilde et Toinon, à quatre pattes dans l'herbe? ou bien plutôt d'autres prés, une autre rosée, d'autres arbres, d'autres enfants, sa prairie, sa nuit, ses arbres, les enfants tels qu'il les connaissait jadis, quand la vie était sans pièges, sans enfer, quand la vie était bonne à vivre?

Catherine aurait voulu travailler toujours plus encore et se dévouer pour que le père retrouvât, ne fût-ce qu'un peu de sa confiance dans les choses qu'il avait aimées autrefois; mais, à part ce soir, où, pour un instant, il avait laissé sa plainte s'exhaler, il continuait à s'enfoncer dans la même tristesse, la même humilité muettes.

Ainsi, Catherine demeurait-elle seule à ne pas changer dans l'éternité de sa jeunesse, entre la turbulente croissance de ses cadettes et la lente usure qui marquait le visage et le corps du père.

Le temps ne viendrait-il donc jamais pour elle où soudain tout se précipiterait, se métamorphoserait à l'image de certains matins de l'hiver ou du printemps où l'on s'éveillait dans un monde neuf et sacré sous l'apparition de la première neige ou la brusque éclosion des fleurs. Elle appelait de tout son être, sans pouvoir se dire à quel désir elle obéissait ainsi, ce jour qui serait pour elle comme un éveil après une longue torpeur, et l'idée qu'au lieu de lui apporter chance et lumière, ce jour tant attendu pouvait n'être aussi bien qu'orage ou défaite, ne parvenait pas à atténuer son impatience.

★

Quand l'heure sonna enfin où le temps pour Catherine recommença à s'écouler, ce fut alors avec une sorte de fièvre et de désordre, qui la laissèrent désemparée et ravie. Elle avait entendu les cloches de vêpres, à Saint-Loup. Oh! très faiblement, car nul vent ne venait glisser son bienfaisant murmure dans la fournaise de ce dimanche de juillet, et les sons mêmes semblaient se fondre dans l'ardeur du ciel. Catherine était allongée dans l'herbe, à l'ombre d'un frêne devant la maison-des-prés. Les autres devaient dormir dans la masure. Un bruit sur le chemin de la Noaille lui fit lever la tête. Elle n'en crut pas ses yeux lorsqu'elle vit apparaître, violette comme la crête d'un coq, Félicie la marraine. Il fallait que la grosse femme eût perdu la raison pour se risquer ainsi à faire le trajet de la Noaille à la maison-des-prés sous un tel soleil; autant pénétrer dans l'un des fours de la fabrique à la fin d'une cuisson. La jeune fille héla sa marraine qui vint s'affaler haletante au pied du frêne.

— Vous n'y pensez pas, Marraine, à tant marcher par un jour comme ça.

La grosse femme faisait des signes avec son mouchoir comme pour dire : « Allez, allez! »

Catherine s'inquiéta.

— Y aurait-il quelque chose de...

Elle n'osait achever sa question, elle craignait de déclencher un malheur en le nommant.

— Quelque chose de... grave? finit-elle par dire.

La cuisinière tourna la tête plusieurs fois, elle n'arrivait pas à reprendre haleine, mais le sourire de ses petits yeux bruns enfoncés sous les paupières grasses et plissées rassura sa filleule. Quand la visiteuse se fut un peu reposée, elle commença à parler de choses et d'autres, de l'avarice sempiternelle de ses patrons, de la sécheresse qui menaçait les récoltes, de la nouvelle domestique qu'on lui avait donnée pour la seconder mais qui gâtait toutes les sauces, de ses collègues les cuisinières des maisons du Haut, à l'en croire toutes plus vaniteuses les unes que les autres, à l'exception de Mme Pourpaille. « Celle-là... », dit-elle, mais elle interrompit sa phrase et son bavardage en guettant Catherine du coin de l'œil. Au seul nom en effet de Mme Pourpaille, la jeune fille qui se laissait aller depuis un moment déjà à la somnolence, lassée qu'elle était par les litanies de la cuisinière, se redressa, attentive.

Félicie se rengorgea, tapota son corsage du bout des doigts.

— A propos de Mme Pourpaille, reprit-elle, puis, sortant son mouchoir, elle se mit à s'éponger lentement le front et le cou.

Catherine avait du mal à cacher son impatience, elle ne doutait plus, à présent, que sa marraine avait risqué l'insolation uniquement pour venir révéler quelque nouvelle d'importance; elle ne doutait pas non plus que la grosse femme ne préparât son effet, retardant à plaisir le moment de lancer sa bombe. Le mouchoir à carreaux retrouva sa place dans la poche du tablier, la marraine souleva ses sourcils.

— Qu'est-ce que je disais donc? demanda-t-elle.

« Va-t-elle se décider? » pensait Catherine; elle eût volontiers pincé Félicie tant la comédie de celle-ci l'agaçait.

— Vous parliez de Mme Pourpaille.

La cuisinière prit l'air le plus étonné du monde.

— Ah oui!... Eh bien, Mme Pourpaille, je te donne en mille ce qu'elle est en train de faire, même que je la plains sincèrement avec cette chaleur, tu t'imagines ce que ça peut être près de ses fourneaux.

Catherine ne voyait toujours pas où la bavarde voulait en venir, elle laissa la bonne femme jouir à son aise de l'énervement qui devait se peindre sur son visage, puis déclara, non sans rancœur :

— Excusez-moi, Marraine, mais il va falloir que j'aille m'occuper des petites, elles ont assez dormi comme ça.

Félicie lui prit le bras.

— Hé, laisse donc! que veux-tu qu'elles fassent dans cette flamme? Ton père et Francet s'en occuperont quand ils se réveilleront.

Elle regarda Catherine dans les yeux et prit un air guilleret pour annoncer :

— Eh bien, Mme Pourpaille est en train de préparer le dîner de fiançailles d'Émilienne Desjarrige.

« C'est cela, ce n'est que ça qu'elle avait à m'apprendre! » Catherine avait beau se tenir un tel langage, elle ne pouvait faire que ses mains nouées derrière le dos ne tremblassent ni que la chaleur du jour ne s'effaçât devant ce feu qui lui sembla dessécher ses veines.

— Quel est le fiancé? demanda-t-elle, tout en pensant : « Aubin la prenait pour sa fiancée, quel enfant il était, et moi avec; mais l'enfance est finie. »

Félicie n'avait-elle pas compris la question, ou bien désirait-elle débiter ses commérages comme elle l'entendait, sans s'occuper des demandes de sa filleule? Elle reprit :

— Il était temps à la fin qu'elle trouve chaussure à son pied. Elle a repoussé tous les bons partis de la Noaille, aucun ne lui convenait. A ce qu'il paraît, des Limougeauds, des Parisiens même, n'ont pas eu plus de chance.

La grosse femme avança la tête et roula des yeux indignés.

— Tout le portrait de sa mère, c'est le sang du Repaire qui leur monte à la tête, elles se prennent pour je ne sais quoi. Il leur faudrait des anges peut-être pour époux.

La cuisinière avait dit cela avec une moue de mépris, mais ces mots, dans la pensée de Catherine, prenaient une tout autre résonance : elle voyait Émilienne en robe blanche s'envoler et, dans le ciel, venant à sa rencontre, un jeune garçon — derrière lui, glissait un sillage de lumière. On disait que les enfants morts devenaient des anges. Si cela était, Aubin aurait dû être cet ange qu'elle imaginait pour époux céleste à l'orgueilleuse Émilienne.

— Toujours est-il, poursuivait Félicie en bougonnant, qu'à ce régime-là notre mijaurée était partie d'un bon pas pour coiffer Sainte-Catherine.

« Il fait si chaud qu'elle ne doit pas remarquer que j'ai rougi. Suis-je assez stupide pour me troubler comme ça! A l'atelier, quand les ouvrières disent d'une telle qu'elle coiffe Sainte-Catherine, ça m'est bien égal, alors qu'est-ce que j'ai aujourd'hui? » En ce ciel intérieur où tout à l'heure elle avait vu Émilienne s'envoler vers un jeune mort, Catherine se voyait maintenant apparaître elle-même, les cheveux épandus sur les épaules, assise sur un trône de nuages comme elle avait vu, sur des images pieuses, sainte Madeleine. Émilienne Desjarrige s'approchait derrière elle, à ses côtés Aubin rayonnait comme un soleil; les mains blanches d'Émilienne commençaient à natter les cheveux de Catherine.

— A quoi rêves-tu Cathie?

— Comment?... Je... je ne rêve pas...

— C'est cette sacrée chaleur, ma petite, qui te brouille la tête? Ou bien c'est de parler mariage?

Et la bonne femme riait, d'un rire qui faisait tressauter sa graisse sur l'estomac ainsi que son triple menton.

L'enfance était finie depuis longtemps sans doute, cependant tant qu'Émilienne demeurait inchangée, c'était comme si le monde ne bougeait pas. Maintenant, il fallait dire un dernier adieu à ces années puériles et enchantées, puisque Émilienne renonçait à elle-même et à tout ce dont elle était la promesse.

— C'est en somme une bonne affaire pour les deux familles, je devrais dire pour les trois familles puisque la fabrique a été construite par les du Repaire. Comme ça, puisque la fille Desjarrige épouse le fils de La Reynie, ça amènera l'argent frais du papa Desjarrige dans l'usine, et Émilienne retrouvera la fabrique de ses ancêtres.

Le fils de La Reynie, un homme plus tout à fait jeune, courtaud, déjà empâté, la moustache frisée au petit fer, l'œil rond et gourmand ; Catherine ne parvenait pas à imaginer que ce pût être là désormais le compagnon d'Émilienne : autant vouloir lier une pouliche fière, fine et nerveuse comme l'on en voyait parfois dans les chasses qui traversaient à fond de train les prés, à un percheron de camionnage.

— Je ne sais pas, disait la cuisinière en fronçant les sourcils, si ce sont les Desjarrige ou le fabricant, toujours est-il qu'on brusque les choses. Aujourd'hui voilà les fiançailles sans qu'on ait pu crier ouf! et les noces c'est pour la mi-septembre...

C'était bien cela, on *brusquait* les choses, et sans doute des deux côtés, pour vite refermer le piège sur Émilienne.

Catherine sentit une main se poser sur son épaule, elle tressaillit.

— Qu'est-ce qui te prend? demanda Félicie en riant. On ne peut plus te toucher?

La jeune fille balbutia de vagues excuses; sa marraine la reprit de nouveau par l'épaule.

— Figure-toi, Cathie, figure-toi qu'elle est bien toujours aussi folle, cette Émilienne; devine un peu ce qu'elle a manigancé... Ah! tu peux dire qu'elle n'a pas pour deux sous de raison. Dans le fond je me demande si, après tout, ça n'a pas mieux valu que tu ne deviennes pas sa demoiselle de compagnie, elle t'aurait peut-être rendu aussi folle qu'elle.

— Elle n'est pas plus folle que vous ou moi!

Catherine se reprocha d'avoir presque crié cette protestation.

— Tu trouves qu'elle est sensée? elle a décidé que la noce aurait lieu à la fabrique! on dansera dans la cour, et tous les ouvriers, les apprentis et leurs familles seront invités à venir boire et danser. Il paraît que le fiancé et le futur beau-père ont fait un drôle de nez quand elle leur a annoncé sa lubie, mais elle a menacé de rompre si on la chicanait là-dessus.

Catherine avait envie de secouer sa marraine et de lui dire : « Enfin! vous me faites retrouver Émilienne; je ne la reconnaissais plus sous ces fiançailles et ce mariage, je ne la reconnaissais plus avec ce lourdaud, ce percheron à ses côtés, mais vous voyez bien qu'elle est quelqu'un d'autre, quelqu'un qui ne ressemble à personne puisque personne n'aurait eu l'idée de cette noce à la fabrique. »

Elle avait arraché des brins d'herbe et les déchirait machinalement en menus morceaux. Une brise se faisait sentir par moments et sous sa pression légère quelques cheveux volaient sur les tempes de Catherine.

« Le changement de la voix d'Émilienne lorsqu'elle me parlait de la fabrique, de ses parents qui l'avaient fait construire. C'est pour cela qu'elle accepte ce mariage, par fidélité à ses morts et non pas pour l'argent, pour les convenances, ou par peur de coiffer Sainte-Catherine comme le prétendait cette sotte de Félicie. »

— Ah! tout de même, on pourrait bien réveiller la maisonnée, fit la marraine, ils ont assez dormi.

Elle se leva difficilement, s'étira, puis tapota sa jupe du bout des doigts. Comme Catherine se dressait à son tour, elle l'observa avec un sourire en coin.

— Je ne sais pas trop si tu pourras toi aussi aller danser à la fabrique, vu cette affaire autrefois que tu as eue avec les Desjarrige.

Elle dut être effrayée par le visage défait de sa filleule, car elle se hâta d'ajouter d'une voix suppliante :

— Cathie, Cathie, je plaisantais. Mme Pourpaille, tu ne sais pas ce qu'elle m'a dit ? Elle m'a dit : « Pas plus tard que hier matin, notre demoiselle m'a demandé : « Catherine Charron, cette petite qui travaillait à la maison, je tiens à ce qu'elle vienne à la fabrique pour la noce, j'y tiens. »

— C'est vrai ?

Pourquoi avoir posé cette question, la marraine allait la juger bien stupide d'attacher tant d'importance à cette noce.

— Vrai comme tu me vois devant toi, affirma solennellement la cuisinière.

Ainsi, après ces années qui les avaient séparées, Émilienne se souvenait encore d'elle, s'intéressait à elle ! Comment la jeune fille du Haut trouvait-elle le moyen de garder une place dans sa mémoire pour une petite servante ! Catherine, tout en accompagnant Félicie, déjà ne pensait plus qu'au jour de septembre où, dans la fabrique en fête, elle reverrait Émilienne Desjarrige ; où elle la reverrait pour la dernière fois sans doute, si, comme elle le craignait, la jeune fille, en lui demandant de venir à ses noces, entendait par là même dire adieu à sa propre enfance.

25

Malgré la chaleur qui, cette année-là, ne cessa de peser tout l'été sur la Noaille et sa campagne, et malgré l'abattement où ce feu plongeait les citadins, il suffisait que le nom des Desjarrige, ou celui des La Reynie fût prononcé pour qu'ouvriers ou bourgeois, comme sous le coup d'un sortilège, retrouvassent ardeur et passion, tantôt pour s'étonner, tantôt pour louer, tantôt pour condamner ce mariage. Pour les uns il semblait fort naturel, pour les autres il était le fruit de calculs familiaux, pour d'autres encore il traduisait le désarroi ou le désenchantement de la jeune fille inquiète de voir s'éloigner ses vingt ans. C'était là notamment la thèse des ouvrières de Mme Navel; elles avaient un peu dépassé l'âge d'Émilienne et lui prêtaient volontiers leurs propres soucis. Amélie Anglard tenait pour le mariage d'amour. A vrai dire, elle devait être seule à défendre cette opinion, non seulement à l'atelier mais encore dans toute la cité. Mme Navel esquivait adroitement les questions, et assurait toujours que ce serait là une magnifique cérémonie. « Magnifique, tout à fait magnifique », disait-elle en se frottant les mains, et son plaisir n'était pas feint car les commandes de toilettes affluaient en vue de cette solennité. Quant à Catherine, elle affirmait se désintéresser de l'événement. Amélie lui reprochait son indifférence à l'égard d'Émilienne.

— Dans le fond, lui dit-elle un après-midi, toi, tu aurais dû te faire religieuse. Si tu avais continué à aller à l'église, je crois bien que c'est ce qui serait arrivé.

Catherine s'arrêta de coudre, regarda son amie.

— Peut-être, dit-elle.

Elle pensait : « Tu souhaiterais bien que j'entre au couvent, comme ça il n'y aurait plus d'obstacle entre Aurélien et toi. »

— Tout le monde ne s'occupe que du mariage de la fille Desjarrige, reprenait Amélie, et toi, on dirait que tu n'entends même pas quand on en parle.

— Que veux-tu que ça me fasse cette histoire? ça ne me regarde pas.

— Oh! des fois je ne te comprends plus.

Amélie eût encore bien moins compris si, le soir, quand tout le monde dormait à la maison-des-prés, elle avait pu voir Catherine se relever en cachette, sortir de l'armoire la belle robe qu'elle avait portée le seul jour de ses quinze ans, l'essayer, puis, ciseaux, dés et aiguilles en main, défaire les ourlets, ajuster et coudre afin que jupe et corsage fussent de nouveau à sa taille. Ensuite elle pliait soigneusement la robe et la replaçait dans l'armoire. « Pauvre Amélie, se disait-elle parfois, si elle me voyait, elle me jugerait bien mal. Pourquoi me faut-il mentir? Pourquoi? » Elle ne parvenait pas à voir clair en elle; une seule chose demeurait sûre : c'est qu'elle ne pensait plus qu'à ce mariage, et que, plus elle y pensait, plus elle feignait l'indifférence. Souvent elle essayait de se moquer d'elle-même : « Parole, on dirait qu'il s'agit de *mon* mariage. » Son ironie tournait court, elle demeurait à la fois angoissée et exaltée devant l'attente de ce jour qui lui semblait devoir marquer la fin d'un monde. Elle se sentit encore bien plus coupable envers Amélie lorsque, une nuit, alors qu'elle s'approchait enfin de la lisière du sommeil longtemps appelé en vain, elle se surprit à imaginer une double noce dans la Fabrique du Roi : celle d'Émilienne Desjarrige et du fils de La Reynie, mais aussi la sienne; comme Émilienne elle portait une robe blanche plus fraîche qu'un bouquet de lilas blanc, à son bras Aurélien avançait pâle d'allégresse. Elle essaya de chasser dorénavant de son esprit de telles idées qu'elle se reprochait durement, mais ses efforts ne semblaient leur donner que plus d'emprise sur elle.

Ainsi s'écoula l'été, avec, à l'intérieur de la monotone fournaise de son soleil, cet autre feu vif, capricieux, vite éclipsé, vite rallumé que l'approche de l'événement suscitait dans les âmes jeunes ou vieilles, belles ou disgraciées de la Noaille. Ce feu secret ne cessa de rendre pour Catherine insupportables les heures qui la séparaient encore de cette fête qu'à la fois elle espérait et redoutait, soit que le temps lui parût plus immobile que les nuages égarés et pétrifiés dans le ciel torride, soit au contraire que soudain il se mît à s'enfuir plus vite qu'entre ses doigts le fil d'une aiguillée.

★

Septembre finit par arriver avec ses matins plus légers sous la rosée, ses feuilles déjà rousses que l'ardeur du mois d'août avait consumées, ses bleus profonds dans le lointain.

La semaine qui précéda la noce, l'atelier de Mme Navel connut une activité affolée et affolante. La patronne, ses deux ouvrières, Amélie et Catherine prenaient à peine le temps de manger, veillaient jusqu'à minuit, reprenaient le travail à la pointe du jour. On crut ne jamais arriver à livrer à temps boléros, jupes, corsages, tournures, caracos, écharpes ou capes que ces dames du Haut réclamaient avec prières, menaces, larmes, promesses et crises de nerfs. Après ce tohu-bohu, il fut entendu que le samedi du mariage serait chômé, et que l'atelier au grand complet se rendrait à la sortie de l'église afin de juger sur pièce des résultats de son travail. Catherine avait dit à Amélie Anglard qu'elle passerait la chercher pour rejoindre les autres sur le parvis de Saint-Loup, mais le matin elle se sentit si lasse qu'elle envoya Clotilde et Toinon l'excuser auprès de son amie. Elle mit sur le compte du surmenage sa défaillance. Pourtant, cet abattement qui la faisait s'affaler sur le banc devant la maison-des-prés, elle savait bien qu'il venait moins de son corps que du cœur. Jusqu'à ce jour, elle en sentait une fois de plus l'évidence, la vie, pour elle, malgré ses malheurs et ses luttes, avait continué à garder à l'horizon et quasi inaccessible, une couverture par où venait la lueur d'un monde harmonieux, celui que dans son enfance Catherine avait cru posséder, qu'elle avait ensuite perdu, puis qui s'était confondu à ses yeux avec l'air qu'on respirait autour d'Émilienne Desjarrige. Mais puisque la jeune fille s'apprêtait, en se mariant, à abdiquer son impalpable et indéniable souveraineté, là-bas, l'ouverture qui donnait sur un au-delà d'allégresse et de liberté se refermait pour toujours. Catherine reconnut en elle-même ce sentiment d'immense, amère et vaine révolte, éprouvé une première fois quand ses parents l'avaient placée servante chez des étrangers. Cette trahison, cet abandon, — c'était ainsi qu'alors elle jugeait l'acte de ses parents à son égard, — elle les ressentait de nouveau avec la même enfantine violence, comme si Émilienne était devenue pour elle une autre mère, jeune et charmante de toute la jeunesse et du charme que sa vraie mère avait trop vite perdus, une jeune mère glorieuse qui la reniait.

« Je n'irai pas à la fabrique », se dit-elle. Mais, l'après-midi, lorsque Julie, Amélie et Aurélien, gauches et fiers dans leurs habits du dimanche, vinrent à la maison-des-prés, elle n'y tint plus, et, pendant que Francet passait lui aussi un pantalon et une veste de droguet bleu, elle s'empressa de revêtir sa robe ponceau. Tous s'enthousiasmèrent en la voyant sortir de la chambre.

— Quelle chance, fit Amélie, ta robe on dirait qu'on vient de la faire. J'aurais cru pourtant que ta taille avait changé depuis le jour de tes quinze ans.

Catherine détourna la conversation, en s'extasiant à son tour sur la toilette d'Amélie et sur celle de Julie. Amélie portait un corsage de dentelle blanche et une ample jupe jaune; quant à Julie elle n'avait qu'une robe de drap bleu sombre mais elle avait jeté sur ses épaules un châle de cachemire rouge et noir qui lui venait d'une aïeule. Les deux jeunes filles, la blonde Amélie et Julie la noiraude, formaient ainsi un piquant contraste. Julie et Catherine qui étaient en sabots regardaient avec envie les souliers blancs de leur amie; elle s'en aperçut et proposa qu'on allât chez elle essayer une autre paire. Pour gagner du temps, on envoya Aurélien chercher celle-ci. Quand il revint, Julie se précipita pour chausser la première ces bottines marron mais elle eut beau s'efforcer, ses pieds ne passaient pas. Ce fut donc Catherine qui hérita des chaussures. Pendant tout le trajet qui menait à la fabrique, déçue, Julie bouda, puis déclara qu'elle ne resterait pas à cette noce. Cependant, à peine, dans le chemin rouge et blanc de la manufacture, entendit-on les flonflons du bal qu'elle s'accrocha au bras de Francet et le tira de plus en plus vite vers la fête. Au contraire, au fur et à mesure qu'on approchait, Catherine ralentissait le pas, elle eût voulu ne jamais arriver.

Lorsqu'ils débouchèrent sur l'esplanade devant la fabrique, ils s'arrêtèrent, interdits. Ils ne reconnaissaient pas l'usine sous son décor d'oriflammes bleus et blancs, de guirlandes multicolores, de festons et de feuillages. Une foule dense se pressait dans la cour. Là-bas, au fond, vers les fours, une estrade, elle aussi chargée de fleurs, de rubans et de rameaux, supportait un orchestre composé de violons, de chabrettes et de vielles. Pour l'instant, les musiciens se reposaient ou buvaient : quand ils reprirent leurs instruments, le brouhaha des voix baissa d'un ton, toutes les têtes se tournèrent vers l'estrade. L'orchestre attaqua une valse, des protestations s'élevèrent çà et là, cependant que des jeunes gens poussaient des bravos sonores. Catherine et ses amis demeuraient ébahis, à l'orée du chemin. Lorsque la danse commença, il se fit un double mouvement dans la masse agglutinée sur l'esplanade : d'une part des couples se formaient qui convergeaient vers le centre, cependant que la haie de curieux reculait vers les côtés de la cour. A la faveur de ces courants, Catherine découvrit que deux vastes parquets avaient été disposés sur le sol. Sur le premier virevoltaient, sautillaient, ouvriers et ouvrières, apprentis et toute la jeunesse pauvre de la Noaille; bien des danseurs avaient gardé leur blouse de travail, quant à leurs cavalières, elles avaient simplement ajouté à la robe de tous les jours quelque fichu aux vives couleurs. Sur le plancher les sabots faisaient un vacarme de tous les diables; il y avait çà et là quelque fille un peu mieux attifée et chaussée de souliers, ou quelque godelureau pommadé : on se montrait du doigt ces enfants de boutiquiers et eux jetaient des regards d'envie vers l'autre parquet où se pressait la jeunesse du Haut.

Catherine, Francet, Julie, Aurélien et Amélie se trouvaient maintenant pris dans la foule des badauds. Plusieurs fois des femmes de la Ganne s'écartèrent pour laisser le passage à Catherine et à Amélie dont les belles robes les impressionnaient. Catherine rougissait en s'apercevant de leur confusion; elle rougissait plus encore quand les commères s'écriaient : « Mais, c'est la Cathie Charron, ma parole on l'avait prise pour une demoiselle; est-elle assez jolie comme ça... Cathie où as-tu trouvé cette robe de milady?... C'est une fameuse chance d'être couturière; voyez la petite Anglard, elle est nippée elle aussi... »

Les hommes à leur tour lançaient des propos d'égrillarde admiration, mais les coups d'œil furieux d'Aurélien et de Francet les forçaient vite à se taire. Jalouse du succès de ses amies, Julie ne tarda pas à tirer Francet vers le bal où ils disparurent bientôt, entraînés par le flot des danseurs. Instinctivement, Catherine prit le bras d'Aurélien.

Ils arrivèrent à la porte d'entrée de la fabrique. Là, dans l'espace demeuré libre entre les deux parquets, on s'entassait car on jouissait du coup d'œil sur les deux assemblées. Le chœur des ouvrières, des femmes de la Ganne, des mères de famille dont les filles tournoyaient sur le parquet des pauvres commentait les phases du bal : « Vous avez vu le fils du notaire, près de la petite Mme de Morgnac... Je me demande si le capitaine pourra continuer à mettre son képi... » — « Hé, pauvre Toinette, vous ne savez donc rien, il y a belle lurette qu'il les fait porter les cornes à sa femme, le capitaine. Tenez, visez-le un peu, à gauche de l'estrade, s'il a l'air de s'en faire. » — « N'est-ce pas la sous-préfète, assise près de lui, cette brune? » — « C'est elle, vous avez remarqué sa capote de cachemire blanc? » — « Si j'avais le quart de la moitié de ce que les toilettes ont dû coûter! » — « A qui le dites-vous, il paraît que l'atelier de Mme Navel n'y suffisait plus, jour et nuit qu'elles cousaient, toutes. » — « Et les couturières de Limoges n'ont pas chômé non plus. » — « Pas de danger que ces dames et ces demoiselles aillent danser sur le parquet de gauche, elles auraient bien trop peur de salir leurs dentelles, leurs boas, leurs petit-gris et leurs chinchillas contre les blouses! » — « Que voulez-vous, on ne mélange pas les torchons et les serviettes. » — « Les torchons, les torchons, est-ce qu'ils valent plus cher que nous avec leurs robes de soie et leurs redingotes! » — « Je vous le dis, grogna une voix d'homme avinée, je vous le dis, ils se moquent de nous, ils nous ont fait venir ici, soi-disant pour qu'on soit de la fête, mais va te faire fiche, les bons d'un côté, les autres de l'autre. Eux, ils nous lorgnent de loin avec nos tristes nippes, et encore ils se font admirer. Tas de... »

Catherine avait cru reconnaître cette voix, mais un groupe dérobait à sa vue le protestaire. Un remous ayant dispersé ses voisins, elle l'aperçut enfin.

— J'en étais sûre, dit-elle en se penchant vers Aurélien.

D'un mouvement de la tête, elle lui désigna le père Baptiste accroché au bras de la mère Trille. Tous deux semblaient se soutenir l'un l'autre.

— Ils ont bu. Le père Baptiste ne sait déjà plus ce qu'il dit.

— Il a peut-être bu, protesta Aurélien, n'empêche qu'il a raison.

— Tu trouves, dit sèchement Catherine.

Elle était mécontente d'elle-même et de lui et de tout le monde; elle se sentait divisée, prête à donner secrètement raison au père Baptiste, à Aurélien, à toutes ces ouvrières que le voisinage des gens du Haut irritait, et en même temps inquiète pour Émilienne qui devait se trouver de l'autre côté du bal, inquiète comme elle l'était le jour où pour la première fois elle avait aperçu la jeune fille et son frère devant la boulangerie de la Ganne. « Ils n'ont jamais compris : Émilienne était, est plus proche d'eux qu'elle ne l'est des gens de son rang, c'est pour cela qu'elle a voulu cette fête à la fabrique. » Elle songeait tristement qu'elle était impossible la fête où toute la jeunesse se réunirait sans qu'aucune haine ni qu'aucun trouble ne vinrent enfermer chacun dans sa propre prison, que celle-ci soit dorée ou sordide. Elle ferma à demi les yeux : ainsi les deux bals — que seule séparait une étroite bande de terrain où des fillettes essayaient elles aussi de danser, — paraissaient se confondre : ici et là, la même jeunesse brillait sur les visages tournoyant. Puis Catherine relevait ses paupières et de nouveau apparaissait la frontière qui partageait les deux univers si voisins l'un de l'autre et pourtant ennemis.

La mazurka prit fin, les couples se défirent; Francet et Julie revinrent près de Catherine, d'Aurélien et d'Amélie. Celle-ci avait bien remarqué l'émotion du jeune homme lorsque Catherine l'avait rabroué pour avoir donné raison au père Baptiste. Depuis, Amélie redoublait de gentillesse à l'égard d'Aurélien, lui offrait des bonbons qu'elle tirait d'une bourse pendue à sa ceinture, lui demandait s'il n'avait point trop chaud, s'il n'était pas fatigué. Pendant que Julie tout essoufflée donnait ses impressions sur les couples et sur les musiciens, Amélie, baissant la voix, proposait à Aurélien de revenir à la Noaille. « Je pense comme toi, notre place n'est pas ici. » Mais le garçon paraissait ne pas entendre; elle répéta sa phrase, cependant il ne broncha pas. Ce fut Catherine qui tourna la tête vers son amie. La fille du cantonnier baissa les yeux. Catherine eut pitié. Poussant Aurélien vers son amie, elle proposa : « Faites donc cette valse tous les deux. » En effet, sur l'estrade les musiciens attaquaient une nouvelle danse. Déjà Francet et Julie repartaient. Il y avait une prière dans les yeux bleus d'Amélie, Catherine le voyait bien, mais aussi qu'Aurélien s'en moquait. Les couples se reformaient lentement. Soudain surgit de la foule un grand gars maigre au visage anguleux parsemé de taches de rousseur. Dans le soleil ses cheveux flamboyaient. Il venait à longues enjambées vers Catherine, un sourire au coin des lèvres.

— Vite, Aurélien, dit-elle entre les dents, vois un peu le rouquin, vois Paul Degaille, il vient certainement me faire danser, filons...

Et sans prendre garde à la mine bouleversée d'Amélie, elle entraîna son ami vers le parquet de danse. Ils tournaient déjà lorsqu'elle remarqua avec quel air de détresse Amélie les observait, cependant qu'à ses côtés, Paul Degaille se tenait, gris de colère. Elle le vit se pencher d'un coup vers la jeune fille effrayée et la tirer malgré elle jusqu'au plancher. Là il se mit à virevolter comme si la captive ne pesait pas plus qu'une plume entre ses bras.

— Merci! murmura Catherine à l'oreille d'Aurélien.

Il la regarda avec une telle expression de gratitude qu'elle ne put s'empêcher de se blottir contre lui cependant qu'ils tournaient au rythme de la valse. Elle se sentait enfant de nouveau et Aurélien, lui aussi, lui paraissait revenu à bien des années en arrière; c'était Aurélien le petit garçon qui la protégeait quand elle devait traverser à la nuit le pré-aux-fantômes. Elle se laissait guider, les yeux clos, lorsque quelqu'un les bouscula en jurant. Ce fut comme si elle s'éveillait : le rouquin marchait près d'eux, c'était lui qui les avait heurtés, il ricanait en les toisant et serrait contre lui Amélie à demi défaillante. Et là, autour d'eux, quels étaient ces gens qui les regardaient, les uns étonnés, les autres amusés, d'autres encore, réprobateurs? Ciel, dans sa hâte à fuir devant Paul Degaille, elle ne s'était même pas aperçue qu'elle se mêlait aux invités de la noce. Elle eut envie de sortir de la danse, mais elle redouta qu'Aurélien n'eût une querelle avec le peintre. Elle hésita, esquissa un pas vers le bord du parquet, puis brusquement se remit à tourner et entraîna son cavalier vers le centre du bal. Le rouquin sans lâcher Amélie essaya de les rejoindre, mais il se heurta à des couples, des protestations s'élevèrent; Paul Degaille perdit alors sa superbe, il planta là sa cavalière et, s'écartant à grands pas, se perdit dans la foule qui cernait le bal.

Amélie Anglard se tenait égarée et immobile au milieu des danseurs. Catherine s'apprêtait à venir à son secours lorsqu'elle vit un jeune officier blond et rose se frayer passage jusqu'à la jeune fille et s'incliner gravement devant elle. Le militaire et Amélie reprirent ensemble le fil de la danse. Ils n'eurent que le temps de faire quelques tours car l'orchestre bientôt s'arrêta.

— Quand je pense, dit Catherine en s'appuyant à Aurélien tant que durait le vertige de la valse, quand je pense que nous nous sommes lancés sur le parquet des gens du Haut.

— Pour toi, ça n'avait pas d'importance, dans ta robe tu es la plus belle.

— Tu n'y penses pas...

— Si, si, mais moi...

— Tu es invité comme les autres.

Aurélien haussa les épaules.

— Invité? invité? répéta-t-il.

Ils aperçurent Amélie qui essayait de venir vers eux.

— La pauvre, dit Catherine.

Elle se souvenait soudain du visage atterré de son amie quand elle lui avait pour ainsi dire arraché Aurélien, alors qu'un instant auparavant elle venait de les inviter à danser ensemble.

Amélie n'était plus qu'à une dizaine de mètres, lorsque le jeune officier lui offrit le bras et la ramena vers l'estrade des musiciens.

— Ce militaire, tu le connais?

— C'est un cousin aux Desjarrige, je crois, dit Aurélien.

Elle se sentit jalouse d'Amélie, non pas à cause de l'attention que portait à celle-ci le jeune officier, mais parce que grâce à lui, sans doute, Amélie se trouverait bientôt près de la mariée.

— Suivons-les, dit-elle.

— Laisse donc.

Et avec un timide sourire Aurélien ajouta :

— Son soldat s'occupera d'elle.

Catherine fit mine de ne pas entendre.

— Viens.

Elle commença à se faufiler de groupe en groupe en direction de l'estrade. Derrière elle, Aurélien s'efforçait de ne pas se laisser distancer. Souvent Catherine se retournait et l'encourageait. La musique reprit, le flot des danseurs reflua vers le parquet. Catherine eut du mal à continuer d'avancer à contre-courant; quand enfin elle atteignit l'estrade et qu'elle se retourna elle ne vit plus Aurélien. Un instant elle se sentit désemparée : que faisait-elle dans cette cohue, seule? Il fallait vite qu'elle retrouvât Francet, Julie, Aurélien, et avec eux qu'elle regagnât la maison-des-prés. Le mieux était maintenant de se diriger vers la bande de terre entre les deux parquets, c'était là qu'elle avait le plus de chance de rejoindre les siens.

Cependant, quand elle reprit sa marche ce fut au contraire pour contourner l'estrade, et ce qu'elle découvrit au bout de quelques pas lui fit oublier sa première résolution. Dans un renfoncement de la cour, on avait tendu un dais de toile rouge et blanche au-dessus d'une longue table sur laquelle s'élevaient des piles de gâteaux et scintillaient des flacons et des verres. Aux deux extrémités, de hauts vases de porcelaine étaient garnis de roses. Autour de la table une assemblée mangeait, buvait, riait, parlait, tout cela avec des mines apprêtées. A côté de jeunes élégantes aux poses alanguies, les douairières en capelines violettes s'empiffraient. Un peu à l'écart, sur un fauteuil qui paraissait fort insolite en plein air, la mariée observait de jeunes fats assis devant elle à même le sol. A ses côtés se tenait un homme d'une trentaine d'années, assez corpulent, la chevelure épaisse et sombre, cependant qu'installé à califourchon sur un tabouret un garçon jeune, mince, une rose à la boutonnière, d'une main battait la mesure. « Le gros chevelu, c'est le fils de La Reynie, se dit Catherine, et l'autre qui suit la musique? » De l'endroit où elle se trouvait, elle distinguait mal les visages placés à contre-jour. Elle remarqua l'officier et Amélie qui s'avançaient vers la table chargée de victuailles. Elle envia de nouveau son amie d'être maintenant si près d'Émilienne. Qui sait, elle lui parlerait peut-être, tandis qu'elle, Catherine, n'avait plus à présent qu'à rebrousser chemin. Elle demeurait pourtant immobile. Qu'espérait-elle? Que la mariée l'apercevrait, la reconnaîtrait? Et puis, même si cela était, qu'auraient-elles à se dire? Ah! décidément elle n'eût pas dû venir. Tout cela l'ennuyait : ce vacarme des musiciens derrière elle, le raclement des pieds sur le parquet du bal, la rumeur de la foule que surmontaient parfois des cris d'enfants, des rires de filles, et là, devant elle, cette table garnie de fleurs et de friandises, et cette assemblée guindée, ces messieurs en noir, ces dames couvertes de plumes, de fourrures, d'étoffes scintillantes, de bijoux, des jeunes filles aux couleurs de printemps, cette mariée enfin à l'air morne dans laquelle on avait du mal à reconnaître la fantasque Émilienne. Tout cela n'avait pas de sens.

Voici que la mariée, d'une main pointue gantée de blanc, étouffait un bâillement et qu'en face d'elle une jeune fille blême, sans doute une demoiselle d'honneur, se mettait à son tour à bâiller. « Ils s'ennuient autant que moi. Bien sûr, ils doivent se rendre compte qu'ils ne sont pas à leur place ici, avec leurs falbalas, dans cette cour d'usine, à côté de leurs ouvriers ou de leurs fournisseurs. Nous non plus nous ne sommes pas à notre place, ici. » Cette dernière constatation la décida, elle tourna sur ses talons vernis, — quelle drôle d'impression cela faisait, cette légèreté des bottines au lieu du poids habituel des sabots, on se sentait prête à survoler le sol comme dans les rêves — elle rebroussa chemin. « Tout de même, elle avait de la chance, Amélie; si l'après-midi avait mal commencé pour elle à cause de ce fou de Degaille, à présent elle restait avec le jeune officier, et il devait raconter à ses amis, à Émilienne peut-être, comment il avait recueilli cette jeune fille dont se moquait un voyou. Cette histoire intéresserait certainement toute la noce, l'arracherait un moment à sa torpeur. De cette distraction on saurai gré à la modeste Amélie. Peut-être demain, peut-être toute une semaine, peut-être toujours on se souviendrait d'elle. »

— Mademoiselle, hé, mademoiselle, un mot s'il vous plaît.

Qui appelait-on ainsi? Catherine, absorbée par ses songeries, continuait sa marche.

— Mademoiselle!

Une voix jeune et grave avec un accent un peu traînant.

Catherine contournait l'estrade; elle jeta un coup d'œil en arrière et s'arrêta. L'officier bleu et rouge, le cavalier d'Amélie, venait vers elle à grands pas.

— Mademoiselle, excusez-moi, je vous prie.

Elle tourna la tête de tous côtés : aucune femme dans le voisinage, était-ce donc à elle que s'adressait le militaire? Elle eut envie de fuir. Que lui répondrait-elle, elle qui parlait si mal français? Peut-être était-il de Paris, avec son accent, et ne comprenait-il pas le patois.

— Mademoiselle, votre amie, mademoiselle Amélie, serait contente, enfin elle accepterait de passer cette journée près de nous si vous vouliez bien rester avec elle.

Catherine ne répondait pas, elle ne savait comment tourner sa phrase. Le jeune homme se méprit sur son silence.

— Oh! ne refusez pas, mademoiselle, ce n'est pas tous les jours fête.

Elle le suivit. « Il ne croit pas si bien dire, pas tous les jours fête, qu'est-ce qu'ils en savent, lui et ses amis? Pour eux, c'est tous les jours fête, mais moi, se doute-t-il seulement que je suis comme Cendrillon avec ma robe et mes souliers qui me déguisent? » Son cœur se mit à battre trop fort quand elle vit Amélie rougissante se pencher vers la mariée et lui parler. « De quoi j'ai l'air avec le soldat qui me conduit, tous ces gens du Haut qui me regardent et la mariée qui a dû leur dire : « C'est Cathie, une petite servante que nous avions autrefois, eh bien, savez-vous, nous étions très gentils avec elle, une orpheline, vous comprenez; eh bien cette fille a préféré nous quitter pour entrer à la fabrique. » Et le marié, le joufflu, le chevelu a dû répondre :

« Ma chère, ces gens-là, ça ne raisonne pas comme nous, ou plus exactement ça ne raisonne pas du tout. » Si c'était un piège qu'on lui tendait? ne voulait-on pas rire à ses dépens? Émilienne bâillait d'ennui tout à l'heure, à présent elle allait avoir l'occasion de se distraire, de se distraire et de se venger peut-être. Catherine se rappelait ce visage défait par la haine qu'Émilienne tendait vers elle, au-dessus de la rampe, quand elle-même avait quitté la maison Desjarrige. Elle fut sur le point de s'enfuir. Grâce aux souliers d'Amélie, elle courrait si vite qu'on ne la rattraperait pas. A ce moment, elle vit la mariée quitter son fauteuil et venir au-devant d'elle. D'un geste gracieux de la main, la jeune femme rejeta en arrière son voile blanc : son visage ainsi découvert souriait.

Devant ce sourire, Catherine oublia ses craintes. Les garçons et les demoiselles d'honneur s'écartèrent devant elle, la mariée resta en retrait, et le jeune homme mince à califourchon sur un tabouret ne cessa point de se balancer. Debout près de lui, Amélie adressait à Catherine des regards affolés.

— Je ne t'aurais pas reconnue, Cathie, déclara la mariée en lui tendant la main.

Elle faillit répondre : « Moi non plus. » Qu'était devenu le visage ardent? Les joues, le menton s'étaient arrondis, le teint assombri, seuls les yeux gardaient cette profonde nuit sous leurs paupières bombées, chargées de longs cils drus, mais dans la figure plus lourde, ils paraissaient moins grands que jadis. Certes, la jeune femme restait belle, seulement cette beauté ne paraissait plus être à Catherine que celle de la chair, et non, comme autrefois, celle de tout un être.

La mariée n'avait pas lâché la main de Catherine, comme si elle espérait ainsi mieux retrouver la voie vers ce passé perdu où une petite servante et une jeune maîtresse, par-delà les frontières de leur âge et de leur condition, avaient cru déceler en elles-mêmes une entente secrète qui les distinguait des autres, de tous les autres, qu'ils fussent couverts d'or ou miséreux.

« Elle ne me reconnaît pas, songeait Catherine. J'ai six ans de moins qu'elle, mais j'ai changé aussi; elle doit trouver que je suis devenue pareille à tous ces gens, beaux ou laids, qu'elle dédaignait. » Enfin, Émilienne se recula un peu, et dit en hochant la tête :

— Comme te voilà jolie, avec ton chignon châtain, ta taille de fuseau, et tes yeux, tes yeux de noisette.

Elle ajouta avec une expression où l'envie, l'admiration et une soudaine tristesse se mêlaient :

— Je ne te reconnaissais pas, mais tes yeux si... Sais-tu que tu as gardé tes yeux d'enfant?

Un instant, la jeune femme demeura mélancolique, puis elle pivota sur ses talons et sa robe de dentelle s'évasa autour d'elle. « On dirait un oiseau blanc. » Cette image fit retrouver à Catherine, le temps d'un éclair, l'ancienne et vive Émilienne.

— Xavier, Xavier, lançait à voix haute la mariée, viens donc saluer cette ravissante personne.

Le garçon mince qui portait une rose à la boutonnière se leva à regret.

— Tu vois, Cathie, mon frère, lui qui était plutôt gras, le voilà fil de fer; en tout cas il n'a pas changé de manière, toujours aussi indolent.

Xavier Desjarrige marmonna un vague bonjour. Lui aussi, observa Catherine, avait gardé ses yeux d'autrefois, malheureusement pour lui, car ils demeuraient globuleux et fades dans leur couleur bleue délavée, et si inexpressifs qu'on doutait qu'ils pussent voir quoi que ce fût. Émilienne parut deviner les pensées de Catherine, elle remarqua en baissant la voix afin d'être seulement entendue de la jeune fille :

— Il a l'air passablement dans la lune, j'en conviens,

mais tu sais, il joue toujours admirablement du piano, tu te rappelles?

Oui, elle se souvenait.

— Allez, ordonna Émilienne, nous boirons une coupe en l'honneur de Cathie.

Elle l'entraîna vers le buffet sous le dais blanc et rouge. Xavier les suivit puis le marié, enfin Amélie et l'officier, les garçons et les demoiselles d'honneur.

Des domestiques en livrée rouge s'empressèrent lorsque la jeunesse approcha du buffet; ils tendaient les plateaux de friandises, apportaient des coupes. Des bouchons volèrent avec un claquement qui fit tressaillir Catherine. Émilienne le remarqua.

— Tu as peur des bouchons de champagne?

Et comme la jeune fille ne répondait pas, elle ajouta :

— Je parie que tu n'en as jamais bu de ta vie, eh bien mon mariage aura au moins servi à cela.

Elle tendit une coupe à Catherine, puis en prit une qu'elle porta à ses lèvres.

— Vive la mariée! crièrent les garçons d'honneur.

— Vive le marié! reprirent leurs cavalières.

— A leur bonheur!... A leur amour!... Santé et prospérité!

Les souhaits de tous côtés s'élevaient et Émilienne et son mari remerciaient d'un sourire.

— Au bonheur des jeunes époux! glapit une voix chevrotante.

Le marié se retourna, s'inclina gravement pour remercier.

— Merci à vous, grand-maman! cria Émilienne.

Catherine découvrit alors à l'écart, abritée au fond d'une guérite d'osier, une petite vieille qui semblait cassée sous ses volants, ses dentelles et ses aigrettes.

— La baronne de La Reynie, murmura Émilienne, mon aïeule par alliance. Tu t'imagines, Cathie, quand je serai comme elle!

Elle souriait en disant cela et montrait l'éclat un peu cruel de ses dents. Sans quitter son sourire, elle demanda :

— Tu ne sais pas à quoi je pensais tout à l'heure, en te regardant? Je pensais à ton frère.

— A mon frère? Vous pensiez à Francet?

Catherine supposait, maintenant qu'Émilienne par son mariage devenait propriétaire de la fabrique, qu'elle allait s'intéresser au travail des ateliers, à Francet dont peut-être on lui avait vanté les dons de tourneur.

— Francet? Il ne s'appelait pas comme ça ton frère n'était-ce pas Aubin?

— Ah! vous vous souvenez de...

Tout aussitôt Catherine regretta sa phrase. Émilienne ne souriait plus; n'était-elle pas irritée? Pourtant sa voix fut douce encore pour dire :

— Ce petit paysan, je l'ai embrassé, c'est vrai : j'étais un peu folle en ce temps... un peu...

Elle sembla chercher un mot en vain et reprit :

— Bast, la vie était belle. Et puis, pourquoi ne lui aurais-je pas donné ce baiser? Tu m'as dit qu'il s'était imaginé Dieu sait quoi après cela, qu'il m'épouserait. Après tout, pourquoi n'aurait-il pas imaginé cela, si ça lui plaisait? Et puis il est mort, tombé de son échelle ou de sa grange, je ne sais plus, il est mort.

Elle s'approcha encore de Catherine, jeta un coup d'œil autour d'elle. Le marié plaisantait avec les garçons et les demoiselles d'honneur.

— Eh bien, Cathie, c'est lui, c'est Aubin qui a été heureux.

Elle leva sa coupe qui scintillait :

— Buvons à sa mémoire, veux-tu?

D'un trait elle vida la coupe.

— Mais tu ne bois pas, Cathie, tu n'aimes pas ça?

— Oh! je ne sais pas.

Catherine effleura de ses lèvres le champagne. Elle n'aurait su dire si elle trouvait ce vin agréable, ce pétillement l'avait étonnée et les premières gorgées avalées elle avait cru un instant perdre le souffle.

Émilienne l'observait tout en buvant.

— Ma pauvre Cathie, c'est le gaz qui te gêne?

— Le gaz?

— Oui, les bulles. Donne ton verre. Il faut battre le champagne.

— Le battre?

Décidément ces gens du Haut avaient des manières et des mots qu'on ne comprenait pas.

La mariée prit la coupe de Catherine, appela un serveur, lui demanda une cuillère. Elle battit le vin.

— Tiens, goûte à présent.

Cela faisait penser à une légère caresse cette coulée de vin blond et puis, après cette douceur, on eût dit qu'un soleil se mettait à danser en vous, là près du cœur et là, sous le front. Que c'était étrange : le monde lui-même semblait changer, d'un coup plus jeune, plus gracieux, un peu bizarre.

— C'est bon, n'est-ce pas? demandait Émilienne. Hep, donnez-nous deux autres coupes!

Catherine buvait à petites gorgées cependant que la mariée de nouveau vidait sa coupe d'un trait.

— Une bonne invention, dit-elle, pour faire passer le temps, pour ne pas le voir passer.

Il semblait à Catherine qu'une aussi suave liqueur, il fallait l'aspirer lentement; n'était-ce pas précieux, n'était-ce pas de l'or, un or transparent?

— Dis un peu, Xavier, tu exagères, observa Émilienne, je n'ai pas compté tes coupes, mais fais attention.

Le jeune homme sembla ne pas entendre et acheva son verre. Cependant, alors qu'il esquissait un geste pour le tendre au serveur, il se reprit, le posa et s'écarta de la table. Il se tenait impassible, muet.

— On va danser, dit Émilienne à Catherine, sinon mon frère va continuer à boire. On ne s'aperçoit pas quand il est ivre, il reste toujours aussi indifférent. Il ne bouge, il ne parle pas plus qu'ainsi. Moi aussi, d'accord, j'aime boire, mais lui, c'est trop, il ne sait plus s'arrêter.

Elle se tourna vers les jeunes hommes :

— Allons, messieurs, occupez-vous un peu de vos cavalières. Voyez donc, ce sont nos parents qui dansent. Xavier, sois galant, Cathie doit valser à ravir, j'en mettrais ma main au feu.

Le jeune officier offrit son bras à Amélie, les mariés allèrent vers l'estrade, parlèrent aux musiciens, Xavier s'inclina devant Catherine.

Comme la vie était légère, était-ce le vin de Champagne, était-ce la musique? la danse? La vie ressemblait à cette valse, tournoyante, aérienne comme elle. Xavier lui-même paraissait transfiguré, son visage devenait presque beau, le rythme faisait perdre à son corps sa raideur. Tout le monde tournait dans le ravissement : Amélie plus rose que jamais dans les bras du militaire, Émilienne dont le voile blanc volait dans le vent de la valse, Émilienne qui retrouvait sa grâce altière d'autrefois, enfin tous ces jeunes couples rieurs qui faisaient à celui des époux un cortège tourbillonnant.

Un moment, en passant en bordure du parquet, Catherine crut apercevoir parmi les curieux amassés dans la cour le visage d'Aurélien et, plus loin, celui de Paul Degaille, le rouquin. Encore n'était-elle pas sûre que ce fût eux. Peut-être seulement l'avait-elle rêvé, se disait-elle, car souvent dans le vertige de la danse elle fermait les yeux et alors, sous ses paupières closes, mille images continuaient à glisser. Oui, peut-être n'avait-elle fait qu'imaginer ce visage si triste d'Aurélien et ce regard implorant qu'il lui lançait, ainsi que la figure pleine de rage du peintre rouquin.

Comme il avait tort, Aurélien, de ne pas être content comme elle-même, comme Xavier, comme toute cette jeunesse sans souci!

C'était stupide cette tristesse et c'était laid, on devrait interdire à Aurélien d'être triste et l'on devrait interdire au rouquin de regarder les gens, de regarder Catherine avec cette haine dans les yeux... Déjà ses pensées s'enfuyaient, déjà d'autres visages apparaissaient, disparaissaient au fil de la danse. Ah! la musique s'arrêtait. Des gens applaudissaient. On criait « vive la mariée! ». Puis d'autres cris s'élevaient, une voix braillait : « Les bourgeois on les pendra. Ah! ça ira, ça ira, ça ira, les bourgeois à la lanterne, ah! ça ira, ça ira, ça ira, les bourgeois on les pendra. » Titubant, le père Baptiste surgissait sur le parquet et venait brandir son poing sous le nez des gens du Haut. Dans la cour, des remous faisaient reculer puis avancer la foule. Des femmes lançaient : « Il a raison... c'est bien fait... Ça leur apprendra. » Comme du fond d'un songe, Catherine observait la scène et elle se disait : « Ils vont se jeter sur Émilienne, ils vont la frapper, il faut que je me place devant elle. » Mais elle ne parvenait pas à se mouvoir. Elle vit le marié essayer d'entraîner Émilienne, cependant que des domestiques en livrée s'approchaient la main levée. Alors Émilienne brusquement s'écarta de son mari, elle avança à grands pas vers le vieil ouvrier.

— Demain, dit-elle, vous aurez tout le temps pour nous pendre. Aujourd'hui, dansons.

En même temps elle faisait signe à l'orchestre.

— Une polka!

Elle tendit les bras au père Baptiste. Il jeta des coups d'œil affolés autour de lui comme s'il voulait prendre la foule à témoin... puis il se mit à sautiller avec la mariée.

Ce fut un éclat de rire général. Tout en dansant, Émilienne interpellait ses amis et aussi les villageois qui les regardaient.

— Alors vous ne savez pas faire la polka?

Le vieil ouvrier avec un sourire béat appuyait l'invitation de sa cavalière. Bientôt le plancher fut de nouveau envahi par les couples. Cette fois, gens du Haut et villageois se mêlaient. Catherine et Xavier croisèrent Francet et Julie : celle-ci feignit de ne pas voir Catherine.

Après la danse, Xavier ramena sa cavalière au buffet.

— Tu as vu, Cathie, dit Amélie, Julie et Francet dansaient à côté de nous, Julie a fait comme si elle ne nous voyait pas.

Catherine se contenta de hausser les épaules. Que lui importait la mauvaise humeur de Julie, que lui importait, puisqu'à présent le monde pour elle était changé, et demeurait sans poids, sans ombre, monde lumineux comme cette coupe que de nouveau on lui tendait et qu'avant de boire à longs traits, car danser l'avait altérée, elle fit tinter contre celles d'Amélie, du militaire et de Xavier.

Émilienne les rejoignit accompagnée de son mari. Il pinçait les lèvres pour dire :

— Ma chère, danser avec ce vieil ivrogne.

Émilienne se planta, le regarda dans les yeux.

— Vous auriez préféré une bataille sans doute, une bataille le jour de nos noces et pour demain, pour toujours, la haine de tout le pays contre nous!

— Tu as été parfaite, ma sœur, dit Xavier.

Catherine trouva admirable que son cavalier eût enfin ouvert la bouche, et que ce fût pour proférer ces paroles qu'elle jugea non moins admirables.

Elle s'entendit déclarer, et tout en parlant elle s'émerveillait d'oser elle aussi prendre part à la conversation des gens du Haut :

— Le père Baptiste c'est le meilleur tourneur de toute la France avec mon frère Francet.

— Vous voyez, conclut la mariée, sans moi la fabrique aurait perdu cet artiste.

« Elle a dit « cet artiste », alors Francet aussi est un artiste, je suis la sœur d'un artiste. Et Xavier, on le dirait pas, mais je le sais, je l'ai entendu jouer, c'est un artiste. Émilienne est la sœur d'un artiste. C'est presque comme si nous étions sœurs, Émilienne et moi. » Une autre coupe? pourquoi pas? Une autre coupe, puis une autre danse; cette fois pas avec Xavier, il fallait qu'il invitât sa demoiselle d'honneur, non, avec le militaire d'Amélie, puis avec un étudiant de Limoges — étudiant, quel beau mot, mais comment pouvait-on à cet âge étudier encore? — puis avec Xavier Desjarrige de nouveau. Étaient-ce ces danses? étaient-ce les coupes? elle voguait dans une brume dorée où se confondaient les êtres, où elle-même se confondait presque avec les autres. N'était-ce pas son mariage qu'on célébrait? n'était-ce pas elle Émilienne Desjarrige? Quelle drôle de pensée! Et quel drôle de rire cette drôle de pensée lui donnait. Le même rire encore que celui d'Émilienne, et le même rire à côté d'Amélie, et le même rire haut, haut, tel un oiseau, des demoiselles d'honneur.

Et soudain que s'était-il passé? Soudain c'était la nuit. Un instant avant le plein soleil de septembre, maintenant un ciel plein d'étoiles, une fraîcheur qui fait serrer frileusement les châles de cachemire sur les épaules, vingt chandelles allumées sur la table du buffet et des files de falots luisants au-dessus du bal. Cet après-midi n'avait duré qu'un clin d'œil; n'était-ce donc pas étrange, effrayant même? Catherine au sein de sa griserie pressentait une obscure inquiétude dont elle ne parvenait pas à découvrir l'objet. Brusquement, se tournant vers Amélie Anglard, elle s'écria :

— Et Aurélien, où est-il?

Elle faisait intérieurement d'immenses et vains efforts pour tenter de remonter du fond de sa légère ivresse et pour se souvenir du moment où elle avait perdu son compagnon dans la foule.

— Tu penses bien que Francet et Julie... Amélie s'arrêta puis reprit :

— Tu penses bien qu'ils sont avec lui.

Gentille Amélie, Catherine aurait aimé lui dire merci pour ses paroles apaisantes, merci d'effacer ainsi ses remords, merci de ne pas lui crier : « Est-ce toi Cathie qui oses oublier pour ton plaisir cet ami qui lui ne pense qu'à toi... » Pourquoi n'était-il pas là, Aurélien? Il aurait savouré, lui aussi, ce vin qui faisait passer le jour comme un éclair. Trop vite enfui ce jour, bien trop vite. Maintenant la nuit glissait ses ténèbres dans le cœur. Catherine avait beau admirer le mystère que la clarté mouvante des chandelles apportait aux visages, aux gestes, aux riches étoffes, elle ne parvenait pas à se libérer de ce poids que le soir avait jeté en elle. Son angoisse s'exalta lorsque Émilienne s'approcha d'elle et lui dit à l'oreille qu'elle allait partir, partir avec son mari; un cabriolet les attendait derrière la fabrique, il les mènerait dans une demeure de campagne de ses beaux-parents, à une lieue de la Noaille.

Catherine ne put s'empêcher d'implorer :

— Non, pas encore, ne partez pas encore.

— Chère Cathie, murmura Émilienne, il le faut.

Elle s'éloigna d'un pas, brusquement revint vers Catherine, la serra contre elle, l'embrassa.

— Pense à moi, quelquefois, à notre enfance. Adieu!

Et elle s'enfuit; bientôt la nuit happa sa forme blanche. Alors Catherine se sentit seule. Xavier se tenait près d'elle, mais qu'importait ce garçon, existait-il vraiment? Il se pencha pourtant vers elle.

— Cathie, prononça-t-il.

Et elle se demanda ce qui rendait plus belle la voix du jeune homme.

Il désigna de la main la table servie. Ils s'approchèrent.

— Deux coupes, dit-il.

Elle pensa à la remarque d'Émilienne lorsqu'elle se plaignait de ce que son frère ne fût que trop enclin à boire. Elle faillit mettre en garde le jeune homme, mais elle n'osa pas; ils vidèrent leur coupe. Ensuite ils revinrent au bal. A la fin d'une danse, Xavier déclara :

— Moi aussi je vais partir. Depuis longtemps mon père a décidé de m'envoyer en Allemagne étudier le travail dans les fabriques de porcelaine. Je ne voulais pas, mais puisque ma sœur s'en va.

Bien plus tard il ajouta :

— Je pars dans deux jours.

Il souriait en regardant Catherine. Elle ne l'avait jamais vu sourire et elle lui trouvait ainsi un air humble et désarmé. Peu à peu la foule se dispersait, il n'y avait que quelques couples sur le parquet, les musiciens jouaient sans entrain. Catherine avait de la peine à tenir ses yeux ouverts.

— Il faut que je rentre, dit-elle.

Elle tendit la main à Xavier. Il sembla ne pas s'en apercevoir. Elle s'en alla. Elle s'efforçait de marcher droit mais le ciel et le sol vacillaient un peu devant elle. Quand elle parvint au chemin qui menait à la route de la Noaille, elle entendit des pas derrière elle. Elle se retourna, aperçut une grande ombre mince.

— Qui est là?

— N'ayez pas peur, c'est moi.

Après un instant de crainte, elle était reconnaissante à Xavier de l'avoir suivie. Ils avancèrent lentement dans le chemin. Ayant heurté une pierre, elle faillit tomber. Il la retint dans sa chute.

— Prenez mon bras.

— J'ai trop bu, dit-elle, et elle rit pour cacher sa confusion.

— Moi aussi.

Mais lui ne riait pas, au contraire sa voix était triste.

— On ne boit jamais assez, ajouta-t-il.

— Votre sœur...

Elle s'arrêta, elle allait dire : « Votre sœur s'inquiète quand vous buvez. »

Il se planta au milieu du chemin.

— Quoi ma sœur? Ma sœur est morte.

— Oh! ne dites pas cela.

Elle se signa de sa main gauche restée libre. Elle croyait entendre Émilienne : « Aubin, c'est lui qui a été heureux. »

Xavier reprenait :

— Morte pour elle, morte pour moi, morte pour toi.

Il eut un élan de tout son grand corps dégingandé et serra la jeune fille contre lui.

— Émilienne a raison. Toi, tu as gardé les yeux de ton enfance.

Appuyée contre la poitrine du jeune homme, Catherine se mit à sangloter. Elle ne savait pourquoi elle pleurait. C'était ainsi. A la fin du jour, la vie avait été pareille à une brume dorée, voici qu'elle n'était plus que ténèbres. Cependant que les larmes coulaient, Catherine sentait s'en aller avec elles sa peine, ou plutôt si celle-ci demeurait, ce n'était plus comme une lourde et sombre masse mais un peu à la façon d'un nuage qui inscrit sa menace ou sa blessure au sommet du ciel. La jeune fille était encore secouée de soubresauts, du moins n'était-ce plus là que les dernières vagues de son tourment. C'était bon cette chaleur, cette odeur d'homme contre son visage. Elle y retrouvait cette sensation si lointaine de quiétude que lui donnaient, quand elle était toute petite, la chaleur, l'odeur du père ou du parrain contre lesquels elle se blottissait. Déjà, elle somnolait debout contre son compagnon lorsque, la serrant plus fort, il s'écria :

— Mais Cathie, qu'y a-t-il? mais elle pleure! Cathie!

Il se pencha vers son visage qu'il couvrit de baisers. Ainsi quand elle était enfant on l'embrassait, la choyait, la consolait. Qui était-là contre elle? qui la protégeait? la berçait? Ils s'étendirent sur l'herbe au bord du chemin. Le vent portait de loin en loin les musiques de la noce puis de nouveau c'était le silence que seule rompait la vie secrète des bois : un craquement des branches, la plainte d'une bête, une course rapide sur les feuilles mortes de l'hiver passé. Que lui voulaient ce long corps tremblant, ces mains brutales et douces, cette bouche? Au fond de sa torpeur, à la fois elle demeurait là au cœur brûlant de cette lutte et se trouvait encore auprès d'Émilienne au bal, et, là-bas, dans le temps, devant Aubin évoquant pour elle sa rencontre avec la jeune amazone et le baiser donné.

— Cathie, disait une bouche collée à son oreille, Cathie, si les choses n'étaient pas ce qu'elles sont, enfin, tu comprends, si ma famille... eh bien, je te jure que tu serais ma femme aussi sûr que je m'appelle Xavier Desjarrige.

Que racontait cette voix? Elle, la femme de Xavier! Ni de lui ni de personne. Les héritières devaient prendre époux, c'était de règle, mais elle, nul n'irait certes s'inquiéter de ce qu'elle restât fille dans la maison de son père.

— Cathie, oh! Cathie...

Quelle folie le prenait! Elle voulut le repousser, s'arcbouta, le frappa. En vain. A la fois violent, suppliant, tendre, un peu grotesque aussi, il l'effrayait et en même temps l'apitoyait.

— Je t'en prie, pour cette nuit, tu veux?... Dans notre vie, il n'y a plus rien derrière nous, il n'y a plus rien devant nous; du moins, avant que le jour revienne, nous sommes ensemble, nous sommes seuls...

Où allait-il chercher ces paroles? lui toujours emmitouflé dans le silence. Il parlait avec une sorte d'âpreté et de hâte, comme s'il lui fallait proférer vite ce qu'il avait à dire, ce que, depuis des années peut-être, il se répétait en lui-même, et que dans un instant, il le sentait, il lui redeviendrait impossible d'avouer.

— Catherine, écoute-moi, ou alors il ne fallait pas venir ici, il ne fallait pas venir avec tes yeux, avec ton regard comme autrefois, le jour où moi je perds... je perds... ce qui était.

— Mais, je n'étais pas venue pour vous.

Il relâcha brusquement son étreinte. Elle crut l'entendre soupirer. Elle eut de la peine pour lui. Elle pensa que plus jamais il ne retrouverait la saveur qu'avait la vie dans la maison du Haut. Elle avança la main, passa ses doigts dans les cheveux du jeune homme. Il se mit à répéter tout bas :

— Catherine, Catherine, Cathie...

« On dirait un enfant », songeait-elle. Elle n'eut plus le courage de se défendre quand il revint vers elle.

— Catherine, ma femme...

Plus tard, lorsqu'il l'aida à se relever, elle l'entendit balbutier quelque chose entre ses dents, sans qu'elle pût comprendre s'il disait « allons » ou « pardon ». A peine avaient-ils fait quelques pas, qu'ensemble ils se retournaient : on marchait derrière eux. Ils arrivaient à une partie du chemin que les bois ne bordaient plus et que la lune haute éclairait en plein. Xavier essaya de rentrer dans l'ombre avec Catherine; trop tard, l'homme les dépassa avant qu'ils aient pu se dissimuler. Il éclata de rire et s'enfuit en courant.

— Qui est-ce? demanda Xavier.

Catherine avait reconnu Paul Degaille le rouquin.

— Je ne sais pas.

Le passant déjà disparaissait.

Ils marchèrent en silence. Le jeune homme de temps en temps ralentissait sa marche et demandait s'il ne faisait pas de trop grandes enjambées. A un moment, il offrit de nouveau son bras à Catherine, mais elle le repoussa. De même, quand ils furent arrivés à la lisière du chemin, en vue de la maison-des-prés, et qu'il voulut s'approcher d'elle, de la tête elle fit signe que non. Un instant, il resta planté devant elle, écarta ses bras.

— Voilà, dit-il.

Catherine songeait aux dernières paroles d'Émilienne : « Pense à moi quelquefois, à notre enfance. Adieu! »

— Adieu, prononça-t-elle.

Le jeune homme eut un mouvement incertain comme si on l'eût frappé, puis elle le vit remonter le col de sa veste et, ses longues mains maigres croisées devant sa gorge, il reprit le chemin de la Noaille.

26

Comment disait-il le curé Ladurantie? : « Mea... mea?... C'est ma faute, c'est ma faute, c'est ma très grande faute. » On baissait la tête, trois fois on se frappait la poitrine... Catherine ne baisse pas la tête, ne se frappe pas la poitrine, cependant elle retrouve cette horreur d'elle-même et cette terreur que les paroles du prêtre provoquaient lorsqu'il haussait la voix pour nommer l'enfer et le promettre aux enfants, s'ils ne se repentaient pas assez profondément de leurs fautes, de ces fautes qui, affirmait-il, faisaient verser des pleurs de sang au Christ dans les cieux et, sans fin, le recrucifiaient.

« C'est ma faute, ma très grande faute. » Pour Catherine le ciel était vide, ou plutôt, elle ne savait plus, elle ne voulait plus savoir si Dieu et son cortège s'y cachaient puisque, de toute façon, ils ne s'occupaient point d'elle ni des siens, et ce n'était pas le Christ, mais ceux qu'elle aimait que son péché ferait souffrir.

Il lui semblait que ce jour des noces d'Émilienne s'était inscrit hors du temps, elle n'arrivait pas à le relier à la suite ordinaire des jours, avec la réalité de leurs travaux, toujours les mêmes, de leurs soucis, des présences familières de la maison-des-prés ou de l'atelier de couture. Et pourtant, parce qu'elle était allée au mariage, parce qu'elle avait revu Émilienne, bu avec elle ces coupes qui donnaient une dangereuse aisance, parce qu'elle avait dansé, parce que enfin elle était restée dans la nuit avec Xavier Desjarrige et qu'au fond de leur désarroi, le piège des larmes, de la solitude et des caresses s'était refermé sur eux, la vie, toute la vie était changée et de nouveau chargée d'un malheur prêt non seulement à terrasser Catherine, mais à frapper ses parents et ses amis.

Cela avait commencé avec Aurélien. Dans la semaine qui suivit la noce, il revint un soir de la fabrique le visage meurtri de coups, les vêtements déchirés. A Catherine qui l'interrogeait, il hésitait à répondre. Enfin, d'un trait, il avoua. Devant lui et un groupe d'ouvriers, Paul Degaille avait déclaré que Catherine et Xavier Desjarrige il les avait surpris dans le bois, la nuit, après le bal. Aurélien avait bondi. Les deux garçons s'étaient battus, les ouvriers les avaient séparés, le rouquin possédait une force peu commune, on avait craint qu'il n'étranglât son adversaire.

— Ce salaud! ce menteur! répétait Aurélien en achevant son récit.

Il attendait que Catherine s'indignât avec lui et le remerciât d'avoir défendu son honneur, mais elle baissait la tête. Aurélien la regardait, elle devinait la prière de ses yeux.

— Je l'assommerai, dit-il encore.

Alors elle se leva du banc sur lequel ils se trouvaient assis contre la maison et rentra précipitamment. Sur le seuil, elle se retourna.

— Non, Aurélien, non, il ne faut pas.

— Mais enfin, il a menti. Dis, Cathie, il a menti!

Elle ne répondit pas et rentra dans la chambre.

Depuis on ne voyait plus Aurélien à la maison-des-prés. Le père s'en étonnait. Julie prétendait que son frère devait faire des travaux le soir, dans les maisons du Haut, casser du bois, cirer des planchers.

Francet prit Catherine à part.

— J'ai dit au rouquin que s'il continuait à parler de toi et du fils Desjarrige je lui ferais son affaire. Depuis, il se tait, mais c'est trop tard, on parle à la fabrique et en ville. Aurélien ne mange plus, ne dort plus, Julie me l'a dit. Lui qu'on ne voyait jamais au Rocher de la Folie avec les porcelainiers, maintenant il est de toutes les parties, et le premier à boire! Tu savais bien qu'Aurélien... enfin tu comprends, je te l'avais dit, alors pourquoi Cathie? Pourquoi?

Pourquoi? C'était bien ce qu'elle ne cessait de se demander sans trouver jamais de réponse, sinon celle que l'Église enseignait : « C'est ma faute. » Le péché, l'inexpiable péché, était moins à ses yeux de s'être soumise au désir de Xavier que d'avoir ainsi trahi ceux qui l'aimaient et qu'elle aimait.

— Ce garçon, qu'est-il donc pour toi? interrogeait encore Francet.

— Rien.

Et c'était pour ce *rien* qu'elle avait abandonné les siens, qu'elle avait renié, un instant, un seul instant mais il suffisait à ternir toute une vie, ces années passées à lutter pour vaincre la misère, pour approcher du bonheur. Là était la vraie faute, mais le monde depuis toujours n'ouvrait-il pas des chemins qui y conduisaient? Ce monde qui plongeait certains dans la nuit tout en leur laissant au cœur, pour qu'ils souffrissent mieux encore, une faim de lumière, de beauté et de grâce aussi forte que celle du pain quotidien; ce monde qui plaçait côte à côte les enfants déguenillés de la Ganne et la trop belle Émilienne, comme aux papillons il tendait la flamme où se jeter. Merveilleuse flamme : tant qu'elle vous entourait, tout était pur et brillant comme son or, quelle légèreté prenait la vie à la façon d'une danse. Le miracle dont on avait rêvé tout en le condamnant, le miracle surgissait : la pauvreté, la richesse n'étaient plus. On était libre, libre à l'image d'Émilienne autrefois, on était l'égale d'Émilienne, plus que son égale, sa sœur, plus que sa sœur, on devenait Émilienne elle-même, et plus que ce triste mariage d'une demoiselle de la Noaille et d'un bourgeois, c'était la noce de Catherine avec la gloire qui, depuis toujours, lui était promise.

Mais la flamme retombait, et avant qu'elle ne mourût tout à fait, il fallait à tout prix se maintenir encore, ne serait-ce qu'un instant, dans le cercle enchanté de ce brasier. A n'importe quel prix, fût-ce en sanglotant contre la poitrine de ce vague garçon, de ce pâle reflet d'Émilienne, en s'abandonnant à son désir, et à sa propre panique.

Et désormais les cendres. Catherine n'était plus que cendre, et le feu qui l'avait dévorée n'épargnerait pas qui l'aimait. Elle souffrait de ne plus voir Aurélien, elle souffrait aussi de le savoir malheureux; que n'épousait-il Amélie! Il était bien visible que celle-ci l'aimait toujours quoiqu'elle parlât à présent de ce jeune officier de dragons qui lui avait fait la cour, le sous-lieutenant Geoffroy Marfeuil, en garnison à Limoges. Amélie *savait,* Catherine en était sûre. Pourtant la fille du cantonnier feignait de ne rien entendre, lorsque son amie avait voulu lui parler, lui faire comprendre que plus rien ne devait empêcher Aurélien d'écouter son amour à elle, Amélie. « Qu'au moins ces deux soient heureux et qu'on me laisse à ma poussière. » Mais Amélie, — peut-être gardait-elle le remords d'avoir fait appeler son amie par l'officier, de l'avoir fait venir près d'Émilienne et de Xavier, — préférait jouer l'ignorante. C'était aussi pour apaiser Catherine, pour lui faire croire que tout le monde n'était pas au courant. Catherine n'était point dupe, pas plus qu'elle ne l'était des regards sournois ou ironiques des deux ouvrières de Mme Navel ou des remarques de celle-ci sur les gens qui s'en étaient payé au mariage d'Émilienne Desjarrige.

Quelles forces hostiles étaient tapies dans l'univers, prêtes à fondre sur vous et à vous blesser, à vous écraser à la moindre défaillance?

★

Ce fut à Amélie, un matin pluvieux d'automne, alors qu'elles revenaient de l'atelier de couture, qu'elle se confia.

— Je suis perdue, j'attends un enfant, je n'ai plus qu'à aller me noyer.

Amélie Anglard s'arrêta, clouée sur place. Puis elle essaya de dire quelque chose, n'y parvint pas, s'élança vers son amie, la serra dans ses bras. Sans la lâcher, elle balbutia enfin :

— Tais-toi, Cathie, tais-toi, je t'en prie, tu n'es pas perdue, tu entends, non, tu n'es pas perdue. D'abord, comment être sûre que..., et puis, s'il vient, cet enfant, nous t'aiderons à l'élever, je te jure; jamais un enfant ne sera tant aimé, jamais une mère ne sera autant choyée.

Sous l'étreinte de son amie, Catherine ne bougeait pas, elle eut un triste sourire pour affirmer :

— Il faut que je disparaisse.

— Mais enfin! mais enfin! implorait Amélie.

— Tu connais les gens de la Noaille : ils me montreraient du doigt comme ils le font de la Margot des Prades.

— Oh, Cathie! tu sais bien que la Margot, c'est parce qu'elle boit que les gens se moquent.

— Qui te dit qu'elle ne se saoule pas pour oublier les méchancetés qu'on lui fait, à elle et à son fils; les autres gosses l'injurient.

Amélie avait lâché Catherine. Elles marchaient sous la pluie qui alourdissait la laine de leurs pèlerines.

— Tu n'as pas réfléchi, Cathie... Pense à ton père, à ton frère, à nous tous si tu... Et tes sœurs, qui les éléverait?

Catherine secoua la tête.

— J'ai beaucoup réfléchi au contraire... Mon père mourrait de honte si je restais, et ce serait la honte aussi pour mes frères, pour mes cadettes. A présent ce n'est plus la misère à la maison, et puis elles sont assez grandes pour se tirer d'affaire. Crois-moi, il n'y a pas d'issue.

Elles continuèrent à marcher un long moment en silence puis Amélie s'arrêta encore, prit la main de Catherine.

— As-tu songé que tu irais en enfer?

— L'enfer, je n'y crois plus.

— Eh bien, moi, je te dis, ton âme et celle de ton enfant, elles seraient prises éternellement dans la chasse volante, et ta mère, tu la ferais souffrir éternellement.

— Ne parle pas de ma mère, dit Catherine et sa voix se brisa.

Le seul apaisement qu'elle trouvait à son angoisse, c'était en pensant qu'elle rejoindrait bientôt sa mère dans la mort, et voilà qu'Amélie l'assurait au contraire qu'elle causerait, dans les siècles des siècles, le tourment de la pauvre Marie.

Amélie Anglard pressentit qu'elle avait enfin glissé un doute dans l'esprit de sa compagne.

— Cathie, tu vas me jurer sur ta mère que tu ne... qu'enfin tu ne feras rien contre toi...

Catherine la regarda avec une expression absente.

— Je ne peux pas, je ne peux pas jurer cela, dit-elle d'une voix douce qui remplit Amélie de crainte.

En poursuivant seule le chemin de la maison-des-prés, Catherine remarquait que son amie ne lui avait point demandé quel était le père de son enfant. « C'est normal, ils savent tous. Comment voudraient-ils alors que je vive? » Elle se souvenait de prénoms : Ilda, Mathilde, Camille, ceux des filles dont elle avait entendu dire, dans son enfance, qu'elles s'étaient jetées dans des puits, des mares, dans un canal, et l'on baissait la voix encore pour ajouter qu'elles avaient voulu ainsi échapper au scandale. Ainsi ferait-on plus tard, à son propos. Ainsi des fillettes entendraient-elles au cours des conversations de leurs parents, résonner son prénom et elles tendraient l'oreille pour essayer d'écouter la suite et de comprendre ces mots sombres de mort, de déshonneur, que les grandes personnes prononçaient avec une sorte à la fois de mépris et de plaisir. Catherine s'arrêta essoufflée au bord du chemin. Elle dut s'appuyer à un piquet de clôture pour ne pas chanceler. Elle imaginait Clotilde et Toinon dans la cuisine guettant les propos des grands et se répétant à mi-voix avec crainte son prénom. Elle faillit crier « pitié », elle se demanda même si elle ne l'avait pas fait et regarda de tous côtés pour voir si quelqu'un n'avait pu être témoin de son égarement.

« Je deviens innocente », se dit-elle. Dans l'excès même de son accablement, elle trouva le besoin de se ressaisir. Plus d'une fois déjà, c'était au moment du plus grand désespoir, même lorsqu'elle était tout enfant, que sa nature s'était révoltée. « Ces malheureuses qui se sont jetées dans les puits ou les étangs, personne ne vient défendre leur mémoire, personne si je les suis ne viendra dire à mes cadettes que j'étais autre chose quand même que cette fille qui, un instant, un seul instant, s'est trompée, et la honte s'est abattue sur elle et l'a broyée. » L'honneur n'était-ce pas plutôt de reprendre le combat, ne fallait-il pas de nouveau faire front, pour elle et pour l'enfant qu'elle portait, et même pour ces Ilda, ces Mathilde, ces Camille dont nul n'avait voulu entendre le cri d'épouvante qu'étranglait leur gorge serrée et qui s'étaient enfuies dans la mort? Il le fallait, certainement il le fallait.

Son courage un moment l'exaltait, elle se mettait à marcher vite comme si cet élan devait se prolonger dans la bataille qu'elle aurait à livrer. Mais voilà qu'elle longeait la mare de la maison-des-prés, et la vue de cette flaque d'eau piquée de roseaux desséchés la rendait d'un coup au désespoir. « C'est là bientôt qu'on me trouvera parmi ces joncs. Il faudra que je m'arrange pour qu'on puisse croire à un accident, seulement à un accident. Du moins, comme cela, on ne parlera pas de moi en mauvaise part. Pourvu qu'Amélie garde le secret. »

★

Elle comprit que son amie avait parlé. Elle le comprit à cette vigilance dont Francet et Julie se mirent à l'entourer. Elle ne pouvait plus rester seule. Amélie venait l'attendre à la maison-des-prés pour partir avec elle à l'atelier de couture, à midi et le soir elle la reconduisait. Ensuite, Francet et Julie se chargeaient de veiller sur elle. Ils faisaient tout leur possible pour dissimuler leur surveillance sous des jeux, des plaisanteries, ils prétextaient qu'ils s'ennuyaient seuls. Se trouvaient-ils empêchés, ils trouvaient le moyen d'envoyer Clotilde et Toinon rejoindre Catherine. Elle était touchée par tant de secrète tendresse, se reprenait parfois à espérer; elle aurait là les meilleurs des alliés pour traverser les épreuves auxquelles elle était promise. Mais il suffisait d'une minute de mauvaise humeur de la part de Francet ou de ses amis pour qu'elle retrouvât sa hantise; non, mieux valait disparaître, sinon elle risquait d'être abandonnée par les siens. Elle pensait à l'accident d'Aubin. « C'est lui qui a été le plus heureux », affirmait Émilienne; le dirait-elle aussi de Catherine quand elle apprendrait la nouvelle? Les autres remarqueraient : « Les Charron n'ont pas de chance, après Aubin, Catherine à présent. » Hélas, Degaille le rouquin se récrierait : « Un accident, vous n'y êtes pas! » Pourquoi donc était-elle née? Qui avait besoin d'elle en ce monde? Son père, Francet, les cadettes? Mais elle ne pouvait plus faire que leur malheur. »

Amélie ni personne ne lui parlait de ce à quoi elle-même et les autres pensaient sans cesse, seulement dans les regards elle lisait toujours la même inquiétude. Elle la lut encore dans les yeux d'Aurélien lorsqu'il revint à la maison-des-prés, ramené par Amélie. Qu'avaient-ils dû raconter au jeune homme? qu'il ne serait pas de trop pour monter la garde autour d'elle? qu'elle devait souffrir de son absence, de sa réprobation et qu'il risquait ainsi de la pousser un peu plus vers la désespérance? Il ne fit aucune allusion à ce qui s'était passé, tout naturellement il reprit ses habitudes du temps où il craignait pour la santé de Catherine. Il portait chaque jour des œufs, des pommes, parfois un pigeon, d'autres fois des craquelins. Catherine du moins voulait croire que la paye d'Aurélien suffisait à couvrir les frais de ces cadeaux et qu'il ne commettait pas à nouveau des larcins ni ne mendiait pour elle. « Comment peut-il encore s'intéresser à moi? Il devrait me haïr ou me mépriser. Peut-être en est-il ainsi, ses gentillesses il les fait pour ne pas déplaire aux autres, à Julie, à Amélie ou à Francet. » Pourtant cette détresse dans ses yeux quand il la regardait. « Pour toi aussi, Aurélien, il vaut mieux que je m'en aille. Plus rien ne viendra faire obstacle à ton mariage avec Amélie. »

Elle finit par s'ouvrir de cette idée à la fille du cantonnier. La jeune fille en resta le souffle coupé. Quand enfin elle put parler, ce fut pour s'exclamer : Catherine était folle, folle à lier; jamais personne n'avait envisagé un tel mariage. En tout cas pas elle, et certainement pas Aurélien non plus. D'ailleurs, ajoutait-elle, l'officier de dragons lui faisait tenir des lettres par l'intermédiaire d'une cousine à lui. Comme elle mentait mal, comme elle se débattait Amélie Anglard : peut-être le petit sous-lieutenant lui écrivait-il, mais qu'elle continuât à rêver d'Aurélien, cela se voyait comme son nez sur sa figure.

★

Les veillées à la maison-des-prés étaient lourdes. Tant que les cadettes n'étaient pas couchées, leur bavardage apportait l'illusion de la paix, ensuite comme il pesait le silence entre Catherine, son frère et ses amis! Ils la guettaient, elle le sentait bien, et avec elle ils guettaient aussi le père. Jusqu'à quand ignorerait-il? Les regards qu'ils essayaient en vain de détourner d'elle, elle y voyait toujours la même interrogation anxieuse, et si leurs yeux se tournaient vers le père, elle savait, pour porter la même frayeur dans ses propres prunelles, de quelle crainte ils étaient chargés. Cependant les jours passaient, et Jean Charron ne semblait se douter de rien. Il avait toujours la même tristesse et la même lassitude pour se tenir courbé, mains aux genoux, devant le feu. Chaque soir, au moment de l'embrasser et de lui souhaiter bonne nuit, Catherine sentait la peur élever en elle le flux de son eau noire. Elle s'avançait vers le père en pâlissant : « Tu n'iras pas, tu n'as pas le droit de lui donner un baiser ni de recevoir le sien. Tu n'en as plus le droit. Tu le trompes, il croit embrasser sa fille, son enfant, il t'appelle : « petite, ma petite », et qui es-tu sinon son malheur. Tu l'embrasses et tu te prépares à le déchirer. »

— Bonsoir petite, dors bien, disait le père.

Ainsi disait-il, il y avait longtemps, aux Jaladas, avec la même voix et sa moustache chatouillait la joue comme en ce moment même. « Dors bien », les paroles comme un talisman vous protégeaient tandis que la nuit pénétrait sous les paupières. Mais aujourd'hui plus rien ne la protégerait, et elle avait le sentiment de prendre ce qui ne lui appartenait plus, ce dont elle n'était plus digne. Ces baisers, ces paroles du soir, c'était à une morte que sans le savoir le père continuait à les adresser. Quelle peine et quelle colère s'empareraient de lui lorsqu'il saurait. Chaque soir, en tendant sa joue, Catherine se disait : « C'est la dernière fois qu'il m'embrasse, demain quelqu'un lui parlera et ce sera fini. » Elle devinait à la nervosité de Francet, de Julie, d'Aurélien et d'Amélie qu'eux aussi, de jour en jour, redoutaient le même drame. Elle supposait qu'ils devaient se concerter en son absence à son sujet, mais que pourraient-ils faire pour la sauver, ne savaient-ils pas aussi bien qu'elle-même qu'elle était perdue?

Était-ce du fait des conseils qu'ils tenaient en cachette, ou bien Julie avait-elle agi toute seule? Un dimanche, elle arriva à la maison-des-prés, emmitouflée dans sa cape; elle saisit le moment où Catherine demeurait seule avec elle dans la cuisine pour sortir de dessous sa pèlerine une fiole qu'elle tendit à son amie.

— Prends, c'est une tisane. Tu la boiras au moment de te coucher. Demain, tu seras délivrée. Prends vite, et cache la bouteille.

Catherine n'osa demander aucune explication. D'ailleurs Julie ne s'attarda guère. Quand elle fut partie, Catherine alla à l'armoire où elle avait dissimulé la fiole. Elle déboucha celle-ci, respira l'odeur du liquide brunâtre. Cela sentait les herbes amères. La jeune fille replaça le flacon dans sa cachette. Une idée qu'elle ne parvenait pas à chasser la poursuivait : était-ce du poison que lui avait apporté Julie, par pitié. Il lui suffirait d'avaler cet élixir et, comme avait dit Julie, demain elle serait délivrée. Ce devait être un poison qui plongeait dans un sommeil sans fin, on ne souffrait pas, on n'avait pas peur, on s'assoupissait, et voilà : demain on dirait : « Vous savez, Cathie, la fille de Jean Charron, elle ne s'est pas réveillée. Une si jeune fille! » Quel sorcier avait bien pu donner le poison à Julie! Mais était-ce sûr qu'on ne souffrait pas? Elle regrettait que son amie fût repartie si vite, elle se serait peut-être enhardie assez pour le lui demander.

Tout à coup, elle s'effara devant ces pensées. Fallait-il donc que sa hantise lui fît perdre le sens pour s'être ainsi imaginé que Julie lui proposerait un poison! Julie, comme Francet, comme Amélie, comme Aurélien, n'avait qu'une peur, c'était qu'elle mît fin à ses jours. La tisane n'était certes pas du poison. Quoi alors? Elle revint à l'armoire, s'apprêta à sortir de nouveau le flacon puis soudain s'immobilisa, la main déjà tendue. Comment n'y avait-elle pas songé plus tôt? Elle se rappelait certaines conversations entendues à la fabrique ou bien à l'atelier, des commérages entre femmes où il était question d'élixirs composés par une vieille des environs quelque peu rebouteuse. C'était donc ça la tisane offerte par Julie, il suffisait de la boire, et sa *faute* serait effacée.

Pendant le reste de la journée, elle ne put détacher sa pensée du flacon qui l'attendait dans la cachette. A tout instant elle jetait des regards furtifs vers l'armoire. Elle se le reprochait d'autant plus qu'elle suspectait Francet d'être au courant de la proposition faite par Julie; il avait une façon ce soir-là d'éviter de lui parler ou de lever les yeux vers elle qui trahissait une profonde gêne. Elle eut l'impression, au moment où ils se séparaient pour aller se coucher, qu'il voulait la retenir et lui parler, mais sans doute n'osa-t-il pas. Il la laissa entrer dans la chambre et lui se dirigea vers son lit dans la cuisine.

Les yeux fermés, elle ne trouvait pas le sommeil. Elle attendit longtemps dans le noir. Tout le monde depuis plus d'une heure déjà, pensa-t-elle, devait dormir dans la maison-des-prés. Alors, retenant son souffle, elle se leva, avança pieds nus, pénétra dans la cuisine. Là elle s'arrêta, s'assura que Francet ne bougeait pas dans son lit. Elle vint à l'armoire, l'ouvrit précautionneusement; la porte grinça un peu. Catherine croyait entendre battre son cœur. Elle jeta un coup d'œil vers le lit de Francet. Rien ne bougeait dans l'ombre. Elle chercha à tâtons, d'une main, derrière le linge empilé, trouva le flacon, le sortit.

Dans la nuit, l'odeur amère de la tisane s'exaltait. Il semblait à Catherine que cette senteur pouvait être aussi insolite qu'un bruit et donner l'alarme. « Tu boiras cette tisane en te couchant et demain tu seras délivrée. » *Délivrée.* Catherine porta la fiole à ses lèvres, ferma les yeux. *Délivrée.* Elle entrouvrit la bouche. Boire, il suffisait de boire. Elle voyait en elle-même une enfant, elle pouvait avoir l'âge de Toinon, qu'elle était jolie avec ses grands yeux obscurs, une toute petite fille qui la regardait, quelle prière au fond de ses yeux noirs, une fillette : le portrait vivant d'Émilienne, une enfant, *son* enfant. Il lui sembla entendre le cri de la petite. C'était elle-même qui avait crié tout en jetant le flacon sur le sol, où il se brisa.

Elle se laissa tomber sanglotante sur la terre battue. Deux bras chauds et forts ne tardèrent pas à la relever.

— Cathie, ne pleure pas, je t'en prie. Recouche-toi et dors.

J'enlèverai les débris de la bouteille. Cathie, allons, Cathie, compte sur moi. Je t'aiderai, nous t'aiderons tous.

— Tu es gentil, Francet, vous êtes tous gentils, mais comment voulez-vous m'aider?

Elle se laissa pousser vers la chambre.

— Je n'ai pas pu, ajouta-t-elle à voix très basse, au dernier moment je n'ai pas pu me décider à boire.

— Mais oui, je comprends.

Il lui parlait comme à une enfant. « Pauvre Cathie, songeait-il, on ne croirait pas qu'elle va être mère; ne dirait-on pas une gamine, dans sa longue chemise de nuit avec ses cheveux sur les épaules? »

Alors qu'elle entrebâillait la porte, il lui serra le bras.

— Tu entends, Cathie, tu n'as rien à craindre, rien, nous sommes avec toi.

★

Le lendemain soir, quand elle revint de l'atelier, elle fut surprise de trouver déjà à la maison Francet et le père. Celui-ci se tenait près de l'âtre. Contrairement à leur habitude, les petites ne jouaient pas près de lui. Catherine pensa qu'elles devaient être dans la chambre. Elle avait pu acheter deux craquelins qu'elle leur rapportait; elle cria :

— Clotilde, Toinon, j'ai une surprise pour vous.

— Elles ne sont pas là, dit Francet.

Catherine le regarda. Il avait un drôle d'air et le père aussi, les traits plus creusés encore que de coutume.

— Julie les a emmenées avec elle, précisa Francet, elle avait une tarte à leur faire manger.

Le père se dressa. Comme il était blanc! Il tremblait, ses mains s'ouvraient, se fermaient, s'ouvraient. Instinctivement, Catherine recula vers la porte, mais elle vit Francet se diriger vers elle comme s'il voulait lui barrer le passage. Le père abattit ses deux mains sur la table.

— Morte, j'aimerais mieux que tu sois morte!

Il se mit à avancer, les poings levés.

Ah! qu'il la frappe, qu'il l'assomme et que ce soit fini! Pour la première fois depuis des années, depuis la misère, depuis la disparition de la mère, pour la première fois il sortait de sa torpeur, et c'était pour la vouer à la mort, elle Catherine, sa fille, sa « petite » comme il disait chaque soir en lui souhaitant bonne nuit... Pourquoi n'avait-elle pas tenu sa résolution, pourquoi n'avait-elle réalisé plus tôt le vœu que formulait le père?

Le vieil homme n'était plus qu'à un pas devant elle. A ce moment, Francet se glissa entre eux.

— Tire-toi de là! cria le père.

Francet secoua la têee.

— Père, vous rendez-vous compte de ce que vous faites! Vous m'avez promis.

— Qu'est-ce que j'ai promis?

— Père, laissez Catherine.

Jean Charron haussa les épaules, il se détourna, alla à l'évier, se versa un verre d'eau avec la couade. Quand il eut bu, il s'essuya les moustaches d'un revers de main, et, comme malgré lui, jetant un regard sur Catherine, de nouveau il serra les poings.

— Je vous l'ai dit, Père, je ferai tout pour défendre Cathie; si vous la chassez je partirai avec elle à Limoges, je trouverai bien une place dans une fabrique.

Soudain, le père sembla avoir oublié sa colère; Catherine le regretta presque, tellement il lui parut alors vieilli et hagard. Il alla s'asseoir au bout de la table, s'y appuya lourdement.

— Qu'ai-je fait? Qu'ai-je donc fait? Seul, je suis seul, mes enfants se liguent contre moi.

— Non, Père, reprit Francet, nous ne sommes pas contre vous. C'est vous qui êtes injuste; est-ce sa faute à Cathie, si...

Le poing du père s'abattit une fois encore sur la table.

— Ne me parle plus d'elle.

Après ce sursaut, il se courba plus encore et garda le silence. Catherine restait figée près de la porte. Elle n'était plus qu'horreur muette, horreur d'elle-même, horreur de cet instant, horreur de la vie à venir. Elle se sentait guettée par son frère, prêt à s'élancer si elle voulait s'enfuir. Elle ne savait que trop qu'elle ne rêvait pas, qu'elle ne se réveillerait pas de ce cauchemar ; pourtant, au fond de son désespoir, elle trouvait elle ne savait quel sentiment d'étrangeté, comme si cette accusée, qui se tenait raide et blême devant la porte, n'était plus elle-même, et ce vieil homme, haineux et meurtri, accoudé à la table, n'était plus le père.

— Assieds-toi donc, Cathie, proposa Francet, tu n'en peux plus.

Elle était bien incapable de faire un geste, elle était une pierre, elle était foudroyée et debout comme ces arbres qui continuent à se dresser sans sève ni feuilles après que l'orage les a frappés. Elle resta ainsi jusqu'à ce que sa vue se brouillât, qu'une rumeur se mît à bourdonner dans ses oreilles, puis dans tout son être, et qu'enfin elle tombât.

Quand elle revint à elle, elle était étendue sur son lit ; deux faces inquiètes se penchaient sur elle.

— Petite, ma petite.

Vite elle referma les yeux, peut-être n'avait-on pas remarqué quand elle les avait rouverts ; c'était bon d'être étendue et de sentir tout près d'elle ces présences tendres et de s'entendre appeler par le père comme autrefois « petite, ma petite ».

★

Dès lors, à la maison-des-prés, se resserra autour de Catherine, comme aux jours qui suivirent la mort de la mère, l'alliance des enfants. Seulement, cette fois, Catherine n'était plus l'animatrice de cette alliance, elle en était la protégée. Francet, Julie, Aurélien, Amélie avaient le sentiment de se préparer à soutenir un long combat contre les gens de la Noaille aussi bien que contre ceux de la fabrique pour défendre Catherine et l'enfant qu'elle mettrait au monde. Pour le moment, il leur fallait chercher des complices dans le camp ennemi. Francet et Aurélien n'eurent pas de mal à convaincre le père Baptiste. Du moins leur fut-il difficile de se décider à lui parler et ensuite ils ne savaient plus comment faire part du secret. Le vieil ouvrier repoussa sa casquette en arrière.

— Je vais aller lui dire son fait au rejeton Desjarrige.

— Il n'est plus là.

— Eh bien au pater, non!

— Non, Cathie dit non, faites pas ça, surtout pas.

— L'argent des Desjarrige, vous croyez qu'elle n'en aura pas besoin; qu'ils n'en auront pas besoin, elle et son gosse?

— Cathie, elle dit, il ne faut pas, absolument pas.

— Alors que voulez-vous de moi?

Ils ne voulaient rien d'autre que la force et l'amitié du vieil ouvrier avec eux : on le craignait à la fabrique et à la Ganne, il ferait taire les bavards et les vipères, et pour commencer Paul Degaille.

Julie et Amélie Anglard eurent plus de mal avec Félicie. Elles avaient pourtant demandé l'aide de Mariette qui vint d'Ambroisse pour faire avec les deux jeunes filles le siège de la marraine. Celle-ci faillit s'étrangler de surprise et d'indignation. Qu'allait penser Mme Pourpaille! et que diraient les autres cuisinières, gouvernantes et femmes de chambre du Haut! « La filleule de Félicie, vous savez, cette jolie petite, on la prendrait encore pour une enfant, eh bien, madame... » Elles ne diraient rien de tout cela, rétorquait Mariette, il suffirait que Félicie clouât le bac une fois pour toutes à ces tant-parle avec un mot bien senti, elle n'avait pas la langue dans sa poche, que diable! et elle savait assez que chaque maison du Haut ou presque, de l'appartement des maîtres à l'office, avait son paquet de linge sale, qu'on remuât un peu ce paquet et c'était miracle de voir les détracteurs se recroqueviller comme cornes de limaçons.

On tint maints conseils : ainsi faisont-on quand il avait fallu décider du sort des cadettes et empêcher qu'on les mît à l'orphelinat, et de nouveau c'étaient les jeunes qui imaginaient, proposaient, s'efforçaient de convaincre les vieux. Mariette et le parrain quand ils pouvaient s'échapper, elle de sa ferme d'Ambroisse, lui de ses chantiers, venaient apporter secours aux « enfants », comme ils disaient, — par une sorte de pudeur, ils feignaient d'ignorer que seul le destin de Catherine était en jeu, en outre ils avaient été conquis par cette façon qu'avaient les « enfants » de se grouper autour de leur sœur et de leur amie menacée.

Ce fut Amélie qui eut l'idée, et tous l'aidèrent à la réaliser. Catherine, remarquait Amélie, ne pourrait plus dans quelques mois venir à l'atelier de Mme Navel, alors mieux valait prendre les devants, prétexter que les soins de ménage à la maison-des-prés devenaient de plus en plus absorbants, bref, rester chez soi. Pour continuer à gagner de l'argent, Catherine deviendrait tout simplement couturière en chambre, bien des clientes qui appréciaient son travail lui amèneraient leur pratique.

— Pour bien faire, ajouta Francet, il faudrait que Cathie ait une machine à coudre.

Devant une telle ambition, le père se récria et Félicie, mais le père Baptiste approuva son protégé. Après une semaine de discussions, de recherches dans les catalogues, sou après sou, franc après franc, on parvint à assembler la somme initiale nécessaire, et commande fut passée d'une machine que l'on continuerait ensuite à payer à crédit, chaque mois.

Le père, Félicie, et même Mariette étaient effrayés par cette dette que tous contractaient au nom de Catherine. Francet semblait au contraire prodigieusement impatient de voir arriver la machine. Quant aux cadettes, elles en parlaient comme d'une étrange merveille. De toute façon, on trouvait là le moyen de moins penser au drame de Catherine, et dans l'esprit de chacun, la machine prenait peu ou prou figure d'un être susceptible de conjurer le sort.

Son arrivée fut un événement. Francet la tira de l'emballage avec des précautions d'amoureux. Il la plaça devant la fenêtre, là où lui-même se tenait jadis avec le tour sommaire que lui avait agencé le père Baptiste afin qu'il pût « tourner » les fuseaux. On faisait cercle. Avec son nickel, son corps noir et luisant, son pédalier ajouré, la machine prenait une apparence quasi fabuleuse en contraste avec le sol de terre battue, les murs lézardés, les poutres rongées du plafond et la rusticité des quelques meubles.

Le dimanche, Francet et Aurélien procédaient à la toilette de l'engin, le démontaient, huilaient les rouages. La semaine, cependant que Catherine piquait robes, doublures ou manteaux, les cadettes délaissaient devoirs et leçons pour admirer le jeu rapide de l'aiguille transperçant à toute volée les étoffes, et ces étoffes elles-mêmes que la jeune couturière avait bien du mal à protéger de leurs doigts tachés d'encre ou de terre.

Le soir, même si elle était en avance dans son ouvrage, Catherine se mettait à la machine parce que le va-et-vient du pédalier, le cliquetis des rouages lui semblaient la dérober au regard du père. Il ne lui avait plus adressé un reproche, il ne s'était plus mis en colère, seulement, à diverses reprises, alors qu'il ne se croyait pas observé, elle avait pu le voir dissimuler son visage dans ses mains. Elle pensait qu'elle eût préféré subir de nouveau ses malédictions plutôt que de le savoir résigné sans doute, mais accablé, mais jeté au plus bas de la détresse, semblable sous ses rides et ses cheveux blancs à un enfant qui s'interroge sur la cruauté du monde.

Elle aussi, dans la journée, alors que le père était sur la voie, Francet à la fabrique et les cadettes à l'école, bien souvent, repoussant sur la table ou la machine des robes en train, elle enfouissait son visage non pas dans ses mains mais dans les étoffes. Une torpeur l'engourdissait, il lui semblait changer, plonger vers des sensations de la première enfance, celle par exemple, apaisante, qu'elle éprouvait à se blottir, à se fondre en quelque chose de doux, — ainsi se cachait-elle au fond des draps dans son lit des Jaladas, ou bien se lovait-elle, les yeux clos, dans les bras de la mère. Mais, à présent, la paix et la honte ne pouvaient plus se séparer, la paix absurde que donnaient l'ombre et le contact soyeux des étoffes, la honte qui poussait à se dissimuler, à vouloir disparaître sous la terre, sous la nuit. Rejoindre la mère, s'abriter en elle, maintenant qu'à son tour il allait falloir devenir mère.

Longtemps Catherine demeurait la face voilée sous la laine ou la soie. Elle écoutait la vie en elle, cette vie qui ne lui appartenait plus, qui la dépassait, qui préparait un être nouveau. Elle guettait les premiers signes de présence que donnerait l'enfant. N'avait-il pas bougé ? Non, pas encore, ce n'était pas possible, elle était le jouet de son imagination. Qu'était-ce donc que ce bourgeonnement obscur d'une autre existence dans sa chair ? Elle songeait à Xavier Desjarrige, ou plutôt elle s'efforçait d'y songer, elle ne parvenait jamais à saisir son image, à y appliquer sa pensée. D'ailleurs, n'avait-il pas toujours été un reflet, rien qu'un reflet, rien que l'ombre d'Émilienne ?... Quel serait le visage de l'innocent à l'avance condamné ? Celui indécis de son père ? Non, Catherine croyait voir une petite fille, sa fille, et toujours elle lui prêtait les yeux, le teint, les gestes d'Émilienne.

Si Émilienne Desjarrige savait, pensait Catherine, tolérerait-elle que fût vouée à l'opprobre une enfant en qui trait pour trait elle devrait se reconnaître ? Alors, pourquoi s'obstiner à empêcher Francet ou le père Baptiste d'avertir la jeune madame de La Reynie qu'ils croisaient parfois dans le chemin de la fabrique ? Peut-être ne forcerait-elle pas Xavier à épouser une ouvrière, du moins elle prendrait soin de l'enfant que ni la misère, ni l'indignité ne pourraient plus atteindre.

Lentement Catherine relevait la tête, rouvrait les yeux ; ses mains demeuraient prises aux plis moelleux de l'étoffe jetée sur la machine. Brusquement, elle remettait celle-ci en marche. Quelle folie ! Une fois de plus, elle s'était laissé abuser par la tentation dont pourtant elle connaissait à présent le prix, ce prix qu'il lui faudrait payer chaque jour jusqu'à la mort. Jamais il ne faudrait avertir Émilienne, car celle-ci, ou bien se moquerait du sort de son ancienne servante, voire la blâmerait, et ce serait ajouter un surcroît de fiel à la coupe qu'il fallait vider, ou bien avec son argent elle achèterait l'enfant, peut-être même prétendrait-elle devoir l'arracher à la maison-des-prés. Il n'y avait rien d'autre à faire qu'à reprendre l'interminable chemin où chaque pas était blessure.

27

L'hiver, cette année, était plein de pluies, de brouillard ; la neige ne tenait pas, mais l'humidité rendait le froid plus pénétrant que ne l'eût fait le gel. Le père se plaignait de ce temps qu'il devait endurer de l'aube à la nuit sur la voie du chemin de fer dont il posait les traverses au-delà de la Noaille. Une voiture à deux chevaux prenait les travailleurs sur le mail, avant le jour, les conduisait aux abords du chantier et les ramenait à nuit noire. Quand on s'éloigna encore de la petite ville, le père ne rentra plus que tous les trois jours. Son équipe couchait sur les lieux du travail dans des baraquements. Jean Charron souffrait de devoir ainsi quitter la maison. Il ne s'était jamais habitué aux manières de ses camarades dont la plupart, recrutés dans les cités lointaines par la compagnie, se montraient prompts à la bagarre comme aux quolibets. Il se sentait mal à l'aise parmi eux, plus différents encore des fermiers et des métayers que ne l'étaient les besogneux de la Ganne qui avaient travaillé à ses côtés comme feuillardiers.

Il ne se plaignait pas à ses enfants, mais le père Baptiste avait dit à Francet combien Jean Charron se déplaisait sur la voie. « Ton père, bien longtemps il s'était imaginé qu'il arriverait à se replacer à la campagne, sinon comme fermier puisqu'il n'avait plus le sou pour faire face aux premiers termes du bail, du moins comme domestique avec vous tous. C'était une chimère qu'il gardait pour lui, histoire de se remonter le moral. Dans le fond, il savait bien que ça n'arriverait pas, qu'il n'était plus assez jeune pour que des propriétaires lui confient un domaine... » Le vieil ouvrier ajoutait : « J'ai bien essayé de lui trouver quelque chose à la fabrique, mais pas moyen là non plus, c'est une question d'âge. Dans de grandes manufactures, ça ne serait peut-être pas pareil, à Limoges... »

Quand Francet rapporta ces propos à Catherine, elle remarqua vivement :

— Il a raison, pourquoi ne quitterions-nous pas la Noaille? Si l'on allait dans une ville, on ne nous connaîtrait pas!

Elle reprit en baissant la voix :

— On ne me connaîtrait pas. Tu l'as dit au père lorsqu'il voulait me chasser.

— J'y ai pensé, Cathie, c'est vrai, mais comment faire? Personne ne nous attend à Limoges; le temps de me faire embaucher dans une usine, nous serions morts de faim. Et puis...

Il hésita, alla jeter un coup d'œil à la fenêtre.

— Et puis nous sommes bien ici.

Il se retourna vers Catherine.

— Nous sommes bien avec les prés, les arbres, avec les amis. Savoir comment c'est fait une ville, il n'y a peut-être que des maisons et encore des maisons et pas d'amis.

Il revint vers la fenêtre et continua à parler en tournant le dos à Catherine.

— Tu ne t'ennuierais pas sans Amélie, sans Julie?

Il frappa de petits coups sur la planche qui remplaçait une vitre cassée.

— Tu ne t'ennuierais pas sans Aurélien?

— Bien sûr, mais pourquoi eux aussi ne s'installeraient pas à Limoges?

Francet tambourinait toujours contre la planchette.

— Quand je pense, dit-il, qu'Aurélien s'est mis dans la tête qu'il devrait s'engager.

— S'engager?

— Oui, un des neveux du patron lui donnerait de l'argent pour qu'il prenne sa place au régiment. Ils échangeraient leurs numéros; d'après le tirage au sort, Aurélien ne serait pas obligé d'être soldat.

— Tu lui as pas dit qu'il avait tort? Qu'est-ce qu'il en fera de son argent? Ça ne lui fait donc rien à lui de nous quitter?

Francet regarda Catherine.

— Je veux dire, ça ne lui ferait rien de quitter son père, sa sœur?

Il lui sembla que Francet souriait; elle n'en était pas sûre car elle le voyait à contre-jour.

— Tu penses, je lui en ai dit tant et plus, affirma le jeune homme. Il vaudrait mieux que tu lui parles toi aussi, il t'écouterait.

— Tu crois? demanda-t-elle, de crainte que son frère ne s'aperçût de son trouble, car l'idée de voir Aurélien s'éloigner pour des années lui était insupportable, et, en même temps, elle pensait que si, en effet, elle-même demandait à son ami de ne pas partir, il lui obéirait.

— Je lui dirai qu'il ne faut pas, qu'il gagnera bien de l'argent autrement. Je lui dirai que s'il veut voir du pays, il n'aura qu'à venir avec nous quand nous partirons pour Limoges.

— C'est cela, c'est cela.

Il n'y avait plus de doute, Francet souriait. Il s'approcha de la machine à coudre.

— Je peux? demanda-t-il.

D'un mouvement de tête, Catherine acquiesça. Son frère s'installa devant la machine. Elle sortit de l'armoire une coupe de toile.

— Tiens, il y aurait un ourlet à faire.

Le garçon se mit à l'ouvrage. C'était un de ses plaisirs que de se servir de la machine. Quand il n'y avait rien qu'il pût coudre, il démontait l'engin, vérifiait les rouages, y versait une goutte d'huile. Ce soir-là, quand il eut terminé l'ourlet, il tendit l'ouvrage à Catherine.

— Aussi bien fait que par une couturière, s'écria-t-il en riant.

Catherine alla replacer l'étoffe dans l'armoire. La soupe mijotait sur les braises du foyer. Elle mit le couvert. Après quoi, elle s'assit sur le banc près de son frère. Les cadettes ne rentreraient pas avant une demi-heure du catéchisme. La jeune fille soupira :

— Dis, Francet, j'aurais envie...

Elle s'interrompit, d'une main lissa son tablier.

— T'aurais envie de quoi?

— Tu ne voudrais pas jouer un peu d'accordéon?

Francet se leva.

— Bonne idée; comme ça, je jouerai mieux dimanche prochain au bal de la Sainte-Agathe.

Il grimpa sur un escabeau, atteignit une boîte noire posée sur le fronton de l'armoire. Il prenait soin de hisser son instrument jusque-là afin que les cadettes ne pussent s'en emparer pensant son absence. Il revint à la cheminée et s'adossa à la paroi de pierre. L'accordéon en se déployant fit entendre une longue plainte. Le garçon essaya quelques notes au hasard, puis il se lança dans une bourrée qu'il rythmait du bout de son sabot heurtant l'âtre.

Après la bourrée, il joua un quadrille, puis une valse, une polka, une bourrée encore, une scottish. La lueur du feu jetait de rouges reflets sur le soufflet jaune et noir de l'accordéon et sur les touches. Parfois Catherine fermait les yeux; elle revoyait alors le bal tournoyant d'Émilienne et elle-même tourbillonnant parmi les robes mauves, bleues, vertes, roses et blanches. Si, pour échapper à ce vertige, elle relevait les paupières, elle ne pouvait s'empêcher de trouver que les doigts vifs de Francet couraient sur les dents blanches et noires de l'accordéon comme ceux de Xavier Desjarrige sur le piano. Elle n'osait pourtant demander à son frère de s'interrompre après l'avoir prié elle-même de jouer. Elle prit le parti de regarder le feu, mais là encore il lui semblait reconnaître des formes dansantes qui passaient de l'allégresse aux gestes de l'effroi. Elle ne prit pas garde au moment où Francet referma l'accordéon et s'avança vers elle. Lorsqu'elle prit conscience de sa présence, elle tourna vers lui des yeux qu'avec stupeur il découvrit pleins de tristesse.

— Je croyais, balbutia-t-il, je croyais que la musique te faisait plaisir.

Elle essaya de sourire, mais ne parvint qu'à esquisser une grimace.

— Mais oui, dit-elle.

Elle sentit la main de Francet s'appuyer sur son épaule, cependant qu'il se penchait vers elle et lui glissait à l'oreille :

— Courage, Cathie.

★

Il avait enfin neigé ce dimanche de la Sainte-Agathe. Oh! une neige qui ne durerait pas, du moins sa mince parure redonnait-elle pour quelques heures aux champs et aux bois une grâce qui semblait s'être étendue à toute la terre. Julie était allée surveiller Francet à son bal, les cadettes étaient invitées à goûter chez Amélie, le père Baptiste avait pu décider Jean Charron à monter jusqu'à la Noaille pour une partie de cartes. Catherine restait seule à la maison-des-prés.

Elle s'étonnait que tous, d'habitude si enclins à monter la garde auprès d'elle, l'eussent ainsi délaissée. Elle avait débarrassé la machine à coudre de son coffre ciré, mais elle demeurait immobile, les pieds sur le pédalier, sans pouvoir se décider à piquer la doublure d'un boléro puce qu'elle étalait sur ses genoux. « Maintenant ils s'habituent, ils ne s'inquiètent plus pour moi. Eh bien, à mon tour, il faut que je m'habitue : on va se détourner ainsi de moi chaque jour davantage; je les gêne, c'est bien visible. » Elle demeurait plongée dans ses réflexions lorsqu'on gratta à la porte. Elle sursauta. Qui pouvait bien venir à cette heure alors que tout le monde devait être à la fête à la Noaille? « Voilà que tu deviens peureuse à présent », se reprocha-t-elle. De nouveau, on heurta à la porte d'une main timide.

— Entrez! cria Catherine d'une voix qu'elle s'efforçait de rendre sévère.

La porte s'ouvrit lentement. Catherine chercha des yeux quelque objet qui pût lui servir d'arme. Elle aperçut la hachette dans le coin de la cheminée et quitta sa chaise pour se diriger vers l'âtre. Par la porte entrebâillée, une bouffée d'air froid s'engouffra, cependant qu'un homme encapuchonné cognait ses sabots l'un contre l'autre et appuyait de tout son poids pour refermer la porte que poussait le vent.

— Qui êtes-vous? cria Catherine.

Le visiteur se retourna, fit tomber son capuchon.

— Mon pauvre Aurélien, tu peux te vanter de m'avoir fait peur.

— Peur?

Il paraissait stupéfait et contrit.

— Ne va pas t'ennuyer pour cela. Je suis... Je suis nerveuse, tu comprends. Tiens, donne ta cape, je vais la mettre à sécher devant le feu. Approche-toi, tu as l'air gelé.

Le garçon souriait enfin, gauchement.

— Je ne te dérange pas?

Qu'avait-il donc? se demandait Catherine. Comment pourrait-il la déranger? C'était presque un frère : son frère pourrait-il penser qu'il la dérangeait?

— Je m'ennuyais, tu as bien fait de venir.

Il parut se rasséréner tout en conservant son air guindé.

— Tu travaillais, Cathie?

Elle montra le boléro sur la machine.

— Tu peux continuer, tu sais, j'aime bien quand tu couds. Les garçons, tous les mêmes, pourvu qu'ils voient tourner une machine, ils sont contents.

— Tu aimes quand la machine marche?

— Non, Cathie, ce n'est pas... enfin, c'est...

Il remuait les mains, fronçait les sourcils. Qu'avait-il aujourd'hui?

— Oui, la machine, finit-il par conclure en rougissant.

Elle se mit à l'ouvrage. Quand elle s'interrompait pour changer l'aiguille ou nouer le fil, il parlait vite comme s'il craignait le silence.

N'était-ce pas un boléro qu'elle apprêtait? Quel était donc le nom de cette couleur? Puce, vraiment puce! On désignait ainsi une couleur? Quel beau métier celui de couturière, ça convenait bien mieux à Cathie que la porcelaine. La porcelaine, ça ne serait pas mal, mais la fabrique avec ce contremaître mal embouché, et ces ouvriers et ces ouvrières qui buvaient, sans compter la poussière...

Quand la machine reprenait son va-et-vient, il s'arrêtait. Catherine lui jetait un coup d'œil à la dérobée. Il détournait vite la tête, pas assez vite pourtant qu'elle n'ait pu surprendre l'inquiète tendresse du regard qu'il posait sur elle.

Elle porta le point final à un revers du boléro.

— Voilà, fit-elle en tendant le vêtement à bout de bras.

Il fit entendre un sifflement d'admiration. Catherine sourit.

— Tu me fais penser à ce bûcheron d'Ambroisse, le meilleur siffleur qu'on ait jamais entendu, à ce que dit ma sœur Mariette. Il paraît que sa femme raconte à tout bout de champ : « Mon mari, il n'a jamais le sou, mais il siffle si bien, que voulez-vous, il siffle comme un merle, alors je suis bien aise d'être sa femme. »

Elle croyait qu'Aurélien s'amuserait de cette histoire. Au lieu de cela il devint sérieux comme un pape pour affirmer :

— Mais moi je gagnerai de l'argent, je t'assure.

Ça ne lui allait pas, l'air sérieux; il paraissait alors lourd, et, pour tout dire, pas dans sa peau. Au contraire, quand il plaisantait, selon son habitude, le rire qu'il gardait caché tout au fond de lui-même animait ses yeux gris, y allumait de brefs éclairs, tordait le dessin régulier de sa bouche sous la moustache naissante. Catherine avait envie de le taquiner, de le secouer, d'empoigner ses cheveux en brosse pour le forcer à quitter cette allure empruntée. Cependant elle n'osa pas. « Je le vois toujours comme un enfant, se disait-elle, mais j'ai tort, c'est un homme maintenant. » Elle se sentait peu à peu gagnée par la gêne de son ami. Pour essayer d'échapper à cette pesanteur qui les figeait, elle dit ce qui lui passa par la tête :

— Les petites ne tarderont plus à rentrer, je pense, j'ai recommandé à Amélie de les ramener assez tôt. Clotilde a un rhume et avec ce temps je ne tiens pas à ce qu'elle soit dehors à la nuit. Oui, elles ne devraient plus tellement tarder.

Elle se demanda ce qui dans ces paroles pouvait donner une aussi vive émotion à Aurélien. Il s'était mis à pâlir, puis à rougir, à pâlir de nouveau, et il se levait, se rasseyait, s'agitait. Il quitta une fois encore son siège, alla à la fenêtre comme s'il voulait s'assurer que personne n'approchait de la maison-des-prés. Après avoir observé un moment le chemin où la neige commençait à geler, il revint vers Catherine... Sans la regarder il parla d'un trait.

— Ton frère m'a dit qu'il t'avait dit que je voulais m'engager et que toi, tu étais contre.

Elle le contemplait étonnée. Quel drôle de garçon! Elle se demandait si elle le connaissait ou bien si elle s'était contentée de le voir, de lui parler depuis des années sans jamais soupçonner qui, réellement, il était. Certes, plus d'une fois déjà, il l'avait surprise par des gestes, des attitudes qu'elle n'avait su prévoir. Aujourd'hui, elle se reprochait de s'être appuyée sur son affection sans chercher à le mieux comprendre. Elle voyait bien que son propre silence maintenant tourmentait Aurélien. Il parut faire effort pour parler de nouveau.

— C'est vrai, tu regretterais que je m'en aille, Cathie?

— Nous te regretterions tous. Pourquoi partir soldat?

Aurélien vint s'asseoir près de la jeune fille. Elle remarqua que des gouttelettes de sueur perlaient au front de son ami : il ne faisait pourtant pas chaud dans la cuisine; elle fut sur le point de lui demander s'il n'était pas malade. Il ne lui en laissa pas le temps; lui prenant les mains, il questionna :

— Mais toi, Cathie, toi, tu voudrais que je reste?

Qu'avait-il donc, la sueur au front et au contraire le gel dans les mains?

— Bien sûr que je voudrais que tu restes; tu vas rester, n'est-ce pas, Aurélien?

Il la lâcha. Elle eut l'impression qu'il se parlait maintenant à lui-même.

— Oui, je vais rester, je ne voudrais jamais te quitter.

Il se mit à marcher de long en large. Catherine se taisait, aux aguets devant l'allure insolite de son ami. Elle crut n'avoir pas compris lorsqu'elle l'entendit prononcer ces mots qui, à la fois, l'emplirent d'inquiétude et d'une douceur qu'elle ne savait nommer :

— Marions-nous.

Elle dut se rendre à l'évidence quand il répéta tout en poursuivant sa marche :

— Marions-nous vite.

Il alla se planter devant la fenêtre, redoutant sans doute quelque arrivée. Le vent dehors s'était levé, on entendait son glissement contre les carreaux et ses coups dans la cheminée. Aurélien se retourna. Elle ne pouvait deviner dans la pénombre l'expression de son visage. Il lui semblait que l'air même se chargeait d'elle ne savait quelle prière. Il fallait parler, il fallait, mais comment s'y résoudre?

— Ce n'est pas possible, Aurélien.

— Pas possible!

Il avait crié cela, et elle n'avait plus reconnu sa voix dans ce cri d'une douleur presque animale.

— Aurélien, je te remercie, jamais je ne te remercierai

assez, mais je ne veux pas faire ton infortune. Tu es jeune, et moi c'est comme si j'étais devenue vieille avec cet enfant qui viendra... Il te faut une femme jeune, Aurélien, une jeune fille qui te donnera des enfants à toi.

Il s'était approché d'elle; il esquissa un geste de la main comme s'il voulait lui toucher l'épaule, mais son bras s'immobilisa un moment puis retomba.

— Ton enfant serait mon enfant aux yeux des autres et aux miens.

Elle baissa la tête, sa poitrine se gonfla, elle reprit dans un soupir :

— Non, Aurélien, on sait. Je ne veux pas que tu pâtisses de ma faute. Et puis cet enfant, comment pourrais-tu l'aimer?

Il cherchait en vain le regard de Catherine comme s'il pensait que ses propres yeux mieux que ses mots sauraient la convaincre; toujours elle se dérobait.

— Je te jure, Cathie, je l'aimerais ce petit, comme...

Il resta quelques secondes silencieux, puis il baissa la voix pour ajouter :

— Comme je t'aime.

Qu'arrivait-il? N'était-ce pas hier seulement que ce garçonnet de la Ganne était venu se mêler aux jeux des enfants Charron? Et soudain plus d'enfant : à sa place un homme qui parle mariage, qui parle d'amour. Était-ce donc possible? Lui-même sans doute se trompait! Se rendait-il compte que cette fois il ne s'agissait plus de donner un craquelin, ou un réconfort ou quelques subsides comme ceux qu'il avait pu, après la mort de la mère, recueillir pour Catherine en se faisant mendiant ou voleur? Comprenait-il que c'était un don autrement grave qu'il proposait, celui de sa vie même?

Ainsi pensait-elle, tout en se penchant vers le foyer pour mettre du bois dans le feu qui s'exténuait. Elle prolongeait cette tâche afin de retarder le moment où il lui faudrait dissuader Aurélien de poursuivre ses projets. « Et pourtant, se disait-elle tout en arrangeant bûches et brindilles, ce serait bon de se blottir contre l'épaule du jeune homme et de lui dire : « Oui, Aurélien, qu'il en soit fait selon ta volonté, nous ne nous quitterons plus, tu m'emmèneras dans une ville où nul ne saura quel fut notre tourment. Aux yeux de tous, et peut-être un jour à nos propres yeux, nous serons semblables à ces jeunes mariés qui se sourient sans fin, étonnés de leur bonheur. »

Elle se releva, s'aidant des mains qu'elle appuya sur ses genoux : elle commençait à s'essouffler vite depuis une semaine ou deux. Cette fois, elle ne chercha plus à éviter le regard de son ami.

— Ne pensons plus à cela, dit-elle. C'est vrai, Aurélien, je n'oublierai jamais ta bonté; mais il ne faut pas; un jour tu regretterais, tu serais malheureux, tu trouverais une fille qui t'aimerait, tu m'en voudrais d'avoir accepté de te lier à moi et à l'enfant. Ce n'est pas possible, tu vois bien.

Elle prit la main du jeune homme. Il ne bougea pas, comme s'il ne l'entendait pas ni ne sentait le contact des doigts sur son poignet.

— Je te l'ai déjà dit : Amélie ne pense qu'à toi, ajouta-t-elle, épouse-la, tu la rendras tellement, tellement...

Il tira brusquement son bras en arrière pour lui faire lâcher prise. Une lueur affolée traversa ses yeux.

— Tu te moques de moi!

De nouveau il avait crié. Sa voix se radoucit, — et cette douceur affligea Catherine, — pour ajouter :

— Si tu refuses, Cathie, ce sera bien triste pour moi, et, j'en ai peur, pour toi aussi.

Elle ne savait que dire. Comment enlever cette peine à son ami et comment le persuader qu'il ne pouvait ainsi perdre son avenir avec elle? Ce fut lui qui parla encore :

— Si tu dis non, Cathie, je quitterai la Noaille, on ne me reverra plus ici.

— Tu partiras bien toujours assez tôt au régiment.

— Je te répète, je n'aurai pas le courage de rester si tu ne veux pas de ce mariage.

— Amélie...

Il ne la laissa pas achever, sa voix sourdement implorait.

— Alors, Cathie, c'est non, tu es sûre?

Elle ne trouva pas la force de répondre. Elle tourna la tête trois fois de gauche à droite.

Il se pencha en avant comme si on l'eût frappé. Il tint Catherine longtemps sous son regard puis fit volte-face. Une bouffée d'air neigeux bondit dans la cuisine quand il ouvrit la porte. Aurélien s'arrêta une seconde ou deux sur le seuil. Derrière lui, Catherine tendit la main. Il ne se retourna pas. Elle entendit ses sabots écraser la pellicule de neige glacée.

28

On ne revit plus Aurélien à la maison-des-prés. Amélie, un matin gris de février, vint dire à Catherine que leur ami venait de partir par le train pour la caserne d'Angoulême. Elle faisait un bien grand effort pour retenir ses larmes. Lorsque Catherine posa une main sur son épaule, elle s'écroula. Il fallut inventer des mensonges pour la réconforter, des mensonges auxquels se blessait Catherine tout en les inventant.

— Amélie, il reviendra, Angoulême ce n'est pas si loin. Il reviendra, et ça s'arrangera pour vous deux. Il est jeune, vous aurez de belles années.

La jeune fille avalait ses pleurs.

— Oh! non, je sais bien qu'il ne reviendra pas.

Catherine avait pris la tête d'Amélie sur ses genoux, d'une main elle caressait les blonds cheveux.

— Tu l'aimes donc si fort?

La fille du cantonnier ne répondit pas; ses sanglots redoublèrent.

« Comme elle se croit malheureuse, Amélie, « la plus malheureuse de toutes », doit-elle penser, et pourtant qu'est-ce que ce malheur à côté du mien? C'est un malheur qui ressemble à ceux que l'on connaît parfois au fond du sommeil; sa vie demeure libre, sa vie peut s'éveiller, sa vie peut changer; heureuse Amélie! »

— Et ton militaire, Amélie, ton bel officier, il te distraira.

La jeune fille releva son visage. Ses yeux étaient secs, ses joues en feu où restaient accrochées des larmes.

— Je m'en moque pas mal. D'ailleurs que veut-il, sinon s'amuser avec moi ! Mais à présent ça m'est égal.

Elle se mit debout, porta les mains à ses tempes.

— Oui, ça m'est bien égal, qu'il fasse de moi ce qu'il lui plaira, maintenant je ne suis plus rien.

— Tais-toi !

Catherine avait lancé cet ordre comme une pierre. Elle reprit d'une voix lasse :

— Garde-toi, Amélie, de connaître une honte comme la mienne.

La fille du cantonnier fit un geste vague de la main, puis elle vint se rasseoir à côté de son amie. Elles restèrent longtemps sans bouger ni parler. Ce ne fut que lorsqu'elle prit congé qu'Amélie, après avoir embrassé Catherine, lui dit :

— Tu as raison, j'ai dit des bêtises, tout à l'heure, mais en tout cas, toi, tu entends, tu n'as aucune honte à avoir, aucune.

Dès lors nul ne parla plus d'Aurélien à Catherine. C'était elle qui, parfois, prenant un air d'indifférence, se hasardait à demander des nouvelles à Julie Lartigues. « Mon frère va bien, merci », ou bien : « Mon frère, il a écrit que son régiment allait faire des manœuvres. » A ces quelques mots se bornaient les renseignements que voulait bien donner Julie.

A ce long silence, à ces quelques brefs et rares propos, on aurait pu penser que le souvenir du jeune homme s'effaçait de la maison-des-prés, pourtant il n'était guère de moment où Catherine n'évoquât la bonté de son regard, la paix qui presque toujours rayonnait de son visage. L'absent se parait à ses yeux des charmes et des dons auxquels, trop habituée, elle n'avait plus prêté attention. Elle reconnaissait avec une nostalgie douce-amère combien fidèlement, patiemment à travers les années, depuis leur enfance, il n'avait cessé de veiller sur elle. Parfois, quand elle était seule, elle s'asseyait, fermait les yeux : il lui semblait alors que juste derrière elle Aurélien devait se tenir, calme. « Amélie te comparait à l'ange brun sur les vitraux de Saint-Loup. Aurélien debout derrière moi comme un ange gardien. » Elle rouvrait les yeux : seule, elle ne le savait que trop; Aurélien, c'était comme s'il n'était plus; aucun ange gardien pour la protéger.

Seule? mais cette chose, cet être qui dans sa chair de plus en plus souvent manifestait sa présence par des coups sourds? Cet être, cet enfant, qu'il lui reviendrait bientôt de protéger, de défendre, ne faisait que rendre plus évidente sa solitude. Elle le guettait, elle épiait ses mouvements, sa croissance qui se nourrissait d'elle-même sous son ventre tendu. Elle avait le sentiment d'appartenir à cette vie dont sa propre vie devenait servante. De plus en plus fréquemment, de longues somnolences s'emparaient d'elle, alors elle se sentait pareille à une plante qui n'est plus que le lieu où passe la sève neuve et millénaire, où se préparent en secret, venus du fond de la terre et du fond du temps, les feuilles, les fleurs et les fruits prochains. Quand elle devenait la proie de cette torpeur, si l'on prononçait son nom, il fallait faire effort pour s'assurer qu'il s'appliquait bien à elle, tellement elle se sentait indistincte dans la vague qui l'entraînait, elle et cette force obscure et têtue dont elle était le nid.

Cependant, les regards que ses amies, et les cadettes aussi, jetaient à la dérobée sur son ventre ne lui échappaient pas : regards à la fois troublés et complices. « Dis, Cathie, ça bouge dans toi? » « Qu'est-ce qu'on sent? qu'est-ce qu'on pense? » et des petites : « Cathie, qu'est-ce que tu as là? qu'est-ce que tu caches? Tu veux pas le dire? »

Parfois il lui arrivait d'oublier tout à fait, pour quelques minutes, sa crainte des jours à venir, et de connaître, au lieu de la nonchalance dont elle devenait prisonnière, l'exaltante impression d'entrer dans une autre existence que celle des travaux et des soucis quotidiens. Ce n'était point là cet univers trop beau dont elle avait à maintes reprises rêvé, mais le domaine majestueux et tragique des mères. Il lui semblait que de l'aube à la fin du monde une mère ne cessait de mourir et de renaître, et qu'elle était cette femme éternelle. La mère n'était pas ce pauvre amas sans nom dans la tombe qu'on avait ouverte un jour, puisqu'elle, Catherine, bientôt serait mère à son tour; la morte n'était ni au ciel ni sous terre, mais dans le sang double qui coulait à la fois dans les veines de Catherine et dans celles de l'enfant encore mêlé à elle. Quand elle apprit par Julie qu'Émilienne aussi dans quelques mois serait mère, Catherine eut l'impression qu'une mystérieuse fraternité s'établissait enfin entre elle-même et celle qu'elle avait si longtemps admirée. Elle imaginait leurs deux filles qui sans doute jamais ne se connaîtraient, jamais ne sauraient quel lien les unissait : là-bas, la petite-bourgeoise, désirée, choyée, promise à la louange, au respect avant même d'être née, et qui plus tard hériterait de la Fabrique du Roi, de la maison sur le mail avec le portail des écuries orné de trophées de chasse, et du château du Repaire; ici, la gamine jetée comme une malédiction dans la maison-des-prés, vouée à la faim, à la cruauté, à la moquerie du monde, au labeur qui ne finit jamais, et qui n'aurait pour tout héritage, avec les souvenirs de son enfance sans doute attristée, que l'amour et la peine indissolublement liés de sa mère. Pour elle-même, Catherine acceptait à présent l'injustice, la pauvreté, la rudesse harassante de la vie, tandis qu'à l'idée de l'immense différence entre les sorts de ces deux enfants qui pourtant posséderaient peut-être les mêmes traits, les mêmes pensées, les mêmes songes, son cœur se révoltait. Ainsi s'était-elle de tout son être rebellée contre la mort qui avait emporté Aubin, mais la mort, c'était une muraille qui s'abattait sur vous, et l'on était écrasés par cette puissance, non pas vaincus, non pas déshonorés alors que ce malheur attaché à un enfant et ce bonheur offert à un autre c'étaient les hommes qui en étaient comptables, monstrueusement.

Était-ce le sursaut de sa raison et de son cœur, ou bien

en elle-même instinctive volonté de la nature avide de se survivre, elle ne pensait plus qu'avec malaise aux moments où elle avait songé à se détruire. Une fois de plus elle ferait face, une fois de plus elle lutterait.

— Clotilde, Toinon, écoutez.

Les petites levaient vers elles leurs yeux bruns : la gravité du sombre regard de Clotilde, déjà grande pour ses onze ans, contrastait avec le pétillement qui toujours s'allumait dans les yeux bridés de Toinon. Catherine prenait les cadettes contre elle, caressait leurs cheveux.

— Écoutez, bientôt je serai la maman d'une toute petite fille, enfin il me semble que ce sera une fille ; il faudra que vous l'aimiez. Il faudra beaucoup l'aimer, beaucoup.

— Ça sera notre sœur ?

— Oui, Clotilde, ce sera comme votre sœur.

— Mais non puisque tu es notre sœur, Cathie, et que tu seras la maman de cette petite, ça sera notre fille à nous aussi.

Catherine embrassait Toinon.

— Oui, ce sera aussi comme votre petite à vous. Vous m'aiderez à l'élever, vous m'aiderez à la défendre.

— La défendre ? contre qui ?

— On lui veut du mal ?

— Je ne sais pas, Toinon, je ne sais pas.

— Oh ! je prendrai un bâton.

Et les yeux de la cadette brillaient plus encore cependant que de la main elle faisait mine de vouloir frapper.

— Et quand va-t-elle venir, cette fille ? Où est-elle ?

Catherine ne répondait pas, elle surprenait le regard de Clotilde vers son ventre, elle rougissait en même temps que la fillette.

— Allons, laissez-moi, je suis en retard pour préparer la soupe.

Elle se levait péniblement, écartait d'elle les cadettes.

★

Quand le printemps cerna de fleurs et de chants la maison-des-prés, on s'inquiéta de trouver marraine et parrain à l'enfant qui devait être là avant les fenaisons. Francet fut chargé d'écrire à Martial en garnison à Nancy. Il mit bien des jours avant de se décider à envoyer le difficile message, enfin il parvint à dire qu'on allait bien à la maison-des-prés, que les cadettes grandissaient et que... Catherine attendait un enfant. Elle serait heureuse, et tous avec elle, si Martial voulait être le parrain ; et puis il pourrait ainsi obtenir une permission, on lui enverrait un mandat pour le voyage.

Catherine n'osait pas demander quelle serait la marraine. Elle voyait Amélie se troubler chaque fois qu'on parlait de cela. La fille du cantonnier tricotait chaussons et brassières avec un tel dévouement qu'enfin son amie un jour s'enhardit et lui proposa de la choisir avec Martial. Amélie balbutia des remerciements.

Souvent Félicie, le père Baptiste, Frédéric Leroy, le parrain de Catherine, venaient aux nouvelles. Ils parlaient de choses et d'autres, on devinait aisément qu'ils ne parlaient tant que pour mieux taire le sujet de leur souci. En un seul mois, Mariette vint deux fois de sa ferme d'Ambroisse : elle aussi parla du temps, des cultures, et jamais de ce qui lui tenait à cœur.

Au milieu de cette anxiété générale, dissimulée sous des sourires et des bavardages, Catherine connaissait un étrange calme. Elle avait dépassé le temps du désespoir, celui aussi de la révolte. Elle était prête, elle acceptait l'avenir qui se préparait à bouleverser tout le reste de sa vie. Elle était prête, et elle sentait que tous autour d'elle, malgré leur fièvre, étaient prêts eux aussi à se liguer pour protéger le petit être qui demain serait jeté dans le monde hostile. Certes, ils ne seraient pas trop, du vieil ouvrier au père, de Félicie à Frédéric, d'Amélie à

Francet et à Julie, de Clotilde et Toinon à Martial pour veiller sur l'enfant réprouvé...

Calme, Catherine était calme comme on peut l'être lorsque les dés sont jetés, et que, pour un instant, tout semble s'immobiliser, se pétrifier sous une lumière égale, juste après le geste qui a décidé et juste avant que sonne l'heure du dénouement. A travers cette distance qu'elle prenait pour quelques jours encore vis-à-vis d'elle-même et des autres, ses pensées de même que ses sentiments s'estompaient, comme s'ils lui avaient non pas appartenus mais qu'ils eussent été ceux de quelque sœur qui lui en aurait fait confidence puis eût disparu. Ainsi songeait-elle à Aurélien, à ce moment où le oui qu'elle aurait pu prononcer aurait changé leur vie, elle y songeait avec douceur et mélancolie comme si ce n'était pas d'elle-même et de son compagnon de toujours qu'il s'agissait mais d'un jeune couple qu'elle avait connu, dont elle voyait bien aujourd'hui qu'il était fait pour atteindre le bonheur, et qui, hélas, avant de cueillir cette promesse, s'était laissé défaire par un sort absurde. Ses proches puisaient de nouvelles raisons d'inquiétude dans ce qu'il fallait bien appeler une sérénité, une sérénité qu'elle découvrait à l'ultime lisière du désespoir, et qu'eux devaient prendre pour une sorte d'égarement. « Cathie! » appelaient-ils, comme on s'adresse à un être qui s'enfonce dans ses propres labyrinthes. « Cathie, ça va? vraiment ça va? » Il leur fallait bien lancer ainsi leur appel, car à peine en effet les entendait-elle, devenus eux aussi à leur tour lointains pour elle, lointains comme tout ce qui n'était pas le mouvement, dans sa chair, de cette vie qui s'apprêtait à éclore. Parfois, sans leur répondre, elle posait un doigt sur ses lèvres. Comment auraient-ils deviné qu'alors elle guettait en elle-même un soubresaut de son enfant? Elle souriait, fermait les yeux pour mieux imaginer cet être qui bougeait en elle, comme plus tard, sans s'éveiller, il remuerait dans ses rêves.

★

Ce fut par un soir de juin que commencèrent les douleurs. Julie emmena les cadettes dormir chez elle, puis elle alla prévenir Félicie. Le père pressait Catherine de se devêtir et de se coucher, mais elle, entre deux élancements, s'obstinait à ranger la vaisselle, à achever de mettre tout en ordre dans la maison.

Quand elle eut terminé ses travaux, elle parcourut d'un lent regard les meubles, les vêtements suspendus près de la cheminée ; elle alla jusqu'à la machine à coudre s'assurer que le coffre était bien en place et bloqué le pédalier. Enfin, après avoir remis des branches dans le feu sous la marmite pleine d'eau, elle consentit à aller se reposer. Ce soir, elle occuperait le grand lit ; le père au contraire disposerait de la couche plus étroite que jadis elle partageait avec Mariette et qu'ensuite elle avait gardée pour elle seule.

Elle se tenait allongée sur le dos, ses doigts se crispaient sur le drap quand une vague de douleur tordait son ventre, après elle se contraignait à se détendre, à rouvrir les yeux que la souffrance lui avait fait fermer. Par la porte entrebâillée entraient les odeurs de la nuit : celles de l'herbe haute qui commençait à quelques enjambées de la maison et de là s'étendait en nappes mouvantes jusqu'à la route de la Noaille. Parfois, — était-ce le vent qui s'était levé ? — le parfum des lilas pénétrait dans la chambre et effaçait les autres senteurs des prés. Catherine souriait, il lui semblait reconnaître dans cette bouffée odorante un signe que lui adressaient trois jeunes lilas qui poussaient à l'orée du bois.

De nouveau, sous un bond de la douleur, tout chavirait. Catherine geignait faiblement, le calme revenait mais pour des instants de plus en plus brefs, et à la peine du corps voilà que répondait celle de l'âme. « Je n'aurais pas dû accepter de me coucher dans ce lit. C'était celui de la mère, c'est dans ce lit qu'elle est morte. Est-ce que je ne suis pas moi aussi en train de mourir? » Un dégoût de la mort la soulevait soudain : elle avait tout oublié du temps pas si lointain où elle eût aimé disparaître, à présent elle voulait vivre, vivre non point pour elle mais pour cette petite fille qui, à travers elle, montait vers l'aube de demain. « Pourvu que la mère n'ait pas laissé un maléfice dans le lit de son agonie. Non, non, ne pas croire cela, c'était ainsi, par la pente des idées, qu'on donnait corps à une menace... On ne devrait pas la laisser seule en ce moment. Seule avec le souvenir d'une morte. Le père ne doit pas oser venir près d'elle ni Francet. » Elle essaya d'évoquer leurs visages familiers pour y puiser réconfort, mais les coups de la douleur déroutaient sa pensée ou l'affolaient. Dans une éclaircie ce fut le visage d'une adolescente qui apparut, avec l'ombrage des cils touffus, les boucles châtaines peignées à l'anglaise, la bouche avide, les dents fines, cruelles. Catherine se mit à secouer sa tête sur l'oreiller comme si elle espérait ainsi chasser de sa mémoire le beau visage. Elle avait peur : ainsi avait-elle songé à Émilienne Desjarrige, lorsqu'elle se tenait au chevet de la mère et, à peine reprenait-elle conscience, qu'elle découvrait l'œuvre de la mort, la mère avait *passé*. Était-ce donc à nouveau un piège cette pensée dédiée à Émilienne? Était-ce tentation d'abandonner l'âpre et tenace et sournoise lutte qu'on nomme la vie? « Émilienne qui étais-tu donc? Ton visage n'était-il que celui de la mort et de mon malheur, était-ce courir à ma perte que de voir en toi celle que j'aurais voulu être? »

Catherine continuait à rouler sa tête et à geindre, et sous ce mouvement et cette rumeur, elle croyait conjurer à la fois la douleur de la chair et les pensées qui l'apeuraient. Elle respira profondément, la souffrance pour quelques secondes s'écarta. D'une main elle essuya son front en sueur. Elle crut entendre un pas dans la cuisine : le père sans doute qui devait aller de long en large. Et Francet dormait-il à cette heure-là? Sinon, il serait fatigué demain pour se rendre à la fabrique. Elle imagina les cadettes endormies dans la maison de Julie. Il lui semblait que le père et elle-même seuls veillaient sur le sommeil de ceux qu'elle aimait : souvent ainsi la nuit avait-elle évoqué tendrement le sommeil de ses sœurs et aussi celui de Mariette à Ambroisse, du parrain Frédéric, d'Amélie, de Martial dans sa lointaine caserne. Ainsi les voyait-elle une fois encore, séparés les uns des autres, et pourtant tout proches d'elle dans la nuit où ils se confondaient. Tous dormaient. Non, il y en avait un, elle le sentait, elle en était sûre, qui ne pouvait trouver le repos, qui devait veiller : Aurélien. Sans en prendre conscience, elle leva la main pour esquisser un signe d'amitié à travers l'espace et la nuit. A ce moment la douleur revint, d'abord sourde, puis farouche, en même temps le visage d'Émilienne enfant glissa de nouveau sous les paupières closes de Catherine. Elle serra les poings, elle eut encore le temps de penser en un éclair : « Tu ne m'es rien, mais ma fille, elle, sera mienne, et te ressemblera car mon sang et ton sang l'ont faite. » Elle sombra au plus profond du déchirement, ne fut plus que sueur, cris et plaie brûlante.

Déjà les étoiles s'effaçaient et la rosée blanchissait les prés lorsque la grosse voix de Félicie appela par trois fois.

— Cathie, Cathie! Hé, Cathie! Tu dors, ma belle?

La cuisinière se tourna vers le père.

— Elle a eu du mal, du coup elle s'est assoupie.

Le père prit dans les siennes les mains de Catherine.

— Ma pauvre, dit-il.

Alors elle ouvrit les yeux.

— En voilà une mère! souffla Félicie.

Elle tendit vers Catherine un minuscule être ridé, ratatiné, rougeaud dans la clarté fumeuse de la chandelle, et tout nu : un garçon. Avec son duvet noir collé sur le crâne, ses yeux plissés, on eût dit une menue caricature de Mariette.

Un instant, Catherine regarda comme si elle ne comprenait pas, puis, doucement, elle prit l'enfant, l'amena contre sa gorge et, soudain, se mit à rire et à pleurer.

TABLE DES MATIÈRES

Cinéma et TV

De nombreux romans publiés par J'ai lu ont été portés à l'écran ou à la TV. Leurs auteurs ne sont pas toujours très connus ; voici donc, dans l'ordre alphabétique, les titres de ces ouvrages :

A la poursuite du diamant vert 1667 ***	**Joan Wilder**
Alien 1115 ***	**Alan Dean Foster**
Angélique marquise des anges	
L'ami Maupassant 2047 **	**Guy de Maupassant**
L'Australienne 1969 **** & 1970 ****	**Nancy Cato**
Bigfoot et les Henderson 2292 ***	**Joyce Thompson**
Blade runner 1768 ***	**Philip K. Dick**
Bleu comme l'enfer 1971 ****	**Philippe Djian**
La brute 47 ***	**Guy des Cars**
Cabaret (Adieu à Berlin) 1213 ***	**Christopher Isherwood**
Carrie 835 ***	**Stephen King**
Châteauvallon 1856 **** 1936 **** & 2140 ****	**Eliane Roche**
Christine 1866 ****	**Stephen King**
La couleur pourpre 2123 ***	**Alice Walker**
Coulisses 2108 *****	**Alix Mahieux**
Cujo 1590 ****	**Stephen King**
Des fleurs pour Algernon 427 ***	**Daniel Keyes**
2001 l'odyssée de l'espace 349 **	**Arthur C. Clarke**
2010 : odyssée deux 1721 ***	**Arthur C. Clarke**
Le diamant du Nil 1803 ***	**Joan Wilder**
Dynasty 1697 ** & 1894 ***	**Eileen Lottman**
E.T. l'extra-terrestre 1378 ***	**Spielberg/Kotzwinkle**
E.T. La planète verte 1980 ***	**Spielberg/Kotzwinkle**
L'exorciste 630 ****	**William P. Blatty**
Les exploits d'un jeune don Juan 875 *	**Guillaume Apollinaire**
Le faiseur de morts 2063 ***	**Guy des Cars**
Fanny Hill 711 ***	**John Cleland**
Fletch 1705 ***	**Gregory Mcdonald**
La folle histoire de l'espace 2294 ***	**Mel Brooks/J.B. Stine**
Le Gerfaut 2206 ****** & 2207 ******	**Juliette Benzoni**
Jonathan Livingston le goéland 1562 * illustré	**Richard Bach**
Joy 1467 ** & **Joy et Joan** 1703 **	**Joy Laurey**
Le joyau de la couronne 2293 ***** & 2330 *****	**Paul Scott**

Kramer contre Kramer	1044 ***	Avery Corman
Le lendemain du crime	2199 **	Eileen Lottman
L'arme fatale	2231 ****	Joel Norst
Le livre de la jungle	2297 **	Rudyard Kipling
Love story	412 *	Erich Segal
Mad Max au delà du dôme du tonnerre	1864 ***	Joan D. Vinge
Michigan Mélodie	1289 **	Jacqueline Monsigny
9 semaines 1/2	2259 **	Elizabeth McNeill
Mission	2092 ***	Robert Bolt
Les oiseaux se cachent pour mourir	1021 **** & 1022 ****	Colleen McCullough
Orphée	2172 **	Jean Cocteau
Le paltoquet (On a tué pendant l'escale)	1647 ***	F.-R. Falk
Pavillons lointains	1307 **** & 1308 ****	M.M. Kaye
La petite boutique des horreurs	2202 *** illustré	R. & L. Egan
Peur bleue	1999 ***	Stephen King
Platoon	2201 ***	Dale A. Dyle
Police	2021 ***	Catherine Breillat
Poltergeist I	1394 ***	James Khan
Poltergeist II	2091 **	James Khan
Pu-Yi / J'étais empereur de Chine	2327 ******	Pu-Yi
Qui c'est, ce garçon ?	2043 ***	Nicole de Buron
Racines	968 **** & 969 ****	Alex Haley
Rencontres du troisième type	947 **	Steven Spielberg
Robocop	2310 ***	Ed Naha
Rosemary's baby	342 ***	Ira Levin
Sauve-toi, Lola !	1678 ****	Ania Francos
Le secret de la pyramide	1945 ***	Alan Arnold
Le secret de mon succès	2216 ***	Martin Owens
Shining	1197 ****	Stephen King
Le souffle de la guerre	575 *****, 576 ***** & 577 *****	Herman Wouk
Star Trek	1071 **	Gene Roddenberry
Terminus	2122 **	Patrice Duvic
Thérèse Humbert	1838 **	Laurence Oriol
Tous les fleuves vont à la mer	1479 **** & 1480 ****	Belva Plain
37°2 le matin	1951 ****	Philippe Djian
La tricheuse	125 ***	Guy des Cars
Tropique du crabe	2198 ***	André Rossfelder
Un mari c'est un mari	823 **	Frédérique Hébrard
Vas-y maman	1031 **	Nicole de Buron

652

Impression Brodard et Taupin
à La Flèche (Sarthe) le 11 juillet 1988
6765-5 Dépôt légal juillet 1988
ISBN 2-277-11652-1
1er dépôt légal dans la collection : mars 197
Imprimé en France
Editions J'ai lu
27, rue Cassette, 75006 Paris
diffusion France et étranger : Flammarion